U0924908

Yilin Classics

EMILY BRONTË

经/典/译/林

Wuthering Heights

呼啸山庄

[英国] 艾米莉·勃朗特 著

杨苡 译

译林出版社

图书在版编目（CIP）数据

呼啸山庄/（英）艾米莉·勃朗特著；杨苡译．—南京：译林出版社，2019.4（2024.12重印）
（经典译林）
ISBN 978-7-5447-7577-9

Ⅰ.①呼… Ⅱ.①艾… ②杨… Ⅲ.①长篇小说－英国－近代 Ⅳ.①I561.44

中国版本图书馆CIP数据核字（2018）第258850号

呼啸山庄［英国］艾米莉·勃朗特／著　杨　苡／译

责任编辑　赵　奕　鲍迎迎
装帧设计　韦　枫
校　　对　蒋　燕
责任印制　颜　亮

原文出版　Oxford University Press, 1950
出版发行　译林出版社
地　　址　南京市湖南路1号A楼
邮　　箱　yilin@yilin.com
网　　址　www.yilin.com
市场热线　025-86633278
排　　版　南京展望文化发展有限公司
印　　刷　南京爱德印刷有限公司
开　　本　880毫米×1230毫米　1/32
印　　张　9.5
插　　页　4
版　　次　2019年4月第1版
印　　次　2024年12月第19次印刷
书　　号　ISBN 978-7-5447-7577-9
定　　价　39.00元

译 序

《呼啸山庄》(*Wuthering Heights*)的作者是英国十九世纪著名诗人和小说家艾米莉·勃朗特(Emily Brontë,1818—1848)。这位女作家在世界上仅仅度过了三十年便默默无闻地离开了人间。应该说,她首先是个诗人,写过一些极为深沉的抒情诗,包括叙事诗和短诗,有的已被选入英国十九世纪及二十世纪中二十二位第一流的诗人的诗选内。然而她唯一的一部小说《呼啸山庄》却奠定了她在英国文学史以及世界文学史上的地位。她与《简·爱》(*Jane Eyre*)的作者夏洛蒂·勃朗特(Charlotte Brontë, 1816—1855),和她们的小妹妹——《爱格尼斯·格雷》(*Agnes Grey*)的作者安·勃朗特(Anne Brontë,1820—1849)号称勃朗特三姊妹,在英国十九世纪文坛上焕发异彩。特别是《简·爱》和《呼啸山庄》,犹如一对颗粒不大却光彩夺目的猫儿眼宝石,世人在浏览十九世纪英国文学遗产时,不能不惊异地发现这是稀世珍物,而其中之一颗更是如此令人留恋赞叹,人们不禁惋惜这一位才华横溢的姑娘,如果不是过早地逝世,将会留下多少璀璨的篇章来养育读者的心灵!

艾米莉·勃朗特所生活的三十年间正是英国社会动荡的时代。资本主义正在发展并越来越暴露它内在的缺陷;劳资之间矛盾尖锐化;失业工人的贫困;大量的童工被残酷地折磨至死(这从同时期的英国著名女诗人伊莉莎白·巴雷特·勃朗宁①的长诗《孩子们的哭声》,可以看到一些概貌)。再加上英国政府对民主改革斗争和工人运动采取高压手段:如一八一九年的彼得卢大屠杀就是一个例子。因此这一时期的文学作品也有所反映。我们的女作家艾米莉·勃朗特就是诞生在这样斗争的年代!她生在一个牧师家庭里,父亲名叫佩特里克·勃朗特(1777—1861),原是个爱尔兰教士,一八一二年娶英国西南部康瓦耳郡(Cornwall)人玛丽亚·勃兰威尔为妻,膝下六个儿女。大女儿玛丽亚(1814),二女儿伊莉莎白(1815),三女儿夏洛蒂(1816),独子勃兰威尔(1817),下边就是艾米莉(1818)和安(1820)。后面四个都生在位于约克郡旷野的桑顿村[2],勃朗特先生便在这一教区任牧师职。一八二〇年全家搬到豪渥斯地区,在旷野的一处偏僻的角落安了家。她们三姊妹就在这个地方度过了一生。

一八二七年她们的母亲逝世,姨母从康瓦耳郡来照顾家庭。三年后,以玛丽亚为首的四姊妹进寄宿学校读书。由于生活条件太差,玛丽亚与伊莉莎白患肺结核夭折,夏洛蒂与艾米莉幸存,自此在家与兄弟勃兰威尔一起自学。这个家庭一向离群索居,四个兄弟姊妹便常以读书、写作诗歌,以及杜撰传奇故事来打发寂寞的时光。夏洛蒂和勃兰威尔以想象的安格里阿王朝为中心来写小说,而艾米莉和小妹安则创造了一个她们称为冈多尔的太平洋岛屿来杜撰故事。

她们的家虽然邻近豪渥斯工业区,然而这所住宅恰好位于城镇与荒野之间。艾米莉经常和她的姊妹们到西边的旷野地里散步。因此一方面勃朗特姊妹看到了城镇中正在发展的资本主义社会,另一方面也受到了旷野气氛的感染。特别是艾米莉,她表面沉默寡言,内心却热情奔放,虽不懂政治,却十分关心政治。三姊妹常常看自由党或保守党的期刊,喜欢议论政治,这当然是受了她们父亲的影响。佩特里克·勃朗特是个比较激进的保守党人,早年反对过路德运动[3],后来也帮助豪渥斯工人,支持他们的罢工。艾米莉和她的姊妹继承了他的正义感,同情手工业工人的反抗和斗争。这就为《呼啸山庄》的诞生创造了条件。

这个家庭收入很少,经济相当拮据。三姊妹不得不经常出外谋生,以教书或做家庭教师来贴补家用,几年来历受艰辛挫折。夏洛蒂曾打算她们自己开设一所学校,她和艾米莉因此到布鲁塞尔学习了一年,随后因夏洛蒂失恋而离开。一八四六年她们自己筹款以假名出版了一本诗集[4],却只卖掉两本。一八四七年，她们三姊妹的三本小说[5]终于出版，然而只有《简·爱》获得成功，得到了重视。《呼啸山庄》的出版并不为当时读者所理解，甚至她自己的姐姐夏洛蒂也无法理解艾米莉的思想。

一八四八年，她们唯一的兄弟勃兰威尔由于长期酗酒、吸毒，也传染了肺病，于九月死去，虽然这位家庭中的暴君之死对于这三姊妹也许是一种解脱，然而，正如在夏洛蒂姊妹的书简集中所说的："过失与罪恶都已遗忘，剩下来的是怜悯和悲伤盘踞了心头与记忆……"对勃兰威尔的悼念缩短了艾米莉走向坟墓的路途，同年十二月艾米莉终于弃世。她们的小妹妹安也于第二年五月死去，这时这个家庭最后的成员只有夏洛蒂和她的老父了。

这一位后来才驰名世界文坛的极有才华的年轻女作家，当时就这样抱憾地离开了只能使她尝到冷漠无情的人世间，默默地和她家中仅余的三位亲人告别了！她曾在少女时期的一首诗中这样写道：

我是唯一的人，命中注定
无人过问，也无人流泪哀悼；
自从我生下来，从未引起过
一线忧虑，一个快乐的微笑。

在秘密的欢乐，秘密的眼泪中，
这个变化多端的生活就这样滑过，
十八年后仍然无依无靠，
一如在我诞生那天同样的寂寞。……

她在同一首诗中最后慨叹道：

起初青春的希望被融化，
然后幻想的虹彩迅速退开；

于是经验告诉我，说真理
决不会在人类的心胸中成长起来。……
1837 年 5 月 17 日

但是她很想振作起来，有所作为，却已挣扎不起，这种痛苦的思想斗争和濒于绝望的情绪，在她同一时期的诗句中也可以找到：

然而如今当我希望过歌唱，
我的手指却拨动了一根无音的弦；
而歌词的叠句仍旧是
“不要再奋斗了”，一切全是枉然。
1837 年 8 月

在英国十九世纪现实主义女作家盖斯凯尔夫人（Elizabeth Gaskell，1810—1865）[6]的著名传记《夏洛蒂·勃朗特传》（*Life of Charlotte Brontë*）里，有一段关于艾米莉·勃朗特弥留之际的描写：

十二月的一个星期二的早晨，她起来了，和往常一样地穿戴梳洗，时不时地停顿一下，但还是自己动手做自己的事，甚至还竭力拿起针线活来。仆人们旁观着，懂得那种令人窒息的急促的呼吸和眼神呆钝当然是预示着什么，然而她还继续做她的事，夏洛蒂和安，虽然满怀难言的恐惧，却还抱有一线极微弱的希望。……时至中午，艾米莉的情况更糟了：她只能喘着说：“如果你请大夫来，我现在要见他。”这时已经太迟了。两点钟左右她死去了。

在夏洛蒂的书简[7]中记下了不少在艾米莉去世后她的哀伤与感触的文字，这里就不一一赘述了。

艾米莉·勃朗特的一生就介绍到这里。英国著名诗人及批评家马修·阿诺德(Matthew Arnold,1822—1888)[8]曾写过一首诗叫作《豪渥斯墓园》,其中凭吊艾米莉·勃朗特的诗句说,她的心灵中的非凡的热情,强烈的情感、忧伤、大胆是自从拜伦死后无人可与之比拟的。

可以说,她这部唯一留下的小说之所以震撼了人们的心灵也就为此。

关于《呼啸山庄》这部书,在世界文坛上多年来每谈及十九世纪西欧文学,必会涉及《呼啸山庄》的探讨。有不少著名评论家及小说家都曾有专文论述。如:英国著名女作家弗吉尼亚·伍尔夫(Virginia Woolf,1882—1941)[9]在一九一六年就写过《〈简·爱〉与〈呼啸山庄〉》一文。她将这两本书作了一个比较。她写道:

> 当夏洛蒂写作时,她以雄辩、光彩和热情说"我爱","我恨","我受苦"。她的经验,虽然比较强烈,却是和我们自己的经验都在同一水平上。但是在《呼啸山庄》中没有"我",没有家庭女教师,没有东家。有爱,却不是男女之爱。艾米莉被某些比较普遍的观念所激励,促使她创作的冲动并不是她自己的受苦或她自身受损害。她朝着一个四分五裂的世界望去,而感到她本身有力量在一本书中把它拼凑起来。那种雄心壮志可以在全部小说中感觉得到——一种部分虽受到挫折,但却具有宏伟信念的挣扎,通过她的人物的口中说出的不仅仅是"我爱"或"我恨",却是"我们,全人类"和"你们,永存的势力……"这句话没有说完。

英国进步评论家阿诺德·凯特尔(Arnold Kettle)[10]在《英国小说引论》一书中第三部分论及十九世纪的小说时,也有专文为《呼啸山庄》作了较长的评论,他总结说:"《呼啸山庄》以艺术的想象形式表达了十九世纪资本主义社会中的人的精神上的压迫、紧张与矛盾冲突。这是一部毫无理想主义、毫无虚假的安慰,也没有任何暗示说操纵他们的命运的力量非人类本身的斗争和行动所能及。对自然，荒野与暴风雨，星辰与季节的有力召唤是启示生活本身真正的运动的一个重要部分。《呼啸山庄》中的男男女女不是大自然的囚徒，他们生活在这个世界里，而且努力去改变它，有时顺利，却总是痛苦的，几乎不断遇到困难，不断犯错误。”

而英国当代著名小说家及创作家毛姆(William Somerset Maugham, 1874—1965)[11]在一九四八年应美国《大西洋》杂志请求向读者介绍世界文学十部最佳小说时，他选了英国小说四部，其中之一便是《呼啸山庄》，他在长文中最后写道：

> **我不知道还有哪一部小说其中爱情的痛苦、迷恋、残酷、执着，曾经被如此令人吃惊地描述出来。《呼啸山庄》使我想起埃尔·格列科[12]的那些伟大的绘画中的一幅，在那幅画上是一片乌云下的昏暗的荒瘠土地的景色，雷声隆隆拖长了的憔悴的人影东歪西倒，被一种不是属于尘世间的情绪弄得恍恍惚惚，他们屏息着。铅色的天空掠过一道闪电，给这一情景加上最后一笔，增添了神秘的恐怖之感。**

总之，《呼啸山庄》是一部伟大的作品，也有人誉之为“最奇特的小说”。但是正如阿诺德·凯特尔所说：“希刺克厉夫的反抗是一种特殊的反抗，是那些在肉体上和精神上被这同一社会(指维多利亚时期的社会)的条件与社会关系贬低了的工人的反抗。希刺克厉夫后来的确不再是个被剥削者，然而也的确正因为他采用了统治阶级的标准(以一种甚至使统治阶级本身也害怕的残酷无情的手段)，在他早期的反抗中和在他对凯瑟琳的爱情中所暗含的人性价值也就消失了。在凯瑟琳与希刺克厉夫的关系中所包含的一切，在人类的需求和希望中所代表的一切，只有通过被压迫的积极反抗才能实现。”希刺克厉夫与凯瑟琳的社会悲剧就在于凯瑟琳意识到他们的社会地位悬殊，却幻想借她所羡慕的林惇家的富有来“帮助希刺克厉夫高升”，使她哥哥“无权过问”。这当然是不可能的，从后来希刺克厉夫再度出现时，林惇建议让他坐在厨房而不必请到客厅里坐，就可以看得出来。这就铸成了大错，她陷入自己亲手编织的罗网。而在她已经答应嫁给林惇后分明还说：

“在这个世界上，我的最大的悲痛就是希刺克厉夫的悲痛，而且我从一开始就注意并且都感受到了。在我的生活中，他是我最强的思念。如果别的一切都毁灭了，而他还留下来，我就能继续活下去；如果别的一切都留下来，而他却给消灭了，这个世界对于我就将成为一个极陌生的地方。我不会像是它的一部分。我对林惇的爱像是树林中的叶子：我完全晓得，在冬天变化树木的时候，时光便会变化叶子。我对希刺克厉夫的爱恰似下面的恒久不变的岩石：虽然看起来它给你的愉快并不多，可是这点愉快却是必需的。耐莉，我就是希刺克厉夫！他永远永远地在我心里。”而这样她竟背叛了她最爱的人，也就是背叛了自己，那么她就只能在自己编织的罗网中挣扎着死去，在死去以前，希刺克厉夫悲愤地责备她：“你为什么欺骗你自己的心呢……你害死了你自己。……悲惨、耻辱和死亡，以及上帝或撒旦所能给的一切打击和痛苦都不能把我们分开，而你，却出于你自己的心意，这样做了。”又说：“我爱害了我的人——可是害了你的人呢？我又怎么能够饶恕他？”这就导致了希刺克厉夫的悲剧——不惜用残酷手段来进行报复。他被私有制社会所摒弃，却仍旧用私有制社会的斗争手段来进行反抗。他没有财产，却掠夺了财产，自己成了庄园主；他自幼被辛德雷嘲弄、贬低、辱骂，被人降到一个乡巴佬的仆人的地位，若干年后他又反过来以其人之道向其子进行报复，结果他的胜利必然等于他自己精神上的失败。当他发现林惇的女儿（也就是凯瑟琳的女儿）和辛德雷的儿子（也就是凯瑟琳的侄子）两人的眼睛完全和凯瑟琳生前的眼睛一模一样时，当他发现哈里顿（辛德雷之子）仿佛就是他的青春的化身时，他再也不想抬起手来打他们了。他自己承认“这是一个很糟糕的结局”，他已不想报复，因为这样的“以眼还眼、以牙还牙”的复仇方式必然只能走向寂寞与空虚！

无论如何，希刺克厉夫就那个时代来说，是值得同情的人物，他的复仇是可以理解的。十几年来,凯瑟琳的孤魂在旷野上彷徨哭泣,等待着希刺克厉夫,终于希刺克厉夫离开了人世,他们的灵魂不再孤独,黑夜里在旷野上、山岩底下散步……这当然都是无稽之谈,然而正如作者最后写道:"我在那温和的天空下面,在这三块墓碑前流连!望着飞蛾在石南丛和兰铃花中扑飞,听着柔风在草间吹动,我纳闷有谁能想象得出在那平静的土地下面的长眠者竟会有并不平静的睡眠。"《呼啸山庄》中希刺克厉夫与凯瑟琳这两个主要人物在世界文学上给广大读者留下了难忘的深刻印象;他们那种不为世俗所压服、忠贞不渝的爱情也正是对他们所处的被恶势力所操纵的旧时代的一个顽强的反抗,尽管他们的反抗是消极无力的,但他们的爱情在作者的笔下却终于战胜了死亡,达到了升华境界。而这位才华横溢的女作家艾米莉·勃朗特便由于她这部唯一的作品,在英国十九世纪文坛的灿烂星群中永远放出独特的、闪着异彩的光辉!

注:

① 伊莉莎白·巴雷特·勃朗宁(Elizabeth Barrett Browning,1806—1861)——英国十九世纪维多利亚王朝时代著名女诗人,也是著名诗人罗伯特·勃朗宁(Robert Browning,1812—1889)之妻。著有《葡萄牙十四行组诗》及多种诗选。

② 桑顿村(Thornton)——英国北部约克郡(Yorkshire)旷野上的一个村名。

③ 路德运动(Luddite)——这是1811—1813年的焚烧工厂、打毁机器的运动,从诺定昂织袜工人中扩张到各大城市。这是由于十九世纪初英国产业革命迅速发展,工厂制度严重剥削工人,工人生活恶化,引起了工人自发的反对机器的运动。据说工人路德是打毁自己的工作机的第一个人,故称为路德运动。1812年国会宣布以死刑对付捣毁机器者。1813年被镇压平息。

④ 诗集("Poems")——这本诗集是勃朗特三姊妹用假名在伦敦出版的。她们所用的假名是Currer,Ellis and Acton Bell。

⑤ 三本小说——即《简·爱》,作为Currer Bell编的一本自传;《呼啸山庄》,作为Ellis Bell写的小说;以及《爱格尼斯·格雷》,Acton Bell所写的小说。

⑥ 盖斯凯尔夫人(Mrs. Elizabeth Cleghorn Gaskell,1810—1865)——英国十九世纪著名小说家,著有《玛丽·巴登》等。1850 年与夏洛蒂·勃朗特相识,成为挚友,1857 年,夏洛蒂逝世两年后,她写了这本著名传记《夏洛蒂·勃朗特传》。

⑦ 夏洛蒂的书简——在夏洛蒂·勃朗特逝世后,在盖斯凯尔夫人所写的传记中披露了一部分。以后在 1899—1900 年出版的《勃朗特姊妹的传记与书简》七卷中已将夏洛蒂全部书信收集发表。

⑧ 马修·阿诺德(Matthew Arnold,1822—1888)——英国诗人及评论家。他写了不少评论集和诗选。最著名的长篇叙事诗是《索拉与罗斯敦》(1853)。

⑨ 弗吉尼亚·伍尔夫(Mrs. Virginia Woolf,1882—1941)——英国二十世纪著名女作家。她才华横溢,自成流派,擅长运用意识流的技巧刻画人物心理。1941 年由于外界及她个人的原因而溺水自尽。作品有《戴乐威夫人》《浪》《到灯塔去》《在幕间》等小说及文艺批评集等。

⑩ 阿诺德·凯特尔(Arnold Kettle)——英国当代进步评论家。1951 年出版《英国小说引论》二卷,从英国小说发展史的角度评论了英国小说,特别是十九世纪小说,他选了十部著名小说,作了比较科学的介绍,具有精辟的见解。

⑪ 毛姆(William Somerset Maugham,1874—1965)——英国当代著名小说家及剧作家。作品甚多。著有《孽债》(1915),《剃刀边缘》(1944)等小说。剧本有《圈》(1921),《神圣的火焰》(1928)等。

⑫ 埃尔·格列科(El Greco,1541—1614)——著名宗教画及肖像画家。生于希属克里特岛;在意大利学习绘画。1577 年定居在西班牙托列多城(该城在 1087—1560 年曾为西班牙首都)。这里毛姆所说的画可能是指他的名画《托列多》的画面。

人　物　表

恩萧先生	呼啸山庄主人
辛德雷·恩萧	其　子
凯瑟琳·恩萧	其女,小名凯蒂
希刺克厉夫	恩萧抚养的孤儿
弗兰西斯	辛德雷之妻
哈里顿·恩萧	辛德雷之子
丁耐莉	女管家,又名艾伦
约瑟夫	呼啸山庄的老仆人
林惇先生	画眉田庄主人
埃德加·林惇	林惇子,后娶凯瑟琳·恩萧
伊莎贝拉·林惇	林惇女,后嫁希刺克厉夫
凯瑟琳·林惇	埃德加与凯瑟琳之女,亦名凯蒂
林惇·希刺克厉夫	伊莎贝拉与希刺克厉夫之子
洛克乌德先生	房　客
肯尼兹医生	当地医生
齐拉	呼啸山庄的女仆

故事情节年表

1757　辛德雷·恩萧诞生。丁耐莉之母携其婴儿耐莉往呼啸山庄当保姆。

1762　埃德加·林惇诞生。

1765　凯瑟琳·恩萧诞生。

1766　伊莎贝拉·林惇诞生。

1771　夏天,恩萧先生从利物浦带回希刺克厉夫。

1773　春天,恩萧夫人逝世。

1774　辛德雷上大学。

1777　十月,恩萧先生逝世。辛德雷携其妻弗兰西斯返家。

十一月底,凯瑟琳在画眉田庄闯祸。

圣诞节,凯瑟琳返家。

1778　六月,哈里顿·恩萧诞生。弗兰西斯逝世。丁耐莉照顾哈里顿。

1780　夏天,凯瑟琳接受了埃德加·林惇的求婚。希刺克厉夫失踪。凯瑟琳患重病。老林惇先生与夫人逝世。

1783　三月,埃德加娶凯瑟琳。丁耐莉陪同前往画眉田庄。

九月,希刺克厉夫归。

1784　一月,埃德加·凯瑟琳和希刺克厉夫之间发生争吵。

希刺克厉夫带伊莎贝拉私奔。凯瑟琳第二次重病。

三月,希刺克厉夫与伊莎贝拉回呼啸山庄。希刺克厉夫去看凯瑟琳。

三月廿日,凯瑟琳逝世,留下才诞生的女儿凯瑟琳。

三月廿五日,凯瑟琳下葬。希刺克厉夫当晚到墓园去。

三月廿六日,伊莎贝拉逃跑。

九月,辛德雷逝世。希刺克厉夫占有呼啸山庄。

十月,林惇·希刺克厉夫诞生于外地。

1797 伊莎贝拉逝世。

小凯蒂首次到呼啸山庄。

埃德加接外甥林惇回画眉田庄。希刺克厉夫要走他的儿子。

1800 三月廿日,小凯蒂第二次到呼啸山庄。

秋天,埃德加感冒病倒。

十月,凯蒂第三次到呼啸山庄。

这以后三个星期,凯蒂秘密往呼啸山庄。

1801 八月,凯蒂与表弟林惇在野外见面,被希刺克厉夫所迫又进呼啸山庄与林惇结婚。

九月,埃德加·林惇逝世。后希刺克厉夫往凯瑟琳墓地掘墓。

林惇·希刺克厉夫继承了画眉田庄。

十月,林惇死去。希刺克厉夫占有了其子产业。

十一月,希刺克厉夫将画眉田庄出租给洛克乌德先生。

洛克乌德先生拜访呼啸山庄。

1802 一月,洛克乌德先生离开画眉田庄往伦敦。

二月，丁耐莉回呼啸山庄。

四月，希刺克厉夫逝世。

九月，洛克乌德先生路经画眉田庄与呼啸山庄，再次拜访。

1803 元旦，哈里顿·恩萧与凯蒂结婚。

第1章

一八〇一年。我刚刚拜访过我的房东回来——就是那个将要给我惹麻烦的孤独的邻居。这儿可真是一个美丽的乡间！在整个英格兰境内，我不相信我竟能找到这样一个能与尘世的喧嚣完全隔绝的地方，一个厌世者的理想的天堂。而希刺克厉夫和我正是分享这儿荒凉景色的如此合适的一对。一个绝妙的人！在我骑着马走上前去时，看见他的黑眼睛缩在眉毛下猜忌地瞅着我。而在我通报自己姓名时，他把手指更深地藏到背心袋里，完全是一副不信任我的神气。刹那间，我对他产生了亲切之感，而他却根本未察觉到。

"希刺克厉夫先生吗？"我说。

回答是点一下头。

"先生，我是洛克乌德，您的新房客。我一到这儿就尽可能马上来向您表示敬意，希望我坚持要租画眉田庄没什么使您不方便。昨天我听说您想——"

"画眉田庄是我自己的，先生。"他打断了我的话，闪避着。"只要是我能够阻止，我总是不允许任何人给我什么不方便的。进来吧！"

这一声"进来"是咬着牙说出来的，表示了这样一种情绪："见鬼！"甚至他靠着的那扇大门也没有对这句许诺表现出同情而移动；我想情况决定我接受这样的邀请：我对一个仿佛比我还更怪僻的人颇感兴趣。

他看见我的马的胸部简直要碰上栅栏了，竟也伸手解开了门链，然后阴郁地领我走上石路，在我们到了院子里的时候，就叫着：

“约瑟夫,把洛克乌德先生的马牵走。拿点酒来。”

“我想他全家只有这一个人吧,”那句双重命令引起了这种想法。“怪不得石板缝间长满了草,而且只有牛替他们修剪篱笆哩。”

约瑟夫是个上年纪的人,不,简直是个老头——也许很老了,虽然还很健壮结实。“求主保佑我们!”他接过我的马时,别别扭扭地不高兴地低声自言自语着,同时又那么愤怒地盯着我的脸,使我善意地揣度他一定需要神来帮助才能消化他的饭食,而他那虔诚的突然喊叫跟我这突然来访是毫无关系的。

呼啸山庄是希刺克厉夫先生的住宅名称。“呼啸”是一个意味深长的内地形容词,形容这地方在风暴的天气里所受的气压骚动。的确,他们这儿一定是随时都流通着振奋精神的纯洁空气。从房屋那头有几棵矮小的枞树过度倾斜,还有那一排瘦削的荆棘都向着一个方向伸展枝条,仿佛在向太阳乞讨温暖,就可以猜想到北风吹过的威力了。幸亏建筑师有先见把房子盖得很结实:窄小的窗子深深地嵌在墙里,墙角有大块的凸出的石头防护着。

在跨进门槛之前,我停步观赏房屋前面大量的稀奇古怪的雕刻,特别是正门附近,那上面除了许多残破的怪兽和不知羞的小男孩外,我还发现“一五〇〇”年代和“哈里顿·恩萧”的名字。我本想说一两句话,向这倨傲无礼的主人请教这地方的简短历史,但是从他站在门口的姿势看来,是要我赶快进去,要不就干脆离开,而我在参观内部之前也并不想增加他的不耐烦。

不用经过任何穿堂过道,我们径直进了这家的起坐间:他们颇有见地索性把这里叫作“屋子”。一般所谓屋子是把厨房和大厅都包括在内的;但是我认为在呼啸山庄里,厨房是被迫撤退到另一个角落里去了;至少我辨别出在顶里面有喋喋的说话声和厨房用具的磕碰声;而且在大壁炉里我并没看出烧煮或烘烤食物的痕迹,墙上也没有铜锅和锡滤锅之类在闪闪发光。倒是在屋子的一头,在一个大橡木橱柜上摆着一叠叠的白镴盘子;以及一些银壶和银杯散置着,一排排,垒得高高的直到屋顶,的确它们射出的光线和热气映照得灿烂夺目。橱柜从未上过漆;它的整个构造任凭人去研究。只是有一处,被摆满了麦饼、牛羊腿和火腿之类的木架遮盖住了。壁炉台上有杂七杂八的老式难看的枪,还有一对马枪;并且,为了装饰起见,还有三个画得俗气的茶叶罐靠边排列着。地是平滑的白石铺砌的;椅子是高背的,老式的结构,涂着绿色;一两把笨重的黑椅子藏在暗处。橱柜下面的圆拱里,躺着一条好大的、猪肝色的母猎狗,一窝唧唧叫着的小狗围着它,还有些狗在别的空地走动。

要是这屋子和家具属于一个质朴的北方农民,他有着顽强的面貌,以及穿短裤和绑腿套挺方便的粗壮的腿,那倒没有什么稀奇。这样的人,坐在他的扶手椅上,一大杯啤酒在面前的圆桌上冒着白沫,只要你在饭后适当的时间,在这山中方圆五六英里区域内走一趟,总可以看得到的。但是希刺克厉夫先生和他的住宅,以及生活方式,却形成一种古怪的对比。在外貌上他像一个黑皮肤的吉卜赛人,在衣着和风度上他又像个绅士——也就是,像乡绅那样的绅士:也许有点邋遢,可是懒拖拖的并不难看,因为他有一个挺拔、漂亮的身材;而且有点郁郁不乐的样子。可能有人会怀疑,他因某种程度的缺乏教养而傲慢无礼;我内心深处却产生了同情之感,认为他并不是这类人。我直觉地知道他的冷淡是由于对矫揉造作——对互相表示亲热感到厌恶。他把爱和恨都掩盖起来,至于被人爱或恨,他又认为是一种鲁莽的事。不,我这样下判断可太早了:我把自己的特性慷慨地施与他了。希刺克厉夫先生遇见一个算是熟人时,便把手藏起来,也许另有和我所想的完全不同的原因。但愿我这天性可称得上是特别的吧。我亲爱的母亲总说我永远不会有个舒服的家。直到去年夏天我自己才证实了真是完全不配有那样一个家。

我正在海边享受着一个月的好天气的当儿,一下子认识了一个迷人的人儿——在她还没注意到我的时候,在我眼中她就是一个真正的女神。我从来没有把我的爱情说出口;可是,如果神色可以传情的话,连傻子也猜得出我在没命地爱她。后来她懂得我的意思了,就回送我一个秋波——一切可以想象得到的顾盼中最甜蜜的秋波。我怎么办呢?我羞愧地忏悔了——冷冰冰地退缩,像个蜗牛似的;她越看我,我就缩得越冷越远。直到最后这可怜的天真的孩子不得不怀疑她自己的感觉,她自以为猜错了,感到非常惶惑,便说服她母亲撤营而去。由于我古怪的举止,我得了个冷酷无情的名声;多么冤枉啊,那只有我自己才能体会。

我在炉边的椅子上坐下,我的房东就去坐对面的一把。为了消磨这一刻的沉默,我想去摩弄那只母狗。它才离开那窝崽子,正在凶狠地偷偷溜到我的腿后面,龇牙咧嘴地,白牙上馋涎欲滴。我的爱抚却使它从喉头里发出一声长长的狺声。

“你最好别理这只狗，”希刺克厉夫先生以同样的音调咆哮着，跺一下脚来警告它。“它是不习惯受人娇惯的——它不是当作玩意儿养的。”接着，他大步走到一个边门，又大叫：“约瑟夫！”

约瑟夫在地窖的深处咕哝着，可是并不打算上来。因此他的主人就下地窖去找他，留下我和那凶暴的母狗和一对狰狞的蓬毛守羊狗面面相觑。这对狗同那母狗一起对我的一举一动都提防着，监视着。我并不想和犬牙打交道，就静坐着不动；然而，我以为它们不会理解沉默的蔑视，不幸我又对这三只狗挤挤眼，做做鬼脸，我脸上的某种变化如此激怒了狗夫人，它忽然暴怒，跳上我的膝盖。我把它推开，赶忙拉过一张桌子作挡箭牌。这举动惹起了公愤；六只大小不同、年龄不一的四脚恶魔，从暗处一齐蹿到屋中。我觉得我的脚跟和衣边尤其是攻击的目标，就一面尽可能有效地用火钳来挡开较大的斗士，一面又不得不大声求援，请这家里的什么人来重建和平。

希刺克厉夫和他的仆人迈着烦躁的懒洋洋的脚步，爬上了地窖的梯阶：我认为他们走得并不比平常快一秒钟，虽然炉边已经给撕咬和狂吠闹得大乱。幸亏厨房里有人快步走来：一个健壮的女人，她卷着衣裙，光着胳臂，两颊火红，挥舞着一个煎锅冲到我们中间——而且运用那个武器和她的舌头颇为见效，很奇妙地平息了这场风暴。等她的主人上场时，她已如大风过后却还在起伏的海洋一般，喘息着。

“见鬼，到底是怎么回事？”他问。就在我刚才受到那样不礼貌的接待后，他还这样瞅着我，可真难以忍受。

“是啊，真是见鬼！”我咕噜着，“先生，有鬼附体的猪群①，还没有您那些畜生凶呢。您倒不如把一个生客丢给一群老虎的好！”

“对于不碰它们的人，它们不会多事的。”他说，把酒瓶放在我面前，又把搬开的桌子归回原位。

“狗是应该警觉的。喝杯酒吗？”

---

① 有鬼附体的猪群——见《圣经·新约·路加福音》第八章第三十一节到第三十三节：“鬼就央求耶稣，不要吩咐他们到无底坑里去。那里有一大群猪，在山上吃食。鬼央求耶稣，准他们进入猪里去。耶稣准了他们。鬼就从那人身上出来，进入猪里去。于是那群猪闯下山崖，投在湖里淹死了。”

“不，谢谢您。”

“没给咬着吧？”

“我要是给咬着了，我可要在这咬人的东西上打上我的印记呢。”

希刺克厉夫的脸上现出笑容。

“好啦，好啦，”他说，“你受惊啦，洛克乌德先生。喏，喝点酒。这所房子里客人极少，所以我愿意承认，我和我的狗都不大知道该怎么接待客人。先生，祝你健康！”

我鞠躬，也回敬了他；我开始觉得为了一群狗的失礼而坐在那儿生气，可有点傻。此外，我也讨厌让这个家伙再取笑我，因为他的兴致已经转到取乐上来了。也许他也已察觉到，得罪一个好房客是愚蠢的，语气便稍稍委婉些，提起了他以为我全有兴趣的话头——谈到我目前住处的优点与缺点。我发现他对我们所触及的话题，是非常有才智的；在我回家之前，我居然兴致勃勃，提出明天再来拜访。而他显然并不愿我再来打搅。但是，我还是要去。我感到我自己跟他比起来是多么擅长交际啊！这可真是惊人。

第2章

昨天下午又冷又有雾。我想就在书房炉边消磨一下午，不想踩着杂草污泥到呼啸山庄了。

但是，吃过午饭（注意——我在十二点与一点钟之间吃午饭，而可以当作这所房子的附属物的管家婆，一位慈祥的太太却不能，或者并不愿理解我请求在五点钟开饭的用意），在我怀着这个懒惰的想法上了楼，迈进屋子的时候，看见一个女仆跪在地上，身边是扫帚和煤斗。她正在用一堆堆煤渣封火，搞起一片弥漫的灰尘。这景象立刻把我赶回头了。我拿了帽子，走了四里路，到达了希刺克厉夫的花园门口，刚好躲过了一场今年初降的鹅毛大雪。

在那荒凉的山顶上，土地由于结了一层黑冰而冻得坚硬，冷空气使我四肢发抖。我弄不开门链，就跳进去，顺着两边种着蔓延的醋栗树丛的石路跑去。我白白地敲了半天门，一直敲到我的手指骨都痛了，狗也狂吠起来。

"倒霉的人家！"我心里直叫，"只为你这样无礼待客，就该一辈子跟人群隔离。我至少还不会在白天把门闩住。我才不管呢——我要进去！"如此决定了。我就抓住门闩，使劲摇它。苦脸的约瑟夫从谷仓的一个圆窗里探出头来。

"你干吗？"他大叫，"主人在牛栏里，你要是找他说话，就从这条路口绕过去。"

"屋里没人开门吗？"我也叫起来。

"除了太太没有别人。你就是闹腾到夜里，她也不会开。"

“为什么？你就不能告诉她我是谁吗，呃，约瑟夫？”

“别找我！我才不管这些闲事呢。”这个脑袋咕噜着，又不见了。

雪开始下大了。我握住门柄又试一回。这时一个没穿外衣的年轻人，扛着一根草耙，在后面院子里出现了。他招呼我跟着他走，穿过了一个洗衣房和一片铺平的地，那儿有煤棚、抽水机和鸽笼，我们终于到了我上次被接待过的那间温暖的、热闹的大屋子。煤、炭和木材混合在一起燃起的熊熊炉火，使这屋子放着光彩。在准备摆上丰盛晚餐的桌旁，我很高兴地看到了那位“太太”，以前我从未料想到会有这么一个人存在的。我鞠躬等候，以为她会叫我坐下。她望望我，往她的椅背一靠，不动，也不出声。

“天气真坏！”我说，“希刺克厉夫太太，恐怕大门因为您的仆人偷懒而大吃苦头，我费了好大劲才使他们听见我敲门！”

她死不开口。我瞪眼——她也瞪眼。反正她总是以一种冷冷的、漠不关心的神气盯住我，使人十分窘，而且不愉快。

“坐下吧，”那年轻人粗声粗气地说，“他就要来了。”

我服从了；轻轻咳了一下，叫唤那恶狗朱诺。临到第二次会面，它总算赏脸，摇起尾巴尖，表示认我是熟人了。

“好漂亮的狗！”我又开始说话。“您是不是打算不要这些小的呢，夫人？”

“那些不是我的，”这可爱可亲的女主人说，比希刺克厉夫本人所能回答的腔调还要更冷淡些。

“啊，您所心爱的是在这一堆里啦！”我转身指着一个看不清楚的靠垫上那一堆像猫似的东西，接着说下去。

“谁会爱这些东西那才怪呢！”她轻蔑地说。

倒霉，原来那是堆死兔子。我又轻咳一声，向火炉凑近些，又把今晚天气不好的话评论一通。

“你本来就不该出来。”她说，站起来去拿壁炉台上的两个彩色茶叶罐。

她原先坐在光线被遮住的地方，现在我把她的全身和面貌都看得清清楚楚。她苗条，显然还没有过青春期。挺好看的体态，还有一张我生平从未有幸见过的绝妙的小脸蛋。五官纤丽，非常漂亮。淡黄色的鬈发，或者不如说是金黄色的，松松地垂在她那细嫩的颈上。至于眼睛，要是眼神能显得和悦些，就要使人无法抗拒了。对我这容易动情的心说来倒是常事，因为它们所表现的只是在轻蔑与近似绝望之间的一种情绪，而在那张脸上看见那样的眼神是特别不自然的。

她简直够不到茶叶罐。我动了一动，想帮她一下。她猛地扭转身向我，像守财奴看见别人打算帮他数他的金子一样。

"我不要你帮忙，"她怒气冲冲地说，"我自己拿得到。"

"对不起！"我连忙回答。

"是请你来吃茶的吗？"她问，把一条围裙系在她那干净的黑衣服上，就这样站着，拿一匙子茶叶正要往茶壶里倒。

"我很想喝杯茶。"我回答。

"是请你来的吗？"她又问。

"没有，"我说，勉强笑一笑。"您正好请我喝茶。"

她把茶叶丢回去，连匙子带茶叶，一起收起来，使性地又坐在椅子上。她的前额蹙起，红红的下嘴唇噘起，像一个小孩要哭似的。

同时，那年轻人已经穿上了一件相当破旧的上衣，站在炉火前面，用眼角瞅着我，简直好像我们之间有什么未了的死仇似的。我开始怀疑他到底是不是一个仆人了。他的衣着和言语都显得没有教养，完全没有在希刺克厉夫先生和他太太身上所能看到的那种优越感。他那厚厚的棕色鬈发乱七八糟，他的胡子像头熊似的布满面颊，而他的手就像普通工人的手那样变成褐色；可是，他的态度很随便，几乎有点傲慢，而且一点没有家仆伺候女主人那谨慎殷勤的样子。既然缺乏关于他的地位的明白证据，我认为最好还是不去注意他那古怪的举止。五分钟以后，希刺克厉夫进来了，多少算是把我从那不舒服的境况中解救出来了。

"您瞧，先生，说话算数，我是来啦！"我叫道，装着高兴的样子，"我担心要给这天气困住半个钟头呢，您能不能让我在这会儿避一下。"

"半个钟头？"他说，抖落他衣服上的雪片，"我奇怪你为什么要挑这么个大雪天出来逛荡。你知道你是在冒着迷路和掉在沼泽地里的危险吗？熟悉这些荒野的人，往往还会在这样的晚上迷路的。而且我可以告诉你，目前天气是不会转好的。"

"或许我可以在您的仆人中间找一位带路人吧，他可以在田庄住到明天早上——您能给我一位吗?”

“不,我不能。”

“啊呀！真的！那我只得靠我自己的本事啦。”

“哼!”

“你是不是该准备茶啦?”穿着破衣服的人问,他那恶狠狠的眼光从我身上转到那年轻的太太那边。

“请他喝吗?”她问希刺克厉夫。

“准备好,行吗?”这就是回答,他说得这么蛮横,竟把我吓了一跳。这句话的腔调露出他真正的坏性子。我再也不想称希刺克厉夫为一个绝妙的人了。茶预备好了之后,他就这样请我,“现在,先生,把你的椅子挪过来。”于是我们全体,包括那粗野的年轻人在内,都拉过椅子来围桌而坐。在我们品尝食物时,四下里一片严峻的沉默。

我想,如果是我引起了这块乌云,那我就该负责努力驱散它。他们不能每天都这么阴沉缄默地坐着吧。无论他们有多坏的脾气,也不可能每天脸上都带着怒容吧。

“奇怪的是,”我在喝完一杯茶,接过第二杯的当儿开始说,“奇怪的是习惯如何形成我们的趣味和思想,很多人就不能想象,像您,希刺克厉夫先生,所过的这么一种与世完全隔绝的生活里也会有幸福存在。可是我敢说,有您一家人围着您,还有您可爱的夫人作为您的家庭与您的心灵上的主宰——”

“我可爱的夫人!”他插嘴,脸上带着几乎是恶魔似的讥笑。“她在哪儿——我可爱的夫人?”

“我的意思是说希刺克厉夫夫人,您的太太。”

“哦,是啦——啊！你是说甚至在她的肉体死去了以后,她的灵魂还站在家神的岗位上,而且守护着呼啸山庄的产业。是不是这样?”

我察觉我搞错了,便企图改正它。我本来该看出双方的年龄相差太大,不像是夫妻。一个大概四十了,正是精力健壮的时期,男人在这时期很少会怀着女孩子们是由于爱情而嫁给他的妄想。那种梦是留给我们到老年聊以自慰的。另一个人呢,望上去却还不到十七岁。

于是一个念头在我心上一闪,“在我胳臂肘旁边的那个傻瓜,用盆喝茶,用没洗过的手拿面包吃，也许就是她的丈夫：希刺克厉夫少爷，当然是啰。这就是合理的后果：只因为她全然不知道天下还有更好的人，她就嫁给了那个乡下佬！憾事——我必须当心，我可别引起她悔恨她的选择。"最后的念头仿佛有点自负，其实倒也不是。我旁边的人在我看来近乎令人生厌。根据经验，我知道我多少还有点吸引力。

"希刺克厉夫太太是我的儿媳妇，"希刺克厉夫说，证实了我的猜测。他说着，掉过头以一种特别的眼光向她望着：一种憎恨的眼光，除非是他脸上的肌肉生得极反常，不会像别人一样地表现出他心灵的语言。

"啊，当然——我现在看出来啦：您才是这慈善的天仙的有福气的占有者哩。"我转过头来对我旁边那个人说。

比刚才更糟：这年轻人脸上通红，握紧拳头，简直想要摆出动武的架势。可是他仿佛马上又镇定了，只冲着我咕噜了一句粗野的骂人的话，压下了这场风波，这句话，我假装没注意。

"不幸你猜得不对，先生！"我的主人说，"我们两个都没那种福分占有你的好天仙，她的男人死啦。我说过她是我的儿媳妇，因此，她当然是嫁给我的儿子的了。"

"这位年轻人是——"

"当然不是我的儿子！"

希刺克厉夫又微笑了，好像把那个粗人算作他的儿子，简直是把玩笑开得太莽撞了。

"我的姓名是哈里顿·恩萧，"另一个人吼着，"而且我劝你尊敬它！"

"我没有表示不尊敬呀。"这是我的回答，心里暗笑他报出自己的姓名时的庄严神气。

他死盯着我，盯得我都不愿意再回瞪他了，唯恐我会耐不住给他个耳光或是笑出声来。我开始感到在这个愉快的一家人中间，我的确是碍事。那种精神上的阴郁气氛不只是抵消，而且是压倒了我四周明亮的物质上的舒适。我决心在第三次敢于再来到这屋里时可要小心谨慎。

吃喝完毕，谁也没说句应酬话，我就走到一扇窗子跟前去看看天气。我见到一片悲惨的景象：黑夜提前降临，天空和群山混杂在一团寒冽的旋风和使人窒息的大雪中。

“现在没有带路人，我恐怕不可能回家了，”我不禁叫起来。“道路已经埋上了，就是还露出来的话，我也看不清往哪儿迈步啦。”

“哈里顿，把那十几只羊赶到谷仓的走廊上去，要是整夜留在羊圈就得给它们盖点东西，前面也要挡块木板。”希刺克厉夫说。

“我该怎么办呢?”我又说，更焦急了。

没有人搭理我。我回头望望，只见约瑟夫给狗送进一桶粥，希刺克厉夫太太俯身向着火，烧着火柴玩；这堆火柴是她刚才把茶叶罐放回炉台时碰下来的。约瑟夫放下了他的粥桶之后，找碴似的把这屋子浏览一通，扯着沙哑的喉咙喊起来：

“我真奇怪别人都出去了，你怎么能就闲在那儿站着！可你就是没出息，说也没用——你一辈子也改不了，就等死后见魔鬼，跟你妈一样!”

我一时还以为这一番滔滔不绝是对我而发的。我大为愤怒，便向着这老流氓走去，打算把他踢出门外。但是，希刺克厉夫夫人的回答止住了我。

“你这胡扯八道的假正经的老东西!”她回答，“你提到魔鬼的名字时，你就不怕给活捉吗？我警告你不要惹我，不然我就要特别请它把你勾去。站住！瞧瞧这儿，约瑟夫，”她接着说，并从书架上拿出一本大黑书，“我要给你看看我学魔术已经进步了多少，不久我就可以完全精通。那条红牛不是偶然死掉的，而你的风湿病还不能算作天赐的惩罚!”

“啊，恶毒，恶毒!”老头喘息着，“求主拯救我们脱离邪恶吧!”

“不，混蛋！你是个上帝抛弃的人——滚开，不然我要狠狠地伤害你啦！我要把你们全用蜡和泥捏成模型；谁先越过我定的界限，我就要——我不说他要倒什么样的霉——可是，瞧着吧！去，我可在瞅着你呢。”

这个小女巫那双美丽的眼睛里添上一种嘲弄的恶毒神气。约瑟夫真的吓得直抖，赶紧跑出去，一边跑一边祷告，还嚷着“恶毒!”我想她的行为一定是由于无聊闹着玩玩的。现在只有我们俩了，我想对她诉诉苦。

“希刺克厉夫太太，”我恳切地说，“您一定得原谅我麻烦您。我敢于这样是因为，您既有这么一张脸，我敢说您一定也心好。请指出几个路标，我也好知道回家的路。我一点也不知道该怎么走，就跟您不知道怎么去伦敦一样!”

“顺你来的路走回去好啦，”她回答，仍然安坐在椅子上，面前一支蜡烛，还有那本摊开的大书。“很简单的办法，可也是我所能提的顶稳当的办法。”

“那么，要是您以后听说我给人发现已经死在泥沼或雪坑里，您的良心就不会低声说您也有部分的过错吗？”

“怎么会呢？我又不能送你走。他们不许我走到花园墙那头的。”

“您送我！在这样一个晚上，为了我的方便就是请您迈出这个门槛，那我也于心不忍啊！”我叫道，“我要您告诉我怎么走，不是领我走。要不然就劝劝希刺克厉夫先生给我派一位带路人吧。”

“派谁呢？只有他自己，恩萧，齐拉，约瑟夫，我。你要哪一个呢？”

“庄上没有男孩子吗？”

“没有，就这些人。”

“那就是说我不得不住在这儿啦！”

“那你可以跟你的主人商量。我不管。”

“我希望这是对你的一个教训，以后别再在这山间瞎逛荡。”从厨房门口传来希刺克厉夫的严厉的喊声：“至于住在这儿，我可没有招待客人的设备。你要住，就跟哈里顿或者约瑟夫睡一张床吧！”

“我可以睡在这间屋子里的一把椅子上。”我回答。

“不行，不行！生人总是生人，不论他是穷是富。我不习惯允许任何人进入我防不到的地方！”这没有礼貌的坏蛋说。

受了这个侮辱，我的忍耐到头了。我十分愤慨地骂了一声，在他的身边擦过，冲到院子里，匆忙中正撞着恩萧。那时是这么漆黑，以至我竟找不到出口；我正在乱转，又听见他们之间有教养的举止的另一例证：起初那年轻人好像对我还友好。

“我陪他走到公园那儿去吧。”他说。

“你陪他下地狱好了！”他的主人或是他的什么亲属叫道。“那么谁看马呢，呃？”

“一个人的性命总比一晚上没有人照应马重要些。总得有个人去的。”希刺克厉夫夫人轻轻地说，比我所想的和善多了。

“不要你命令我！”哈里顿反攻了。“你要是重视他，顶好别吭声。”

“那么我希望他的鬼魂缠住你，我也希望希刺克厉夫先生再也找不到一个房客,直等田庄全毁掉!"她尖刻地回答。

"听吧,听吧,她在咒他们啦!"约瑟夫咕噜着,我正向他走去。

他坐在说话听得见的近处,借着一盏提灯的光在挤牛奶,我就毫无礼貌地把提灯抢过来,大喊着我明天把它送回来,便奔向最近的一个边门。

"主人,主人,他把提灯偷跑啦!"这老头一面大喊,一面追我。"喂,咬人的! 喂,狗! 喂,狼! 逮住他,逮住他!"

一开小门,两个一身毛的妖怪便扑到我的喉头上,把我弄倒了,把灯也弄灭了。同时希刺克厉夫与哈里顿一起放声大笑,这大大地激怒着我,也使我感到羞辱。幸而,这些畜生倒好像只想伸伸爪子,打呵欠,摇尾巴,并不想把我活活吞下去。但是它们也不容我再起来,我就不得不躺着等它们的恶毒的主人高兴在什么时候来解救我。我帽子也丢了,气得直抖。我命令这些土匪放我出去——再多留我一分钟,就要让他们遭殃——我说了好多不连贯的、恐吓的、要报复的话,措辞之恶毒,颇有李尔王[①]之风。

我这剧烈的激动使我流了大量的鼻血,可是希刺克厉夫还在笑,我也还在骂,要不是旁边有个人比我有理性些,比我的款待者仁慈些,我真不知道怎么下台。这人是齐拉,健壮的管家婆。她终于挺身而出探问这场战斗的真相。她以为他们当中必是有人对我下了毒手。她不敢攻击她的主人,就向那年轻的恶棍开火了。

"好啊,恩萧先生,"她叫道,"我不知道你下次还要干出什么好事! 我们是要在我们家门口谋害人吗? 我瞧在这家里我可再也住不下去啦——瞧瞧这可怜的小子,他都要噎死啦! 喂,喂! 你可不能这样走。进来,我给你治治。好啦,别动。"

她说着这些话,就猛然把一桶冰冷的水顺着我的脖子上一倒,又把我拉进厨房里。希刺克厉夫先生跟在后面,他的偶尔的欢乐很快地消散,又恢复他的习惯的阴郁了。

我难过极了,而且头昏脑涨,因此不得不在他的家里借宿一宵。他叫齐拉给我一杯白兰地,随后就进屋去了。她呢,对我不幸的遭遇安慰一番,而且遵主人之命,给了我一杯白兰地,看见我略略恢复了一些,便引我去睡了。

---

① 李尔王——*King Lear*,莎士比亚的名剧之一,剧名即以主人公李尔王为名。

第3章

她把我领上楼时，劝我把蜡烛藏起来，而且不要出声。因为她的主人对于她领我去住的那间卧房有一种古怪的看法，而且从来也不乐意让任何人在那儿睡。我问是什么原因，她回答说不知道。她在这里才住了一两年，他们又有这么多古怪事，她也就不去多问了。

我自己昏头昏脑，也问不了许多，插上了门，向四下里望着想找张床。全部家具只有一把椅子，一个衣橱，还有一个大橡木箱。靠近顶上挖了几个方洞，像是马车的窗子。我走近这个东西往里瞧，才看出是一种特别样子的老式卧榻，设计得非常方便，足可以省去家里每个人占一间屋的必要。事实上，它形成一个小小的套间。它里面的一个窗台刚好当张桌子用。我推开嵌板的门，拿着蜡烛进去，把嵌板门又合上，觉得安安稳稳，躲开了希刺克厉夫以及其他人的戒备。

在我放蜡烛的窗台上有几本发霉了的书堆在一个角落里，窗台上的油漆面也被字迹划得乱七八糟。但是那些字迹只是用各种字体写的一个名字，有大有小——凯瑟琳·恩萧，有的地方又改成凯瑟琳·希刺克厉夫，跟着又是凯瑟琳·林惇。

我无精打采地把头靠在窗子上，连续地拼着凯瑟琳·恩萧——希刺克厉夫——林惇，一直到我的眼睛合上为止。可是还没有五分钟，黑暗中就有一片亮得刺眼的白闪闪的字母，仿佛鬼怪活现——空中充满了许多凯瑟琳。我跳起来，想驱散这突然冒出的名字，发现我的烛芯靠在一本古老的书上，使那靠着的地方发出一种烤牛皮的气味。我剪掉烛芯，灭了它，在寒冷与持续的恶心交攻之下，很不舒服，便坐起来，把这本烤坏的书打开，放在膝上。那是一本《圣经》，印的是细长字体，有很浓的霉味。书前面的白纸写着——“凯瑟琳·恩萧，她的书”，还注了一个日期，那是在二十来年以前了。我合上它，又拿起一本，又一本，直到我把它们都检查过一遍。凯瑟琳的藏书是经过选择的，而且这些书损坏的情况证明它们曾经被人一再地读过，虽然读得不完全得当，几乎没有一章躲过钢笔写的评注——至少，像是评注——凡是印刷者留下的第一块空白全涂满了。有的是不连贯的句子，其他的是正规日记的形式，出于小孩子那种字形未定的手笔，写得乱七八糟。在一张空余的书页上面（也许一发现它还把它当作宝贝呢）我看见了我的朋友约瑟夫的一幅绝妙的漫画像，大为高兴——画得粗糙，可是有力。我对于这位素昧平生的凯瑟琳顿时发生兴趣，我便开始辨认她那已褪色的难认的怪字了。

“倒霉的礼拜天！”底下一段这样开头。“但愿我父亲还能再回来。辛德雷是个可恶的代理人——他对希刺克厉夫的态度太凶——希和我要反抗了——今天晚上我们要进行第一步。

“整天下大雨，我们不能到教堂去，因此约瑟夫非要在阁楼里聚会不可。于是正当辛德雷和他的妻子在楼下舒舒服服地烤火——随便做什么，我敢说他们决不会读《圣经》——而希刺克厉夫、我和那不幸的乡巴佬却受命拿着我们的祈祷书爬上楼。我们排成一排，坐在一口袋粮食上，又哼又哆嗦。希望约瑟夫也哆嗦，这样他为了他自己也会给我们少讲点道了。妄想！做礼拜整整拖了三个钟头。可是我的哥哥看见我们下楼的时候，居然还有脸喊叫，‘什么，已经完啦？’从前一到星期天晚上，还准许我们玩玩，只要我们不太吵，现在我们只要偷偷一笑，就得罚站墙角啦！

“‘你们忘记这儿有个主人啦，’这暴君说，‘谁先惹我发脾气，我就把他毁掉！我坚决要求完全的肃静。啊，孩子！是你么？弗兰西斯，亲爱的，你走过来时揪揪他的头发，我听见他捏手指头响呢。’弗兰西斯痛快地揪揪他的头发，然后走过来坐在她丈夫的膝上。他们就在那儿，像两个小孩似的，整个钟点地又接吻又胡扯——那种愚蠢的甜言蜜语连我们都应该感到羞耻。我们在柜子的圆拱里面尽量把自己弄得挺舒服。我刚把我们的餐巾结在一起，把它挂起来当作幕布，忽然约瑟夫有事正从马房进来。他把我的手工活扯下来，打我耳光，嘎嘎叫着——

“‘主人才入土，安息日还没有过完，福音的声音还在你们耳朵里响，你们居然敢玩！你们好不害臊！坐下来，坏孩子！只要你们肯看，有的是好书。坐下来，想想你们的灵魂吧！’

“说了这番话，他强迫我们坐好，使我们能从远处的炉火那边得来一线暗光，好让我们看他塞给我们的那没用的经文。我受不了这个差事。我提起我这本脏书的书皮哗啦一下，使劲地把它扔到狗窝里去，赌咒说我恨善书。希刺克厉夫把他那本也扔到同一个地方。跟着是一场大闹。

“‘辛德雷少爷！’我们的牧师大叫，‘少爷，快来呀！凯蒂小姐把《救世盔》的书皮子撕下来啦，希刺克厉夫使劲踩《走向毁灭的广阔道路》的第一部分！你让他们就这样下去可不得了。唉！换了老头子的话可要好好地抽他们一顿——可他不在啦！’

“辛德雷从他的炉边天堂赶了来，抓住我们俩，一个抓领子，另一个抓胳臂，把我们都丢到后厨房去。约瑟夫断言在那儿‘老尼克’①一定会把我们活捉的。我们受到如此帮助之后，便各自找个角落静等它降临。我从书架上伸手摸到了这本书和一瓶墨水，便把门推开一点，漏进点亮光，我就写字消遣了二十分钟。可是我的同伴不耐烦了，他建议我们可以披上挤牛奶女人的外套，到旷野上跑一跑。一个怪有意思的建议——那么，要是那个坏脾气的老头进来，他也会相信他的预言实现啦——在雨里我们也不会比在这儿更湿更冷的。”

……

我猜想凯瑟琳实现了她的计划，因为下一句说的是另一件事，她伤心起来了。

“我做梦也没想到辛德雷会让我这么哭！”她写着，“我头痛，痛得我不能睡在枕头上。可是我还是不能不哭。可怜的希刺克厉夫！辛德雷骂他是流氓，再也不许他跟我们一起坐，一起吃啦。而且他说，不许他和我在一起玩，又吓唬说要是我们违背命令，就把他撵出去。还怪我们的父亲（他怎么敢呀？）待希太宽厚了，还发誓说要把他降到应有的地位去。”

---

① 老尼克——Old Nick，即恶魔。

……

我对着这字迹模糊的书页开始打盹了，眼睛从手稿转到印的字上。我看见一个红颜色的花字标题——“七十乘七，与第七十一的第一条。杰别斯·伯兰德罕牧师在吉默吞飓的教堂宣讲的一篇神学论文。”在我糊里糊涂地绞尽脑汁猜想杰别斯·伯兰德罕牧师将如何发挥他这个题目的时候，我却倒在床上睡着了。咳，这倒霉的茶和坏脾气的影响啊！还能有什么足以使我度过这么可怕的一夜呢？自从我学会吃苦以来，我记不起有哪一次是能和这一夜相比的。

我开始做梦，几乎在我还没忘记自己在哪里的时候就开始做梦了。我觉得是到早晨了，我往回家的路上走，有约瑟夫带路。一路上，雪有好几码深。在我们挣扎着向前走的时候，我的同伴不停地责备我，惹得我心烦。他骂我不带一根朝山进香的拐杖，告诉我不带拐杖就永远也进不了家，还得意地舞动着一根大头棍棒，我明白这就是所谓的拐杖了。当时我认为需要这么一个武器才能进自己的家，那是荒谬的。跟着一个新的念头一闪。我并不是去那儿，我们是在长途跋涉去听那有名的杰别斯·伯兰德罕讲“七十乘七”的经文，而不论约瑟夫，或是牧师，或是我要犯了这“第七十一的第一条”，就要被人当众揭发，而且被教会除名。

我们来到了教堂。我平日散步时真的走过那儿两三回。它在两山之间的一个山谷里：一个高出地面的山谷靠近一片沼泽，据说那儿泥炭的湿气对存放在那儿的几具死尸足以产生防腐作用。房顶至今尚完好，但是这儿教士的收入每年只有二十镑，外带一所有两间屋的屋子，而且眼看恐怕就要决定只给一间了，所以没有一个教士愿意担当牧羊人的责任，特别是传说他的“羊群”宁可饿死他，也不愿从他们自己腰包里多掏出一分钱来养活他。但是，在我的梦里，杰别斯有专心听讲的满会堂会众。他讲道了——老天爷呀！什么样的一篇讲道呀，共分四百九十节，每一节完全等于一篇普通的讲道，每一节讨论一种罪过！我不知道他从哪儿搜索出来这么些罪过。他对于讲解词句有他独到的方法，仿佛教友必然时时刻刻会犯不同的种种罪过。这些罪过的性质极其古怪：是我以前从没想象过的一些古怪离奇的罪过。

啊，我是多么疲倦啊！我是怎样地翻腾，打呵欠，打盹，又清醒过来！我是怎样掐自己，扎自己，揉眼睛，站起来，又坐下，而且用胳膊肘碰约瑟夫，要他告诉我他有没有讲完的时候。我是注定要听完的了。最后,他讲到"第七十一的第一条"。正在这当口,我不由自主地站起来,痛责杰别斯·伯兰德罕是个犯了那种没有一个基督徒能够饶恕的罪过的罪人。

"先生,"我叫道,"坐在这四堵墙壁中间,我已经一连气儿忍受而且原谅了你这篇说教的四百九十个题目。有七十个七次我拿起我的帽子,打算离去——有七十个七次你硬逼着我又坐下。这第四百九十一可叫人受不了啦。信教的难友们,揍他呀!把他拉下来,把他捣烂,让这个知道有他这个人的地方从此再也见不到他吧!"

"你就是罪人!"一阵严肃的静默之后,杰别斯从他的坐垫上欠身大叫。"七十个七次你张大嘴做怪相——七十个七次我和我的灵魂商量着——看啊,这是人类的弱点,这个也是可以赦免的!第七十一的第一条来啦。弟兄们,把写定的裁判在他身上执行吧。祂①所有的圣徒有这种光荣的!"

话才落音,全体会众举起他们朝山进香的拐杖,一起向我冲来。我没有武器用来自卫,便开始扭住约瑟夫,离我最近也最凶猛的行凶者,抢他的手杖。在人潮汇集之中,好多根棍子交叉起来,对我而来的打击却落在别人的脑袋上。马上整个教堂乒乒乓乓响成一片。每个人都对他邻近的人动起手来。而伯兰德罕也不甘心闲着,便在讲坛板壁上使劲来一阵猛敲,好发泄他的热心,声音好响,最后竟惊醒了我,使我说不出来的轻松。到底是什么东西令人联想那极大的骚扰呢?在这场吵闹中是谁扮演杰别斯的角色呢?只不过是在狂风悲叹而过时,一棵枞树的枝子触到了我的窗格,它的干果在玻璃窗面上碰得嘎嘎作响而已!我满怀疑虑地倾听了一会;查清骚扰得我不安的就是它,然后翻身又睡了,又做梦了:可能的话,这梦比先前的那个更不愉快。

这一回,我记得我是躺在那个橡木的套间里。我清清楚楚地听见风雪交加;我也听见那枞树枝子重复着那戏弄人的声音,而且也知道这是什么原因。可是它使我太烦了,因此我决定,如果可能的话,把这声音止住。我觉得我起了床,并且试着去打开那窗子。窗钩是焊在钩环里的——这情况是

① 祂——He,指"神"而言。对上帝(神)表示尊敬,故将第一个字母大写。在中国,教徒言及上帝往往写"祂"。

我在醒时就看见了的,可是又忘了。“不管怎么样,我非止住它不可!”我咕噜着,用拳头打穿了玻璃,伸出一个胳臂去抓那搅人的树。我的手指头没抓到它,却碰着了一只冰凉小手的手指头!梦魇的恐怖压倒了我,我极力把胳臂缩回来,可是那只手却拉住不放,一个极忧郁的声音抽泣着:“让我进去——让我进去!”“你是谁?”我问,同时拼命想把手挣脱。“凯瑟琳·林惇,”那声音颤抖着回答(我为什么想到林惇?我有二十遍念到林惇时都念成恩萧了)。“我回家来啦,我在旷野上走迷路啦!”在她说话时,我模模糊糊地辨认出一张小孩的脸向窗里望。恐怖使我狠了心,发现想甩掉那个人是没有用的,就把她的手腕拉到那个破了的玻璃面上,来回地擦着,直到鲜血滴下来,沾湿了床单。可她还是哀哭着,“让我进去!”而且还是紧紧抓住我,简直要把我吓疯了。“我怎么能够呢?”我终于说。“如果你要我让你进来,先放开我!”手指松开了。我把自己的手从窗洞外抽回,赶忙把书堆得高高的抵住窗子,捂住耳朵不听那可怜的祈求,捂了有一刻钟以上。可是等到我再听,那悲惨的呼声还继续哀叫着!“走开!”我喊着,“就是你求我二十年,我也绝不让你进来。”“已经二十年啦,”这声音哭着说,“二十年啦。我已经做了二十年的流浪人啦!”接着,外面开始了一个轻微的刮擦声,那堆书也挪动了,仿佛有人把它推开似的。我想跳起来,可是四肢动弹不得,于是在惊骇中大声喊叫。使我狼狈的是我发现这声喊叫并非虚幻。一阵匆忙的脚步声走近我的卧房门口。有人使劲把门推开,一道光从床顶的方洞外微微照进来。我坐着还在哆嗦,并且在揩着我额上的汗。这闯进来的人好像迟疑不前,自己咕噜着。最后他轻轻地说:“有人在这儿吗?”显然并不期望有人答话。我想最好还是承认我在这儿吧,因为我听出希刺克厉夫的口音,唯恐如果我不声不响,他还要进一步搜索的。这样想着,我就翻身推开嵌板。我这行动所产生的影响将使我久久不能忘记。

希刺克厉夫站在门口,穿着衬衣衬裤,拿着一支蜡烛,烛油直滴到他的手指上,脸色苍白得像他身后的墙一样。那橡木门第一声轧的一响吓得他像是触电一样:手里的蜡烛跳出来有几尺远,他激动得这么厉害,以至于他连拾也拾不起来。

“只不过是你的客人在这儿罢了,先生。”我叫出声来,省得他更暴露出胆怯样子而使他丢掉面子。“我做了一个可怕的噩梦,不幸在睡着时叫起来了。我很抱歉我打搅了你。”

“啊,上帝惩罚你,洛克乌德先生!但愿你在——”我的主人开始说,把蜡烛放在一张椅子上,因为他发现不可能拿着它不晃。“谁把你带到这间屋子里来的?”他接着说,并把指甲掐进他的手心,磨着牙齿,为的是制止腭骨的颤动。“是谁带你来的?我真想把他们就在这会儿撵出门去!”

“是你的用人,齐拉,”我回答,跳到地板上,急急忙忙穿衣服。“你撵,我也不管,希刺克厉夫先生。她活该,我猜想她是打算利用我来再证明一下这地方闹鬼罢了。咳,是闹鬼——满屋子妖魔鬼怪!我对你说,你是有理由把它关起来的。凡是在这么一个洞里睡过觉的人是不会感谢你的!”

“你是什么意思?”希刺克厉夫问道,“你在干吗?既然你已经在这儿了,就躺下,睡完这一夜!可是,看在老天的分上!别再发出那种可怕的叫声啦。那没法叫人原谅,除非你的喉咙正在给人切断!”

“要是那个小妖精从窗子进来了,她大概就会把我掐死的!”我回嘴说。“我不预备再受你那些好客的祖先们的迫害了。杰别斯·伯兰德罕牧师是不是你母亲的亲戚?还有那个疯丫头,凯瑟琳·林惇,或是恩萧,不管她姓什么吧——她一定是个容易变心的——恶毒的小灵魂!她告诉我这二十年来她就在地面上流浪——我不怀疑,她正是罪有应得啊!”

这些话还没落音,我立刻想起那本书上希刺克厉夫与凯瑟琳两个名字的联系,这点我完全忘了,这时才醒过来。我为我的粗心脸红,可是,为了表示我并不觉察到我的冒失,我赶紧加一句,“事实是,先生,前半夜我在——”说到这儿我又顿时停住了——我差点说出“阅读那些旧书”,那就表明我不但知道书中印刷的内容,也知道那些用笔写出的内容了。因此,我纠正自己,这样往下说——“在拼读刻在窗台上的名字。一种很单调的工作,打算使我睡着,像数数目似的,或是——”

“你这样对我滔滔不绝,到底是什么意思?”希刺克厉夫大吼一声,蛮性发作。“怎么——你怎么敢在我的家里?——天呀!他这样说话必是发疯啦!”他愤怒地敲着他的额头。

我不知道是跟他抬杠好,还是继续解释好。可是他仿佛大受震动,我都可怜他了,于是继续说我的梦,肯定说我以前绝没有听过“凯瑟琳·林惇”这名字,可是念得过多才产生了一个印象,当我不能再约束我的想象时,这印象就化为真人了。希刺克厉夫在我说话的时候，慢慢地往床后靠，最后坐下来差不多是在后面隐藏起来了。但是，听他那不规则的上气不接下气的呼吸，我猜想他是拼命克制过分强烈的情感。我不想让他看出我已觉察出了他处在矛盾中，就继续梳洗，发出很大的声响，又看看我的表，自言自语地抱怨夜长。“还没到三点钟哪！我本来想发誓说已经六点了，时间在这儿停滞不动啦：我们一定是八点钟就睡了！”

“在冬天总是九点睡，总是四点起床。”我的主人说，压住一声呻吟。看他胳臂的影子的动作，我猜想他从眼里抹去一滴眼泪。“洛克乌德先生，”他又说，“你可以到我屋里去。你这么早下楼也妨碍别人，你这孩子气的大叫已经把我的睡魔赶掉了。”

“我也一样。”我回答，“我要在院子里走走，等到天亮我就走。你不必怕我再来打搅。我这想交友寻乐的毛病现在治好了，不管是在乡间或在城里。一个头脑清醒的人应该发现跟自己做伴就够了。”

“愉快的做伴！”希刺克厉夫咕噜着，“拿着蜡烛，你爱去哪儿就去吧。我就来找你。不过，别到院子里去，狗都没拴住。大厅里——朱诺在那儿站岗，还有——不，你只能在楼梯和过道那儿溜达。可是，你去吧！我过两分钟就来。”

我服从了，就离开了这间卧室。当时不知道那狭窄的小屋通到哪里，就只好还站在那儿，不料却无意亲眼看见我的房东做出一种迷信的动作，这很奇怪，看来他不过是表面上有头脑罢了。

他上了床，扭开窗子，一边开窗，一边涌出压抑不住的热泪。“进来吧！进来吧！”他抽泣着。“凯蒂，来吧！啊，来呀——再来一次！啊！我的心爱的！这回听我的话吧，凯蒂，最后一次！”幽灵显示出幽灵素有的反复无常，它偏偏不来！只有风雪猛烈地急速吹过，甚至吹到我站的地方，而且吹灭了蜡烛。

在这突然涌出的悲哀中，竟有这样的痛苦伴随着这段发狂的话，以致我对他的怜悯之情使我忽视了他举止的愚蠢。我避开了，一面由于自己听到了他这番话而暗自生气，一面又因自己诉说了我那荒唐的噩梦而烦躁不安，因为就是那梦产生了这种悲恸。至于为什么会产生，我就不懂了。我小心地下楼，到了后厨房，那儿有一星火苗，拨拢在一起，使我点着了蜡烛。没有一点动静，只有一只斑纹灰猫从灰烬里爬出来，怨声怨气地咪唔一声向我致敬。

两条长凳，摆成半圆形，几乎把炉火围起来了。我躺在一条凳子上，老母猫跳上了另一条。我们两个都在打盹，不料有人来捣乱，那就是约瑟夫放下一个木梯，它经过一个活门直通阁楼里：我猜想这就是他上升阁楼之路了。他向着我拨弄起来的火苗狠狠地望了一眼，把猫从它的高座下撵下来，自己安坐在空出的位子上，开始了把烟叶填进三寸长的烟斗里的动作。我在他的圣地出现，显然被他看作是羞于提及的莽撞事情。他默默地把烟管递到嘴里，胳臂交叉着，喷云吐雾。我让他享受安逸，不打搅他。他吸完最后一口，深深地嘘出一口气，站起来，像走进来时那样庄严地又走出去了。

跟着有人踏着轻快的脚步进来了；现在我张开口正要说早安，可又闭上了，敬礼未能完成，因为哈里顿·恩萧正在 Sotto Voce① 做他的早祷，也就是说他在屋角搜寻一把铲子或是铁锹去铲除积雪时，他碰到每样东西都要对它发出一串的咒骂。他向凳子后面溜了一眼，张大鼻孔，认为对我用不着客气，就像对我那猫伴一样。看他做的准备，我猜他允许我走了，我离开我的硬座，打算跟他走。他注意到这点，就用他的铲子头戳戳一扇黑门，不出声地表示如果我要改变住处，就非走这儿不可。

那扇门通到大厅，女人们已经在那儿走动了：齐拉用一只巨大的风箱把火苗吹上烟囱；希刺克厉夫夫人，跪在炉边，借着火光读着一本书。她用手遮挡着火炉的热气，使它不伤她的眼睛，仿佛很专心地读着。只有在骂用人不该把火星弄到她身上来，或者不时推开一只总是用鼻子向她脸上凑近的狗的时候才停止阅读。我很惊奇地看见希刺克厉夫也在那儿。他站在火边，背朝着我。由于刚刚对可怜的齐拉发过一场脾气，她时不时地放下工作，拉起围裙角，发出气愤的哼哼声。

"还有你，你这没出息的——"我进去时，他正转过来对他的儿媳妇发作，并且在形容词后面加个无伤的词儿，如鸭呀，羊呀，可是往往什么也不加，只用一个"——"来代表了。"你又在那儿，搞你那些无聊的把戏啦！人家都能挣饭吃——你就只靠我！把你那废物丢开，找点事做！你老是在我

---

① 意大利文，意为"偷偷地低声"。

眼前使我烦，你要得报应的——你听见没有，该死的贱人！”

“我会把我的废物丢开，因为如果我拒绝，你还是可以强迫我丢的。”那少妇回答，合上她的书，把它丢在一张椅子上。“可你就是咒掉了舌头，我也是除了我愿意做的事以外，别的什么我都不干！”

希刺克厉夫举起他的手，说话的人显然熟悉那只手的分量，马上跳到一个较安全的远点的地方。我无心观赏一场猫和狗的打架，便轻快地走向前去，好像是很想在炉边取暖，完全没理会这场中断了的争吵似的。双方都还有足够的礼貌，总算暂时停止了进一步的敌对行为。希刺克厉夫不知不觉地把拳头放在他的口袋里。希刺克厉夫夫人噘着嘴，坐到远远的一张椅子那儿，在我待在那儿的一段时间里，她果然依照她的话，扮演一座石像。我没有待多久。我谢绝与他们进早餐。等到曙光初放，我就抓紧机会，逃到外面的自由的空气里，它现在已是清爽、宁静而又寒冷得像块无形的冰一样了。

我还没有走到花园的尽头，我的房东就喊住了我，他要陪我走过旷野。幸亏他陪我，因为整个山脊仿佛一片波涛滚滚的白色海洋。它的起伏并不指示出地面的凸凹不平：至少，许多坑是被填平了；而且整个蜿蜒的丘陵——石矿的残迹——都从我昨天走过时在我心上所留下的地图中抹掉了。我曾注意到在路的一边，每隔六七码就有一排直立的石头，一直延续到荒原的尽头。这些石头都竖立着，涂上石灰，是为了在黑暗中标志方向的；也是为了碰上像现在这样的一场大雪把两边的深沿和较坚实的小路弄得混淆不清时而设的。但是，除了零零落落看得见这儿那儿有个泥点以外，这些石头存在的痕迹全消失了。当我以为我是正确地沿着蜿蜒的道路向前走时，我的同伴却时不时地需要警告我向左或向右转。

我们很少交谈，他在画眉园林门口站住，说我到这儿就不会走错了。我们的告别仅限于匆忙一鞠躬，然后我就径向前去。相信我自己有本事，因为守门人的住处还没赁出去。从大门到田庄是两英里，我相信我给走成四英里了。由于在树林里迷了路，又陷在雪坑里被雪埋到齐脖子：那种困难景况只有经历过的人才能领会。总之，不论我怎么样的乱荡，在我进家时，钟正敲十二下。这指出从呼啸山庄循着通常的道路回来，每一英里都花了整整一个钟头。

我那坐在家里不动的管家和她的随从蜂拥而出来欢迎我，七嘴八舌地嚷着说她们都以为我是没指望的了。人人都猜想我昨晚已死掉了。她们不知道该怎么出发去找我的尸体。现在她们既然看见我回来了，我就叫她们安静些，我也快要冻僵了。我吃力地上楼去，换上干衣服以后，踱来踱去走了三四十分钟，好恢复元气。我又到我的书房里，软弱得像一只小猫，几乎没法享受仆人为恢复我的精神而准备下的一炉旺火和热气腾腾的咖啡了。

第4章

我们是些多么没用的三心二意的人啊！我，本来下决心摒弃所有世俗的来往。感谢我的福星高照，终于来到了一个简直都无法通行的地方——我，软弱的可怜虫，与消沉和孤独苦斗直到黄昏，最后还是不得不扯起降旗。在丁太太送晚饭来时，我装着打听关于我的住所必需的东西，请她坐下来守着我吃，真诚地希望她是一个地道的爱絮叨的人，希望她的话不是使我兴高采烈，就是催我入眠。

"你在此地住了相当久了吧，"我开始说，"你不是说过有十六年了吗？"

"十八年啦，先生，我是在女主人结婚时，就跟过来伺候她的。她死后，主人就把我留下来当他的管家了。"

"哦。"

跟着一阵静默。我担心她不是一个爱絮叨的人，除非是关于她自己的事，而那些事又不能使我发生兴趣。但是，她沉思了一会，把拳头放在膝上，她那红红的脸上罩着一层冥想的云雾，突然失声叹道：

"啊，从那时起，世道可变得多厉害呀！"

"是的，"我说，"我猜想你看过不少变化了吧？"

"我见过，也见过不少烦恼哩。"她说。

"啊，我要把谈话转到我房东家里来了！"我思忖着。"谈这话题倒不错！还有那个漂亮的小寡妇，我很想知道她的历史。她是本地人呢，还是，更可能的是一个外乡人，因此这乖戾的本地居民就跟她合不来。"这样想着，我就问丁太太，为什么希刺克厉夫把画眉田庄出租，宁可住在一个地点与房屋都差得多的地方。“他难道还不够富裕得把产业好好整顿一下吗?”我问。

“富裕啊,先生!”她回答,“他有钱,谁也不知道他有多少钱,而且每年都增加。是啊,是啊,他富得足够让他住一所比这还好的房子。可是他有点——手紧。而且,假使他有意搬到画眉田庄的话,他一听见有个好房客,他就绝不会放弃这个多拿几百的机会。有的人孤孤单单地活在世上,可还要这么贪财,这真奇怪!”

“好像他有过一个儿子吧?”

“是的,有过一个——死啦。”

“那位年轻的太太,希刺克厉夫夫人,是他的遗孀吧?”

“是的。”

“她本来从哪儿来的?”

“哪,先生,她就是我那过世的主人的女儿啊;凯瑟琳·林惇是她的闺名。我把她带大的,可怜的东西!我真情愿希刺克厉夫先生搬到这儿来,那我们又可以在一起了。”

“什么?凯瑟琳·林惇!”我大为吃惊地叫道,可是只经过一分钟的回想,我就相信那不是我那鬼怪的凯瑟琳了。“那么,”我接着说,“我以前的房主人姓林惇啦?”

“是的。”

“那么跟希刺克厉夫先生同住的那个恩萧,哈里顿·恩萧又是谁呢?他们是亲戚吗?”

“不,他是过世的林惇夫人的侄子。”

“那么,是那年轻太太的表哥啦?”

“是的,她的丈夫也就是她的表兄弟:一个是母亲的内侄,一个是父亲的外甥;希刺克厉夫娶了林惇的妹妹。”

“我看见呼啸山庄的房子的前门上刻着‘恩萧’这个字。他们是个古老的世家吧?”

“很古老的,先生,哈里顿是他们最后一个了,就像我们的凯蒂小姐也是我们最后一个——我意思是说林惇家的最后一个。你去过呼啸山庄吗?我冒昧地问一声,我很想打听她怎么样了!”

“希刺克厉夫夫人吗？她看上去很好，也很漂亮。可是，我想，不太快乐。”

“哎呀，那我倒不奇怪！你看那位主人怎么样？”

“简直是一个粗暴的人，丁太太。他的性格就是那样吗？”

“像锯齿一样地粗，像岩石一样地硬！你跟他越少来往越好。”

“他一生一定经历过一些坎坷，才使他变成这么一个粗暴的人吧。你知道一点他的经历吗？”

“就像一只布谷鸟的一生似的，先生——除了他生在哪儿，他的父母是谁，还有他当初怎么发财的以外，别的我全知道。哈里顿就像个羽毛还没长好的篱雀似的给扔出去了！在全教区里只有这不幸的孩子，是唯一的料想不到自己是怎么被欺骗的哩。”

“啊，丁太太，做做好事告诉我一点有关我邻居的事吧。我觉得要是我上床睡去，我也不会安心的，所以行行好坐下聊一个钟头吧。”

“啊，当然可以，先生！我就去拿点针线来，然后你要我坐多久都可以。可是你着凉啦。我看见你直哆嗦，你得喝点粥去去寒气。”

这位可尊敬的女人匆匆忙忙地走开了，我朝炉火边更挨近些。我的头觉得发热，身上却发冷，而且，我的神经和大脑受刺激到发昏的地步。这使我觉得，不是不舒服，可是使我简直害怕（现在还害怕），唯恐今天和昨天的事会有严重的后果。她不久就回来了，带来一个热气腾腾的盆子，还有针线篮子。她把盆子放在炉台上后，又把椅子拉过来，显然发现有我做伴而高兴呢。

在我来这儿住之前——她开始说，不再等我邀请就讲开了——我差不多总是在呼啸山庄的。因为我母亲是带辛德雷·恩萧先生的，他就是哈里顿的父亲，我和孩子们也在一起玩惯了。我也给他们干杂活，帮忙割草，在庄园里荡来荡去，不管谁叫我做点什么我都做。一个晴朗的夏日清晨——我记得那是开始收获的时候——老主人恩萧先生下楼来，穿着要出远门的衣服。在他告诉了约瑟夫这一天要做些什么之后，他转过身来对着辛德雷、凯蒂和我——因为我正在跟他们一块儿吃粥——他对他的儿子说：“喂，我的漂亮人儿，我今天要去利物浦啦。我给你带个什么回来呢？你喜欢什么就挑什么吧，只是要挑个小东西，因为我要走去走回：一趟六十英里，挺长一趟路哩!”辛德雷说要一把小提琴,然后他就问凯蒂小姐。她还不到六岁,可是她已经能骑上马厩里任何一匹马了,因而选择一根马鞭。他也没有忘掉我,因为他有一颗仁慈的心,虽然有时候他有点严厉。他答应给我带回来一口袋苹果和梨,然后他亲亲孩子们,说了声再会,就动身走了。

他走了三天,我们都觉得仿佛很久了,小凯蒂总要问起他什么时候回家来。第三天晚上恩萧夫人期待他在晚饭时候回来,她把晚饭一点一点地往后推迟。可是,没有他回来的征象。最后,孩子们连跑到大门口张望也腻了。天黑下来了,她要他们去睡,可是他们苦苦地哀求允许他们再待一会儿。在差不多十一点钟时,门闩轻轻地抬起来了,主人走进来。他倒在一把椅子上,又是笑又是哼,叫他们都站开,因为他都快累坏了——就是给他英伦三岛,他也不肯再走一趟了。

走到后来,就跟奔命似的!他说,打开他的大衣,这件大衣是被他裹成一团抱在怀里的。“瞧这儿,太太!我一辈子没有给任何东西搞得这么狼狈过,可是你一定得当作是上帝赐的礼物来接受,虽然他黑得简直像从魔鬼那儿来的。”

我们围拢来,我从凯蒂小姐的头上望过去,窥见一个肮脏的、穿得破破烂烂的黑头发的孩子。挺大了,已经该能走能说了。的确,他的脸望上去比凯瑟琳还显得年龄大些。可是,让他站在地上的时候,他只会四下呆望,叽里咕噜地尽重复一些没有人能懂的话。我很害怕,恩萧夫人打算把他丢出门外。她可真跳起来了,质问他怎么想得出把那个野孩子带到家来,自己的孩子已够他们抚养的了。他到底打算怎么办,是不是疯了?主人想把事情解释一下,可是他真的累得半死。我在她的责骂声中,只能听出来是这么回事:他在利物浦的大街上看见这孩子快要饿死了,无家可归,又像哑巴一样。他就把他带着,打听是谁的孩子。他说,没有一个人知道他是谁家的孩子。他的钱和时间又都有限,想想还不如马上把他带回家,总比在那儿白白浪费时间好些。因为他已经决定既然发现了他就不能不管。那么,结局是我的主妇抱怨够了,安静了下来。恩萧先生吩咐我给他洗澡,换上干净衣服,让他跟孩子们一块睡。

在吵闹时,辛德雷和凯蒂先是心甘情愿地又看又听,直到秩序恢复,两个人就开始搜他们父亲的口袋,找他答应过的他们的礼物。辛德雷是一个十四岁的男孩，可是当他从大衣里拉出那只本来是小提琴，却已经挤成碎片的时候，他就放声大哭。至于凯蒂，当她听说主人只顾照料这个陌生人而失落了她的鞭子时，就向那小笨东西龇牙咧嘴啐了一口以发泄她的脾气，然而，她这样费劲却换了他父亲一记很响亮的耳光，这是教训她以后要规矩些。他们完全拒绝和他同床，甚至在他们屋里睡也不行。我也不比他们清醒，因此我就把他放在楼梯口上，希望他明天会走掉。不知是凑巧呢，还是他听见了主人的声音，他爬到恩萧先生的门前，而他一出房门就发现了他。当然他追问他怎么到那儿去的，我不得不承认。就因为我的卑怯和狠心，我得了报应，被主人撵出家门。

这就是希刺克厉夫到这家来开头的情形。没过几天我回来了（因为我并不认为我的被撵是永远的），发现他们已经给他取了名，叫“希刺克厉夫”。那原是他们一个夭折了的儿子的名字，从此这就算他的名，也算他的姓。凯蒂小姐现在跟他很亲热，可是辛德雷恨他。说实话，我也恨他，于是我们就折磨他，可耻地欺负他，因为我还不能意识到我的不厚道，而女主人看见他受委屈时也从来没有替他说过一句话。

他看来是一个忧郁的、能忍耐的孩子，也许是由于受尽虐待而变得顽强了。他能忍受辛德雷的拳头，眼都不眨一下，也不掉一滴眼泪。我掐他，他也只是吸一口气，张大双眼，好像是他偶然伤害了自己，谁也不能怪似的。当老恩萧发现他的儿子这样虐待他所谓的可怜的孤儿时，这种逆来顺受使老恩萧冒火了。奇怪的是他特别喜欢希刺克厉夫，相信他所说的一切（关于说话，他其实难得开口，要说就总说实话），而爱他远胜过爱凯蒂，凯蒂可是太调皮、太不规矩，够不上充当宠儿。

所以，一开始，他就在这家里惹起了恶感。不到两年，恩萧夫人死去，这时小主人已经学会把他父亲当作一个压迫者而不是当作朋友，而把希刺克厉夫当作一个篡夺他父亲的情感和他的特权的人。他盘算着这些侮辱，心里越发气不过。有一阵我还同情他，但当孩子们都出麻疹时，我看护他们，担负起一个女人的责任，我就改变想法了。希刺克厉夫病得很危险。当他病得最厉害时，他总是要我常在他枕旁。我料想他是觉得我帮他不少忙，还猜不出我是不得已的。无论如何，我得说：他可是做保姆的所从未看护过的最安静的孩子。他与别的孩子不同，迫使我不得不少偏一点心。凯蒂和她哥哥把我磨得要命，他却像个羊羔似的毫不抱怨——虽然他不大麻烦人是出于顽强，而不是出于宽厚。

他死里逃生，医生肯定说这多亏我，并且称赞我看护得好。我因为他的赞赏而得意。对于这个因他而使我受了称赞的孩子，也就软化了。就这样辛德雷失去了他最后一个同盟者。不过我还是不能疼爱希刺克厉夫，我常常奇怪我主人在这阴沉的孩子身上看出哪一点会让他这么喜欢。根据我的记忆，这孩子可从来没有过任何感激的表示以报答他的宠爱。他对他的恩人并非无礼，他只是漫不经心。虽然他完全知道他已经占有了他的心，而且很明白他只要一开口，全家就不得不服从他的愿望。举一个例子，我记得有一次恩萧先生在教区的市集上买来一对小马，给他们一人一匹。希刺克厉夫挑了那最漂亮的一匹，可是不久它跛了，当他一发现，他就对辛德雷说：

"你非跟我换马不可。我不喜欢我的了。你要是不肯，我就告诉你父亲，你这星期抽过我三次，还要把我的胳臂给他看，一直青到肩膀上呢。"

辛德雷伸出舌头，又打他耳光。

"你最好马上换，"他坚持着，逃到门廊上（他们是在马厩里）又坚持说："你非换不可，要是我说出来你打我，你可要连本带利挨一顿。"

"滚开，狗！"辛德雷大叫，用一个称土豆和稻草的秤砣吓唬他。

"扔吧，"他回答，站着不动，"我要告诉他你怎么吹牛说等他一死你就要把我赶出门外，看他会不会马上把你赶出去。"

辛德雷真扔了，打在他的胸上，他倒下去，可又马上踉跄地站起来，气也喘不过来，脸也白了。要不是我去阻止，他真要到主人跟前，只要把他当时的情况说明白，说出是谁惹的，那就会完全报了这个仇。

"吉卜赛人，那就把我的马拿去吧，"小恩萧说，"我但愿这匹马会把你的脖子跌断。把它拿去，该死的，你这讨饭的碍事的人，把我父亲所有的东西都骗去吧。只是以后可别叫他看出你是什么东西，小魔鬼。记住：我希望它踢出你的脑浆！"

希刺克厉夫去解马缰，把它领到自己的马厩里去。他正走过马的身后，辛德雷结束他的咒骂，把他打倒在马蹄下，也没有停下来查看一下他是否如愿了，就尽快地跑掉了。我非常惊奇地看见这孩子如何冷静地挣扎起来，继续做他要做的事：换马鞍子等等，然后在他进屋以前先坐在一堆稻草上来压制住这重重的一拳所引起的恶心。我很容易地劝他把他那些伤痕归罪于马:他既然已经得到他所要的,扯点瞎话他也不在乎。的确他很少拿这类风波去告状,我真的以为他是个没有报仇心的人。我是完全受骗了,以后你就会知道的。

第5章

日子过下去,恩萧先生开始垮下来了。他本来是活跃健康的,但是他的精力突然从他身上消失。当他只能待在壁炉的角落里时,就变得暴躁得令人难过。一点点小事就会使他心烦,而且一疑心人家损伤了他的威信,就简直要气得发疯。如果有人企图为难或欺压他的宠儿,恩萧就特别生气;他很痛苦地猜忌着,唯恐有人对他说错一句话。好像他的脑子里有这么个想法:即因为自己喜欢希刺克厉夫,所有的人就都恨他,并且想暗算他。这对那孩子可不利,因为我们中间比较心慈的人并不愿惹主人生气,所以我们就迎合他的偏爱。那种迁就可大大滋长了孩子的骄傲和乖僻。可也非这样不可。有两三回,辛德雷当着他父亲的面,表现出瞧不起那孩子的神气,使老人家大为光火,他抓住手杖要打辛德雷,却由于打不动,只能气得直抖。

最后,我们的副牧师(那时候我们有两个副牧师,靠教林惇和恩萧两家的小孩子读书,以及自己种一块地为生)出主意说,该把这年轻人送到大学去了。恩萧先生同意了,虽然心情很不畅快,因为他说"辛德雷没出息,不管他荡到哪儿也永远不会发迹的"。

我衷心希望如今我们可以太平无事了。一想到主人自己做下善事,反而搞得别别扭扭,我就伤心。我猜想他晚年的不痛快而且多病,都是由于家庭不和而来。事实上他自己也那么想:真的,先生,你知道这日渐衰老的骨架里头就藏着这块心病。其实,要不是为了两个人,凯蒂小姐和那用人约瑟夫,我们还可以凑合下去。我敢说,你在那边看见过他的。他过去是,现在八成还是,翻遍《圣经》都难找出来的,一个把恩赐都归于自己、把诅咒都丢给邻人的最讨厌的、自以为是的法利赛人。约瑟夫极力凭着花言巧语和虔诚的说教，给恩萧先生一个很好的印象。主人越衰弱，他的势力越大。他毫无怜悯地折磨主人，大谈他的灵魂，以及如何对孩子们要严加管束。他鼓励主人把辛德雷当作堕落的人，而且，还经常每天晚上编派事端去抱怨希刺克厉夫和凯瑟琳一番，总是忘不了把最重的过错放在后者身上，以迎合恩萧的弱点。

当然，凯瑟琳有些怪脾气，那是我在别的孩子身上从未见到过的。她在一天内能让我们所有的人失去耐心不止五十次，从她一下楼起直到上床睡觉为止，她总是在淘气，搅得我们没有一分钟的安宁。她总是兴高采烈，舌头动个不停——唱呀，笑呀，谁不附和着她，就纠缠不休，真是个又野又坏的小姑娘。可是在教区内就数她有双最漂亮的眼睛，最甜蜜的微笑，最轻巧的步子。话说回来，我相信她并没有恶意，因为她一旦把你真惹哭了，就很少不陪着你哭，而且使你不得不静下来再去安慰她。她非常喜欢希刺克厉夫。我们如果真要惩罚她，最厉害的一着就是把他俩分开，可是为了他，她比我们更多挨骂。在玩的时候，她特别喜欢当小主妇，任性地做这个那个，而且对同伴们发号施令。她对我也这样，可是我可受不了充当杂差和听任使唤，所以我也就叫她放明白点。

不过，恩萧先生不理解孩子们的嬉笑。他们在一起时，他总是严峻庄严的。在凯瑟琳这方面，她不明白父亲为什么在衰弱时，比在盛年时脾气要暴躁些，耐性少些。他那暴躁的责备反而唤起她想逗乐的情趣，故意地去激怒父亲。她顶高兴的是我们在一起骂她，她就露出大胆、无礼的神气，以机灵的话语对抗我们。她把约瑟夫的宗教上的诅咒编成笑料，捉弄我，干她父亲最恨的事——炫耀她那假装出来的（而他却信以为真的）傲慢如何比他的慈爱对希刺克厉夫更有力量；炫耀她能使这个男孩如何对自己唯命是从，而对他的命令，只有合自己心意时才肯去干。在一整天干尽了坏事后，有时到晚上她又来撒娇想和解。“不，凯蒂，”老人家说，“我不能爱你。你比你哥哥还坏。去，祷告去吧，孩子，求上帝饶恕你。我想你母亲和我一定会悔恨生养了你哩！”起初这话还使她哭一场，后来，由于经常受申斥，心肠也就变硬了。要是我叫她说因为自己的错误而觉得羞愧，要求父亲原谅，她倒反而大笑起来。

但是,恩萧先生结束尘世烦恼的时辰终于来到。在十月的一个晚上,他坐在炉边椅上宁静地死去了。大风绕屋咆哮,并在烟囱里怒吼,听起来狂暴猛烈,天却不冷。我们都在一起——我离火炉稍远,忙着织毛线,约瑟夫凑着桌子在读他的《圣经》(因为那时候用人们做完了事之后经常坐在屋里的)。凯蒂小姐病了,这使她安静下来。她靠在父亲的膝前,希刺克厉夫躺在地板上,头枕着她的腿。我记得主人在打盹之前,还抚摸着她那漂亮的头发——看她这么温顺,他难得的高兴,而且说着:

"你为什么不能永远做一个好姑娘呢,凯蒂?"她扬起脸来向他大笑着回答:"你为什么不能永远做一个好男人呢,父亲?"但是一看见他又恼了,凯蒂就去亲他的手,还说要唱支歌使他入睡。她开始低声唱着,直到父亲的手指从她手里滑落出来,头垂在胸前。这时我告诉她要住声,也别动弹,怕她吵醒了他。我们整整有半个钟头都像耗子似的不声不响。本来还可以待得久些,只是约瑟夫读完了那一章,站起来说他得把主人唤醒,让他做了祷告去上床睡。他走上前去,叫唤主人,碰碰他的肩膀,可是他不动,于是,他拿支蜡烛看他。他放下蜡烛的时候,我感到出事了。他一手抓着一个孩子的胳臂,小声跟他们说快上楼去,别出声——这一晚他们可以自己祷告——他还有事。

"我要先跟父亲说声晚安,"凯瑟琳说。我们没来得及拦住她,她已一下子伸出胳臂,搂住了他的脖子。这可怜的东西马上发现了她的损失,就尖声大叫:"啊,他死啦,希刺克厉夫!他死啦!"他们两人就放声大哭,哭得令人心碎。

我也和他们一起恸哭,哭声又高又惨。可是约瑟夫向我们说,对一位已经升天的圣人,这样吼叫是什么意思。他叫我穿上外衣,赶紧跑到吉默吞去请医生和牧师。当时我猜不透请这两个人来有什么用。可是我还是冒着风雨去了,带回来个医生,另一个说他明天早上来。约瑟夫留在那里向医生解说一切,而我便跑到孩子们的房间里去。门半开着,虽然已经过半夜了,他们根本就没躺下来。只是已安静些了,不需要我来安慰了。这两个小灵魂正在用比我所能想到的更好的思想互相安慰着:世上没有一个牧师,能把天堂描画得像他们在自己天真的话语中所描画的那样美丽;当我一边抽泣,一边听着的时候,我不由得祝愿我们大家都平平安安地一块到天堂去。

第6章

辛德雷先生回家奔丧来了，而且——有一件事使我们大为惊讶，也使左邻右舍议论纷纷——他带来一个妻子。她是什么人，出生在哪儿，他从来没告诉我们。大概她既没有钱，也没有门第可夸，不然他也不至于把这个婚姻瞒着他父亲的。

她倒不是个为了自己而会搅得全家不安的人。她一跨进门槛，所见到的每样东西以及她周围发生的每项事情：除了埋葬的准备，和吊唁者临门外，看来都使她愉快。这时，我从她的举止看来，认为她有点疯疯癫癫的：她跑进卧室，叫我也进去，虽然我正该给孩子们穿上孝服，她却坐在那儿发抖，紧握着手，反复地问："他们走了没有？"

然后，她就带着神经质的激动开始描述看见黑颜色会对她有什么影响，她吃惊，哆嗦，最后又哭起来——当我问她怎么回事时，她又回答说不知道，只是觉得非常怕死！我想她和我一样不至于就死的。她相当地瘦，可是年轻，气色挺好，一双眼睛像宝石似的发亮。我倒也确实注意到她上楼时呼吸急促，只要听见一点最轻微的突然的声响，就浑身发抖，而且有时候咳嗽得很烦人。可是我一点也不知道这些病预示着什么，也毫不同情她的冲动。在这里我们跟外地人一般是不大亲近的，洛克乌德先生，除非他们先跟我们亲近。

年轻的恩萧，一别三年，大大地变了。他瘦了些，脸上失去了血色，谈吐衣着都跟从前不同了。他回来那天，就吩咐约瑟夫和我从此要在后厨房安身，把大厅留给他。的确，他本想收拾出一间小屋铺上地毯，糊糊墙壁，当作客厅。可是他的妻子对那白木地板和那火光熊熊的大壁炉，对那些锡镴盘子和嵌磁的橱，还有狗窝，以及他们通常起坐时可以活动的这广阔的空间，表现出那样的喜爱，因此他想为了妻子的舒适而收拾客厅是多此一举，便放弃了这个念头。

她为能在新相识者中找到一个妹妹而表示高兴。开始时，她跟凯瑟琳说个没完，亲她，跟她跑来跑去，给她许多礼物。但是不多久，她的这种喜爱劲头就退了。当她变得乖戾的时候，辛德雷也变得暴虐了。她只要吐出几个字，暗示不喜欢希刺克厉夫，这就足以把他对这孩子的旧恨全都勾起来。他不许他跟大伙在一起，把他赶到用人中间去，剥夺他从副牧师那儿受教诲的机会，坚持说他该在外面干活，强迫他跟庄园里其他的小伙子们一样辛苦地干活。

起初这孩子还很能忍受他的降级，因为凯蒂把她所学的都教给他，还陪他在地里干活或玩耍。他们都有希望会像粗野的野人一样成长。少爷完全不过问他们的举止和行动，所以他们也乐得躲开他。他甚至也没留意他们星期日是否去礼拜堂，只有约瑟夫和副牧师看见他们不在的时候，才来责备他的疏忽。这就提醒了他下令给希刺克厉夫一顿鞭子，让凯瑟琳饿一顿午饭或晚饭。但是从清早跑到旷野，在那儿待一整天，这已成为他们主要娱乐之一，随后的惩罚反而成了可笑的小事一件罢了。尽管副牧师随心所欲地留下多少章节叫凯瑟琳背诵，尽管约瑟夫把希刺克厉夫抽得胳臂痛，可是只要他们又聚在一起，或至少在他们筹划出什么报复的顽皮计划的那一分钟，他们就把什么都忘了。有多少次我眼看他们一天比一天胡来，只好自己哭，我又不敢说一个字，唯恐失掉我对于这两个举目无亲的小家伙还能保留的一点点权力。一个星期日晚上，他们碰巧又因为太吵或是这类的一个小过失，而被撵出了起坐间。当我去叫他们吃晚饭时，哪儿也找不到他们，我们搜遍了这所房子，楼上楼下，以及院子和马厩，连个影儿也没有。最后，辛德雷发着脾气，叫我们闩上各屋的门，发誓说这天夜里谁也不许放他们进来。全家都去睡了，我急得躺不住，便把我的窗子打开，伸出头去倾听着，虽然在下雨，我决定只要是他们回来，我就不顾禁令，让他们进来。过了一会，我听见路上有脚步声，一盏提灯的光一闪一闪地进了大门。我把围巾披在头上，跑去以防他们敲门把恩萧吵醒。原来是希刺克厉夫，只有他一个人——我看他只一个人回来可把我吓一跳。

“凯瑟琳小姐在哪儿?”我急忙叫道,“我希望没出事吧。”

“在画眉田庄,”他回答,“本来我也可以待在那儿,可是他们毫无礼貌,不留我。”

“好呀,你要倒霉啦!”我说,“一定要到人家叫你滚蛋,你才会死了心。你们怎么想起来荡到画眉田庄去了?”

“让我脱掉湿衣服,再告诉你怎么回事,耐莉。”他回答。

我叫他小心别吵醒了主人。当他正脱着衣服,我在等着熄灯时,他接着说:“凯蒂和我从洗衣房溜出来想自由自在地溜达溜达。我们瞅见了田庄的灯火,想去看看林惇他们在过星期日的晚上是不是站在墙角发抖,而他们的父母却坐在那儿又吃又喝,又唱又笑,在火炉跟前烤火烤得眼珠都冒火了。你想林惇他们是这样的吗?或者在读《圣经》,而且给他们的男仆人盘问着,要是他们答得不正确,还要背一段《圣经》上的名字,是吗?”

“大概不会,”我回答,“他们当然是好孩子,不该像你们由于你们的坏行为而受惩罚。”

“别假正经,耐莉,”他说,“废话!我们从山庄顶上跑到庄园里,一步没停——凯瑟琳完全落在后面了,因为她是光着脚的。你明天得到泥沼地里去找她的鞋哩。我们爬过一个破篱笆,摸索上路,爬到客厅窗子下面的一个花坛上站在那儿。灯光从那儿照出来,他们还没有关上百叶窗,窗帘也只是半开半掩。我们俩站在墙根地上,手扒着窗台边,就能瞧到里面。我们看见——啊!可真美——一个漂亮辉煌的地方,铺着猩红色的地毯,桌椅也都有猩红色的套子,纯白的天花板镶着金边,一大堆玻璃坠子用银链子从天花板中间吊下来,许多光线柔和的小蜡烛照得它闪闪发光。老林惇先生和太太都不在那儿,只有埃德加和他妹妹霸占了这屋子。他们还不该快乐吗?换了是我们的话,都会以为自己到了天堂啦!可是哪,你猜猜你说的那些好孩子在干什么?伊莎贝拉——我相信她有十一岁,比凯蒂小一岁——躺在屋子那头尖声大叫,叫得好像是巫婆用烧得通红的针刺进她的身体似的。埃德加站在火炉边,不声不响地哭着,在桌子中间有一只小狗坐在那儿,抖着它的爪子,汪汪地叫。从他们双方的控诉听来,我们明白了他们差点儿把它扯成两半。呆子!这就是他们的乐趣!争执着该谁抱那堆暖和的软毛,而且两个都开始哭了，因为两个人争着抢它之后又都不肯要了。我们对这两个惯宝贝不禁笑出声来。我们真瞧不起他们！你几时瞅见我想要凯瑟琳要的东西来着，或是发现我们又哭又叫，在地上打滚，一间屋子一边一个，这样子玩法？就是再让我活一千次，我也不要拿我在这儿的地位和埃德加在画眉田庄的地位交换——就是让我有特权把约瑟夫从最高的屋尖上扔下来，而且在房子前面涂上辛德雷的血，我也不干！”

“嘘！嘘！”我打断他，“希刺克厉夫，你还没告诉我怎么把凯瑟琳撂下啦？”

“我告诉过你我们笑啦，”他回答，“林惇他们听见我们了，就一起像箭似的冲到门口，先是不吭声，跟着大嚷起来，‘啊，妈妈，妈妈！啊，爸爸！啊，妈妈！来呀！啊，爸爸，啊！’他们真的就那样号叫出来个什么东西。我们就做出可怕的声音好把他们吓得更厉害，然后我们就从窗台边上下来，因为有人在拉开门闩，我们觉得还是溜掉好些。我抓住凯蒂的手，拖着她跑，忽然一下子她跌倒了。‘跑吧，希刺克厉夫，跑吧，’她小声说，‘他们放开了牛头狗，它咬住我啦！’这个魔鬼咬住了她的脚踝了，耐莉，我听见它那讨厌的鼻音。她没有叫出声来——不！她就是戳在疯牛的角上，也不会叫的。可我喊啦，发出一顿足以灭绝基督王国里任何恶魔的咒骂，我捡到一块石头塞到它的嘴里，而且尽我所有的力量想把这石头塞进它的喉咙。一个像畜生似的用人提个提灯来了，叫着：‘咬紧，狐儿[1]咬紧啦！’可是，当他看见狐儿的猎物，就改变了他的声调。狗被掐住了，它那紫色的大舌头从嘴边挂出来有半尺长，耷拉的嘴巴流着带血的口水。那个人把凯蒂抱起来。她昏倒了，不是出于害怕，我敢说，是痛的。他把她抱进去。我跟着，嘴里嘟囔着咒骂和要报仇的话。‘抓到什么啦，罗伯特？’林惇从大门口那儿喊着。‘先生，狐儿逮到一个小姑娘。’他回答，‘这儿还有个小子，’他又说，抓住了我，‘我倒像个内行哩！很像是强盗把他们送进窗户，好等大家都睡了，去开门放这一帮子进来，好从从容容地把我们干掉。闭嘴，你这满口下流的小偷，你！你就要为这事上绞架啦。林惇先生，你先别把枪收起来。’‘不，罗伯特，’那个老混蛋说，‘这些坏蛋知道昨天是我收租的日子，他们想巧妙地算计我。进

① 狐儿——狗名。

来吧,我要招待他们一番。约翰,把链子锁紧。给狐儿点水喝,詹尼。竟敢冒犯一位长官,而且在他们公馆里,还是在安息日!他们的荒唐还有个完吗?啊,我亲爱的玛丽,瞧这儿!别害怕,只是一个男孩子——可是他脸上明摆着流氓相,他们相貌已经露出本性来了,趁他的行动还没表现出来,立刻把他绞死,不是给乡里做了件好事吗?'他把我拉到吊灯底下。林惇太太把眼镜戴在鼻梁上,吓得举起双手。胆小的孩子们也爬近一些,伊莎贝拉口齿不清地说着,'可怕的东西!把他放到地窖里去吧,爸爸。他正像偷我那只驯雉的那个算命的儿子呀。不就是他吗,埃德加?'

"他们正在审查我时,凯蒂过来了。她听见最后这句话,就大笑起来。埃德加·林惇好奇地直瞪她,总算不傻,把她认出来了。你知道,他们在教堂看见过我们,虽然我们很少在别的地方碰见他们。'那是恩萧小姐!'他低声对他母亲说,'瞧瞧狐儿把她咬成什么样,她的脚上血流得多厉害呀!'

"'恩萧小姐?瞎扯!'那位太太嚷着,'恩萧小姐跟个吉卜赛人在乡里乱荡!可是,我亲爱的,这孩子在戴孝——当然是啦——她也许一辈子都残废啦!'

"'她哥哥的粗心可真造孽!'林惇先生叹着,从我这儿又转过身去看凯瑟琳。'我从希尔得斯那儿听说(先生,那就是副牧师),他听任她在真正的异教中长大。可这是谁呢?她从哪儿捡到了这样一个同伙?哦!我断定他——定是我那已故的邻人去利物浦旅行时带回来的那个奇怪的收获——一个东印度小水手,或是一个美洲人或西班牙人的弃儿。'

"'不管是什么,反正是个坏孩子,'那个老太太说,'而且对于一个体面人家十分不合适!你注意到他的话没有,林惇!一想到我的孩子们听到这些话,我真吓得要命。'

"我又开始咒骂了——别生气,耐莉——这样罗伯特就奉命把我带走。没有凯蒂我就是不肯走。他把我拖到花园里去,把提灯塞到我手里,告诉我,一定要把我的行为通知恩萧先生,而且,要我马上开步走,就又把门关紧了。窗帘还是拉开一边,我就再侦察一下吧,因为,要是凯瑟琳愿意回来的话,我就打算把他们的大玻璃窗敲成粉碎,除非他们让她出来。她安静地坐在沙发上。林惇太太把我们为了出游而借来的挤牛奶女人的外套给她脱下来,摇着头,我猜是劝她。她是一个小姐,他们对待她就和对待我大有区别了。然后女仆端来一盆温水，给她洗脚，林惇先生调了一大杯混合糖酒，伊莎贝拉把满满一盘饼干倒在她的怀里，而埃德加站得远远的，张大着嘴傻看。后来他们把她美丽的头发擦干，梳好，给她一双大拖鞋，用车把她挪到火炉边。我就丢下了她，因为她正高高兴兴地在把她的食物分给小狗和狐儿吃。它吃的时候，她还捏它的鼻子，而且使林惇一家人那些呆呆的蓝眼睛里燃起了一点生气勃勃的火花——是她自己的迷人的脸所引出的淡淡的反映。我看他们都表现出呆气十足的赞赏神气，她比他们高超得没法比——超过世上每一个人，不是吗，耐莉？"

"这件事将比你所料想的严重得多呢。"我回答，给他盖好被，熄了灯。"你是没救啦，希刺克厉夫，辛德雷先生一定要走极端的，瞧他会不会吧。"

我的话比我所料想的更为灵验。这不幸的历险使恩萧大为光火。随后林惇先生，为了把事情补救一下，亲自在第二天早上来拜访我们，而且还给小主人做了一大段演讲，关于他领导他的家庭走的什么路，说得他真的动了心。希刺克厉夫没有挨鞭子抽，可是得到吩咐：只要一开口跟凯瑟琳小姐说话，他就得被撵出去。恩萧夫人承担等小姑回家的时候给她相当约束的任务，用伎俩，不是用武力；用武力她会发现是行不通的。

第7章

凯蒂在画眉田庄住了五个星期，一直住到圣诞节。那时候，她的脚踝已痊愈，举止也大有进步。在这期间，女主人常常去看她，开始了她的改革计划。先试试用漂亮衣服和奉承话来提高她的自尊心，她也毫不犹豫地接受了。因此，她不再是一个不戴帽子的小野人跳到屋里，冲过来把我们搂得都喘不过气，而是从一匹漂亮的小黑马身上下来一个非常端庄的人，棕色的发卷从一顶插着羽毛的海狸皮帽子里垂下来，穿一件长长的布质的骑马服。她必须用双手提着衣裙，才能雍容华贵地走进来。辛德雷把她扶下马来，愉快地惊叫着："怎么，凯蒂，你简直是个美人啦！我都要认不出你了。你现在像个贵妇人啦。伊莎贝拉·林惇可比不上她，是吧，弗兰西斯？"

"伊莎贝拉没有她的天生丽质，"他的妻子回答，"可是她得记住，在这儿可不要再变野了。艾伦，帮凯瑟琳小姐脱掉外衣，别动，亲爱的，你要把你的头发卷搞乱了。——让我把你的帽子解开吧。"

我脱下她的骑马服，里面露出了一件大方格子的丝长袍，白裤，还有亮光光的皮鞋。在那些狗也跳上来欢迎她的时候，她的眼睛高兴得发亮，可她不敢摸它们，生怕狗会扑到她漂亮的衣服上去。她温柔地亲我：我身上尽是面粉，正在做圣诞节蛋糕，要拥抱我可不行。然后她就四下里望着想找希刺克厉夫。恩萧先生和夫人很焦切地注视着他们的会面，认为这多少可以使他们判断，他们有没有根据来希望把这两个朋友分开。

起初找不到希刺克厉夫。如果他在凯瑟琳不在家之前就是邋里邋遢，没人管的话，那么，后来他更糟上十倍。除了我以外，甚至没有人肯叫他一声脏孩子，也没有人叫他一星期去洗一次澡；像他这样大的孩子很少对肥皂和水有天生的兴趣。因此，姑且不提他那满是泥巴和灰土已穿了三个月的一身衣服，还有他那厚厚的从不梳理的头发，就是他的脸和手也盖上一层黑。他看到走进屋来的是这么一个漂亮而文雅的小姐，而不是如他所期望的，跟他配得上的一个披头散发的人，他只好藏在高背椅子后面了。

“希刺克厉夫不在这儿吗？”她问，脱下她的手套，露出了她那由于待在屋里不做事而显得特别白的手指头。

“希刺克厉夫，你可以走过来，”辛德雷先生喊着，看到他的狼狈相很高兴，望着他将不得不以一个可憎厌的小流氓的模样出场而心满意足。“你可以来，像那些用人一样来欢迎欢迎凯瑟琳小姐。”

凯蒂一瞅见她的朋友藏在那儿，便飞奔过去拥抱他。她在一秒钟内在他脸上亲了七八下，然后停住了，往后退，放声大笑，嚷道：

“怎么啦，你满脸的不高兴！而且多——多可笑又可怕呀！可那是因为我看惯了埃德加和伊莎贝拉·林惇啦。好呀，希刺克厉夫，你把我忘了吗？”

她是有理由提出这个问题来的，因为羞耻和自尊心在他脸上投下了双重的阴影，使他动弹不得。

“握下手吧，希刺克厉夫。”恩萧先生大模大样地说，“偶尔一次，是允许的。”

“我不，”这男孩终于开口了，“我可受不了让人笑话。我受不了！”他要从人群里走开，但是凯蒂小姐又把他拉住了。

“我并没有意思笑你呀，”她说，“刚才我是忍不住笑出来的。希刺克厉夫，至少握握手吧！你干吗不高兴呢？只不过是你看着有点古怪罢了。要是你洗洗脸，刷刷头发，就会好的，可是你这么脏！”

她关心地盯着握在自己手里的黑手指头，又看看她的衣服，怕自己的衣服和他的衣服一碰上会得不到好处。

“你用不着碰我！”他回答，看到她的眼色，就把手抽回来了。“我高兴怎么脏，就怎么脏。我喜欢脏，我就是要脏。”

他说完，就一头冲出屋外，使主人和女主人很开心，而凯瑟琳则十分不安；她不能理解她的话怎么会惹出这么一场坏脾气的爆发。

我作为女仆伺候了这位新来的人之后。把蛋糕放在烘炉里，在大厅与厨房里都升起旺火，搞得很像过圣诞节的样子。完事后，我就准备坐下来，唱几支圣诞歌来使自己开开心，也不管约瑟夫断言说什么我所选的欢乐的调子根本够不上是歌。他已经回到卧房独自祷告去了，恩萧夫妇正在用那些为她买来送小林惇兄妹的各色各样漂亮的小玩意吸引她的注意力，这些是用来答谢他们的招待的。他们已经邀请小林惇兄妹第二天来呼啸山庄，这邀请已被接受了，不过有个条件：林惇夫人请求把她的宝贝儿们和那个“顽皮、好咒骂人的男孩”小心隔开。

因此就剩下我一个人在这里。我闻到烂熟了的香料的浓郁香味，欣赏着那些闪亮的厨房用具，用冬青叶装饰着的擦亮了的钟，排列在盘里的银盆——它们是准备用来在晚餐时倒加料麦酒的。我最欣赏的是我特别小心擦洗得清洁无瑕的东西，就是那洗过扫过的地板。我暗自对每样东西都恰如其分地赞美一番，于是我就记起老恩萧从前在一切收拾停当时，总是怎么走进来，说我是假正经的姑娘，而且把一个先令塞到我手里作为圣诞节的礼物。从这我又想起他对希刺克厉夫的喜爱，他生怕死后希刺克厉夫会没人照管为此所感到的恐惧，于是我很自然地接着想到现在这可怜的孩子的地位。我唱着唱着，哭起来了。但是一会我就猛然想到，弥补一下他所受的委屈，总比为这些事掉眼泪还有意义些。我起来，到院子里去找他。他就在不远的地方。我发现他在马厩里给新买的小马抚平那有光泽的毛皮，并且和往常一样在喂别的牲口。

“快，希刺克厉夫！”我说，“厨房里挺舒服。约瑟夫在楼上哩。快，让我在凯蒂小姐出来之前把你打扮得漂漂亮亮的，那你们就可以坐在一起，整个火炉归你们，而且可以长谈到睡觉的时候。”

他继续干他的事，死也不肯把头掉过来对着我。

“来呀——你来不来呀！”我接着说，“你们两个一人一小块蛋糕，差不多够了，你得要半个钟头打扮好哩。”

我等了五分钟，可是得不到回答，就走开了。凯瑟琳和她的哥哥嫂嫂一块吃晚饭。约瑟夫和我合吃了一顿不和气的饭，一方在申斥，另一方也不客气。他的蛋糕和干酪就一整夜摆在桌上留给神仙了。他干活直干到九点钟，然后不声不响，执拗地走进他的卧房。凯蒂待到很迟的时候，为了接待她的新朋友们吩咐了一大堆事情。她到厨房来过一次，想跟她的老朋友说话。可是他不在,只问了一下他是怎么回事,就又回去了。第二天早晨他起得很早,那天正是假日,他就怏怏不乐地到旷野去,直到全家都出发到教堂去了,他才回来。饥饿和思索仿佛使他的兴致好些。他跟了我一阵,然后鼓起勇气,突然高声说:

"耐莉,把我打扮得体面些,我要学好啦!"

"正是时候,希刺克厉夫,"我说,"你已经把凯瑟琳搞伤心啦,她挺后悔回家来,我敢这么说!看来好像是你嫉妒她似的,只因为她比你多被人关心些。"

这嫉妒凯瑟琳的念头,他是不能理解的,可是使她伤心这个念头,他可是十分明白的。

"她说她伤心啦?"他追问,很严肃的样子。

"今天早上我告诉她你又走掉了,那时候她哭啦。"

"唉,我昨天夜里也哭的,"他回答说,"我比她更有理由哭哩。"

"是啊,你是有理由带着一颗骄傲的心和一个空肚子上床的。"我说,"骄傲的人给自己招来悲哀。可是,如果你为你那种暴脾气惭愧,记住,在她进来的时候,你一定得道歉。你一定得走过去请求亲亲她,而且说——你很知道该说什么。只是要诚心诚意地去做,不要认为她穿了漂亮的衣服就变成陌生人似的。现在,尽管我还要把午饭准备好,我还可以抽出空来把你打扮好,好让埃德加·林惇在你旁边显得像个洋娃娃:他是像洋娃娃。你虽比他小,可是,我可以断定,你高些,肩膀也比他宽一倍,你可以在一眨眼工夫就把他打倒。你不觉得你能够吗?"

希刺克厉夫的脸色开朗了一下,随后又阴沉下来,他叹气。

"可是,耐莉,就算我把他打倒二十回,也不会使他不漂亮些,或者使我更漂亮些。我愿我有浅色的头发,白白的皮肤,穿着和举止也像他,而且也有机会变得和他将来一样的有钱!"

"而且动不动就哭着喊妈妈,"我添上一句,"而且要是一个乡下孩子向你举起拳头的时候,就发抖,而且下一场大雨就整天坐在家里。啊,希刺克厉夫,你这是没出息!到镜子这儿来,我要让你看看你该有什么愿望吧。你看到你两只眼睛中间那两条纹路没有,还有那浓眉毛,不在中间弓起来,却在中间低垂。还有那对黑黑的恶魔,埋得这么深,从来不大胆地打开它们的窗户，却在底下闪闪地埋伏着，像是魔鬼的奸细似的。你要希望而且要学着把这些执拗的纹路摩平，坦率地抬起你的眼皮来，把恶魔变成可以信赖的、天真的天使，什么也不猜疑，对不一定是仇敌的人永远要当作朋友。不要现出恶狗的样子，好像知道被踢是该得的报酬，可又因为吃了苦头，就又恨全世界，以及那踢它的人。”

“换句话说，我一定要希望有埃德加·林惇的大蓝眼睛和平坦的额头才行，”他回答，“我真心希望——可那也不会帮助我得到那些。”

“只要有了好心，就会使你有张好看的脸，我的孩子，”我接着说，“哪怕你是一个真正的黑人；而一颗坏心就会把最漂亮的脸变得比丑还要糟。现在我们洗呀，梳呀，闹别扭呀，都搞完啦，告诉我你是不是觉得你自己挺漂亮？我要告诉你，我可觉得你简直像一个化装的王子哩。谁知道呢？也许你父亲是中国的皇帝，你母亲是个印度皇后，他们俩中间一个人只要用一个星期的收入，就能把呼啸山庄和画眉田庄一块买过来？而你是被恶毒的水手绑了票，才带到英国来的。如果我处在你的地位，我就要对我的出身编造出很高的奇想。而且一想到我曾经是什么人，就可以给我勇气和尊严来抵得住一个小农场主的压迫！”

我就这样喋喋不休地扯下去，希刺克厉夫渐渐地消除了他的不快，开始表现得挺快乐了。这时我们的谈话一下子被一阵从大路上传来进了院子的辚辚车声打断了。他跑到窗口，我跑到了院子里，刚好看见林惇兄妹俩从家用马车中走下来，裹着大氅皮裘，恩萧们也从他们的马上下来，他们在冬天常常骑马去教堂的。凯瑟琳一手牵着一个孩子，把他们带到大厅里，安置在火炉前，他们的白脸很快地有了血色。

我催我的同伴现在要赶快收拾，还要显得和和气气，他心甘情愿地顺从了。可是倒霉的是，他一打开从厨房通过来的这边门，辛德雷也正打开另一边门。他们碰上了，主人一看见他又干净又愉快的样子就冒火了——或者，也许因为一心要对林惇夫人守信用吧——猛然一下把他推回去，而且生气地叫约瑟夫，“不许这家伙进这间屋子——把他送到阁楼里去，等午饭吃过再说。要是让他跟他们在一起待上一分钟，他就要用手指头塞到果酱蛋糕里去，还会偷水果哩。”

“不会的，先生，”我忍不住搭腔了，“他什么也不会碰的，他不会的。而且我猜想他一定和我们一样也有他那份点心。”

“要是在天黑以前我在楼下捉到他，就叫他尝尝我的巴掌，”辛德雷吼着。“滚，你这流氓！什么？你打算做个花花公子么，是不是；等我抓住那些漂亮的鬈发——瞧瞧我会不会把它再拉长一点！”

“那已经够长的啦，”林惇少爷说，从门口偷瞧，“我奇怪这些头发没让他头疼。耷拉到他的眼睛上面像马鬃似的！”

他说这话并没有侮辱他的想法。可是希刺克厉夫的暴性子却不准备忍受在那时候甚至似乎已经当作情敌来痛恨的那人的傲慢表现。他抓起一盆热苹果酱，这是他顺手抓到的头一件东西，把它整个向说话的人的脸上和脖子上泼去。那个人立刻哭喊起来，伊莎贝拉和凯瑟琳都连忙跑到这边儿来。恩萧先生马上抓起这个罪犯，把他送到他卧房里去。毫无疑问，他在那儿采用了一种粗暴的治疗法压下那一阵愤怒，因为他回来时脸挺红而且喘着气。我拿起擦碗布，恶狠狠地揩着埃德加的鼻子和嘴，说这是他多管闲事的报应。他的妹妹开始哭着要回家，凯蒂站在那里惊慌失措，为这一切羞得脸红。

“你不应该跟他说话！”她教训着林惇少爷，“他脾气不好，现在你把这一趟拜访搞糟糕啦。他还要挨鞭子，我可不愿意他挨鞭子！我吃不下饭啦。你干吗跟他说话呢，埃德加？”

“我没有，”这个少年抽泣着，从我手里挣脱出来，用他的白麻纱手绢结束剩余的清洁工作。“我答应过妈妈我一句话也不跟他说，我没有说。”

“好啦，别哭啦，”凯瑟琳轻蔑地回答，“你并没有被人杀死。别再淘气了。我哥哥来啦，安静些！嘘，伊莎贝拉！有人伤着你了吗？”

“喏，喏，孩子们——坐到你们的位子上去吧！”辛德雷匆匆忙忙进来喊着。“那个小畜生倒把我搞得挺暖和。下一回，埃德加少爷，就用你自己的拳头打吧——那会使你开胃的！”

一瞅见这香味四溢的筵席，这小小的一伙人又安定下来。他们在骑马之后已经饿了，而且那点气也容易平下来，因为他们并没有受到什么真正的伤害。恩萧先生切着大盘的肉，女主人的谈笑风生使他们高兴起来。我站在她椅子背后伺候着，而且很难过地看着凯瑟琳，她毫无眼泪的眼睛带着漠然的神气，开始切她面前的鹅翅膀。

“没心肝的孩子,”我心想,“她多么轻易地就把她从前游伴的苦恼给撇开啦。我没法想象她竟是这么自私。”

她拿起一口吃的送到嘴边,随后又把它放下了。她的脸绯红,眼泪涌出来。她把叉子滑落到地板上,赶紧钻到桌布下面去掩盖她的感情。没过多久我就再不能说她没心肝了,因为我看出来她一整天都在受罪,苦苦想着找个机会自己待着,或是去看看希刺克厉夫——他已经被主人关起来了——照我看来,她想私下给他送吃的去。

晚上我们有个跳舞会。凯蒂请求这时把他放出来,因为伊莎贝拉·林惇没有舞伴。她的请求是白费的,我奉命来补这个缺。这种活动使我们兴奋,它驱散了一切忧郁和烦恼。吉默吞乐队的到来更增添了我们的欢乐。这乐队有十五个人之多——除了歌手外,还有一个喇叭,一个长喇叭,几支竖笛,低音笛,法国号角,一把低音提琴。每年圣诞节,他们轮流到所有的体面人家演奏,收点捐款。能听到他们的演奏,我们是当作一件头等乐事来看待的,等到一般的颂主诗歌唱之后,就请他们唱歌曲和重唱。恩萧太太爱好音乐,所以他们演奏了不少。

凯瑟琳也爱好音乐,可是她说在楼上听起来,那将会是最动听的了,于是,就摸黑上了楼,我也跟着走开。他们把楼下大厅的门关着,根本没注意我们,因为那屋里挤满了这么多人。她没有在楼梯口上停下,却往上走,走到禁闭希刺克厉夫的阁楼上,叫唤他。有一会他执拗地不理睬。她坚持叫下去,最后说服了他,隔着木板与她交谈。我让这两个可怜的东西谈着话,不受干扰,直等到我推测歌唱要停止,那些歌手要吃点东西了,我就爬上梯子去提醒她。我在外面没找到她,却听见她的声音在里面。这小猴子是从一个阁楼的天窗爬进去,沿着房顶,又爬进另一个阁楼的天窗。于是我费了好大劲才把她叫出来。当她真出来时,希刺克厉夫也跟她来了。她坚持要我把他带到厨房去,因为我那位伙伴约瑟夫,为了躲避他所谓的“魔鬼颂”,到邻居家去了。我告诉他们我无意鼓励他们玩这种把戏,但是既然这囚犯自从昨天午饭后就没吃过,我就默许他欺瞒辛德雷这一回。他下去了,我搬个凳子叫他坐在火炉旁,给他一大堆好吃的。可是他病了,吃不下,我本想款待他的企图也只好丢开了。他两个胳臂肘支在膝上,手托着下巴,一直不声不响地沉思着。我问他想些什么,他严肃地回答——

“我在打算怎样报复辛德雷。我不在乎要等多久，只要最后能报仇就行，希望他不要在我报复之前就死掉。”

“羞啊，希刺克厉夫！”我说，“惩罚恶人是上帝的事，我们应该学着饶恕人。”

“不，上帝得不到我那种痛快，”他回答，“但愿我能知道最好的方法才好！让我一个人待着吧，我要把它计划出来。这样在想那件事的时候，我就不觉得痛苦了。”

可是，洛克乌德先生，我倒忘记了这些故事是不能供你消遣的。我再也没想到自己会絮叨到这种地步，真气人。你的粥冷啦，你也瞌睡啦！我本来可以把你要听的关于希刺克厉夫的历史用几个字说完的。

管家这样打断了她自己的话，站起来，正要放下她的针线活，但是我觉得离不开壁炉，而且我一点睡意也没有。

“坐着吧，丁太太，”我叫着，“坐吧，再坐半个钟头！你这样慢条斯理地讲故事正合我的意，你就用同样的口气讲完吧。我对你所提的每个人物或多或少都感到有兴趣哩。”

“钟在打十一点啦，先生。”

“没关系——我不习惯在十二点以前上床的。对于一个睡到十点钟才起来的人，一两点钟睡已经够早的啦。”

“你不应该睡到十点钟。早上最好的时间在十点以前就过去啦。一个人要是到十点钟还没有做完他一天工作的一半，就大有可能剩下那一半也做不完。”

“不管怎么样，丁太太，还是再坐下来吧，因为明天我打算把夜晚延长到下午哩。我已经预感到自己至少要得一场重伤风。”

“我希望不会，先生。好吧，你必须允许我跳过三年，在那期间，恩萧夫人——”

“不，不，我不允许这样搞法！你熟悉不熟悉那样的心情：如果你一个人坐着，猫在你面前地毯上舐它的小猫，你那么专心地看着这个动作，以致有一只耳朵猫忘记舐了，就会使你大不高兴？”

“我得说，是一种很糟糕的懒性子。”

“相反，是一种紧张得令人讨厌的心情。在目前，我的心情正是这样。

因此，你要详详细细地接着讲下去。我看出来这一带的人，对于城里的那些形形色色的居民来说，就好比地窖里的蜘蛛见着茅舍里的蜘蛛，得益不少。这并不完全因为我是个旁观者，才得出这种日益深刻的印象。他们确实更认真，更自顾自地过着日子，不太顾及那些表面变化的和琐碎的外界事物。我能想象在这儿，几乎可能存在着一种终生的爱；而我过去却死不相信会有什么爱情能维持一年。一种情况像是把一个饥饿的人，安放在仅仅一盘菜前面，他可以精神专注地大嚼一顿，毫不怠慢它。另一种情况，是把他领到法国厨子摆下的一桌筵席上，他也可能从这整桌菜肴中同样享用一番，但是各盆菜肴在他心目中和记忆里却仅仅是极微小的分子而已。”

“啊！你跟我们熟了的时候，就知道我们这儿跟别地方的人是一样的。”丁太太说，对我这番话多少有点莫名其妙。

“原谅我，”我搭腔，“你，我的好朋友，这是反对那句断言的一个显著证据。我一向认为的你们这一阶层人所固有的习气，在你身上并未留下痕迹，你只是稍稍有点乡土气罢了。我敢说你比一般仆人想得多些。你不得不培养你思考的能力，因为你没有必要把生命消耗在愚蠢的琐事中。”

丁太太笑起来。

“我的确认为我自己是属于一种沉着清醒的人，”她说，“这倒不一定是由于一年到头住在山里，老是看见那几张面孔和老一套的动作，而是我受过严格的训练，这个给了我智慧；而且我读过的书比你想象的还多些，洛克乌德先生。在这个图书室里，你可找不到有哪本书我没看过，而且本本书，我都有所得益。除了那排希腊文和拉丁文的，还有那排法文的，但那些书我也能分辨得出。对于一个穷人的女儿，你也只能期望这么多。只是，如果你希望我像闲聊一样，把整个来龙去脉都要细讲，那我就这样说下去吧。而且，时间上不跳过三年，就从第二年夏天讲起也可以啦——一七七八年的夏天，那就是，差不多二十三年前。”

第8章

一个晴朗的六月天的早晨,第一个要我照应的漂亮小婴孩,也就是古老的恩萧家族的最后一个,诞生了。我们正在远处的一块田里忙着耙草,经常给我们送早饭的姑娘提前一个钟头就跑来了。她穿过草地,跑上小路,一边跑一边喊我。

"啊,多棒的一个小孩!"她喘着说,"简直是从来没有的最好的男孩!可是大夫说太太一定要完啦,他说好几个月来她就有肺痨病。我听见他告诉辛德雷先生的。现在她没法保住自己啦,不到冬天就要死了。你一定得马上回家。要你去带那孩子,耐莉,喂他糖和牛奶,白天夜里照应着。但愿我是你,因为到了太太不在的时候,就全归你啦!"

"可是她病得很重吗?"我问,丢下耙,系上帽子。

"我想是的,但看样子她还心宽。"那姑娘回答,"而且听她说话好像她还想活下去看孩子长大成人哩。她是高兴得糊涂啦,那是个多么好看的孩子!我要是她,准死不了:我光是瞅他一眼,也就会好起来的,才不管肯尼兹说什么呢。我都要对他发火啦,奥彻太太把这小天使抱到大厅给主人看,他脸上才有喜色,那个老家伙就走上前,他说:'恩萧,你的妻给你留下这个儿子真是福气。她来时,我就深信保不住她啦。现在,我不得不告诉你,冬天她大概就要完了。别难过,别为这事太烦恼啦,没救了。而且,你本应该聪明些,不该挑这么个不值什么的姑娘!'"

"主人回答什么呢!"我追问着。

"我想他咒骂来着,可我没管他,我就是要看看孩子,"她又开始狂喜地描述起来。在我这方面我和她一样热心，兴高采烈地跑回家去看。虽然我为辛德雷着想，也很难过。他心里只放得下两个偶像——他的妻子和他自己。他两个都爱，只崇拜一个，我不能设想他怎么担起这损失。

我们到了呼啸山庄的时候，他正站在门前。在我进去时，我问："孩子怎么样？"

"简直都能跑来跑去啦，耐儿①！"他回答，露出愉快的笑容。

"女主人呢？"我大胆地问，"大夫说她是——"

"该死的大夫！"他打断我的话，脸红了，"弗兰西斯还好好的哩，下星期这时候她就要完全好啦。你上楼吗？你可不可以告诉她，只要她答应不说话，我就来，我离开了她，因为她说个不停，她一定得安静些。——告诉她，肯尼兹大夫这样说的。"

我把这话传达给恩萧夫人，她看来兴致勃勃，而且挺开心地回答：

"艾伦，我简直没说一个字，他倒哭着出去两次啦。好吧，说我答应了我不说话，可那并不能管住我不笑他呀！"

可怜的人！直到她临死的前一个星期，那颗欢乐的心一直没有丢开她。她的丈夫固执地——不，死命地——肯定她的健康日益好转。当肯尼兹警告他说，病到这个地步，他的药是没用了，而且他不必来看她，让他再浪费钱了，他却回嘴说：

"我知道你不必再来了——她好啦——她不需要你再看她了。她从来没有生肺痨。那只是发烧，已经退了。她的脉搏现在跳得和我一样慢，脸也一样凉。"

他也跟妻子说同样的话，而她好像也信了他。可是一天夜里，她正靠在丈夫的肩上，正说着她想明天可以起来了，一阵咳嗽呛住了她的话——极轻微的一阵咳嗽——他把她抱起来。她用双手搂着恩萧的脖子，脸色一变，她就死了。

正如那姑娘所料，这个孩子哈里顿完全归我管了。恩萧先生对他的关心，只限于看见他健康，而且绝不要听见他哭，就满足。至于他自己，变得绝望了，他的悲哀是属于哭不出来的那种。他不哭泣，也不祷告。他诅咒又蔑

① 耐儿——Nell，耐莉（Nelly）的爱称。

视,憎恨上帝同人类,过起了恣情放荡的生活。仆人们受不了他的暴虐行为,不久都走了。约瑟夫和我是仅有的两个愿留下的人。我不忍心丢开我所照应的孩子,而且,你知道我曾经是恩萧的共乳姊妹,总比一个陌生人对他的行为还能够宽恕些。约瑟夫继续威吓着佃户与那些干活的,因为待在一个有好多事他可以骂个没完的地方,就是他的职业。

主人的坏作风和坏朋友给凯瑟琳与希刺克厉夫做出一个糟糕的榜样。他对希刺克厉夫的待遇足以使得圣徒变成恶魔。而且,真的,在那时期,那孩子好像真有魔鬼附体似的。他幸灾乐祸地眼看辛德雷堕落得不可救药,那野蛮的执拗与残暴一天天地变得更显著了。我们的住宅活像地狱,简直没法向你形容。副牧师不来拜访了,最后,没有一个体面人走近我们。埃德加·林惇可以算是唯一的例外,他还常来看凯蒂小姐。到了十五岁,她就是乡间的皇后了,没有人能比得上她,她果然变成一个傲慢任性的尤物!自从她的童年时代过去后,我承认我不喜欢她了;我为了要改掉她那妄自尊大的脾气,常常惹恼她,尽管她从来没有对我采取憎厌的态度。她对旧日喜爱的事物保持一种古怪的恋恋不舍之情;甚至希刺克厉夫也为她所喜爱,始终不变。年轻的林惇,尽管有他那一切优越之处,却发觉难以给她留下同等深刻的印象。他是我后来的主人,挂在壁炉上的就是他的肖像。本来一向是挂在一边,他妻子的挂在另一边的。可是她的被搬走了,不然你也许可以看看她从前是怎样的人。你看得出吗?

丁太太举起蜡烛,我分辨出一张温和的脸,极像山庄上那位年轻夫人,但是在表情上更显得沉思而且和蔼。那是一幅可爱的画像。长长的浅色头发在额边微微卷曲着,一对大而严肃的眼睛,浑身上下几乎是太斯文了。凯瑟琳·恩萧会为了这么个人,而忘记了旧友,我可一点也不感到奇怪。但若是他,有着和他本人相称的思想,能想得出此刻我对凯瑟琳·恩萧的看法,那才使我诧异哩。

“一幅非常讨人喜欢的肖像,”我对管家说,“像不像他本人?”

“像的,”她回答,“可是在他兴致好的时候还好看些;那是他平日的相貌,通常他总是精神不振的。”

凯瑟琳自从跟林惇他们同住了五个星期后,就和他们继续来往。既然在一起时,她不愿意表现出她那粗鲁的一面,而且在那儿,她见的都是些温文尔雅的举止，因此，她也懂得无礼是可羞的。她乖巧而又亲切地，不知不觉地骗住了老夫人和老绅士，赢得了伊莎贝拉的爱慕，还征服了她哥哥的心灵——这收获最初挺使她得意。因为她是野心勃勃的，这使她养成一种双重性格，也不一定是有意要去欺骗什么人。在那个她听见希刺克厉夫被称作一个“下流的小坏蛋”和“比个畜生还糟”的地方，她就留意着自己的举止不要像他。可在家，她就没有什么心思去运用那种只会被人嘲笑的礼貌了，而且也无意约束她那种放浪不羁的天性，因为约束也不会给她带来威望和赞美。

埃德加先生很少能鼓起勇气公开地来拜访呼啸山庄。他对恩萧的名声很有戒心，生怕遇到他。但是我们总是尽量有礼貌地招待他。主人知道他是为什么来的，自己也避免冒犯他。如果他不能文文雅雅的话，就索性避开。我简直认为他的光临挺让凯瑟琳讨厌；她不耍手段，从来也不卖弄风情，显然极力反对她这两个朋友见面。因为当希刺克厉夫当着林惇的面表示出轻蔑时，她可不像在林惇不在场时那样附和他；而当林惇对希刺克厉夫表示厌恶，无法相容的时候，她又不敢冷漠地对待他的感情，好像是人家看轻她的伙伴和她没任何关系似的。我总笑她那些困惑和说不出口的烦恼，我的嘲笑她可是躲不过的哩。听起来好像我心狠，可她太傲了，大家才不会去怜悯她的苦痛呢，除非她收敛些，放谦和些。最后她自己招认了，而且向我吐露了衷曲。除了我，还有谁能做她的顾问。

一天下午，辛德雷先生出去了，希刺克厉夫借此想给自己放一天假。我想，那时他十六岁了，相貌不丑，智力也不差，他却偏要想法表现出里里外外都让人讨厌的印象，自然他现在的模样并没留下任何痕迹。首先，他早年所受的教育，到那时已不再对他起作用了，连续不断的苦工，早起晚睡，已经扑灭了他在追求知识方面所一度有过的好奇心，以及对书本或学问的喜爱。他童年时由于老恩萧先生的宠爱而注入他心里的优越感，这时已经消失了。他长久努力想要跟凯瑟琳在她的求学上保持平等的地位，却带着沉默的而又痛切的遗憾，终于舍弃了；而且他是完全舍弃了。当他发觉他必须，而且必然难免，沉落在他以前的水平以下的时候，谁也没法劝他往上走一步。随后人的外表也跟内心的堕落互相呼应了：他学了一套萎靡不振的走路样子和一种不体面的神气；他天生的沉默寡言的性情扩大成为一种几乎是痴呆的、过分不通人情的坏脾气。而他在使他的极少数的几个熟人对他反感而不是对他尊敬时,却显然是得到了一种苦中作乐的乐趣呢。

在他干活间休时,凯瑟琳还是经常跟他做伴;可是他不再用话来表示对她的喜爱了,而是愤愤地、猜疑地躲开她那女孩子气的抚爱,好像觉得人家对他滥用感情是不值得引以为乐的。在前面提到的那一天,他进屋来,宣布他什么也不打算干,这时我正帮凯蒂小姐整理她的衣服。她没有算计到他脑子里会生出闲散一下的念头;以为她可以占据这整个大厅,已经想法通知埃德加先生说她哥哥不在家,而且她准备接待他。

"凯蒂,今天下午你忙吗?"希刺克厉夫问,"你要到什么地方去吗?"

"不,下着雨呢。"她回答。

"那你干吗穿那件绸上衣?"他说,"我希望,没人来吧?"

"我不知道有没有人来,"小姐结结巴巴地说道,"可你现在应该在地里才对,希刺克厉夫。吃过饭已经一个钟头啦,我以为你已经走了。"

"辛德雷总是讨厌地妨碍我们,很少让我们自由自在一下,"这男孩子说,"今天我不再干活了,我要跟你待在一起。"

"啊,可是约瑟夫会告状的,"她绕着弯儿说,"你最好还是去吧!"

"约瑟夫在盘尼斯吞岩那边装石灰哩,他要忙到天黑,他绝不会知道的。"

说着,他就磨磨蹭蹭到炉火边,坐下来了。凯瑟琳皱着眉想了片刻——她觉得需要为即将来访的客人排除障碍。

"伊莎贝拉和埃德加·林惇说过今天下午要来的,"沉默了一下之后,她说,"既然下雨了,我也不用等他们了。不过他们也许会来的,要是他们真来了,那你可不保险又会无辜挨骂了。"

"叫艾伦去说你有事好了,凯蒂,"他坚持着,"别为了你那些可怜的愚蠢的朋友倒把我撵出去!有时候,我简直要抱怨他们——可是我不说吧——"

"他们什么?"凯瑟琳叫起来,快快不乐地瞅着他。"啊,耐莉!"她性急地嚷道,把她的头从我手里挣出来,"你把我的鬈发都要梳直啦!够啦,别管我啦。你简直想要抱怨什么,希刺克厉夫?"

"没什么——就看看墙上的日历吧。"他指着靠窗挂着的一张配上框子的纸，接着说："那些十字的就是你跟林惇他们一起消磨的傍晚，点子是跟我在一起度过的傍晚。你看见没有？我天天都打记号的。"

"是的，很傻气，好像我会注意似的！"凯瑟琳回答，怨声怨气的。"那又有什么意思呢？"

"表示我是注意了的。"希刺克厉夫说。

"我就应该总是陪你坐着吗？"她质问，更冒火了。"我得到什么好处啦？你说些什么呀？你到底跟我说过什么话——或是做过什么事来引我开心，你简直是个哑巴，或是个婴儿呢！"

"你以前从来没告诉过我，嫌我说话太少，或是你不喜欢我做伴，凯蒂。"希刺克厉夫非常激动地叫起来。

"什么都不知道，什么话也不说的人根本谈不上做伴。"她咕噜着。

她的同伴站起来了，可他没有时间再进一步表白他的感觉了，因为石板路上传来马蹄声，而年轻的林惇，轻轻地敲了敲门之后便进来了，他的脸上由于他得到这意外的召唤而容光焕发。无疑的，凯瑟琳在这一个进来，另一个出去的当儿，看出来她这两个朋友气质的截然不同。犹如你刚看完一个荒凉的丘陵产煤地区，又换到一个美丽的肥沃山谷；而他的声音和彬彬有礼也和他的相貌同样的与之恰恰相反。他有一种悦耳的低声的说话口气，而且吐字也跟你一样。比起我们这儿讲话来，没有那么粗声粗气的，却更为柔和些。

"我没来得太早吧？"他问，看了我一眼。我已开始揩盘子，并且清理橱里顶那头的几个抽屉。

"不早，"凯瑟琳回答，"你在那儿干吗，耐莉？"

"干我的事，小姐，"我回答。（辛德雷先生曾吩咐过我，只要在林惇私自拜访时我就得做个第三者。）

她走到我背后，烦恼地低声说："带着你的抹布走开，有客在家的时候，仆人不该在客人所在的房间里打扫！"

"现在主人出去了，正是个好机会，"我高声回答，"他讨厌我在他面前收拾这些东西。我相信埃德加先生一定会谅解我的。"

"可我讨厌你在我面前收拾，"小姐蛮横地嚷着，不容她的客人有机会说话——自从和希刺克厉夫小小争执之后，她还不能恢复她的平静。

“我很抱歉，凯瑟琳小姐。”这是我的回答，我还继续一心一意地做我的事。

她，以为埃德加看不见她，就从我手里把抹布夺过去，而且使劲狠狠地在我胳膊上拧了一下，拧得很久。我已经说过我不爱她，而且时时以伤害她的虚荣心为乐；何况她把我弄得非常痛，所以我本来蹲着的，马上跳起来，大叫：“啊，小姐，这是很下流的手段！你没有权利掐我，我可受不了。”

“我并没有碰你呀，你这说谎的东西！”她喊着，她的手指头直响，想要再来一次，她的耳朵因发怒而通红。她从来没有力量掩饰自己的激动，总是使她的脸变得通红。

“那么，这是什么？”我回嘴，指着我明摆着的紫斑作为见证来驳倒她。

她跺脚，犹豫了一阵，然后，无法抗拒她那种顽劣的情绪，便狠狠地打了我一个耳光，打得我的两眼都溢满泪水。

“凯瑟琳，亲爱的！凯瑟琳！”林惇插进来，看到他的偶像犯了欺骗与粗暴的双重错误大为震惊。

“离开这间屋子，艾伦！”她重复说，浑身发抖。

小哈里顿原是到处跟着我的，这时正挨近我坐在地板上，一看见我的眼泪，他自己也哭起来，而且哭着骂“坏凯蒂姑姑”，这把她的怒火又惹到他这不幸的孩子的头上来了。她抓住他的肩膀，摇得这可怜的孩子脸都变青了。埃德加连想也没想便抓住她的手好让她放掉他。刹那间，有一只手挣脱出来，这吓坏了的年轻人才发觉这只手已打到了他自己的耳朵上，看样子绝不可能被误会为是开玩笑。她惊慌失措地缩回了手。我把哈里顿抱起来，带着他走到厨房去，却把进出的门开着，因为我很好奇，想看看他们怎么解决他们的不愉快。这个被侮辱了的客人走到他放帽子的地方，面色苍白，嘴唇直颤。

“那才对！”我自言自语，“接受警告，滚吧！让你看一眼她真正的脾气，这才是好事哩。”

“你到哪儿去？”凯瑟琳走到门口追问着。

他偏过身子，打算走过去。

“你可不能走！”她执拗地叫嚷着。

“我非走不可，而且就要走！”他压低了声音回答。

“不行,”她坚持着,握紧门柄,“现在还不能走,埃德加·林惇。坐下来,你不能就这样离开我。我要整夜难过,而且我不愿意为你难过!”

“你打了我,我还能留下来么?”林惇问。

凯瑟琳不吭气了。

“你已经使得我怕你,为你害臊了,”他接着说,“我不会再到这儿来了!”

她的眼睛开始发亮,眼皮直眨。

“而且你有意撒谎!”他说。

“我没有!”她喊道,又开腔了,“我什么都不是故意的。好,走吧,随你的便——走开!现在我要哭啦——我要一直哭到半死不活!”

她跪在一张椅子跟前,开始认真痛切地哭起来。埃德加保持他的决心径直走到院子里;到了那儿,他又踌躇起来。我决定去鼓励他。

“小姐是非常任性的,先生,”我大声叫,“坏得像任何惯坏了的孩子一样。你最好还是骑马回家,不然她要闹得死去活来,不过是折磨我们大家罢了。”

这软骨头斜着眼向窗里望:他简直没有力量走开,正像一只猫无力离开一只半死的耗子或是一只吃了一半的鸟一样。啊!我想,可没法挽救他了,他已经注定了,而且朝着他的命运飞去了!真是这样,他猛然转身,急急忙忙又回到屋里,把他背后的门关上。过了一会当我进去告诉他们,恩萧已经大醉而归,准备把我们这所老宅都毁掉(这是在那样情况下他通常有的心情),这时我看见这场争吵反而促成一种更密切的亲昵——已经打破了年轻人的羞怯的堡垒,并且使他们抛弃了友谊的伪装而承认他们自己是情人了。

辛德雷先生到达的消息促使林惇迅速地上马,也把凯瑟琳赶回她的卧房。我去把小哈里顿藏起来,又把主人的猎枪里的子弹取出,这是他在疯狂的兴奋状态中喜欢玩的,任何人惹了他,或甚至太引他注意,就要冒性命危险。我想出了把子弹拿开的办法,这样如果他真闹到开枪的地步的话,也可以少闯点祸。

第9章

他进来了，叫喊着不堪入耳的咒骂的话，刚好看见我正把他的儿子往厨房碗橱里藏。哈里顿对于碰上他那野兽般的喜爱或疯人般的狂怒，都有一种恐怖之感，这是因为在前一种情况下他有被挤死或吻死的机会，而在另一种情况下他又有被丢在火里或撞在墙上的机会。他的惊恐倒使我可以随意地把他放在任何地方，这可怜的东西总是不声不响。

"哪，我到底发现啦！"辛德雷大叫，抓着我脖子上的皮，像拖只狗似的往后拖。"天地良心，你们一定发了誓要谋害那个孩子！现在我知道他怎么总不在我的跟前了。可是，魔鬼帮助我，我要让你吞下这把切肉刀，耐莉！你不用笑，因为我刚刚把肯尼兹头朝下闷到黑马沼地里，两个一个都一样——我要杀掉你们几个，我不杀就不安心！"

"可我不喜欢切肉刀，辛德雷先生，"我回答，"这刀刚切过熏青鱼。要是你愿意的话，我情愿被枪杀。"

"你还是遭天杀吧，"他说，"而且你将来也非遭不可。在英格兰没有一条法律能禁止一个人把他的家弄得像样些，可我的家却乱七八糟！——张开你的嘴！"

他握住刀子，把刀尖向我的牙齿缝里戳。而我可从来不太怕他的奇想。我唾一下，肯定说味道很讨厌——我无论如何不要吞下去。

"啊！"他放开了我，说道，"我看出那个可恶的小流氓不是哈里顿——我请你原谅，耐儿——要是他的话，他就应该活剥皮，因为他不跑来欢迎我，而且还尖声大叫，倒好像我是个妖怪。不孝的崽子，过来！你欺骗一个好心肠的、上当的父亲，我要教训教训你。现在，你不觉得这孩子头发剪短点还可以漂亮些吗？狗的毛剪短可以显得凶些，我爱凶的东西——给我一把剪刀——凶而整洁的东西！而且，那是地狱里才有的风气——珍爱我们的耳朵是魔鬼式的狂妄——我们没有耳朵，也够像驴子的啦。嘘，孩子，嘘！好啦，我的乖宝贝！别哭啦，揩干你的眼睛——这才是个宝贝啦。亲亲我。什么！他不肯？亲亲我，哈里顿！该死的，亲亲我！上帝呀，好像我愿意养这么个怪物似的！我非把这臭孩子的脖子摔断不可。"

可怜的哈里顿在他父亲怀里拼命又喊又踢，当他把哈里顿抱上楼，而且把他举到栏杆外面的时候，他更加倍地喊叫。我一边嚷着他会把孩子吓疯的，一边跑去救他。我刚走到他们那儿，辛德雷在栏杆上探身向前倾听楼下有个声音，几乎忘记他手里有什么了。"是谁？"他听到有人走近楼梯跟前，便问道。我也探身向前，为的是想做手势给希刺克厉夫，我已经听出他的脚步声了，叫他不要再走过来。就在我的眼睛刚刚离开哈里顿这一瞬间，他猛然一蹿，便从那不当心的怀抱中挣脱出来，掉下去了。

我们只顾看这个小东西是否安全，简直没有时间来体验那尖锐的恐怖感觉了。希刺克厉夫正在紧要关头走到了楼下，他下意识地把他接住了，并且扶他站好，抬头看是谁惹下的祸。即使是一个守财奴为了五分钱舍弃一张幸运的彩票，而第二天发现他在这交易上损失了五千镑，也不能表现出当希刺克厉夫看见楼上的人是恩萧先生时那副茫然若失的神气。那副神气比言语还更能明白地表达出那种极其深沉的苦痛，因为他竟成了阻挠他自己报仇的工具。若是天黑，我敢说，他会在楼梯上打碎哈里顿的头颅来补救这错误，但是我们亲眼看见孩子得救了，我立刻下楼把我的宝贝孩子抱过来，紧贴在心上。辛德雷从容不迫地下来，酒醒了，也觉得羞愧了。

"这是你的错，艾伦，"他说，"你该把他藏起来不让我看见。你该把他从我手里抢过去。他跌伤了什么地方没有？"

"跌伤！"我生气地喊着，"他要是没死，也会变成个白痴！啊！我奇怪他母亲怎么不从她的坟里站起来瞧瞧你怎样对待他。你比一个异教徒还坏——这样对待你的亲骨肉！"

他想要摸摸孩子。这孩子一发觉他是跟着我，就马上发泄出他的恐怖，放声哭出来。但是他父亲的手指头刚碰到他，他就又尖叫起来，叫得比刚才更高，而且挣扎着像要惊风似的。

“你不要管他啦！”我接着说，“他恨你——他们都恨你——这是实话！你有一个快乐的家庭，却给你弄到这样一个糟糕的地步！”

“我还要弄得更糟哩，耐莉，”这陷入迷途的人大笑，恢复了他的顽强，“现在，你把他抱走吧。而且，你听着，希刺克厉夫！你也走开，越远越好。我今晚不会杀你，除非，也许，我放火烧房子：那只是我这么想想而已。”

说着，他从橱里拿出一小瓶白兰地，倒一些在杯子里。

“不，别！”我请求，“辛德雷先生，请接受我的警告吧。如果你不爱惜你自己，就可怜可怜这不幸的孩子吧！”

“任何人都会比我待他更好些。”他回答。

“可怜可怜你自己的灵魂吧！”我说，竭力想从他手里夺过杯子。

“我可不。相反，我宁愿叫它沉沦来惩罚它的造物主，”这亵渎神明的人喊叫着，“为灵魂的甘心永堕地狱而干杯！”

他喝掉了酒，不耐烦地叫我们走开。用一连串的可怕的、不堪重述也不能记住的咒骂，来结束他的命令。

“可惜他不能醉死，”希刺克厉夫说。在门关上时，也回报了一阵咒骂，“他是在拼命，可是他的体质顶得住，肯尼兹先生说拿自己的马打赌，在吉默吞这一带，他要比任何人都活得长，而且将像个白发罪人似的走向坟墓，除非他碰巧遇上什么越出常情的机会。”

我走进厨房，坐下来哄我的小羔羊入睡。我以为希刺克厉夫走到谷仓去了。后来才知道他只走到高背长靠椅的那边，倒在墙边的一条凳子上，离火挺远，而且一直不吭声。

我正把哈里顿放在膝上摇着，而且哼着一支曲子，那曲子是这样开始的——

“夜深了，孩子睡着了。
坟堆里的母亲听见了——”

这时凯蒂小姐，已经在她屋里听见了这场骚扰，伸进头来，小声说：

“你一个人吗，耐莉？”

“是啊，小姐。”我回答。

她走进来，走近壁炉。我猜想她要说什么话，就抬头望着。她脸上的表情看来又烦又忧虑不安。她的嘴半张着,好像有话要说。她吸了一口气,但是这口气化为一声叹息而不是一句话。我继续哼我的歌,还没有忘记她刚才的态度。

“希刺克厉夫呢?”她打断了我的歌声,问我。

“在马厩里干他的活哩。”这是我的回答。

他也没有纠正我,也许他在瞌睡。接着又是一阵长长的停顿。这时我看见有一两滴水从凯瑟琳的脸上滴落到石板地上。她是不是为了她那可羞的行为而难过呢?我自忖着,那倒要成件新鲜事哩。可是她也许愿意这样——反正我不去帮助她!不,她对于任何事情都不大操心,除非是跟她自己有关的事。

“啊,天呀!”她终于喊出来,“我非常不快乐!”

“可惜,”我说,“要你高兴真不容易,这么多朋友和这么少牵挂,还不能使你自己知足!”

“耐莉,你肯为我保密吗?”她纠缠着,跪在我旁边,抬起她那迷人的眼睛望着我的脸,那种神气足以赶掉人的怒气,甚至在一个人极有理由发怒的时候也可以。

“值得保守吗?”我问,不太别扭了。

“是的,而且它使我很烦,我非说出来不可!我要想知道我该怎么办。今天,埃德加·林惇要求我嫁给他,我也已经给他回答了。现在,在我告诉你这回答是接受还是拒绝之前,你告诉我应该是什么。”

“真是的,凯瑟琳小姐,我怎么知道呢?”我回答,“当然,想想今天下午你当着他的面出了那么大的丑,我可以说拒绝他是聪明的。既然他在那件事之后请求你,他一定要么是个没希望的笨蛋,要么就是一个好冒险的傻瓜。”

“要是你这么说,我就不再告诉你更多的了,”她抱怨地回答,站起来了。“我接受了,耐莉。快点,说我是不是错了!”

“你接受了?那么讨论这件事又有什么好处呢?你已经说定,就不能收回啦。”

“可是,说说我该不该这样做——说吧!”她用激怒的声调叫着,绞着她的双手,皱着眉。

“在正确地回答那个问题之前,有许多事要考虑的,”我说教似的讲着。“首先,最重要的是你爱不爱埃德加先生?”

“谁能不爱呢? 当然我爱。”她回答。

然后我就跟她一问一答:对于一个二十二岁的姑娘说来,这些问话倒不能算是没有见识。

“你为什么爱他,凯蒂小姐?”

“问得无聊,我爱——那就够了。”

“不行,你一定要说为什么。”

“好吧,因为他漂亮,而且在一起很愉快。”

“糟。”这是我的评语。

“而且因为他又年轻又活泼。”

“还是糟。”

“而且因为他爱我。”

“那一点无关紧要。”

“而且他将要有钱,我愿意做附近最了不起的女人,而我有这么一个丈夫就会觉得骄傲。”

“太糟了! 现在,说说你怎么爱他吧?”

“跟每一个人恋爱一样。你真糊涂,耐莉。”

“一点也不,回答吧。”

“我爱他脚下的地,他头上的天,他所碰过的每一样东西,以及他说出的每一个字。我爱他所有的表情和所有的动作,还有整个的完完全全的他。好了吧!”

“为什么呢?”

“不,你是在开玩笑,这可太恶毒了! 对我可不是开玩笑的事!”小姐说,并且皱起眉,掉过脸向着炉火。

“我绝不是开玩笑,凯瑟琳小姐!”我回答。“你爱埃德加先生是因为他漂亮、年轻、活泼、有钱,而且爱你。最后这一点,不管怎么样,没什么作用,没有这一条,你也许还是爱他;而有了这条,你倒不一定,除非他具备头四个优点。”

“是啊,当然,如果他生得丑,而且是个粗人,也许我只能可怜他——

恨他。”

“可是世界上还有好多漂亮的、富裕的年轻人呀——可能比他还漂亮，还有钱。你怎么不去爱他们呢?”

“如果有的话，他们也不在我的道路上！我还没有看见过像埃德加这样的人。”

“你还可以看见一些，而且他不会总是漂亮、年轻，也不会总是有钱的。”

“他现在是，而我只要顾眼前，我希望你说点合乎情理的话。”

“好啦，那就解决了，如果你只顾眼前，就嫁林惇先生好啦。”

“这件事我并不要得到你的允许——我要嫁他。可是你还没有告诉我，我到底对不对。”

“如果人们结婚只顾眼前是对的话，那就完全正确。现在让我们听听你为什么不高兴。你的哥哥会高兴的，那位老太太和老先生也不会反对。我想，你将从一个乱糟糟的、不舒服的家庭逃脱。走进一个富裕的体面人家。而且你爱埃德加，埃德加也爱你。一切看来是顺心如意——障碍又在哪儿呢?”

“在这里，在这里！”凯瑟琳回答，一只手捶她的前额，一只手捶胸：“在凡是灵魂存在的地方——在我的灵魂里，而且在我的心里，我感到我是错了！”

“那是非常奇怪的！我可不懂。”

“那是我的秘密。可要是你不嘲笑我，我就要解释一下了。我不能说得很清楚——可是我要让你感觉到我是怎样感觉的。”

她又在我旁边坐下来，她的神气变得更忧伤、更严肃，她紧攥着的手在颤抖。

“耐莉，你从来没有做过稀奇古怪的梦吗?”她想了几分钟后，忽然说。

“有时候做。”我回答。

“我也是的。我这辈子做过的梦有些会在梦过以后永远留下来跟我在一起，而且还会改变我的心意。这些梦在我心里穿过来穿过去，好像酒流在水里一样，改变了我心上的颜色。这是一个——我要讲了——你可别对随便什么话都笑。”

“啊，别说啦，凯瑟琳小姐!”我叫着，“用不着招神现鬼来缠我们，我们已够惨的啦。来，来，高兴起来，像你本来的样子！看看小哈里顿——他梦中想不到什么伤心事。他在睡眠中笑得多甜啊!”

“是的，他父亲在寂寞无聊时也诅咒得多甜！我敢说，你还记得他和那个小胖东西一样的时候——差不多一样的小而天真。可是，耐莉，我要请你听着——并不长；而我今天晚上也高兴不起来。”

“我不要听，我不要听!”我赶紧反复说着。

那时候我很迷信梦，现在也还是。凯瑟琳脸上又有一种异常的愁容，这使我害怕她的梦会使我感到什么预兆，使我预见一件可怕的灾祸。她很困恼，可是她没有接着讲下去。停一会她又开始说了，显然是另拣一个话题。

“如果我在天堂，耐莉，我一定会非常凄惨。”

“因为你不配到那儿去，”我回答，“所有的罪人在天堂里都会凄惨的。”

“可不是为了那个。我有一次梦见我在那儿了。”

“我告诉你我不要听你的梦，凯瑟琳小姐！我要上床睡觉啦。”我又打断了她。她笑了，按着我坐下来，因为我要离开椅子走了。

“这并没有什么呀，”她叫着，“我只是要说天堂并不是像我的家。我就哭得很伤心，要回到尘世上来。而天使们大为愤怒，就把我扔到呼啸山庄的草原中间了。我就在那儿醒过来，高兴得直哭。这就可以解释我的秘密了，别的也是一样。讲到嫁给埃德加·林惇，我并不比到天堂去更热心些。如果那边那个恶毒的人不把希刺克厉夫贬得这么低，我还不会想到这个。现在，嫁给希刺克厉夫就会降低我的身份，所以他永远也不会知道我多么爱他；那并不是因为他漂亮，耐莉，而是因为他比我更像我自己。不论我们的灵魂是什么做成的，他的和我的是一模一样的；而林惇的灵魂就如月光和闪电，或者霜和火，完全不同。”

这段话还没有讲完，我发觉希刺克厉夫就在这儿。我注意到一个轻微的动作，我回过头，看见他从凳子上站起来，不声不响地悄悄出去了。他一直听到凯瑟琳说嫁给他就会降低她的身份，就没再听下去。我的同伴，坐在地上，正被高背长靠椅的椅背挡住，看不见他在这儿，也没看见他离开。可是我吃了一惊，叫她别出声。

“干吗?”她问，神经过敏地向四周望着。

“约瑟夫来了，”我回答，碰巧听见他的车轮在路上隆隆的声音，“希刺克厉夫会跟他进来的。我不能担保他这会儿在不在门口哩。”

“啊，他不可能在门口偷听我的！”她说，“把哈里顿交给我，你去准备晚饭，弄好了叫我去跟你一块吃吧。我愿意欺骗我这不好受的良心，而且也深信希刺克厉夫没想到这些事。他没有，是吧？他不知道什么叫作爱吧？”

“我看不出有什么理由说他不能跟你一样地了解。”我回答，“如果你是他所选定的人，他就要成为天下最不幸的人了。你一旦变成林惇夫人，他就失去了朋友、爱情以及一切！你考虑过没有？你将怎样忍受这场分离，而他又将怎么忍受完全被人遗弃在世上，因为，凯瑟琳小姐——”

“他完全被人遗弃！我们分开！”她喊，带着愤怒的语气。“请问，谁把我们分开？他们要遭到米罗[1]的命运！只要我还活着，艾伦——谁也不敢这么办。世上每一个林惇都可以化为乌有，我绝不能够答应放弃希刺克厉夫。啊，那可不是我打算的——那不是我的意思！要付这么一个代价，我可不作林惇夫人！将来他这一辈子，对于我，就和他现在对于我一样地珍贵。埃德加一定得消除对希刺克厉夫的反感，而且，至少要容忍他。当他知道了我对他的真实感情，他就会的。耐莉，现在我懂了，你以为我是个自私的贱人。可是，你难道从来没想到，如果希刺克厉夫和我结婚了，我们就得做乞丐吗？而如果我嫁给林惇，我就能帮助希刺克厉夫高升，并且把他安置在我哥哥无权过问的地位。”

“用你丈夫的钱吗，凯瑟琳小姐？”我问，“你要发觉他可不是你估计的这么顺从。而且，虽然我不便下断言，我却认为那是你要做小林惇的妻子的最坏的动机。”

“不是，”她反驳，“那是最好的！其他的动机都是为了满足我的狂想；而且也是为了埃德加的缘故——因为在他的身上，我能感到，既包含着我对埃德加的还包含着他对我自己的那种感情。我不能说清楚，可是你和别人当然都了解，除了你之外，还有，或是应该有，另一个你的存在。如果我是完

---

① 米罗——Milo，纪元前 57 年曾为罗马护民官。原为庞贝的手下人，原组织斗士与克劳狄斯暗斗达五年之久。纪元前 55 年做了罗马执政官。纪元前 52 年谋杀了克劳狄斯，后被控告并放逐。纪元前 48 年又组织叛乱，在科萨被捕并被处死。

完全全都在这儿,那么创造我又有什么用处呢?在这个世界上,我的最大的悲痛就是希刺克厉夫的悲痛,而且我从一开始就注意并且都感受到了。在我的生活中,他是我最强的思念。如果别的一切都毁灭了,而他还留下来,我就能继续活下去;如果别的一切都留下来,而他却给消灭了,这个世界对于我就将成为一个极陌生的地方。我不会像是它的一部分。我对林惇的爱像是树林中的叶子:我完全晓得,在冬天变化树木的时候,时光便会变化叶子。我对希刺克厉夫的爱恰似下面的恒久不变的岩石:虽然看起来它给你的愉快并不多,可是这点愉快却是必需的。耐莉,我就是希刺克厉夫!他永远永远地在我心里。他并不是作为一种乐趣,并不见得比我对我自己还更有趣些,却是作为我自己本身而存在。所以别再谈我们的分离了——那是做不到的;而且——"

她停住了,把脸藏到我的裙褶子里;可是我用力把她推开。对她的荒唐,我再也没有耐心了!

"如果我能够从你的胡扯中找出一点意义来,小姐,"我说,"那只是使我相信你完全忽略了你在婚姻中所要承担的责任;不然,你就是一个恶毒的、没有品德的姑娘。可不要再讲什么秘密的话来烦我。我不能答应保守这些秘密。"

"这点秘密你肯保守吧?"她焦急地问。

"不,我不答应。"我重复说。

她正要坚持,约瑟夫进来了,我们的谈话就此结束。凯瑟琳把她的椅子搬到角落里,照管着哈里顿,我就做饭。饭做好后,我的伙伴就跟我开始争执谁该给辛德雷送饭菜去,我们没能解决,直到饭菜都快冷了。然后我们达成协议说,我们就等他来要吧,如果他想吃的话。因为当他暂时单独一个人的时候,我们都特别怕走到他面前。

"到这时候了,那个没出息的东西怎么还不从地里回来?他干吗去啦?又闲荡去啦?"这老头子问着,四下里望着,想找希刺克厉夫。

"我去喊他,"我回答,"他在谷仓里,我想没问题。"

我去喊了,可是没有答应。回来时,我低声对凯瑟琳说,我料到他已经听到她所说的大部分话,并且告诉她正当她抱怨她哥哥对他的行为的时候,我是怎样看见他离开厨房的。她吃惊地跳起来——把哈里顿扔到高背椅子上,就自己跑出去找她的朋友了,也没有好好想想她为什么这么激动,或是她的谈话会怎样影响他。她去了很久,因此约瑟夫建议我们不必再等了。他多心地猜测他们在外面逗留为的是避免听他那拖得很长的祷告。他们是"坏得只会做坏事了。"他断定说。而且,为了他们的行为,那天晚上他在饭前通常做一刻钟的祈祷外,又加上一个特别祈祷,本来还要在祈祷之后再来一段,要不是他的小女主人这时冲进来,匆忙地命令他必须跑到马路上去,不管希刺克厉夫游荡到哪儿,也得找到他,要他马上再进来!

"我要跟他说话,在我上楼以前,我非跟他说话不可,"她说。"大门是开着的,他跑到一个听不见喊叫的地方去啦。因为我在农场的最高处尽量使劲大声喊叫,他也不搭理。"

约瑟夫起初不肯,但是她太着急了,不容他反对。终于他把帽子往头上一戴,嘟哝着走出去了。

这时,凯瑟琳在地板上来回走着,嚷着,"我奇怪他在哪儿——我奇怪他能跑到哪儿去了!我说了什么啦,耐莉?我都忘啦,他是怪我今天下午发脾气吗?亲爱的,告诉我,我说了什么使他难过的话啦?我真想他来。真想他会来呀!"

"无缘无故嚷嚷什么!"我喊,虽然我自己也有点不定心。"这一丁点儿小事就把你吓着啦!当然是没有值得大惊小怪的大事,希刺克厉夫没准在旷野上来一个月下散步,或者就躺在稻草的厩楼里,别扭得不想跟我们说话。我敢说他是躲在那儿呢。瞧,我要不把他搜出来才怪!"

我去重新找一遍,结果是失望,而约瑟夫找的结果也是一样。

"这孩子越来越糟!"他一进来就说,"他把大门敞开了,小姐的小马都踏倒了两排小麦,还直冲到草地里去了!反正,主人明天早上一定要闹一场,闹个好看。他对这样不小心的,可怕的家伙可没有什么耐心——他可没有那份耐心!可他不能老是这样——你瞧着吧,你们大家!你们不应该让他无缘无故地发一阵疯!"

"你找到希刺克厉夫没有?你这个蠢驴,"凯瑟琳打断他。"你有没有照我吩咐的去找他?"

"我倒情愿去找马,"他回答,"那还有意义些。可是在这样的夜晚,人马都没法找——黑得像烟囱似的!而且希刺克厉夫也不是听我一叫就来的人——没准你叫他还听得入耳些呢!”

正当夏天,那倒真是一个非常黑的晚上。阴云密布,很像要有雷雨,我说我们最好还是坐下来吧:即将到来的大雨一定会把他带回家的,用不着再费事。但是没法把凯瑟琳劝得平静下来。她一直从大门到屋门来回徘徊,激动得一刻也不肯休息,终于在靠近路上一面墙边站住不动。在那儿,不顾我的忠告,不顾那隆隆的雷声和开始在她四周哗啦哗啦落下的大雨点,她就待在那儿,时不时喊叫一下,又听听,跟着放声大哭。这一场放声号啕大哭是哈里顿,或任何孩子都比不过的。

大约午夜时分,我们都还坐着的当儿,暴风雨来势汹汹地在山庄顶上隆隆作响。起了一阵狂风,打了一阵霹雷,不知是风还是雷把屋角的一棵树劈倒了。一根粗大的树干掉下来压到房顶上,把东边烟囱也打下来一块,给厨房的炉火里送来一大堆石头和煤灰。我们还以为闪电落在我们中间了呢,约瑟夫跪下来,祈求主不要忘记诺亚和罗得①。而且,更像从前一样,虽然他要打击不敬神的人,却要赦免无辜的人。我也有点感到这一定也是对我们的裁判。在我的心里,约拿②就是恩萧先生。我就摇摇他小屋的门柄,想弄明白他是不是还活着。他回答得有气无力,使我的同伴比刚才喊得更热闹,好像要把像他自己这样的圣人和像他主人这样的罪人划清界限似的。但是二十分钟后这场骚扰过去了,留下我们全都安全无恙。只是凯蒂,由于她固执地拒绝避雨而淋得浑身湿透,不戴帽子,不披肩巾地站在那儿,任凭她的头发和衣服渗透了雨水。她进来了,躺在高背椅上,浑身水淋淋的,把脸对着椅背,手放在脸前。

“好啦,小姐!”我叫着,抚着她的肩。“你不是下决心找死吧,是吗!你知道这是几点钟啦?十二点半啦。来吧!睡觉去。用不着再等那个傻孩子

---

① 诺亚——Noah,见《圣经·旧约·创世记》第六、七、八、九章。上帝愤怒降洪水于世,诺亚受神示,造方舟将其家和各种家禽置于舟中,得免灾祸。

罗得——Lot,为亚伯拉罕之侄,见《圣经·旧约·创世记》第十九章。在今死海边曾有一城名索顿 Sodom(《圣经》上名所多玛),圣经中谓该城居民罪恶深重,故天降大火焚之,罗得于该城灭亡时幸免于难。

② 约拿—— Jonah,见《圣经·旧约·约拿书》第一章。约拿因违抗上帝,乘船逃遁,上帝施以巨风,遂致吹入海中,为巨鱼所吞,而困于鱼腹中三昼夜。

啦，他一定去吉默吞了，而且现在他一定住在那儿了。他猜想这么晚我们不会醒着等他，至少他猜到只有辛德雷先生会起来，他是宁可避免让主人给他开门的。”

“不，不，他不会在吉默吞，”约瑟夫说，“我看他一定是掉在泥塘底下去啦。这场天降之祸不是无所谓的。我希望你们瞧瞧，小姐——下一回该是你了。为了一切感谢上帝！一切配合起来都是为了他们好，仿佛从垃圾堆里挑选出来的！你们知道《圣经》上说什么——”

他开始引了好几段经文，给我们指明章节，叫我们去查。

我求这执拗的姑娘站起来换掉她的湿衣服，却是白费劲，只好走开，任她祈祷，任她发抖，我自己就带着哈里顿睡觉去了。小哈里顿睡得这么香，好像是他四周的每一个人都睡着了似的。以后我还听见约瑟夫读了一会经。然后，我还听得出他上梯子时慢腾腾的脚步，后来我就睡着了。

我比平时下楼迟些，靠着百叶窗缝中透进来的阳光，看见凯瑟琳小姐还坐在壁炉房。大厅的门也还是半开，从那没有关上的窗户那儿进来了光亮。辛德雷已经出来了，站在厨房炉边，憔悴而懒塌塌的。

“什么事让你难过呀，凯蒂？”我进来时他正在说。“看你像个淹死的小狗那样惨凄凄的。孩子，你怎么这么湿，这么苍白？”

“我淋湿了，”她勉强回答，“而且我冷，就这么回事。”

“啊，她太不乖啦！”我大声说，看出来主人还相当清醒，“她昨天晚上在大雨里泡，而且她又坐了个通宵，我也没法劝得她动一动。”

恩萧先生惊奇地瞅瞅我们。“通宵，”他重复着，“什么事使她不睡？当然，不会是怕雷吧？几个钟头以前就不打雷了。”

我们都不愿意提希刺克厉夫失踪的事，我们能瞒多久就瞒多久，所以我回答，我不知道她怎么想起来坐着不睡，她也没说什么。早上的空气是新鲜凉快的，我把窗户拉开，屋里立刻充满了从花园里来的甜甜的香气。可是凯瑟琳暴躁地叫唤我，“艾伦，关上窗户。我都要冻死了！”她向那几乎灭了的灰烬那边移近些，缩成一团，牙齿直打战。

“她病了，”辛德雷说，拿起她的手腕，“我想这是她不肯上床去的缘故。倒霉！我可不愿这儿再有人生病添麻烦，你干吗到雨里去呢？”

“和平时一样，追男孩子呀！”约瑟夫嘎声说，趁我们在犹豫时，就抓住机会进谗言。“如果我是你，主人，我就不论他们是贵是贱都给他们一顿耳光！只要有一天你不在家，那个贪嘴的猫林惇可就偷着来啦。还有耐莉小姐呀，她也是个不赖的小姐！她就坐在厨房守着你，你一进这个门，她就出了那个门。还有，我们那个贵妇人就走到她跟前巴结去！这可是好事，夜里十二点钟过了，跟那个吉卜赛人生的野鬼，希刺克厉夫，躲在地里！他们以为我是瞎子，我才不是：一点也不瞎！我瞧见小林惇来，也瞧见他走，我还瞅见你（指着我说），你这没出息的，破破烂烂的巫婆！你一听见主人的马蹄在路上响，你就跳起来蹿到大厅里去。”

“住嘴，偷听话的！”凯瑟琳嚷着，“在我面前不容你放肆！辛德雷，埃德加·林惇昨天是碰巧来的，是我叫他走的，因为我知道你一直不喜欢遇见他。”

“你撒谎，凯蒂，毫无疑问，”她哥哥回答，“你是一个讨厌的呆子！可是目前先别管林惇吧——告诉我，你昨天夜里没跟希刺克厉夫在一起么？现在，说实话。你用不着怕我害他，虽然我一直这么恨他，不久以前他却为我做了件好事，使我的良心没法让我掐断他的脖子了。为了防止这种事，我今天早上就要赶他走。等他走后，我劝你们都小心点，我可要对你们不客气哪！”

“我昨天夜里根本没有看见希刺克厉夫，”凯瑟琳回答。开始痛哭起来：“你要是把他撵出大门，我就一定要跟他走。可是，也许，你永远不会有机会啦！也许他已经走啦。”说到这儿，她忍不住放声哀哭，她下面的话就听不清了。

辛德雷向她冷嘲热讽，大骂一场，叫她立刻回她屋里去，要不然的话，就不该无缘无故地大哭！我请求她服从。当我们到了她的卧房时，我永远不会忘记她演了怎样的一场戏，真的把我吓坏了——我以为她要疯了，我就求约瑟夫快跑去请大夫。这证实是热病的开始，肯尼兹先生一看见她，就宣布她病势危险，她在发烧。他给她放血，又告诉我只给她乳浆和稀饭吃；而且要小心别让她跳楼，或是跳窗，然后他就走了。因为他在这教区里是够忙的，而在这一带，这个村和那个村，中间相隔两三英里远是常有的事。

虽然我不能说我是一个温柔的看护，可是约瑟夫和主人总不见得比我好。而且虽然我们的病人是病人中最麻烦、最任性的——可是她总算起死回生了。当然啦,老林惇夫人来拜访了好几次,而且百般挑剔,把我们都骂了一阵,吩咐了一阵,当凯瑟琳病快复原的时候,她坚持要把她送到画眉田庄去。这真是皇恩大赦,我们非常感谢。但是这可怜的太太很有理由后悔她的善心,她和她丈夫都被传染了热病,在几天之内,两人便相继逝世了。

我们的小姐回到我们这儿来,比以前更拗,更暴躁,也更傲慢了。希刺克厉夫自从雷雨之夜后就毫无音讯。有一天她惹得我气极啦,我自认倒霉竟把他的失踪归罪于她身上了。的确这责任是该她负,她自己也明白。从那个时期起,有好几个月,她不理我,仅仅保持主仆关系。约瑟夫也受到冷遇:尽管他只顾说他自己的想法,还拿她当个小姑娘似的教训她,她却把自己当作成年女子,是我们的女主人。并且以为她最近这场病使她有权要求别人体谅她。还有,大夫也说过她不能再受很多打击了,她得由着她自己的性子才行。在她眼里,任何人若敢于站起来反对她,就跟谋杀差不多。她对恩萧先生和他的同伴们都躲得远远的,她哥哥受了肯尼兹的教导,又想到她的狂怒常常会引起一阵癫痫的严重威胁,也就对她百依百顺,尽量不去惹恼她。讲到容忍她的反复无常,他实在是太迁就了,这并不是出于感情,而是出于妄自尊大,他真心盼望能看到她和林惇家联姻以便门第增光,并且只要她不去打扰他,她就尽可以把我们当奴隶一样践踏,他才不管呢!埃德加·林惇,像在他以前和以后的多数人一样,是给迷住了。他父亲逝世三年后,他把她领到吉默吞教堂那天,他自信是世上最幸福的人。

我很勉强地被劝说离开了呼啸山庄,陪她到这儿来了。小哈里顿差不多五岁了,我才开始教他认字,我们分别得很惨。可是凯瑟琳的眼泪比我们的更有力量——当我拒绝去,而她发觉她的请求不能感动我的时候,她就到她丈夫和她哥哥跟前去恸哭。她丈夫要给我很多工钱,她哥哥命令我打铺盖——他说,现在没有女主人啦,他屋里不需要女用人了。至于哈里顿,不久就有副牧师来照管了。因此我只有一条路可以选择,叫我做什么就照办吧。我告诉主人说,他把所有的正派人都打发走了,那只会让他毁灭得更快些。我亲亲哈里顿作为告别。从此以后他和我是陌生人啦,想起来可非常古怪,可是我敢说他已把丁艾伦一股脑儿全忘了,也忘了他曾经是她在世上最宝贵的,而她也曾是他最宝贵的!

管家把故事讲到这里,偶然向烟囱上的时钟瞅了一眼:出乎她的意料,时针已指到一点半。她就再也不肯多待一秒钟。老实说,我自己也有意让她的故事的续篇搁一搁。现在她已经不见踪影,睡觉去了,我又沉思了一两个钟头,虽然我的头和四肢痛得不想动,可是我也得鼓起勇气去睡觉了。

第10章

对于一个隐士的生活这倒是一个绝妙的开始！四个星期的折磨，辗转不眠，还有生病！啊，这荒凉的风，严寒的北方天空，难走的路，慢腾腾的乡下大夫！还有，啊，轻易看不见人的脸，还有，比什么都糟的是肯尼兹可怕的暗示，说我不到春天甭想出门！

希刺克厉夫先生刚刚光临来看了我。大概在七天以前他送我一对松鸡——这是这季节的最后两只了。坏蛋！我这场病，他可不是全然没有责任的，我很想这样告诉他。可是，哎呀！这个人真够慈悲，坐在我床边足足一个钟点。谈了一些别的题目，而不谈药片、药水、药膏治疗之类的内容，那么我怎么能得罪他呢？这倒是一段舒适的休养时期。我还太弱，没法读书，但是我觉得我仿佛能够享受一点有趣的东西了。为什么不把丁太太叫上来讲完她的故事呢？我还能记得她所讲到的主要情节。是的，我记得她的男主角跑掉了，而且三年杳无音讯；而女主角结婚了。我要拉铃。我要是发现我已经能够愉快地聊天，一定会高兴的。丁太太来了。

“先生，还要等二十分钟才吃药哩。”她开始说。

“去吧，去它的！”我回答，“我想要——”

“医生说你必须服药粉了。”

“我满心愿意，不要打扰我。过来，坐在这儿。不要碰那一排苦药瓶。把你的毛线活从口袋里拿出来——好啦——现在接着讲希刺克厉夫先生的历史吧，从你打住的地方讲到现在。他是不是在欧洲大陆上完成他的教育，变成一个绅士回来了？或是他在大学里得到了半工半读的免费生的位置？

或者逃到美洲去，从他的第二祖国那儿吸取膏血而获得了名望？或者更干脆些在英国公路上打劫发了财？”

“也许这些职业他都干过一点，洛克乌德先生，可是我说不出他究竟干了什么，我声明过我不知道他怎么搞到钱的！我也不明白他用什么方法把他本来沉入野蛮无知的心灵救出来的。但是，对不起，如果你认为能让你高兴而不烦扰你，我就要用我自己的方式讲下去了。你今天早上觉得好点吗？”

“好多了。”

“好消息。”

我带着凯瑟琳小姐一起到了画眉田庄。虽然失望，然而足以欣慰的是她的举止好多了，这是我当初简直不敢想的。看来她几乎过于喜爱林惇先生了，甚至对他的妹妹，她也表现出十分亲热。当然，他们两个对她的舒适也非常关怀。并不是荆棘倒向忍冬①，而是忍冬拥抱荆棘。并没有双方互相让步的事，一个站得笔直，其他的人就都得顺从。既遭不到反对，又遭不到冷淡，谁还能使坏性子发脾气呢？我看出埃德加先生是生怕惹她发怒。他掩饰着这种惧怕不让她知道；可是当她有什么蛮不讲理的吩咐时，他若一听见我答话声气硬些，或是看见别的仆人不太乐意时，他就皱起眉头表示生气了，而他为了自己的事从来不沉下脸的。他几次很严厉地对我说起我的不懂规矩；而且肯定说哪怕用一把小刀戳他一下，也抵不上看见他的夫人烦恼时那么难受。我不要让一位仁慈的主人难过，我就得学着克制些。而且，有半年时间，这火药像沙土一样地摆在那儿并没引爆，因为没有火凑近来使它爆炸。凯瑟琳时不时地也有阴郁和沉默的时候，她的丈夫便以同情的沉默，以表示尊重。他认为这是由于她那场危险的病所引起的体质上的变化，因为她以前从来没有过心情抑郁的时候。她如现出阳光重返的神气，他这边也就现出阳光重返来表示欢迎。我相信我可以说他们真的得到深沉的、与日俱增的幸福了。

---

① 忍冬——honeysuckle，半常绿灌木，茎蔓生，初夏开白花，有香气，叶花可入药，俗名金银花。

幸福完结了。唉，到头来我们总归是为了自己；温和慷慨的人不过比傲慢霸道的人自私得稍微公平一点罢了，等到种种情况使得两个人都感觉到一方的利益并不是对方思想中主要关心的事物的时候，幸福就完结了。九月里一个醉人的傍晚，我挎着一大篮才采下来的苹果从花园出来。那时已经快黑了，月亮从院子的高墙外照过来，照出一些模糊的阴影，潜藏在这房子的无数突出部分的角落里。我把我这篮东西放在厨房门口的台阶上，站一站，休息一会，再吸几口柔和甜美的空气，我抬眼望着月亮，背朝着大门，这时我听见我背后有个声音说：

"耐莉，是你吗？"

那是个深沉的声音，又是外地口音，可是念我的名字又念得让人听了怪熟悉的。我害怕地转过来看看倒是谁在说话，因为门是关着的，我又没看见有人上台阶。在门廊里有个什么东西在动。而且，正在走近，我看出是个高高的人，穿着黑衣服，有张黑黑的脸，还有黑头发。他斜靠在屋边，手指握着门闩，好像打算自己要开门似的。

"能是谁呢？"我想着。"恩萧先生吗？啊，不是！声音不像他的。"

"我已经等了一个钟头了，"就在我还发愣的当儿他又说了，"我等的时候，四周一直像死一样的静。我不敢进去。你不认识我了吗？瞧瞧，我不是生人呀！"

一道光线照在他的脸上：两颊苍白，一半为黑胡须所盖，眉头低耸，眼睛深陷而且很特别。我记起这对眼睛了。

"什么！"我叫道，不能确定是把他当作人，还是鬼。我惊讶地举起双手。"什么！你回来啦？真是你吗？是你吗？"

"是啊，希刺克厉夫，"他回答，从我身上抬眼看一下窗户，那儿映照出灿烂的月亮，却没有灯光从里面射出来。"他们在家吗——她在哪儿？耐莉，你在不高兴——你用不着这么惊慌呀！她在这儿吗？说呀！我要跟她说一句话——你的女主人。去吧，说有人从吉默吞来想见见她。"

"她怎么接受这消息呢？"我喊起来，"她会怎么办呢？这件意外的事真让我为难——这会让她昏了头的！你是希刺克厉夫！可是变啦！不，简直没法让人明白，你当过兵了吧？"

"去吧，送我的口信去。"他不耐烦地打断了我的问话。"你不去，我就等于在地狱里!”

他抬起门闩,我进去了。可是当我走到林惇先生和夫人所在的客厅那儿,我没法让自己向前走了。终于,我决定借口问他们要不要点蜡烛,我就开了门。

他们一起坐在窗前,格子窗拉开,抵在墙上,望出去,除了花园的树木与天然的绿色园林之外,还可以看见吉默吞山谷,有一长条白雾简直都快环绕到山顶上(因为你过了教堂不久,也许会注意到,从旷野里吹来的飒飒微风,正吹动着一条弯弯曲曲顺着峡谷流去的小溪)。呼啸山庄耸立在这银色的雾气上面,但是却看不见我们的老房子——那是偏在山的另一面的。这屋子和屋里的人,以及他们凝视着的景致,都显得非常安谧。我畏畏缩缩不情愿执行我的使命,问过点灯的话后,实际上差点不说话就走开,这时意识到我的傻念头,就又迫使我回来,低声说:

“从吉默吞来了一个人想见你,夫人。”

“他有什么事?”林惇夫人问。

“我没问他,”我回答。

“好吧,放下窗帘,耐莉,”她说,“端茶来,我马上就回来。”

她离开了这间屋子。埃德加先生不经意地问问是谁。

“是太太没想到的人,”我回答,“就是那个希刺克厉夫——你记得他吧,先生——他原来住在恩萧先生家的。”

“什么!那个吉卜赛人——是那个乡巴佬吗?”他喊起来,“你为什么不告诉凯瑟琳呢?”

“嘘!你千万别这么叫他,主人,”我说,“她要是听见的话,她会很难过的。他跑掉的时候她几乎心碎了,我猜他这次回来对她可是件大喜事呢。”

林惇先生走到屋子那边一个可以望见院子的窗户前,他打开窗户,向外探身。我猜他们就在下面,因为他马上喊起来了:

“别站在那儿,亲爱的!要是贵客,就把他带进来吧。”

没有多久,我听见门闩响,凯瑟琳飞奔上楼,上气不接下气,心慌意乱,兴奋得不知该怎么表现她的欢喜了:的确,只消看她的脸,你反而要猜疑将有什么大难临头似的。

“啊,埃德加,埃德加!”她喘息着,搂着他的脖子。“啊,埃德加,亲爱的！希刺克厉夫回来啦——他是回来啦！”她拼命地搂住他。

“好啦，好啦。”她丈夫烦恼地叫道，“不要为了这个就要把我勒死啦！我从来没有想到他是这么一个稀奇的宝贝。用不着高兴得发疯呀！”

“我知道你过去不喜欢他。”她回答，稍微把她那种强烈的喜悦抑制了一些。“可是为了我的缘故，你们现在非做朋友不可。我叫他上来好吗？”

“这里？”他说，“到客厅里来么？”

“不到这儿还到哪儿呢？”她问。

他显得怪难为情的，绕着弯儿说厨房对他还比较合适些。

林惇夫人带着一种诙谐的表情瞅着他——对于他的苛求是又好气又好笑。

“不！”过了一会她又说，“我不能坐在厨房里。在这儿摆两张桌子吧，艾伦，一张给你主人和伊莎贝拉小姐用，他们是有门第的上等人；另一张给希刺克厉夫和我自己，我们是属于下等阶级的。那样可以使你高兴吧，亲爱的？或是我必须在别的地方生个火呢？如果是这样，下命令吧。我要跑下楼陪我的客人了。我真怕这场欢喜太大了，也许不会是真的吧！”

她正要再冲出去，可是埃德加把她拦住了。

“你叫他上来吧。”他对我说。“还有，凯瑟琳，尽管欢喜可别做得荒唐！用不着让全家人都看着你把一个逃亡的仆人当作一个兄弟似的欢迎。”

我下楼发现希刺克厉夫在门廊下等着，显然是预料要请他进来。他没有多说话就随着我进来了。我引他到主人和女主人面前，他们发红的脸还露出激辩的痕迹。但是当她的朋友在门口出现时，夫人的脸上闪着另一种情感。她跳上前去，拉着他的双手，领他到林惇这儿。然后她抓住林惇不情愿伸出来的手指硬塞到他的手里。这时我借着炉火和烛光，越发惊异地看见希刺克厉夫变了样。他已经长成了一个高高的、强壮的、身材很好的人；在他旁边，我的主人显得瘦弱，像个少年。他十分笔挺的仪表使人想到他一定进过军队，他的面容在表情上和神色上都比林惇先生老成果断多了；那副面容看来很有才智，并没有留下从前低贱的痕迹。一种半开化的野性还潜伏在那凹下的眉毛和那充满了黑黑的火焰的眼睛里，但是已经被克制住了。他的举止简直是庄重，不带一点粗野，然而严峻有余，文雅不足。我主人的惊奇跟我一样，或者还超过了我，他待在那儿有一分钟之久，不知该怎样招呼这个他所谓的乡巴佬。希刺克厉夫放下他那瘦瘦的手,冷静地站在那儿望着他,等他先开口。

“坐下吧,先生。”他终于说,“想起往日,林惇夫人要我诚意地接待你。当然,凡是能使她开心的任何事情,我都是很高兴去做的。”

“我也是。”希刺克厉夫回答,“特别是那种如果有我参加的事情,我将很愿意待一两个钟头。”

他在凯瑟琳对面的一张椅子上坐下来,她一直盯着他,唯恐她若不看他,他就会消失似的。他不大抬眼看她,只是时不时地很快地瞥一眼。可是这种偷看,每一次都带回他从她眼中所汲取的那种毫不掩饰的喜悦,越来越满不在乎了。他们过于沉浸在相互欢乐里,一点儿不觉得窘。埃德加先生可不这样,他满心烦恼而脸色苍白。当他的夫人站起来,走过地毯,又抓住希刺克厉夫的手,而且大笑得忘形的时候,这种感觉就达到顶点了。

“明天我要以为这是一场梦哩!”她叫道,“我不能够相信我又看见了你,摸到你,而且还跟你说了话。可是,狠心的希刺克厉夫!你不配受这个欢迎。一去三年没有音信,从来没想到我!”

“比你想到我可还多一点呢。”他低声说,“凯蒂,不久以前,我才听说你结婚了。我在下面院子等你的时候,我打算——只看一下你的脸——也许是惊奇地瞅一下,而且假装高兴,然后就去跟辛德雷算账。再就自杀以避免法律的制裁。你的欢迎把我这些念头都赶掉了,可是当心下一回不要用另一种神气与我相见啊!不,你不会再赶走我了——你曾经真为我难过的,是吧?嗯,说来话长。自从我最后听见你说话的声音之后,我总算苦熬过来了,你必须原谅我,因为我只是为了你才奋斗的!”

“凯瑟琳,除非我们是要喝冷茶,不然就请到桌子这儿来吧。”林惇打断说,努力保持他平常的声调,以及相当程度的礼貌。“希刺克厉夫先生无论今晚住在哪里,也还得走段长路,而且我也渴了。”

她走到茶壶前面的座位上,伊莎贝拉小姐也被铃声召唤来了。然后,我把他们的椅子向前推好,就离开了这间屋子。这顿茶也没有超过十分钟。凯瑟琳的茶杯根本没倒上茶:她吃不下,也喝不下。埃德加倒了一些在他的碟子里,也咽不下一口。那天晚上他们的客人逗留不到一个钟头。他临走时,我问他是不是到吉默吞去?

“不,到呼啸山庄去,”他回答,“今天早上我去拜访时,恩萧先生请我去住的。”

恩萧先生请他！他拜访恩萧先生！在他走后,我苦苦地思索着这句话。他变得有点像伪君子了,乔装改扮了到乡间来害人吗？我冥想着——在我的心底有一种预感,他若是一直留在外乡,那还好些。

大约在夜半,我才打盹没多会儿,就被林惇夫人弄醒了,她溜到我卧房里,搬把椅子在我床边,拉我的头发把我唤醒。

“我睡不着,艾伦,”她说,算是道歉。“我要有个活着的人分享我的幸福！埃德加在闹别扭,因为我为一件并不使他发生兴趣的事而高兴。他死不开口,除了说了些暴躁的傻话。而且他肯定说我又残忍又自私,因为在他这么不舒服而且困倦的时候,我还想跟他说话。他有一点别扭就总是想法生病,我说了几句称赞希刺克厉夫的话,他,不是因为头痛,就是因为嫉妒心重,开始哭起来,所以我就起身离开他了。”

“称赞希刺克厉夫有什么用呢?”我回答,“他们做孩子的时候就彼此有反感,要是希刺克厉夫听你称赞他,也会一样地痛恨的——那是人性呀。不要让林惇先生再听到关于他的话吧,除非你愿意他们公开吵闹起来。”

“那他不是表现了很大的弱点吗?”她追问着,“我是不嫉妒的——我对于伊莎贝拉的漂亮的黄头发,她的白皙的皮肤,她那端庄的风度,还有全家对她所表示的喜爱,可从来不觉得苦恼呀！甚至你,耐莉,假使我们有时候争执,你立刻向着伊莎贝拉,我就像个没主见的妈妈似的让步了——我叫她宝贝,把她哄得心平气和。她哥哥看见我们和睦就高兴,这也使我高兴。可是他们非常相像:他们是惯坏了的孩子,幻想这世界就是为了他们的方便才存在的。虽然我依着他们俩,可我又想狠狠的惩罚他们一下也许会把他们变好哩。”

“你错了,林惇夫人,”我说,“他们迁就你哩——我知道他们要是不迁就你就会怎么样！只要他们努力不违背你的心意,你就得稍微忍让一下他们一时的小脾气——但是,到末了,你们总会为了对于双方都有同等重要的什么事情闹开的,那时候你所认为软弱的人也能和你一样地固执哩。”

“然后我们就要争到死,是吗,耐莉?”她笑着回嘴,“不！我告诉你,我对于林惇的爱情有着这样的信心:我相信我就是杀了他,他也不会想到报复的。”

我劝她为了他的爱情那就更要尊重他些。

“我是尊重啊，”她回答，“可是他用不着为了一点琐碎小事就借题哭起来。那是孩子气。而且，不应该哭得那样伤心，就因为我说希刺克厉夫如今可值得尊重了，乡里第一名绅士也会以跟他结交为荣，他原应该替我说这话，而且由于同意还感到愉快哩，他必须习惯他，甚至喜欢他：想想希刺克厉夫多有理由反对他吧，我敢说希刺克厉夫的态度好极啦！”

“你对于他去呼啸山庄有什么想法？”我问她，“显然他在各方面都改好了——简直成了基督徒：向他四周的敌人都伸出了友好的右手！”

“他解释了，”她回答，“我也跟你一样奇怪。他说他去拜访是想从你那里得到关于我的消息，他以为你还住在那里。约瑟夫就告诉了辛德雷，他出来了，问他一直做些什么，怎么生活的，最后要他走进去了。本来有几个人坐在那儿玩牌，希刺克厉夫也加入了。我哥哥输了一些钱给他，发现他有不少钱，就请他今晚再去，他也答应了。辛德雷是荒唐得不会谨慎地选择他的朋友，他没有动脑筋想想对于一个他践踏过的人应该不予信任的道理。但是希刺克厉夫肯定说他所以跟从前迫害他的人重新联系，主要因为要找一个离田庄不远的住处，可以常来常往，而且对我们曾在一起住过的房子也有一种眷恋；还有一个希望，希望我会有更多的机会到那儿去看他，如果他住在吉默吞，机会就少啦。他打算慷慨解囊以便住在山庄，毫无疑问我哥哥因为贪财而接受他，辛德雷总是贪婪的，虽然他一手抓过来，另一手又丢出去。”

“那倒是年轻人的好住处！”我说，“你不怕有什么后果吗，林惇夫人？”

“对于我的朋友，我不担心，”她回答，“他那坚强的头脑会使他躲开危险的。对于辛德雷倒有些担心。可是他在道德方面，总不能比现在更坏吧。至于伤害身体，我是要从中阻挡的。今晚的事情使我跟上帝和人类又和解了！我曾经愤怒地反抗神。啊，我曾经忍受过非常非常的悲哀啊，耐莉！如果那个人知道我曾是那么苦，他就该对他那因无聊的愤怒而不知去向的往事引以为羞哩。我一个人受苦，对他还好些，如果我表达出我时常感到的悲痛，他也会像我一样地热望着解脱这悲痛的。不管怎么样，事情过去啦，我对他的愚蠢也不要报复，今后我什么都能忍受啦！即便世上最下贱的东西打我的嘴巴，我不但要转过另一边给他打，还要请他原谅我惹他动手。而且，作为一个保证，我马上就要跟埃德加讲和啦。晚安！我是一个天使！”

她就怀着这样自我陶醉的信心走了，第二天她显然已成功地实现了自己的决心。林惇先生不仅不再抱怨（虽然他的情绪看来仍然被凯瑟琳的旺盛的欢乐所压倒），而且居然不反对她带着伊莎贝拉下午一起去呼啸山庄。她用这么大量的甜言蜜语来报答他，使全家有好几天像天堂一样，不论主仆都从这无穷的阳光中获益匪浅。

希刺克厉夫——以后我要说希刺克厉夫先生了——起初还倒是谨慎地使用着拜访画眉田庄的自由权利，他仿佛在掂量田庄主人将怎样看待他的光临。凯瑟琳也认为在接待他时把她高兴的表情稍稍节制一下得当些，他渐渐地得到了他被接待的权利。他还保留不少在他童年时就很显著的缄默，这种缄默刚好能压抑情感的一切令人吃惊的表现。我主人的不安暂时平息了，以后的情况又使他的不安暂时转到另一个方面去了。

他的烦恼的新根源，是从一件没有预料到的不幸的事而来的，伊莎贝拉对这位勉强受到招待的客人，表示了一种突然而不可抗拒的爱慕之情。那时她是一个十八岁的娇媚的小姐，举止还是孩子气的，虽然具有敏锐的才智，敏锐的感觉，如果给惹气了，还有一种敏锐的脾气。她的哥哥深深地爱着她，对于这荒诞的爱情惊骇万分。且不提和一个没名没姓的人联姻有失身份，也不提他若无男嗣，他的财产很可能落在这么一个人的掌握之中——把这些都搁在一边不提，他也还能理解希刺克厉夫的性格。他知道，虽然他的外貌变了，他的心地是不能变的，也没有变。他害怕，他使他反感，他不敢想到把伊莎贝拉交托给他，像有什么预感似的。如果他知道她的恋情是未经被追求就自己涌现出来了，而且对方以毫不动情作为报答，他更要畏缩了。因为他一发现这恋情的存在，就怪希刺克厉夫，认为是他精心策划出来的。

有一段时间，我们都看出林惇小姐不知为什么事心烦意乱，而且很忧伤。她变得别扭而且消沉，常常叱骂揶揄凯瑟琳，眼看就有耗尽她那有限的耐性的危险。我们多多少少原谅她，借口说她不健康，她就在我们眼前萎靡憔悴下去。但是有一天，她特别执拗，不肯吃早餐，抱怨仆人不照她所吩咐的去做。女主人不许她在家里做任何事，而且埃德加也不睬她，又抱怨屋门敞开使她受了凉，而我们让客厅的炉火灭了存心惹她生气。此外还有一百条琐碎的诉苦。林惇夫人断然要她上床睡觉，而且把她痛骂一顿，吓唬她说要请大夫来。一提到肯尼兹，她立刻大叫，说她的健康情况十分好，只是凯瑟琳的苛刻使她不快乐而已。

"你怎么能说我苛刻呢，你这怪脾气的宝贝？"女主人叫起来，对这毫无道理的论断感到莫名其妙。"你一定没有理性啦。我哪时候苛刻啦？告诉我！"

"昨天，"伊莎贝拉抽泣着，"还有现在！"

"昨天，"她嫂嫂说。"什么时候呀？"

"在我们顺着荒野散步的时候，你吩咐我随便去溜达一下，而你却跟希刺克厉夫先生闲逛啦！"

"这就是你所谓的苛刻吗？"凯瑟琳说，笑起来，"这并不是暗示你的陪伴是多余的，我们才不在乎你跟不跟我们在一起。我只不过以为希刺克厉夫的话你听着也未必有趣。"

"啊，不，"小姐哭着，"你愿意我走开，因为你知道我喜欢在那儿！"

"她神志清楚吗？"林惇夫人对我说，"我要把我们的谈话一个字一个字地背出来，伊莎贝拉，你把其中对你有任何吸引力的话指出来吧。"

"我不在乎谈话，"她回答，"我要跟——"

"怎么！"凯瑟琳说，看出她犹豫着，不知要不要说全这句话。

"跟他在一起，我不要总是给人打发走！"她接着说，激动起来。"你是马槽里的一只狗①，凯蒂，而且希望谁也不要被人爱上，除了你自己！"

"你是一个胡闹的小猴子！"林惇夫人惊奇地叫起来，"可我不能相信这件蠢事！你没法博得希刺克厉夫的爱慕——你不能把他当作情投意合的人！但愿是我误解你的话啦，伊莎贝拉？"

"不，你没有，"这入了迷的姑娘说，"我爱他胜过你爱埃德加，而且他可以爱我的，只要你让他爱！"

"那么，就是给我王位，我也不愿意是你！"凯瑟琳断然声明，她好像很诚恳地说着，"耐莉，帮帮我让她明白她在发疯。告诉她希刺克厉夫是什么

---

① 引自《伊索寓言》，指既不能享用，而又不肯与人的鄙夫，即心术不正者。

样的人:一个没驯服的人,不懂文雅,没有教养,一片长着金雀花和岩石的荒野。要叫我把你的心交给他,我宁可在冬天把那只小金丝雀放到园子里!可惜你不懂他的性格,孩子,没有别的原因,就是这种可悲的糊涂,才会让那个梦钻进你的头脑里。求求你别妄想他在一副严峻的外表下深深埋藏着善心和恋情!他不是一块粗糙的钻石——乡下人当中的一个含珠之蚌,而是一个凶恶的,无情的,像狼一样残忍的人。我从来不对他说,'放开这个或那个敌人吧,因为伤害他们是不正大光明的,残酷的。'我说,'放开他们吧,因为我可不愿意他们被冤枉。'伊莎贝拉,如果他发现你是一个麻烦的负担,他会把你当作麻雀蛋似的捏碎。我知道他不会爱上一个林惇家的人。但是他也很可能跟你的财产和继承财产的希望结婚的。贪婪跟着他成长起来,成了易犯的罪恶。这就是我对他的写照。而且我是他的朋友——就因为如此,如果他真打算提到你,也许我应该不开口,让你掉在他的陷阱里去哩。"

林惇小姐对她嫂嫂大怒。

"羞,羞!"她生气地重复着,"你比二十个敌人还坏,你这恶毒的朋友!"

"啊,那么你不肯相信我?"凯瑟琳说,"你以为我说这些是出于阴险的自私心么?"

"我确实知道你是的,"伊莎贝拉反唇相讥,"而且我一想到你就发抖!"

"好!"另一个喊着,"如果你有那勇气,你就自己试试吧,我已经吃了亏。对于你的傲慢无礼,我也不跟你辩了。"

"可我还得为了她的自私自利活受罪!"当林惇夫人离开这屋子时,她抽泣着。"一切,一切都反对我。她把我的唯一的安慰也毁掉啦。可是她说的是假话,不是吗?希刺克厉夫先生不是一个恶魔,他有一个可尊敬的心灵,一个真实的灵魂,不然他怎么还会记得她呢?"

"把他从你的思想里撵出去吧,小姐,"我说,"他是一只不祥的鸟,不是你的配偶。林惇夫人说得过火些,可我驳不倒她。她比我,或比其他任何人,更熟悉他的心。而且她绝不会把他说得比他本人更坏。诚实的人不隐瞒他们所做的事。他怎么生活过来的?他怎么阔起来的?他为什么要住在呼啸山庄,那是他所痛恨的人的房子呀?他们说恩萧先生自从他到来之后越来越糟了。他们接二连三地整夜不睡,辛德雷把他的地也抵押出去了,什么事也不做，除了打牌喝酒。我只是在一星期以前才听说的——是约瑟夫告诉我的——我在吉默吞遇见他。‘耐莉！’他说，‘我们房子里的人得请个验尸官来验尸啦。都要死掉的一个为了拦住另一个像呆子似的扎自己，他本人也差点把手指头砍断。那就是主人，你知道，他想去受最高审判。他不怕那些裁判官，不怕保罗、彼得、约翰、马太[1]，他一个也不怕！他挺像——他还想厚着脸皮去见他们哩！还有你那个好孩子希刺克厉夫，你记得吧，他可是个宝贝！哪怕真正的魔鬼来玩把戏，他也会笑，把别人送掉。他去田庄时，就从来没说过他在我们这儿过的美妙的生活么？是这样的方式——太阳落时起床，掷骰子，白兰地，关上百叶窗，还有蜡烛，直到第二天中午——然后，那傻瓜就在他卧房里乒乒乓乓乱闹一场，使体面人都羞得用手指头堵起耳朵来。那个坏蛋呢，他倒能恬不知耻地又吃又喝，到邻居家跟人家老婆瞎扯去。当然啦，他会告诉凯瑟琳小姐她父亲的金钱是如何流到他口袋里去，她父亲的儿子倒如何流落在大街上，同时他跑到前面去给他打开栅栏吗？’听着，林惇小姐，约瑟夫是个老流氓，可不是撒谎的人。如果他所说的关于希刺克厉夫的行为是真实的话，你绝不会想要这么一个丈夫吧，你会吗？”

“你跟别人勾结在一起，艾伦！”她回答，“我不要听你这些诽谤。你真是多毒辣呀，想让我相信这世界上没有幸福！”

如果让她自己想去，她是不是会丢开这场幻想，还是永久保存它呢，我从不能断定。她也没有什么时间多想了。第二天，邻城有个审判会议，我的主人不得不去参加，希刺克厉夫知道他不在，就来得比平时早些。凯瑟琳和伊莎贝拉坐在书房里，彼此敌对，可是谁也不吭声。小姐由于她最近的鲁莽，还有她在一阵暴怒之下泄露了秘密的感情，颇感惊惶不安。而夫人已经考虑成熟，真的在对她的同伴怄气。如果她再笑她的无礼，就得让她瞧瞧对她这可不是什么可笑的事。当她看见希刺克厉夫走过窗前时，她真的笑了。我正在扫炉子，我注意到她嘴角上露出恶意的微笑。伊莎贝拉专心在冥想，也许在专心看书，直到门开时还那样呆着。再打算逃掉已是太迟了，如果办得到的话，她真愿意逃掉的。

---

① 保罗、彼得、约翰、马太——Paul，Peter，John，Matthew，全是耶稣的使徒。

“进来，对啦！”女主人开心地喊叫，拖一把椅子放在炉火边。“这里有两个人急需一个第三者来融解他们之间的冰块呢。你正是我们俩都会选择的人。希刺克厉夫，我很荣幸终于给你看到一个比我自己更痴心恋你的人。我希望你感到得意——不，不是耐莉；别瞧着她！我的可怜的小姑一想到你身体上与道德上的美，她的芳心都碎啦。你要是愿做埃德加的妹夫，你完全办得到！不，不，伊莎贝拉，你不要跑掉，”她接着说，带着假装闹着玩的神气，一把抓住那惊慌失措的姑娘，而她已经愤怒地站起来了。“我们为了你吵得像两只猫一样，希刺克厉夫。在诉说爱慕的誓言这方面，我可是给打败了。而且，我已经被通知，如果我只要懂得靠边站的规矩，我的情敌（她自己认为是这样的）就要把爱情的箭射进你的心灵，使你永不变心，而且把我的影子永远遗忘！”

“凯瑟琳！”伊莎贝拉说，想起了她的尊严，不屑跟那紧紧抓住她的拳头挣扎。“我得谢谢你照实话说，而不诽谤我，即使是在说笑话！希刺克厉夫先生，做做好事叫你这位朋友放开我吧——她忘记你我并不是亲密的朋友。她觉得有趣的事，在我可正是表达不出的痛苦呢。”

客人没有回答，都坐下了，对于她对他怀有什么样的情感，仿佛完全漠不关心。她又转身，低声热切地请求折磨的人快放开她。

“不行！”林惇夫人回答，“我不要再被人叫作马槽里的一只狗了，现在你得留在这儿。希刺克厉夫，你听了我这个好消息为什么不表示满意呢？伊莎贝拉发誓说埃德加对我的爱比起她对你的爱来是不足道的。我敢说她说了这一类的话，是不是，艾伦？而且自从前天散步以后她就又难过又愤怒，以致不吃不喝，就因为我把她从你身旁打发走了，认为你是不会接受她的。”

“我想你是冤枉她了，”希刺克厉夫说，把椅子转过来朝着她们。“无论如何，现在她是愿意离开我身边的！”

他就盯着这个谈话的对象，像是盯着一个古怪可憎的野兽一样：譬如说，从印度来的一条蜈蚣吧，不管它的样子引起了人的恶感，好奇心总会引人去观察它的。这个可怜的东西受不了这个，她脸上一阵红一阵白，同时眼泪盈眶，拼命用她的纤细的手指想把凯瑟琳的紧握的拳头扳开。而且看出来她才扳开她胳臂上的一个手指，另一个手指又把它抓住了，她不能把所有的手指一块扳开，她开始利用她的手指甲了。手指甲的锐利马上就在那扣留她的人的手上装饰上红红的月牙印子。

“好一个母老虎！”林惇夫人大叫，把她放开，痛得直甩她的手。“看在上帝的分上，滚吧，把你那泼妇的脸藏起来。当着他面就露出那些爪子可多笨呀！你不能想象他会得到什么结论吗？瞧，希刺克厉夫！这些是杀人的工具——你要当心你的眼睛啊！”

“如果这些一旦威胁到我头上，我就要把它们从手指头上拔掉，”当她跑掉后门关上时，他野蛮地回答。“可是你那样取笑这个东西是什么意思呢，凯蒂？你说的不是事实吧，是吗？”

“我跟你保证我说的是实话，”她回答，“好几个星期以来她苦苦地想着你。今早又为你发了一阵疯，而且破口大骂，因为我很坦白地说出你的缺点，想缓和一下她的狂恋。可是不要再注意这事了。我只想惩罚她的无耻而已。我太喜欢她啦，我亲爱的希刺克厉夫，我不容你专横地把她抓住吞掉。”

“我是太不喜欢她了，因此不打算这样做，”他说，“除非用一种非常残酷的方式。如果我跟那个让人恶心的蜡脸同居，你会听到古怪事情的。最平常的是每隔一两天那张白脸上就要画上彩虹的颜色，而且蓝眼睛就要变成黑的，那双眼睛跟林惇的眼睛相像得令人讨厌！”

“讨人喜欢！”凯瑟琳说，“那是鸽子的眼睛——天使的眼睛！”

“她是她哥哥的继承人，是吧？”沉默了一会，他问。

“想到这个，我就要抱歉了，”他的同伴回答，“有半打侄子将要取消她的权利哩。谢谢老天！目前，你不要把你的心思放在这事上吧。你太贪你邻人的财产。记住，这份邻人的财产是我的。”

“如果是我的，也还是一样，”希刺克厉夫说，“可是虽然伊莎贝拉·林惇痴，她可不疯。而且——一句话，如你所说，我们不谈这事吧。”

他们嘴上是不谈了，而且凯瑟琳大概真的把这事忘了，我可确实感到另一个人在那天晚上常常反复思索着。只要是林惇夫人一离开这间房子，我就看见他自己在微笑——简直是在狞笑——而且沉入凶险的冥想中。

我决心观察他的动向。我的心毫不更变地总是依附在主人身边，而不是在凯瑟琳那边。我想是有理由的，因为他仁慈、忠厚，而且可敬；而她——

她也不能说是正相反。但是她仿佛过于放任自己，因此我对她的为人缺少信心，对她的情感更少同情。我愿意有什么事发生，这事可以产生这种效果，使呼啸山庄与田庄都平静地脱离了希刺克厉夫，让我们还像他没来以前那样过日子。他的拜访对于我像是一种时时袭来的梦魇，我猜想，对于我的主人也是的。他住在山庄成了一种没法解释的压迫。我感觉上帝在那儿丢下了这迷途的羔羊，任它胡乱游荡，而一只恶兽暗暗徘徊在那只羊与羊栏之间，伺机跳起来毁灭它。

第11章

有时候，我独自冥想着这些事情时，就猛然恐怖地站起来，戴上帽子去看看庄园的情形怎么样。我相信我良心上觉得有责任去警告他：人们是在如何谈论着他的行动，然后我记起他那顽固的恶习，要把他改好是没希望的，我就不愿意再走进那阴惨惨的房子，怀疑我的话是否为人家接受。

有一回我到吉默吞去，绕道经过那古老的大门。大概就是我的故事正讲到的那个时期——一个晴朗而严寒的下午，地面是光秃秃的，道路又硬又干。我来到有一块大石头的地方，那儿大路岔开，左手一边通到荒野，有一根粗糙的柱子，北面刻着 W. H.，东面是 G.，西南面是 T. G.[①]。这是作为去田庄、山庄和村子的指路碑用的。太阳把它的灰顶照得黄黄的，使我想起了夏天。我说不出为什么，只是一霎时，一股孩子时的情感涌进我的心里。二十年前辛德雷和我把这儿当作流连忘返的地方。我对这块被风吹雨打的岩石盯了很久；又蹲下来，看见靠近地底下那一个洞，仍然装满了蜗牛和碎石子。这些东西以及另外一些容易消灭的东西都是我们喜欢储藏在那儿的。而且，像现实一样地鲜明，我好像看见我早年的游伴坐在那干枯的草皮上。他那黑黑的方方的头向前俯着，他的小手在用一块瓦掘土。

"可怜的辛德雷！"我不禁叫出声来。我吓了一跳——我的肉眼一时恍惚，仿佛看见这孩子抬起脸来，而且直瞪着我！一眨眼工夫那张脸就消失

① "W. H."为"Wuthering Heights"之缩写，即呼啸山庄。"G."为"Gimmerton"之缩写，即吉默吞。"T. G."为"Thrushcross Grange"之缩写，即画眉田庄。

了；可是，我立刻感到一种不可抗拒的渴望想到山庄去。迷信迫使我遵从了这个冲动——“假使他死了呢！”我想，“或者快死了吧！——恐怕这是个死的预兆吧！”

我越走近那所房子，我就越激动，等到一看到它，我四肢都发抖了。那个幻觉中的鬼怪已经赶到了我前面，它站在那儿隔道门栏望着我。那就是在我看到一个有着鬈发和棕色眼睛的男孩，把他的红脸靠在门栏上时，我所起的第一个念头。再一回想到这一定是哈里顿。我的哈里顿，自从我在十个月以前离开他以后，他并没有多大改变。

“天保佑你，宝贝！”我嚷道，立刻把我那愚蠢的恐惧忘掉了。“哈里顿，是耐莉呀！耐莉，你的保姆。”

他向后退，使我没法碰到他，而且捡起一块大硬石头。

“我是来看你父亲的，哈里顿，”我又说，从这举动中猜出，即使耐莉还活在他的记忆里的话，他也不认识我就是耐莉了。

他举起他的飞镖要掷。我开始说一套好话，可是不能止住他的手。那块石头掷中我的帽子，随之而来的是从这小家伙的口里吐出来一串结结巴巴的咒骂，也不知道他自己是否理解在骂些什么，但他这样出口骂人十分老练，还有一套恶狠狠的腔调，而且把他的娃娃面孔扭成一种令人吃惊的恶相。你会相信这模样使我生气，更使我痛苦。我都几乎要哭了。我又从口袋里拿出一只橘子，用它来向他讲和。他犹豫着，然后从我手里抢过去，好像他猜想我只是打算引诱他，再让他失望似的。我又拿一只给他看，却不让他拿到。

“谁教你说那些坏话的，我的孩子？”我问，“是副牧师吗？”

“该死的副牧师，还有你！给我那个。”他回答。

“告诉我你在哪儿念书，你就可以拿到这个，”我说，“你的老师是谁？”

“鬼爸爸。”这是他的回答。

“你跟爸爸学了什么呢？”我继续问。

他跳起来要抢水果，我举得更高。“他教你什么？”我问。

“没教什么，”他说，“就叫我躲开他。爸爸才受不了我呢，因为我乱骂他。”

“啊！鬼教你去乱骂爸爸啦？”我说。

“嗯——不是。”他慢腾腾地说。

“那么,是谁呢?”

“希刺克厉夫。”

我问他喜欢不喜欢希刺克厉夫先生。

“嗯。”他又回答了。

我想知道他喜欢他的理由,只听到这些话:“我不知道——爸爸怎么对付我,他就怎么对付爸爸——他骂爸爸因为爸爸骂我。他说我想干什么,就该去干。”

“那么副牧师也不教你读书写字了吗?”我追问着。

“不教了,我听说副牧师要是跨进门槛的话,就要——把他的牙打进他的——喉咙里去——希刺克厉夫答应过的!”

我把橘子放在他的手里,叫他去告诉他父亲,有一个名叫丁耐莉的女人在花园门口等着要跟他说话。他顺着小路走去,进了屋子。但是,辛德雷没有来,希刺克厉夫却在门阶上出现了,我马上转身,拼命往大路跑去,一步也没停地直到我到了指路碑那儿,吓得我像是见了鬼一样。这事和伊莎贝拉小姐的事情并没多少关联,只是这促使我更加下决心严加提防,而且尽我最大的力量来制止这类恶劣的影响蔓延到田庄上来,即使我会因此惹得林惇夫人不痛快而引起一场家庭风波也不在乎。

下一回希刺克厉夫来,我的小姐凑巧在院子里喂鸽子。她有三天没跟她嫂嫂说一句话了,可是她也不再怨天尤人了,这使我们深感宽慰。我知道,希刺克厉夫对林惇小姐向来没有献一下不必要的殷勤的习惯。现在,他一看见她,他的第一个警戒的动作却是对屋前面扫视一下。我正站在厨房窗前,可是我退后了不让他看见我,然后他穿过石路到她跟前,说了些什么。她仿佛很窘,直想走开。为了不让她走,他抓住她的胳膊。她把脸掉过去,显然他提出了一些她不想回答的问题。他又很快地溜一眼房屋,以为没人看见他,这流氓竟厚颜无耻地拥抱她了。

“犹大[①]背信的人!”我突然叫出声来,“而且你是个假冒为善的人,不是

---

① 犹大——耶稣十二门徒之一,后来背信弃义将耶稣出卖给敌人,使耶稣被钉在十字架上而死。

吗？一个存心欺人的骗子。”

“是谁呀，耐莉？”在我的身旁发出了凯瑟琳的声音。我专心看外面这一对，竟没有注意她进来。

“你的不值一文的朋友！”我激动地回答，“就是那边那个鬼鬼祟祟的流氓。啊，他瞅见我们啦——他进来啦！既然他告诉过你他恨她，那么不知道他现在还有没有诡计找个巧妙的借口来解释他在向小姐求爱？”

林惇夫人看见伊莎贝拉把自己挣脱开，跑到花园里去了。一分钟以后，希刺克厉夫开了门。我忍不住要发泄一点我的愤怒，可是凯瑟琳生气地坚持不许我吭声，而且威吓我，说我如果敢于狂妄地口出不逊，她就要命令我离开厨房。

“人家要是听见你的话，还以为你是女主人哩！”她喊，“你要安于你的本分，希刺克厉夫，你这是干吗，惹起这场乱子？我说过你千万不要惹伊莎贝拉！我求你不要，除非你已经不愿意在这里受到接待，而愿意林惇对你飨以闭门羹！”

“上帝禁止他这样做！”这个恶棍回答。这当儿我恨透了他。“上帝会使他柔顺而有耐心的！我一天天越来越想把他送到天堂上去，想得都发狂了呢！”

“嘘！”凯瑟琳说，关上里面的门。“不要惹我烦恼了。你为什么不顾我的请求呢？是她故意找你么？”

“跟你有什么关系？”他怨声怨气地说，“如果她愿意的话，我就有权利吻她，而你没有权利反对。我不是你的丈夫，你用不着为了我而嫉妒！”

“我不是为你嫉妒，”女主人回答，“我是出于对你的爱护。脸色开朗些，你不必对我皱眉头！如果你喜欢伊莎贝拉，你就娶她。可是你喜欢她么？说实话，希刺克厉夫！哪，你不肯回答。我就知道你不喜欢！”

“而且林惇先生会同意他妹妹嫁给那个人吗？”我问。

“林惇先生会同意的。”我那夫人决断地回嘴。

“他不用给自己找这麻烦，”希刺克厉夫说，“没有他的批准，我也能照样做。至于你，凯瑟琳，现在，我们既然走到这步，我倒有心说几句话。我要你明白我是知道你曾经对待我很恶毒——很恶毒！你听见吗？如果你自以为我没有看出来，那你才是个傻子哩。如果你以为可以用甜言蜜语来安慰我，那你就是个白痴。如果你幻想我将忍受下去，不想报复，那就在最短期间，我就要使你信服，这恰恰相反！同时，谢谢你告诉我你的小姑的秘密，我发誓我要尽量利用它。你就靠边站吧？”

“这又是他的性格里的什么新花样啊？”林惇夫人惊愕地叫起来，“我曾经对待你很恶毒——你要报复！你要怎样报复呢？忘恩负义的畜生？我对待你怎么恶毒啦？”

“我并不要对你报复，”希刺克厉夫回答，火气稍减。“那不在计划之内。暴君压迫的奴隶，他们不反抗他；他们欺压他们下面的人。你为了使自己开心，而把我折磨到死，我心甘情愿；只是允许我以同样方式让我自己也开开心，而且也跟你同样地尽力避开侮辱。你既铲平了我的宫殿，就不要竖立一个茅草屋，而且满意地欣赏你的善举，认为你把这草屋作为一个家给了我。要是我以为你真的愿意我娶伊莎贝拉的话，我都可以割断我的喉咙！”

“啊，毛病在于我不嫉妒，是吧？”凯瑟琳喊叫着，“好吧，我可不再提这段亲事啦，那就跟把一个迷失的灵魂献给撒旦一样地糟。你的快乐，和魔鬼一样，就在于让人受苦。你证实了这点。埃德加在你才来时大发脾气，这才恢复，我也刚安稳平静下来。而你，一知道我们平静，你就不安，似乎有意惹起一场争吵。跟埃德加吵去吧，如果你愿意的话，希刺克厉夫，欺骗他妹妹吧！你正好找到报复我的最有效的方法。”

谈话停止了，林惇夫人坐在炉火房，两颊通红，郁郁不乐。她的这种情绪越来越在她身上摆脱不掉。她放不开，又驾驭不住。他交叉着双臂站在炉边，动着那些坏念头。就在这种情况下，我离开他们，去找主人，他正在奇怪什么事使凯瑟琳在楼下待了这么久。

“艾伦，”当我进去的时候，他说，“你看见你的女主人没有？”

“看见了，她在厨房里，先生。”我回答，“她被希刺克厉夫先生的行动搞得很不高兴。实在，我认为今后该从另一种关系上考虑他进出我们家了。太随和是有害的，现在已经到了这个地步——”我就把院子里的一幕述说一番，而且尽我的胆量，把这之后的整个争执全说了。我还以为我的叙述对林惇夫人并不会很不利；除非她自己竟为她客人辩护起来，使之不利。埃德加·林惇很费劲地听我讲完。他开头的几句话表明他并不以为他妻子没有过错。

“这是不能容忍的！”他叫起来，“她把他当个朋友，而且强迫我和他来往，真是有失体统！给我从大厅叫两个人来，艾伦。凯瑟琳不能再留在那儿跟那下流的恶棍争论了——我已经太迁就她啦。”

他下了楼，吩咐仆人在过道里等着，便向厨房走去，我跟着他。厨房里的两个人又激怒地争论开了。至少，林惇夫人重新带劲地咒骂着。希刺克厉夫已经走到窗前，垂着头，显然多少被她那怒斥吓倒了。他先看见了主人，便赶忙作势叫她别说了，她一发现他的暗示的原因，便顿时服从了他。

“这是怎么回事?”林惇对她说，“那个下流人对你说了这番怪话之后，你还要待在这儿，你对于遵守礼节究竟有什么看法？我猜想，因为他平常就这样谈话，因此你觉得没什么，你习惯了他的下流，而且也许还以为我也能习惯吧！”

“你是在门外听着的吗，埃德加?”女主人问，用的声调特意要惹她丈夫生气，表示自己满不在乎他的愤怒，显出鄙夷的神色，希刺克厉夫，开始在林惇说那番话时还抬眼看看，这时听到这句话就发出一声冷笑，似乎是故意要引起林惇先生的注意。他成功了。可是埃德加却无意对他发什么大脾气。

“我一直是容忍你的，先生。”他平静地说，“并不是我不晓得你那卑贱、堕落的性格，而是我觉得在那方面你也只应负部分的责任，而且凯瑟琳愿意和你来往，我默许了——很傻。你的到来是一种道德上的毒素，可以把最有德性的人都玷污了。为了这个缘故，而且为了防止更糟的后果，今后我不允许你到这家里来，现在就通知你，我要你马上离开。再耽搁三分钟，你的离开就要成为被迫的，而且是可耻的了。”

希刺克厉夫带着充满嘲笑的眼色从上到下地打量着说话的人。

“凯蒂，你这只羔羊吓唬起人来倒像只水牛哩！”他说，“他要是碰上我的拳头可有头骨破裂的危险。说实在的！林惇先生，我非常抱歉：一拳打倒你可不费事！”

我的主人向过道望了一眼，暗示我叫人来——他可没有冒险做单打的企图。我服从了这暗示。但是林惇夫人疑心有什么事，就跟过来，当我打算叫他们时，她把我拖回来，把门一关，上了锁。

“好公平的办法！”她说，这是对她丈夫愤怒惊奇的神色的回答。“如果你没有勇气打他，就道歉，要么就让你自己挨打。这可以改正你那种装得比原来更英勇的气派。不行,你要拿这钥匙,我就把它吞下去！我对你们俩的好心却得到这样愉快的报答！在不断地纵容这一位的软弱天性,和那一位的恶劣本性之后,到头来,我得到的报答却是两种盲目的忘恩负义,愚蠢得荒谬！他们真糊涂到近于荒唐的地步。埃德加,我一直在保护你和你所有的,现在但愿希刺克厉夫把你鞭笞得病倒,因为你竟敢把我想得这么坏！”

并不需要鞭笞,在主人身上就已经产生了挨打的效果。他试图从凯瑟琳手里夺来钥匙。为了安全起见,她把钥匙丢到炉火中烧得最炽烈的地方去了。于是埃德加先生神经质地发着抖,他的脸变得死一样的苍白。他无论怎样也不能回避这种感情的泛滥,痛苦与耻辱混杂在一起,把他完全压倒了。他靠在一张椅背上,捂着脸。

“啊,天呀！在古时候,这会让你赢得骑士的封号哩！”林惇夫人喊着,“我们给打败啦！我们给打败啦！希刺克厉夫就要对你动手啦,就像一个国王把他的军队开去打一窝老鼠一样。打起精神来吧,你不会受伤的！你这样子不是一只绵羊,而是一只正在吃奶的小兔子！”

“我祝你在这个乳臭小儿身上得到欢乐,凯蒂！”她的朋友说,“我为你的鉴赏力向你恭贺。你不要我而宁愿要的就是那流口水的、哆嗦着的东西！我不用我的拳头打他,我可要用我的脚踢他,那就会感到相当大的满足。他是在哭吗,还是他吓得要晕过去?”

这家伙走过去,把林惇靠着的椅子一推。他还不如站远些,因为我的主人很快地就站直了,结结实实地朝他喉头一击。这一击都可以把瘦弱一点的人打倒。这使希刺克厉夫有一分钟喘不过气来。在他噎住的当儿,林惇先生从后门走出,到院子里,从那儿又走到前面大门去了。

“哪！你是不能再来这儿啦。”凯瑟琳叫着,“现在,走吧——他要带着一对手枪,半打帮手回来。如果他真的听见了我们的话,当然他永远也不会原谅你的。你刚才的行为对我大大不利,希刺克厉夫！可是,走吧——赶快！我宁可看见埃德加倒霉,也不愿看你倒霉。”

“你以为我喉头挨了那火辣辣的一拳,就一走了事?”他大发雷霆。“我指着地狱发誓:绝不！在我跨出门槛之前,我要把他的肋骨捣碎得像颗烂榛子！如果我现在不揍他,我总有一天要杀死他。所以,既然你珍惜他的生命,就让我打他一顿吧！”

“他不来了,”我插嘴说,撒了个谎。“有马夫和两个园丁在那儿,你当然不会等着被他们扔到路上去吧！他们个个都有根棍子。很可能,主人正站在客厅窗户前看他们执行他的命令。”

园丁和马夫是在那儿,可是林惇也跟他们在一起。他们已经走进院子来了。希刺克厉夫一转念,决定避免和这三位仆人打斗一场。他抓了把火钳,敲开里门的锁,在他们踏着大步进来时,他已逃掉了。

林惇夫人非常激动,叫我陪她上楼。她不知道我对于这场乱子也有一份贡献,我也一心不让她知道。

“我快精神错乱啦,耐莉!”她嚷道,扑到沙发上。“一千个铁匠的锤子在我的头里敲打！告诉伊莎贝拉躲开我,这场风波是因她而起的;这时候若是她或者任何人再惹我生气,我就要发疯啦。而且,耐莉,如果你今天晚上再看见埃德加的话,跟他说我有得重病的危险——但愿真会这样。他把我吓一跳,使我难过极了！我也要吓唬他。而且,他也许会来,又要乱骂乱抱怨一阵。我肯定我一定会回嘴,天晓得我们到哪儿才算有个完！你愿意这样做吗,我的好耐莉？你晓得在这件事上不能怪我。是什么鬼附了他叫他偷听呢？你离开我们之后,希刺克厉夫的话很荒唐,可是我马上把他的话岔开,不提伊莎贝拉,其余的话并没有什么关系。现在,一切都闹糟了,就因为这傻子拼命想听人家说他的坏话,这种想法往往像魔鬼似的缠着人！如果埃德加根本没听到我们的话,他也绝不会搞得这样糟。真的,我为了他而骂希刺克厉夫,为了他骂得声嘶力竭之后,他却用那种不快的无理的口气向我开口,这时候我简直不在乎他们彼此怎样对待了。特别是,我觉得,无论这一场戏怎样结束,我们一定要被迫分开,没有人知道分开多久！好吧,如果我不能保留希刺克厉夫做我的朋友——如果埃德加卑鄙而嫉妒,我就要肠断心碎,好让他们也肠断心碎。当我被迫走上极端时,倒是结束这一切的迅速方法！但是为了一个可怜的希望,还是值得活下来——我不愿突然打击林惇。关于这一点,他一直很谨慎,唯恐把我惹急了。你一定要说明白我若放弃这个策略的危险性,而且提醒他我的暴躁脾气,只要一闹起来,就会发狂的。但愿你能消除你脸上现出的那种冷漠无情的神气,对我稍微表示点关心吧!”

我接受这些指示时所表现的泰然神气,无疑是令人冒火的。因为这些话确是说得十分诚恳的。但是我相信一个能够在事先就计划出怎样利用她的暴躁脾气的人，即使在爆发的时候，也可以行使她的意志，努力控制她自己；而且我也不愿如她所说去“吓唬”她的丈夫，只是为了满足她的自私而增加他的烦恼。因此当我遇见主人向客厅走来时，我也没说什么，却径自转回，去听听他们是不是在一起重新开始争吵。

他开始先说话了。

“你就待在那儿吧，凯瑟琳，”他说，他的声调毫无怒气，却充满着悲切、沮丧。“我不在这儿多待。我不是来争论的，也不是来求和的。可是我只想知道，经过了今晚的事情，你是否还打算继续你那亲密的关系跟那——”

“啊，可怜可怜吧，”女主人打断了话，跺着脚，“可怜可怜吧，现在让我们别再提这事吧！你的冷血是不能发热的，你的血管里尽流着冰水。可是我的血在烧滚了。看见你这副冷冰冰的、不近人情的模样，我的血液都沸腾啦。”

“要我走开，就回答我的问题，”林惇先生坚持说，“你必须回答，你那种狂暴并不能吓坏我。我发现，当你愿意的时候，你能够和任何人一样地冷静泰然。今后你要放弃希刺克厉夫呢，还是放弃我？你要同时做我的朋友，又做他的，那是不可能的；我绝对需要知道你选择哪一个。”

“我需要你们都躲开我！”凯瑟琳狂怒地大叫。“我要求你们！你没有看见我站不住了么？埃德加，你——你躲开我！”

她拉铃，一直到把铃拉断了：我悠闲地走进来。这样失去理智、狂暴的脾气，连圣徒也会受不了的！她躺在那儿，用头直撞沙发扶手，而且咬牙切齿，你会以为她要把牙齿都咬碎呢！林惇先生刹那间感到既悔恨又恐惧，站在那儿望着她，吩咐我去拿点水来。凯瑟琳说不出话来了。我端来满满一杯水，她不肯喝，我就把水泼到她脸上了。只几秒钟，她就挺直了身体，眼睛上翻，她的双颊顿时一阵白、一阵青，像是要死的神气。林惇看来吓坏了。

“根本没关系。”我低声说。我不希望他让步，尽管我自己心里也禁不住害怕。

“她嘴唇上有血！”他说，颤抖着。

“没关系！”我刻薄地回答。我就告诉他，她是怎样在他来之前就决定了要发一阵疯的。我没留意，嗓门提得太高了些。她听见了，因为她突然起来了——她的头发披散在肩上,眼睛闪闪的,脖子和胳膊上的青筋都反常地突出来。我下了决心准备至少断几根骨头,可是她只向周围瞪了一下,就冲出屋去。主人叫我跟着她,我就一直跟到她的卧房门口。她关紧了门,把我挡住了。

第二天早上她既然没有说起要下楼吃早餐,我就去问她要不要我送点心上楼。“不!”她断然回答。午饭时,吃茶时,又是同一个问题。第二天早上又是一样,而且总是得到同样的回答。林惇先生呢,他在书房里消磨时光,也不问他妻子的事。伊莎贝拉和他有过一小时的碰面,在这次碰面中,他试图从她口中套出由于希刺克厉夫的进攻而使她产生的正常的恐惧之感;可是他从她躲躲闪闪的回答中听不出什么,只得不满意地结束了这场审问;然而加上了一个严肃的警告,就是:如果她真疯得竟对那个下贱的求婚者有所鼓励,那么她自己和他中间的一切关系就将全部解除。

第12章

当林惇小姐在园林和花园里郁郁不乐呆呆地走来走去的时候，总是沉默，而且几乎总在流泪。她哥哥把自己埋在书堆里，这些书他却从未打开看过——我猜想，他在不断苦苦地巴望凯瑟琳痛悔她的行为，会自动来请求原谅、和解——而她却顽强地绝食，大概以为在每顿饭时候埃德加看见她缺席便也咽不下去，只因为出于骄傲他才没有跑来跪到她脚前。我照样忙我的家务事，深信田庄墙内只有一个清醒的灵魂，而这灵魂就在我的肉体中。我对小姐并不滥施慰藉，对我的女主人也不滥用劝告；我对我主人的叹息也不大注意，既然他听不到他夫人的声音，就渴望着听到她的名字。我断定他们要是愿意的话，就会来找我的。虽然这是一个令人厌烦的缓慢过程，我开始庆幸到底在进展中有一线曙光了：正如我起初所想的那样。

第三天，林惇夫人开了门闩，她的水壶和水瓶里的水全用完了，要我重新添满，还要一盆粥，因为她相信她快死了。这话我认为是说给埃德加听的。我不信有这回事，所以我也不说出来，就给她拿点茶和烤面包。她挺起劲地吃了喝了，又躺在她的枕头上，握紧拳头，呻吟着。

"啊，我要死啦，"她喊叫，"既然没有人关心我一点点。但愿我刚才没有吃东西才好。"

过了好大半天，我又听见她咕噜着："不，我不要死——他会高兴的——他根本不爱我——他永远也不会想念我！"

"你有什么吩咐吗，太太？"我问，不管她那鬼样的脸色和古怪的夸张态度，我还是保持我外表上的平静。

“那无情的东西在做什么?”她问,把她又厚又乱的鬈发从她那憔悴的脸上使劲朝后一推。“他是得了昏睡病啦,还是死啦?”

“都没有,”我回答,“如果你的意思是指林惇先生的话。我想他的身体挺好,虽然他的用功占了他过多的时间:他一直埋头在他的书堆里,因为他没有别的朋友做伴。”

如果我知道她的真实情况,我就不该这么说了,可是我没法摆脱这样的念头:她的病有一部分是装出来的。

“埋头在书堆里!”她叫,惶惑不安了。“在我要死的时候!我可正在坟墓边缘上!我的天!他知道不知道我变成什么样啦?”她接着说,瞪着挂在对面墙上镜子中自己的影子。“那是凯瑟琳·林惇么?他也许以为我在撒娇——闹着玩。你就不能通知他说这是非常严重的吗?耐莉,如果还不太迟,只要我一知道他觉得怎么样,我就要在这两者之间选择一个:或者马上饿死——那不会算是惩罚,除非他有一颗心——要不就是恢复健康,离开这乡下,喂,你说的关于他的话是不是实话?小心。他对我的生命真的是这样完全漠不关心吗?”

“哎呀,太太,”我回答,“主人根本没想到你的发狂,当然他也不怕你会饿死你自己啦。”

“你以为不会吗?你就不能告诉他我一定要死的吗?”她回嘴说,“劝他去!说是你自己想的:说你断定我一定会死!”

“不,你忘啦,林惇夫人,”我提醒着,“今天晚上你已经吃了点东西,吃得很香,明天你就会见好了。”

“只要我准知道可以致他死命,”她打断我说,“我就立刻杀死我自己!这可怕的三个夜晚,我就没合眼——啊,我受尽了折磨!我给鬼缠住啦,耐莉!可是我开始疑心你并不喜欢我。多奇怪!我本来想,虽然每个人都互相憎恨轻视,可他们不能不爱我。不料几个钟头的工夫,他们都变成敌人啦:他们是变啦,我肯定这儿的人都变啦。在他们的冷脸的包围下,去跟死亡相遇可多惨啊!伊莎贝拉是又怕又嫌,怕到这里来;看着凯瑟琳死去将是多可怕啊。埃德加严肃地站在一旁看它完结,然后向上帝祈祷致谢,因为他家又恢复了平静,于是又回去看他的书了!我快要死的时候,他还跟书打交道,他到底存的什么心啊?”

我让她懂得林惇先生保持着哲人的听天由命的态度,她可受不了。她翻来覆去,发热昏迷,甚至到了疯狂的地步,而且用牙齿咬着枕头,然后浑身滚烫的挺起来,要我开窗户。那时我们正在仲冬季节,东北风刮得很厉害,我就反对。她脸上闪过的表情和她情绪的变化开始把我吓得要命;而且使我想起她上次的病,以及医生告诫说万不可以让她生气。一分钟以前她还很凶,现在,撑起一只胳臂,也不管我拒绝服从她,她似乎又找到了孩子气的解闷法,从她刚咬开的枕头裂口中拉出片片羽毛来,分类把它们一一排列在床单上:她的心已经游荡到别的联想上去了。

"那是火鸡的,"她自己咕噜着,"这是野鸭的,这是鸽子的。啊,他们把鸽子的毛放在枕头里啦——怪不得我死不了!等我躺下的时候,我可要当心把它扔到地板上。这是公松鸡的,这个——就是夹在一千种别的羽毛里我也认得出来——是田凫的。漂亮的鸟儿,在荒野地里,在我们头顶上回翔。它要到它的窝里去,因为起云啦,它觉得要下雨啦。这根毛是从石南丛生的荒地里拾的,这只鸟儿没打中:我们在冬天看见过它的窝的,满是小骨头。希刺克厉夫在那上面安了一个捕鸟机,大鸟不敢来了。我叫他答应从那回以后再不要打死一只田凫了,他没打过。是的,这里还有!他打死过我的田凫没有,耐莉?它们是不是红的,其中有没有红的?让我瞧瞧。"

"丢开这种小孩子的把戏吧!"我打断她,把枕头拖开,把破洞贴着被褥,因为她正大把大把地把里面的东西向外掏。"躺下,闭上眼,你发昏啦。搞得一团糟!这些毛像雪片似的乱飞。"

我到处拾毛。

"耐莉,我看,你呀,"她做梦似的继续说,"是个上了年纪的女人啦:你有灰头发和溜肩膀。这张床是盘尼斯吞岩底下的仙洞,你正在收集小鬼用的石镞来伤害我们的小牝牛;当我靠近时,就假装这些是羊毛。那就是五十年后你要变成的样子:我知道你现在还不是这样。我没有发昏:你搞错啦,不然我就得相信你真的是那个干巴巴的老妖婆啦,而且我要以为我真的是在盘尼斯吞岩底下;我知道这是夜晚,桌子上有两支蜡烛,把那黑柜子照得像黑玉那么亮。"

"黑柜子?在哪儿?"我问,"你是在说梦话吧!"

"就是靠在墙上的,一直是在那儿的,"她回答,"是挺古怪——我瞧见里头有个脸!”

“这屋里没有柜子,从来没有过。”我说,又坐到我的座位上,我系起窗帘,好盯着她。

“你瞧见那张脸吗?”她追问着,认真地盯着镜子。

不管怎么说,我还是不能使她明白这就是她自己的脸。因此我站起来,用一条围巾盖住它。

“还是在那后面!”她纠缠不休。“它动啦,那是谁?我希望你走了以后它可不要出来!啊!耐莉,这屋闹鬼啦!我害怕一个人待着!”

我握住她的手,叫她镇静点,因为一阵阵哆嗦使她浑身痉挛着,她却要死盯着那镜子。

“这儿没有别人!”我坚持着。“那是你自己,林惇夫人,你刚才还知道的。”

“我自己!”她喘息着,“钟打十二点啦!那儿,那是真的!那太可怕啦!”

她的手指紧揪住衣服,又把衣服合拢来遮住眼睛。我正想偷偷走到门口打算去叫她丈夫,可是一声刺耳的尖叫把我召唤回来——那围巾从镜框上掉下来了。

“哎呀,怎么回事呀?”我喊着,“现在谁是胆小鬼呀?醒醒吧!那是玻璃——镜子,林惇夫人,你在镜子里面看到的是你自己,还有我在你旁边。”

她又发抖又惊惶,把我抱得紧紧的,可是恐怖渐渐从她脸上消失了;苍白的脸色消失,呈现出羞臊的红晕。

“啊,亲爱的!我以为我是在家呢,”她叹着,“我以为我躺在呼啸山庄我的卧房里。因为我软弱无力,我的脑子糊涂了,我就不知不觉地叫起来。不要说什么吧,就陪着我。我怕睡觉:我的那些梦让我害怕。”

“好好睡一下会对你有益的,太太,”我回答,“我希望你在这一场折腾后,可以不再想饿死你自己了。”

“啊,但愿我是在老家里我自己的床上!”她辛酸地说下去,绞着双手。“还有那风在窗外枞树间呼啸着。千万让我感受感受这风吧——它是从旷野那边直吹过来的——千万让我吸一口吧!”

为了使她平静下来,我就将窗子打开了几秒钟。一阵冷风冲进来;我关上窗，又回到我的原位。她现在平静地躺着，脸被眼泪冲洗着。身体的疲乏已经完全降服了她的精神：我们凶猛的凯瑟琳并不比一个啼哭的孩子好多少。

“我把自己关在这儿有多久了？”她问，忽然精神恢复过来。

“那天是星期一晚上，”我回答，“今天是星期四晚上，或者，这时不如说是星期五早上了。”

“什么！还是在这个星期里吗？”她叫，“就这么短的时间吗？”

“只靠冷水和坏脾气活着，这也就算够长的了。”我说。

“唉，好像过了数不尽的时刻啦，”她疑惑地喃喃着，“一定还多些。我记得在他们争吵后我还在客厅里，埃德加狠心地惹我生气，我就拼命跑到这屋里。我一闩上门，整个黑暗压住了我，我就倒在地板上了。我不能够向埃德加解释：我是多么确切地感觉到如果他非嘲弄我不可，我会发病，或者疯狂的！我已经不能管束我的舌头或头脑，他也许没猜想到我的悲痛，我只感到我要躲避他和他的声音。在我还没有十分恢复能看能听的能力之前，天就亮了。耐莉，我要告诉你我想过什么，还有什么想法总是不断地出现再出现，搞得我都快要发疯了。我躺在那儿，头靠着桌子腿，我的眼睛模模糊糊地看得见灰灰的窗户玻璃，我想我是在家里那橡木嵌板的床上。我的心由于某种极度的忧伤而感到痛楚，可是我刚醒过来，又记不得是什么忧伤。我想着，苦苦地想发现到底是些什么。最奇怪的是，过去我生活中的整整七年变成了一片空白！我想不起是否有过这段日子。我还是一个孩子，我父亲才下葬，由于辛德雷命令我和希刺克厉夫分开，我才开始有了悲痛。我第一次被人孤零零地扔在一边，哭了一整夜，又昏昏沉沉地打了一个盹醒过来，我伸手想把嵌板推开：我的手碰到了桌面！我顺着桌毯一拂，记忆跟着就来了：我原来的悲痛被一阵突然的绝望吞没了。我说不出我干吗觉得这么倒霉：一定是暂时精神错乱，因为简直没有原因。可是，假使在十二岁的时候我就被迫离开了山庄，每一件往事的联想，我的一切一切，就像那时候希刺克厉夫一样，而一下子就成了林惇夫人，画眉田庄的主妇，一个陌生人的妻子：从此以后从我原来的世界里放逐出来，成了流浪人。你可以想象我沉沦的深渊是什么样子！你要摇头尽管摇，耐莉，你帮助他使我不得安宁！你应该跟埃德加说，你实在应该，而且要叫他不要来惹我！啊，我心里像火烧一样！但愿我在外面！但愿我重新是个女孩子，野蛮、顽强、自由，任何伤害只会使我大笑，不会压得我发疯！为什么我变得这样厉害？为什么几句话就使我的血激动得这么沸腾？我担保若是我到了那边山上的石南丛林里，我就会清醒的。再把窗户敞开，敞开了再扣上钩子！快，你为什么不动呀？”

“因为我不想让你冻死。”我回答。

“你的意思是你不肯给我活下去的机会，”她愤愤地说，“无论如何，我还不是毫无办法，我要自己开。”

我来不及阻止她，她已经从床上溜下来了，她从房间这边走到那边，脚步极不稳，把窗推开就探身出去，也不在乎那冷风像锋利的小刀在割她的肩膀。我恳求着，最后打算硬拉她缩回来。可是我立刻发觉她在精神错乱时的体力大大超过我的体力（她确是精神错乱了，我看她后来的动作与胡言乱语才相信的）。没有月亮，下面的一切都藏在朦胧的黑暗中：不论远近，没有一线光亮从任何房子里射出来——所有的亮光都早就熄灭了：呼啸山庄的烛光，这儿是从来也瞧不见的——她可还是硬说瞅见它们亮着。

“瞧！”她热烈地喊着，“那就是我的屋子，里面点着蜡烛，树在屋前摇摆，还有一支蜡烛是在约瑟夫的阁楼里……约瑟夫睡得迟，不是吗？他在等我回家，他好锁大门。好吧，他还要等一会呢。那段路不好走，需要勇气。而且我们走那段路一定要经过吉默吞教堂！我们曾经常常在一起走，不怕那儿的鬼，互相比胆量，站在那些坟墓中间请鬼来。可是，希刺克厉夫，如果我现在跟你比胆量，你敢吗？要是你敢，我就陪你。我不要一个人躺在那儿：他们也许要把我埋到一丈二尺深的地里，把教堂压在我身上，可是我不会安息，除非你跟我在一起。我绝不会！”

她停住了，接着又带着一种古怪的微笑开始说：“他在考虑——他要我去找他！那么，找条路呀！不穿过那教堂院子。你太慢了！该满意了吧，你总是跟着我的！”

看来跟她的疯狂争执不休是白费精力，我就盘算着怎么能既不松开手，又能找些衣服给她披上。因为我不放心她一个人在敞开的窗子前。这时，使我大为惊讶的是听见门柄嘎的一声，林惇先生进来了。他刚从书房出来，正经过走廊，听到我们说话，被好奇心或是恐惧所驱使，想看看我们深更半夜还在说什么。

“啊，先生！”我喊道，他一眼看到这屋里的情形，以及这凄凉的气氛时正要惊叫，却给我拦住了。“我可怜的女主人病啦，她把我制住啦！我简直没法管她了。求求你来，把她劝到床上去吧。忘掉你的怒气吧，因为她是很难听别人的话的。”

“凯瑟琳病啦？”他说，赶忙走过来。“关上窗子，艾伦！凯瑟琳！怎么——”

他沉默了：林惇夫人憔悴的神色使他难过得说不出话来，他只能恐怖地瞅瞅她又瞅瞅我。

“她正在这儿生气哩，”我继续说，“简直没吃什么，也绝不抱怨：她不准任何人随便进来，直到今天晚上我才来这里。所以我们也不能向你禀报她的情况，因为我们自己也不清楚。不过这也没什么。”

我觉得我解释得很笨拙；主人皱着眉。“没什么，是吗，丁艾伦？”他严厉地说。“你得说清楚点，为什么完全瞒住我！”他搂着妻子，悲痛地望着她。

起初她瞅着他，好像不认识似的：在她那茫然的凝视里，根本没有他这个人存在。不过，精神错乱也不是固定不变的，她的眼睛不再注视外面的黑暗了，渐渐地把她的注意力集中到他身上，发现了是谁搂着她。

“啊！你来啦，是你来了吗，埃德加·林惇？”她说，愤怒地激动着。“你就是那种东西，在最不需要的时候出来了，需要你的时候就怎么也不来！我看我们如今要有许多让人哀恸的事啦——我看出我们要有的——可是哀恸也不能拦住我不去那边我那狭小的家：我安息的地方。在春天还没有过去之前我一定会去的，就在那儿，记住，不是在教堂屋檐下林惇家族的中间，而是在露天，竖一块墓碑。你愿意去他们那儿，还是到我这儿来，随你便！”

“凯瑟琳，你怎么啦？”主人说，“我在你心里已经无所谓了吗？你是不是爱那个坏蛋希刺——”

“住口！”林惇夫人喊，“立刻住口！你再提那个名字，我就马上从窗户里跳出去，结束这件事！眼前你碰到的，你还可以占有，可是在你再把手放在我身上以前，我的灵魂已经到达那儿山顶啦。我不要你，埃德加，我要你的时候已经过去了。回到你的书堆里去吧。我很高兴你还可以在书堆里找到了安慰，因为你在我心里可什么都没啦。”

“她的心乱了，先生。”我插嘴说，“整个这晚上她都在胡扯，让她静养，得到适当的照护吧，她会复原的。从今以后，我们一定要小心不去惹她了。”

“我不想从你口里再得到什么劝告了。”林惇先生回答，“你知道你的女主人的性格，而你还鼓励我去惹她生气。她这三天来是怎么样的，你也不暗示我一下！真是没有心肝！几个月的病也不能引起这么一个变化呀！”

我开始为我自己辩解。要我为他人的任性而受责，可真太过分了。“我知道林惇夫人的性子拗，霸道，”我喊叫，“可我不知道你心甘情愿听任她发作！我不知道为了顺着她，我就应该假装没看见希刺克厉夫先生。我尽了一个忠实仆人的本分去告诉你，我现在得到了作为一个忠实仆人的报酬啦，好，这可教训我下次要小心点。下次你自己去打听消息吧！”

“下次你再要对我搬弄是非，我就辞退你，丁艾伦。”他回答。

“那么，林惇先生，我猜想你宁可不知道这件事吧？”我说，“你准许希刺克厉夫来向小姐求爱，而且每次乘你不在家的机会就进来，故意诱使女主人对你起反感，是吧？”

凯瑟琳虽然心乱，她的头脑还是很灵敏地注意我们的谈话。

“啊！耐莉做了奸细，”她激动地叫起来，“耐莉是我们暗藏的敌人。你这巫婆！你真是寻找小鬼用的石镞来伤害我们呀！放开我，我要让她悔恨！我要让她号叫着改正她说过的话！”

疯子的怒火在她眉下爆发起来了。她拼命挣扎着，想从林惇先生的胳臂里挣脱出来。我无意等着出乱子，决定自作主张：去找医生来帮忙，就离开这卧房了。

在我经过花园走到大路上时，在一个墙上钉了一个系缰绳用的铁钩的地方，我看见一个白的什么东西乱动，显然不是风吹的，而是另一个什么东西使它动。尽管我匆匆忙忙，还是停下来仔细查看它，不然以后我还会在我想象中留下一个想法，以为那是一个鬼呢。我用手一摸，比我刚才光是看一眼更使我大大地惊奇而惶惑不安了，因为我发现这是伊莎贝拉小姐的小狗凡尼，被一条手绢吊着，就剩最后一口气了。我赶快放开这个动物，把它提到花园里去。我曾经看见它跟着它的女主人上楼睡觉去的，我奇怪它怎么会到外边来，而且是什么样的坏人这样对待它。在解开钩子上的结扣时，我好像反复听见远处有马蹄奔跑的声音；可是有这么多事情占着我的思想，不容我有空想一下:虽然在清晨两点钟,在那个地方,这声音可让人奇怪呢。

我正走到街上,凑巧肯尼兹先生刚从他家里出来去看村里一个病人。我报告了凯瑟琳·林惇的病况,他马上就陪我回头走了。他是一个坦率质朴的人。他毫不迟疑地说出他怀疑她是否能安然度过这第二次的打击,除非她对他的指示比以前更听从些。

“丁耐莉,”他说,“我不能不猜想这场病一定另有原因,田庄上出了什么事啦?我们在这儿听到些古怪的说法。一个像凯瑟琳那样的健壮活泼的女人是不会为了一点小事就病倒的。而且那样的人也不该如此。可要使她退烧痊愈是不容易的。这病怎么开始的?”

“主人会告诉你,”我回答,“可你是熟悉恩萧家的暴躁脾气的,而林惇夫人更是超群出众。我可以说的是:这是一场争吵引起的。她在一阵暴怒下就像中了癫狂似的。至少,那是她的说法:因为她吵到高潮时忽然跑掉了,把她自己锁起来。后来,她拒绝吃东西,现在她时而胡言乱语,时而沉入半昏迷状态。她还认识她周围的人,可是心里尽是各种奇怪的念头和幻觉。”

“林惇先生一定会很难过吧?”肯尼兹带着询问的口吻说。

“难过吗?要是有什么事发生,他的心都要碎啦!”我回答,“如果没有必要,就别吓唬他吧。”

“唉,我告诉过他要小心,”我的同伴说,“他忽视了我的警告,就一定要遭到这后果!他最近跟希刺克厉夫先生不是还挺亲密的吗?”

“希刺克厉夫常常到田庄来,”我回答,“然而多半是由于女主人的力量,她在他小时候就认识他,并不见得是因为主人喜欢他来做伴。目前他是用不着再来拜访了,因为他对林惇小姐有些想入非非。我认为他是不会再来了。”

“林惇小姐是不是对他不理睬呢?”医生又问。

“我并不是她的心腹人。”我回答,不愿意把这件事继续谈下去。

“不,她是一个机灵人,”他说,摇着头。“她有她自己的主意!可她是个真正的小傻子。我从可靠方面得来的消息,说是昨天夜里(多糟糕的一夜呀!)她和希刺克厉夫在你们房子后面的田园里散步了两个多钟头。他强迫她不要再进去,干脆骑上他的马跟他一块走就得啦!据向我报告的人说她保证准备一下,等下次再见面就走,这才算挡开了他,至于下次是哪天,他没听见,可是你要劝林惇先生提防着点!"

这个消息使我心里充满了新的恐惧,我跑到肯尼兹前面,差不多是一路跑回来。小狗还在花园里狺狺叫着。我腾出一分钟的时间好给它开门,可它不进去,却来回在草地上嗅,如果我不把它抓住,把它带进去的话,它还要溜到大路上去呢。我一上楼走到伊莎贝拉的房间里,我的疑虑就证实了:那里没有人。我要是早来一两个钟头,林惇夫人的病也许会阻止她这莽撞的行动。可是现在还能做什么呢?如果我立刻去追,也不见得能追上他们。无论如何,我不能追他们。而且我也不敢惊动全家,把大家搞得惊慌失措;更不敢把这件事向我的主人揭露,他正沉浸在他目前的灾难里,经受不住又一次的悲痛了!我看不出有什么法子,除了不吭声,而且听其自然;肯尼兹到了,我带着一副难看的神色去为他通报。凯瑟琳正在不安心的睡眠中:她的丈夫已经平静了她那过分的狂乱,他现在俯在她枕上,瞅着她那带着痛苦表情的脸上的每一个阴影和每一个变化。

医生亲自检查病状后,抱有希望地跟他说,只要我们能在她四周继续保持完全的平静,这病可以见好。但他向我预示,这面临的危险与其说是死亡,倒不如说是永久的精神错乱。

那一夜我没合眼,林惇先生也没有。的确,我们根本没上床。仆人们都比平常起得早多了,他们在家里悄悄地走动着,他们在做事时碰到一起,就低声交谈。除了伊莎贝拉小姐,每个人都在活动着。他们开始说起她睡得真香。她哥哥也问她起来了没有,仿佛很急于要她在场,而且仿佛挺伤心,因为她对她嫂嫂表现得如此不关心。我直发抖,唯恐他差我去叫她。可是我倒免掉做第一个宣告她的私逃的人这场痛苦了。有一个女仆,一个轻率的姑娘,一早就被差遣到吉默吞去,这时大口喘着气跑上楼,冲到卧房里来,喊着:

"啊,不得了,不得了啦!我们还要闹出什么乱子啊?主人主人,我们小姐——"

"别吵!"我赶忙叫,对她那嚷嚷劲儿大为愤怒。

"低声点,玛丽——怎么回事?"林惇先生说,"你们小姐怎么啦?"

"她走啦,她走啦!那个希刺克厉夫带她跑啦!"这姑娘喘着说。

“那不会是真的!”林惇叫着,激动地站起来了。“不可能是真的。你脑子里怎么会有这种想法? 丁艾伦,去找她。这是没法相信的:不可能。”

他一面说着,一面把那仆人带到门口,又反复问她有什么理由说出这种话来。

“唉,我在路上遇见一个到这儿取牛奶的孩子,”她结结巴巴地说,“他问我们田庄里是不是出了乱子。我以为他是指太太的病,所以我就回答说,是啊。他就说,‘我猜想有人追他们去了吧?’我愣住了。他看出我根本不知道那事,他就告诉我过了半夜没多久,有位先生和一位小姐怎么在离吉默吞两英里远的一个铁匠铺那儿钉马掌! 又是怎么那铁匠的姑娘起来偷偷看他们是谁:她马上认出他们来了。她注意到这人——那是希刺克厉夫,她拿得准一定是:没有人会认错他,而且——他还付了一个金镑,把它交在她父亲手里。那位小姐用斗篷遮着脸;可是她想要喝水的时候,斗篷掉在后面,她把她看得清清楚楚。他们骑马向前走,希刺克厉夫抓住两只马的缰绳,他们掉脸离开村子走了,而且在粗糙不平的路上尽量能跑多快就跑多快。那姑娘倒没跟她父亲说,可是今天早上,她把这事传遍了吉默吞。”

为了表面上敷衍一下,我跑去望望伊莎贝拉的屋子;当我回来时,便证实了这仆人的话。林惇先生坐在床边他的椅子上。我一进来,他抬起眼睛,从我呆呆的神色中看出了意思,便垂下眼睛,没有吩咐什么,也没有说一个字。

“我们是不是要想法追她回来呢?”我询问着。“我们怎么办呢?”

“她是自己要走的,”主人回答,“她有权爱上哪儿,就可以上哪儿。不要再拿她的事烦我吧。从今以后她只有在名分上是我的妹妹;倒不是我不认她,是因为她不认我。”

那就是关于这事他说的所有的话:他没有再多问一句,怎么也没提过她,除了命令我,等我知道她的新家时,不管是在哪儿,要把她在家里的所有东西都给她送去。

第13章

两个月以来逃亡的人不见踪影。在这两个月里，林惇夫人受到了而且也克服了所谓脑膜炎的最厉害的冲击。任何一个母亲看护自己的独生子也不能比埃德加照料她更为尽心。日日夜夜，他守着，耐心地忍受着精神错乱与丧失理性的人所能给予的一切麻烦；虽然肯尼兹说他从坟墓中救出来的人日后反而成为使他经常焦虑的根源——事实上，他牺牲了健康和精力不过是保住了一个废人——当凯瑟琳被宣告脱离生命危险时，他的感激和欢乐是无限的；他一小时一小时地坐在她旁边，看着她的健康渐渐恢复，而且幻想她的心理也会恢复平衡，不久就会完全和她以前一样。他就靠这个幻想使他那过于乐观的希望得到安慰。

她第一次离开卧房是在那年三月初。早上，林惇先生在她枕上放一束金色的藏红花。她已经有好久不习惯一点欢乐的光辉，当她醒来一看见这些花，就兴高采烈地把它们拢在一起，眼睛放出愉快的光彩。

"这些是山庄上开得最早的花，"她叫，"它们使我想起轻柔的暖风，和煦的阳光，还有快融化的雪。埃德加，外面有南风没有，雪是不是快化完啦？"

"这儿的雪差不多全化完了，亲爱的，"她的丈夫回答，"在整个旷野上我只能看见两个白点：天是蓝的，百灵在歌唱，小河小溪都涨满了水。凯瑟琳，去年春天这时候，我正在渴望着你到这个房子里来；现在，我却希望你到一两英里路外的那些山庄上去：风吹得这么惬意，我觉得这可以医好你的病。"

"我再去一次就不会回来了，"病人说，"然后你就要离开我，我就要永远留在那儿。明年春天你又要渴望我到这个房子来,你就要回忆过去,而且想到今天你是快乐的。”

林惇在她身上不惜施以最温柔的爱抚,而且用最亲昵的话想使她高兴。可是,她茫然地望着花,眼泪聚在睫毛上,顺着她的双颊直淌,她也未在意。我们知道她是真的好些了,因此,确信她是由于长期关闭在一个地方才产生出这种沮丧的情绪,要是换一个地方,也许会消除一些的。主人叫我在那好几个星期没人进出的客厅里燃起炉火来,搬一把舒服的椅子放在窗口阳光下,然后把她抱下楼来。她坐了很久,享受着舒适的温暖。如我们所料,她四周的一切使她活泼起来了:这些东西虽然是熟悉的,却摆脱了笼罩着她那可厌的病床的那些凄凉的联想。晚上,看来她精疲力竭,但是没法劝她回卧房去,我只得在还没有布置好另一间屋子的时候,先把客厅沙发铺好作为她的床。为了不必上下楼太累,我们收拾了这间,就是你现在躺着的这间——跟客厅在同一层。不久她又好一点,可以靠在埃德加臂上从这间走到那间了。啊,我自己也想,她得到这样的服侍,是会复原的。而且有双重的原因希望她复原,因为另一个生命也倚仗她的生存而生存;我们都暗暗地希望林惇先生的心不久就会快乐起来,而他的土地,由于继承人的诞生,将不至于被一个陌生人夺去。

这儿我应该提一提伊莎贝拉在她走后六个星期左右,寄了一封短信给她哥哥,宣布她跟希刺克厉夫结婚了。信写得似乎冷淡乏味,可是在下面用铅笔写了隐晦的道歉的话,而且说如果她的行为得罪了他,就恳求他原谅与和解:说她当时没法不这样做,事已如此,现在她也无法反悔。我相信林惇没回这封信。过了两个多星期,我收到一封长信,这信出自一个刚过完蜜月的新娘的笔下,我认为很古怪。现在我来把它念一遍,因为我还留着它呢。死人的任何遗物都是珍贵的,如果他们生前就被人重视的话。

> 亲爱的艾伦,(信是这样开始的)——昨天晚上我来到呼啸山庄,这才头一回听到凯瑟琳曾经而且现在还是病得很厉害。我想我千万不能给她写信,我哥哥不是太生气,就是太难过,以至于不回我写给他的信。可是,我一定要给个什么人写封信,留给我唯一的对象就是你了。
>
> 告诉埃德加我只要能再见他一面,就是离开人世也愿意——我

离开画眉田庄还不到二十四小时我的心就回到那儿了,直到这时我的心还在那儿,对他,还有凯瑟琳充满了热烈的感情!虽然我不能随着我的心意做——(这些字下面是画了线的)——他们用不着期待我,他们可以随便下什么结论;可是,注意,不要归罪于我的脆弱的意志或不健全的情感。

这下面的话是给你一个人看的。我要问你两个问题:第一个是——

你当初住在这里的时候,你是怎么努力保存着人类通常所有的同情之心的?我没法看出来我周围的人和我有什么共同的感情。

第二个问题是我非常关心的,就是——

希刺克厉夫是人吗?如果是,他是不是疯了?如果不是,他是不是一个魔鬼?我不想告诉你我问这话的理由。可是如果你能够的话,我求你解释一下我嫁给了一个什么东西——那就是说,等你来看我的时候你告诉我。而且,艾伦,你必须很快就来。不要写信,就来吧,把埃德加的话也捎给我吧。

现在,你听听我在我这个新家是怎样被接待的吧,因为我不得不认为这个山庄将是我的新家了。若是我告诉你在这里表面生活上的不舒适,那仅仅是哄哄自己的,这些从来没有占据过我的思想,除非在我想念这些的时候。要是我明白我的痛苦完全是由于缺少舒适所致,其余的一切只是一场离奇的梦,那我真要高兴得大笑大跳了!

在我们向旷野走去时,太阳已经落在田庄后面了。根据这一点,我想该是六点钟了。我的同伴停留了半小时,检查着果树园,花园,还有,也许就是这地方本身,尽可能不放过任何一处,因此当我们在田舍的铺了石子的院子下马时,天已经黑了。你的老同事,仆人约瑟夫,借着烛光出来接我们。他以一种足以给他面子增光的礼貌来接待我们。他的第一个动作就是把烛火向上举得和我的脸平齐,恶毒地斜瞅一眼,撇着他的下唇,就转身走开了。随后他牵着两匹马,把它们带到马厩里去,又重新出现,目的是锁外面大门,仿佛我们住在一座古代堡垒里一样。

希刺克厉夫待在那儿跟他说话,我就进了厨房——一个又脏又乱的洞。我敢说你认不得那儿了,比起归你管的那时候可变得多了。有一个恶狠狠的孩子站在炉火旁边,身体健壮,衣服肮脏,眼睛和嘴角都带着凯瑟琳的神气。

“这是埃德加的内侄吧,”我想——“也可以算是我的内侄呢。我得跟他握手,而且——是的——我得亲亲他。一开始就建立相互了解是正确的。”

我走近他,打算去握他那胖拳头,说:

“我亲爱的,你好吗?”

他用一种我没法懂的话回答我。

“你和我可以做朋友吗,哈里顿?”这是我第二次试着攀谈。

来了一声咒骂,而且恐吓说如果我不“滚开”,就要叫勒头儿来咬我了,这便是我的坚持所得的报酬。

“喂,勒头儿,娃儿!”这小坏蛋低声叫,把一只杂种的牛头狗从墙角它的窝里唤出来。“现在,你走不走?”他很威风地问道。

出于对我生命的爱惜,我服从了。我迈出门槛,等着别人进来。到处也不见希刺克厉夫的踪影。约瑟夫呢,我跟他走到马厩,请他陪我进去,他先瞪着我,又自己咕噜着,随后就皱起鼻子回答:

“咪!咪!咪!基督徒可曾听过像这样的话没有?扭扭捏捏,叽里咕噜!我怎么知道你说什么呢?”

“我说,我想你陪我到屋里去!”我喊着,以为他聋了,但是十分厌恶他的粗暴无礼。

“我才不!我还有别的事做哩。”他回答,继续干他的活。同时抖动着他那瘦长的下巴,带着顶轻蔑的样子打量我的衣着和面貌(衣服未免太精致,但是面貌,我相信他想要多惨就有多惨)。

我绕过院子,穿过一个侧门,走到另一个门前,我大胆敲了敲,希望也许有个客气点的仆人出现。过了一会,一个高大而样子可怕的男人开了门,他没戴围巾,全身上下显得邋遢,不修边幅。他的脸都被披在他肩膀上的一大堆乱七八糟的头发遮住了;他的眼睛也生得像幽灵似的凯瑟琳的眼睛,所有的美都毁灭无遗了。

“你到这儿干吗?”他凶狠狠地问道,“你是谁?”

“我的姓名是伊莎贝拉·林惇,”我回答,“先生,你以前见过我的。我最近嫁给希刺克厉夫先生了,他把我带到这儿来的——我猜是已经得到了你的允许的。”

“那么,他回来了吗?”这个隐士问,像个饿狼似的睨视着。

“是的,这会我们刚刚到,”我说,“可是他把我撂在厨房门口不管了。我正想进去的时候,你的小孩在那儿做哨兵,他叫来一只牛头狗,帮着他把我吓跑了。”

“这该死的流氓居然说到做到,倒不错!”我的未来的主人吼着,向我后面的黑暗里张望,想发现希刺克厉夫。然后他信口开河地自言自语咒骂一通,又讲了一连串威胁人的话,说如果那“恶魔”骗了他,他便要如何如何。

我很后悔曾想从这第二个门里进去,他还没咒骂完,我已经想溜开了,可是我还没能照这个打算做,他就命令我进去,把门关上,上了锁。房里炉火很旺,那就是这间大屋子里所有的光亮了,地板已经全部变成灰色;曾经闪亮的白镴盘子,当我还是个小女孩时,总是吸引着我瞅它,如今已被污垢和灰尘搞得同样的暗淡无光。我问我可不可以叫女仆带我到卧房去!恩萧先生却没有回答。他来回地走着,手插在口袋里,显然完全忘了我的存在。这当儿,他是那样的心不在焉,那样一脸的愤世嫉俗的神态,使我也不敢再打扰他了。

艾伦,你对我这特别不快活的感觉不会奇怪吧,我坐在那不好客的炉火旁,比孤独还糟,想起四英里外就有我的愉快的家,住着我在世上所最爱的人。然而却像是大西洋隔开了我们,而不是四英里:我越不过它!我扪心自问——我该向哪儿寻求安慰呢?而且——千万不要告诉埃德加或凯瑟琳——撇开各种悲哀不谈,这点是主要的:灰心绝望,因为找不到任何人能够或是愿意做我的同盟来反对希刺克厉夫！我到呼啸山庄来住曾经几乎高兴过一阵，因为这样安排就可以从此不必跟他单独过日子了。但是他懂得跟我们相处的人，他并不怕他们会管闲事。

我坐着，想着，悲悲切切地过了一会儿。钟敲了八下，九下，我的同伴仍然来回踱着，他的头垂到胸前，而且完全沉默，只有间或迸出一声呻吟或一声辛酸的叹息。我倾听着，想听到屋里有女人的声音，我心里充满了狂乱的悔恨和凄凉的预感，我终于忍不住出声地叹息着，哭了。我本来没理会我是怎么当着人伤心起来，直到恩萧在我对面停住了他那规规矩矩的散步，而且以如梦初醒的惊奇神情盯着我。利用他那恢复了的注意力，我就大声说：

“我走得累了，想上床睡觉！女仆在哪里？既然她不来见我，就领我去找她吧！”

“我们没有女仆，”他回答，“你就伺候你自己吧！”

“那么，我该在哪儿睡呢？”我抽泣着，我已经顾不得自尊心了，我的自尊心已经被疲劳和狼狈压倒了。

“约瑟夫会领你到希刺克厉夫的卧房去，”他说，“开开那门——他在里面。”

我正要遵命，可他忽然捉住我，用最古怪的腔调说：

“你最好锁上门，上了门闩——别忘了！”

“好吧！”我说，“可是为什么呢，恩萧先生？”我从来没有过这种念头，故意把我自己跟希刺克厉夫锁在屋里。

“瞧这儿！”他回答，从他的背心里拔出一把做得很特别的手枪，枪筒上安着一把双刃的弹簧刀。“对于一个绝望的人，那是个很诱惑人的东西，是不是？我每天晚上总不能不带这个上楼，还要试试他的门。若是有一次我发现门是开着的，他可就完蛋了；就是一分钟之前我还想出一百条理由使我忍下去，我也一定还是这样做：是有魔鬼逼着我去杀掉他，好打乱我自己的计划。你反抗那魔鬼，爱反抗多久就多久；时辰一到，天上所有的天使也救不了他！”

我好奇地细看着这武器。我想到一个可怕的念头：我要是有这么一个武器,就可以变成强者了。我从他手里拿过来,摸摸刀刃。他对我脸上一瞬间所流露的表情觉得惊愕:那表情不是恐怖,而是贪婪。他猜忌地把手枪夺回去,合拢刀子,又把它藏回原处。

"你就是告诉他,我也不在乎,"他说,"让他警戒,替他防守。我看出,你知道我们的关系:他身受危险,可你并不惊慌。"

"希刺克厉夫对你怎么啦?"我问,"他有什么事得罪了你,惹起这么怕人的仇恨?叫他离开这个家不是更聪明些吗?"

"不!"恩萧大发雷霆,"要是他提议离开我,他就要成为一个死人啦:你要是劝他离开,你就是一个杀人犯!难道我就得失去一切,没有挽回的机会吗?哈里顿是不是要做一个乞丐呢?啊,天杀的!我一定要拿回来:他的金子,我也要;还有他的血;地狱将收留他的灵魂!有了那个客人,地狱要比以前黑暗十倍!"

艾伦,你曾经给我讲过你的旧主人的习惯。他分明在疯狂的边缘上了,至少昨天晚上他是这样的。我一靠近他就发抖,相比之下,那个仆人的毫无教养的坏脾气反倒叫人好受些。他现在又开始他那郁郁的走来走去了,我就拔起门闩,逃到厨房里去。约瑟夫正在弯着腰对着火,盯着火上悬着的一只大锅,还有一木盆的麦片摆在旁边高背椅上。锅里的东西开始烧滚了,他转过来把手朝盆里伸。我猜想这大概是预备我们的晚饭,我既然饿了,就决定要把它烧得能吃下去,因此尖声叫出来,"我来煮粥!"我把那个盆挪开,使他够不到,而且脱下我的帽子和骑马服。"恩萧先生,"我接着说,"叫我伺候自己,我就这样办。我不要在你们中间做小姐,因为我怕我会饿死的。"

"老天爷!"他咕噜着坐下来,抚摩着他那螺纹袜子,从膝盖摸到脚腕。"又要有新鲜的差使啦——我才习惯了两个东家,又有个女主人到我头上来啦,真像是时光流转,世事大变哪。我没想到过会有一天我得离开老地方——可我怀疑就近在眼前啦!"

他的悲叹并没有引起我注意。我敏捷地煮着粥,叹息着想起有一个时期一切都是欢乐有趣,可是马上不得不赶开这些记忆。回忆起昔日的快乐真使我感到难过，过去的幻影越拚命出现，我就把粥搅动得越快，大把大把的麦片掉在水里也更快。约瑟夫看到我这烹调方式，越来越气。

“瞧！”他大叫，“哈里顿，今天晚上可没你的麦粥喝啦，粥里没别的，只有像我拳头那么大的块块。瞧，又来啦！要我是你呀，我就连盆都扔下去！瞧呀，把粥都倒光，你这就算是搞完啦。砰，砰。锅底没敲掉还算大慈大悲呢！”

我承认，把粥倒在盆里时，简直是一团糟。预备了四个盆，一加仑的罐子盛着从牛奶场取来的新鲜牛奶，哈里顿抢过来就用他那张大的嘴连喝带漏。我忠告他，希望他用个杯子喝他的牛奶；我肯定说我没法尝搞得这么脏的牛奶。那个满腹牢骚的老头对于这种讲究居然大怒，再三地跟我说，“这孩子每一丁点”都跟我“一样的好”，“每一丁点都健康”。奇怪我怎么能这样自高自大。同时，那小恶徒继续吮着，他一边向着罐子里淌口水，一边还挑战似的怒目睨视着我。

“我要在另一间屋子吃晚饭，”我说，“你们没有可以叫作客厅的地方吗？”

“客厅！”他轻蔑地仿效着，“客厅！没有，我们没有客厅。要是你不喜欢跟我们在一起，找主人去好了。要是你不喜欢主人，还有我们啦。”

“那我就要上楼了。”我回答，“领我到一间卧房里去。”

我把我的盆放在一个托盘上，自己又去拿点牛奶，那个家伙说着一大堆嘟囔话站起来，在我上楼时走在我前面：我们走到阁楼，他时不时地开房门，把那些我们所经过的房间都瞧一下。

“这儿有间屋子，”终于，他突然拧着门轴推开一扇有裂缝的木板门。“在这里头喝点粥可够好啦。在角落里有堆稻草，就在那儿，挺干净。你要是怕弄脏你那华丽的绸衣服，就把手绢铺在上面吧。”

这屋子是个堆房之类，有一股强烈的麦子和谷子气味。各种粮食袋子堆在四周，中间留下一块宽大的空地方。

“怎么，你这个人，”我生气地对他大叫，“这不是睡觉的地方。我要看看我的卧房。”

“卧房，”他用嘲弄的声调重复一下。“你看了所有的卧房啦——这是我的。”

他指着第二个阁楼，跟头一个的唯一区别在于墙上空些，还有一张又大又矮的没有帐子的床，一头放着一床深蓝色的棉被。

“我要你的干吗？”我回骂着，“我猜希刺克厉夫先生总不会住在阁楼上吧，是吗？”

“啊！你是要希刺克厉夫少爷的房间呀？”他叫，好像有了新的发现似的。“你就不能早说吗？那么，我要告诉你，甭费事啦，那正是你看不到的一间屋子——他总是把它锁住的，谁也进不去，除了他自己。”

“你们有一个很好的家，约瑟夫。”我忍不住说，“还有讨人喜欢的同伴。我觉得在我的命运跟他们联在一起的这天起，世界上所有疯狂的精华都集聚到我的脑子里来了！但是，现在这些话说了也没用——还有别的房间呢。看在上天的分上，赶快把我安顿在什么地方吧！”

他对于这个恳求没有搭理，只是固执地、沉重缓慢地走下木梯，在一间屋子的门口停下来。从他那停步不前和屋里家具的上等质料看来，我猜这是最好的一间了。那儿有块地毯——挺好的一块，可是图样已经被尘土弄得看不清楚了。一个壁炉上面糊着花纸，已经掉得一块块的。一张漂亮的橡木床，挂着很大的猩红色帷帐。用的材料是贵重的，式样也是时新的，但是显然被人粗心大意地使用过：原先挂成一只只花球的帐帘，给扭得脱出了帐钩，挂帐子的铁杆有一边弯成弧形，使帷帐拖在地板上了。椅子也都残缺，有好几把坏得很厉害。深深的凹痕把墙上的嵌板搞得很难看。我正想下决心进去住下来，这时我的笨蛋向导宣布：“这儿是主人的。”我的晚饭到这时候已经冷了，也没有胃口，忍耐也耗尽了。我坚持要马上有一个安身之处和供我休息的设备。

"到哪个鬼地方去呢?"这个虔诚的长者开始了。"主祝福我们！主饶恕我们！你要到哪个地狱去呢！你这麻烦的废物！你除了哈里顿的小屋子,可什么都看过啦。在这所房子里可没有别的洞可钻啦!"

我是这么烦恼,我把托盘和上面的东西突然往地上一丢,接着坐在楼梯口,捂着脸大哭起来。

"哎呀！哎呀!"约瑟夫大叫,"干得好呀,凯蒂小姐①！干得好呀,凯蒂小姐！可是呀,主人就会在这些破片上摔跤,那我们就等着听训吧。我们就听听该怎么着吧。不学好的疯子呀！你就应该从现在到圣诞节一直瘦下去,只因为你大发脾气把上帝的珍贵恩赐丢在地上！可你要是总这么任性,那我可不信。你以为希刺克厉夫受得了这种好作风？我巴望他在这会儿捉到你。但愿他捉到你。"

他就这么骂骂咧咧地回到他的窝里,把蜡烛也带走了;留下我在黑暗里。紧接着这愚蠢的动作之后,我考虑一会,不得不承认有必要克制我的骄傲,咽下我的愤怒,并且振作起来把东西收拾干净。立刻出现了一个意外的帮手,就是勒头儿,我现在认出它就是我们的老狐儿的儿子:它小时是在田庄里,后来我父亲把它给了辛德雷先生。我猜想它认出我了:它用鼻尖顶顶我的鼻子算是敬礼,然后赶紧去舔粥。这时我一步一步摸索着,收拾起碎瓷片,用我的手绢擦掉溅在栏杆上的牛奶。

我们刚忙完,我就听见恩萧在过道上走过的脚步声;我的助手夹着尾巴,紧贴着墙,我偷偷地挨到最近的门口去了。狗想躲开,可是失败了;从一阵慌忙跑下楼的声音和可怜的长嗥,我就猜出来了。我的运气较好:他走过去,进了他的卧房,关上了门。紧接着,约瑟夫带哈里顿上楼,送他上床睡觉。我才发现我是躲在哈里顿的屋里,这老头一看见我就说:

---

① 凯蒂小姐——这是凯瑟琳的简称。约瑟夫在此时对伊莎贝拉大叫凯蒂小姐,是因为这时伊莎贝拉的脾气跟凯瑟琳过去在山庄时一样,约瑟夫在大怒之下,便脱口喊出"凯蒂小姐"!

“现在我想大厅可以容得下你和你的傲气了。那儿空了，你可以自己独占，上帝他老人家总是个第三者，陪着这样的坏人。”

我很高兴地利用了这个暗示，我刚刚坐到炉边的一张椅子上，就打瞌睡，睡着了。

我睡得又沉又香，虽然很快就睡不成。希刺克厉夫先生把我叫醒。他才进来，而且用他那可爱的态度质问我在那儿干吗？我告诉他我所以迟迟不去睡的原因——是他把我们的屋子钥匙搁在他的口袋里了。我们的这个附加词引起了他勃然大怒。他赌咒说那屋子本来不是，也永远不会归我所有；而且他要——可我不愿意再重复他的话，也不愿意描述他那照例的行为：他巧妙地、无休止地想尽方法激起我的憎恶！我有时觉得他实在奇怪，奇怪得减低了我的恐惧。可是，我跟你说，一只老虎或一条毒蛇使我引起的恐怖也抵不上他所引起的。他告诉我凯瑟琳有病，责怪是我哥哥逼出来的；发誓说一直要把我当作埃德加的替身来受罪，直到他能报复他为止。

我真恨他——我是不幸的——我做了一个傻瓜！千万不要把这事对田庄的任何人透露一点风声。我每天都期待着你——不要让我失望吧！

伊莎贝拉

第14章

我看完这封信，立即就去见主人，告诉他说他妹妹已经到了山庄，而且给了我一封信表示她对于林惇夫人的病况很挂念，她热烈地想见见他；希望他尽可能早点派我去转达他一点点宽恕的表示，越早越好。

“宽恕！”林惇说，“我没有什么可宽恕她的，艾伦。你如果愿意，你今天下午可以去呼啸山庄，说我并不生气，我只是惋惜失去了她；特别是我绝不认为她会幸福。无论如何，要我去看她是办不到的：我们是永远分开了；若是她真为我好，就让她劝劝她嫁的那个流氓离开此地吧。”

“你就不给她写个便条吗，先生？”我乞求地问着。

“不，”他回答，“用不着。我和希刺克厉夫家属的来往就像他和我家的来往一样全省掉吧。一刀两断。”

埃德加先生的冷淡使我非常难过；出田庄后一路上我绞尽脑汁想着怎样在重述他的话时加一点感情；怎样把他甚至拒绝写一两行去安慰伊莎贝拉的口气说得委婉些。我敢说她从早上起就守望着我了：在我走上花园砌道时，我看见她从窗格里向外望，我就对她点点头；可是她缩回去了，好像怕给人看见似的。我没有敲门就进去了。这栋以前是很欢乐的房子从来没有呈现过这样荒凉阴郁的景象！我必须承认，如果我处在这位年轻的夫人的地位上，至少，我要扫扫壁炉，用个鸡毛帚掸掸桌子。可是她已经沾染了几分包围着她的那种到处蔓延的懒散精神。她那姣好的脸苍白而无精打采；她的头发没有卷；有的发卷直直地挂下来，有的就乱七八糟地盘在她头上。大概她从昨天晚上起还没有梳洗过。辛德雷不在那儿。希刺克厉夫坐在桌旁,翻阅他的袖珍记事册中的纸张;可是当我出现时,他站起来了,很友好地问候我,还请我坐下。他是那里唯一的看上去很体面的人;我认为他从来没有这样好看过。环境把他们的地位更换得这么厉害,陌生人乍一看,会认定他是个天生有教养的绅士;而他的妻子则是一个道地的小懒婆!她热切地走上前来迎接我,并且伸出一只手来取她所期望的信。我摇摇头。她不懂这个暗示,却跟着我到一个餐具柜那儿,我是到那儿放下我的帽子的,她低声央求我把我所带来的东西马上给她。希刺克厉夫猜出她那举动的意思,就说:

"如果你有什么东西给伊莎贝拉(你是一定有的,耐莉);就交给她吧。你用不着做得那样秘密:我们之间没有秘密。"

"啊,我没有带什么,"我回答,想想最好还是马上说实话。"我的主人叫我告诉他妹妹,她现在不必期望他来信或是访问。他叫我向你致意,夫人,并且他祝你幸福,他对于你所引起的悲苦都肯原谅;但是他以为从现在起,他的家和这个家庭应该断绝来往,因为再联系也没什么意思。"

希刺克厉夫夫人的嘴唇微微颤着,她又回到她在窗前的座位上。她的丈夫站在壁炉前,靠近我,开始问些有关凯瑟琳的话。我尽量告诉他一些我认为可以说的关于她的病情的话,他却问来问去,逼得我说出了与病因有关的大部分事实。我责怪了她(她是该受责怪的),因为都是她自找苦吃;最后我希望他也学林惇先生的样,不论好坏都该避免将来与他家接触。

"林惇夫人现在正在复原,"我说,"她永远不会像她以前那样了,可是她的命保住了;如果你真关心她,就不要再拦她的路了,不,你要完完全全搬出这个地方;而且我要告诉你,让你不会后悔,凯瑟琳·林惇如今跟你的老朋友凯瑟琳·恩萧大不同了,正如那位年轻太太和我也不同。她的外表变得很厉害,她的性格变得更多;那个由于必要不得不做她伴侣的人,今后只能凭借着对她昔日的追忆,以及出于世俗的仁爱和责任感,来维持他的感情了!"

"那倒是挺可能的,"希刺克厉夫说,勉强使自己显得平静,"你主人除了出于世俗的仁爱观念和一种责任感之外就没有什么可依仗的了,这是很可能的。可是你以为我就会把凯瑟琳交给他的责任和仁爱吗?你能把我尊敬凯瑟琳的情感跟他的相比吗?在你离开这所房子之前,我一定要你答应,你要让我见她一面:答应也好,拒绝也好,我一定要见她!你说怎么样?"

"我说,希刺克厉夫先生,"我回答,"你万万不能,你永远别想通过我设法而见到她。你跟我主人再碰一次面,就会把她的命送掉了。"

"有你的帮助就可以避免,"他接着说,"如果会有这么大的危险——如果他就是使她的生活增加一种烦恼的原因——那么,我以为我正好有理由走极端!我希望你诚诚恳恳告诉我,若是失去了他,凯瑟琳会不会很难过:就是怕她会难过,这才使我忍住。你这就看得出我们两人情感中间的区别了:如果他处在我的地位,而我处在他的地位,当然我恨他恨得要命,我绝不会向他抬一只手。你要是不信,那也由你!只要她还要他做伴,我就绝不会把他从她身边赶走。她对他的关心一旦停止,我就要挖出他的心,喝他的血!可是,不到那时候——你要是不相信我,那你是不了解我——不到那时候,我宁可寸磔而死,也不会碰他一根头发!"

"可是,"我插口说,"你毫无顾忌地要彻底毁掉她那完全恢复健康的一切希望,在她快要忘了你的时候却硬要把你自己插到她的记忆里,而且把她拖进一场新的纠纷和苦恼的风波中去。"

"你以为她快要忘了我吗?"他说,"啊,耐莉!你知道她没有忘记!你跟我一样地知道她每想林惇一次,她就要想我一千次!在我一生中最悲惨的一个时期,我曾经有过那类的想法:去年夏天在我回到这儿附近的地方时,这想法还缠着我;可是只有她自己的亲自说明才能使我再接受这可怕的想法。到那时候,林惇才可以算不得什么,辛德雷也算不得什么,就是我做过的一切梦也都不算什么。两个词可以概括我的未来——死亡与地狱:失去她之后,生存将是地狱。但是,我曾经一时糊涂,以为她把埃德加·林惇的情爱看得比我的还重。如果他以他那软弱的身心的整个力量爱她八十年,也抵不上我一天的爱。凯瑟琳有一颗和我一样深沉的心:她的整个情感被他所独占,就像把海水装在马槽里。呸!他对于她不见得比她的狗或者她的马更亲密些。他不像我,他本身有什么可以被她爱:她怎么能爱他本来没有的东西呢?"

"凯瑟琳和埃德加像任何一对夫妇那样互相热爱,"伊莎贝拉带着突然振作起来的精神大叫,"没有人有权利用那样的态度讲话,我不能听人毁谤我哥哥还不吭声。"

“你哥哥也特别喜欢你吧,是不是?”希刺克厉夫讥讽地说,“他以令人惊奇的喜爱任你在世上漂泊。”

“他不晓得我受的什么罪,”她回答,“我没有告诉他。”

“那么你是告诉了他什么啦:你写信了,是不是?”

“我是写了,说我结婚了——你看见那封短信的。”

“以后没写过么?”

“没有。”

“我的小姐自从改变环境后显得憔悴多了,”我说,“显然,有人不再爱她了;是谁,我可以猜得出;但也许我不该说。”

“我倒认为是她自己不爱自己,”希刺克厉夫说,“她退化成为一个懒婆娘了!她老早就不想讨我喜欢了。你简直难以相信,可是就在我们婚后第二天早上,她就哭着要回家。无论如何,她不太考究,正好适于这房子,而且我要注意不让她在外面乱跑来丢我的脸。”

“好呀,先生,”我回嘴,“我希望你要想到希刺克厉夫夫人是习惯于被人照护和伺候的;她是像个独生女一样地给带大的,人人都随时要服侍她。你一定得让她有个女仆给她收拾东西,而且你一定得好好对待她。不论你对埃德加先生的看法如何,你不能怀疑她有强烈的迷恋之情,不然她不会放弃她以前家里的优雅舒适的生活和朋友们,而安心和你住在这么一个荒凉的地方。”

“她是在一种错觉下放弃那些的,”他回答,“把我想象成一个传奇式的英雄,希望从我的豪侠气概的倾心中得到无尽的娇宠。我简直不能把她当作是一个有理性的人,她对于我的性格是如此执拗地坚持着一种荒谬的看法,而且凭她所孕育的错误印象来行动。但是,到底,我想她开始了解我了:起初我还没理会那使我生气的痴笑和怪相;也没理会那种糊涂的无能,当我告诉她我对她的迷恋和对她本身的看法时,她竟不能识别我是诚恳的。真是费了不少的劲才发现我本来就不爱她。我相信,曾经有一个时候,是没法教训她明白那点的!可是现在居然勉强地懂得了;因为今天早上,作为一件惊人消息,她宣布,说我实在已经使得她恨我了!我向你保证,这可是真正费了九牛二虎之力哩!如果她真是想明白了,我有理由回敬感谢。我能相信你的话吗,伊莎贝拉?你确实恨我吗?如果我让你自己一个人待半天,你会不会又叹着气走过来，又跟我甜言蜜语呢？我敢说她宁可我当着你的面显出温柔万分的样子：暴露真相是伤她的虚荣心的。可是我才不在乎有人知道这份热情完全是片面的：我也从来没在这事上对她讲过一句谎话。她不能控诉我说我表示过一点虚伪的温柔。从田庄出来时，她看见我做的第一件事，就是把她的小狗吊起来；当她求我放它时，我开头的几句话就是我愿把属于她家的个个都吊死，除了一个，可能她把那个例外当作她自己了。但是任何残忍都引不起她厌恶，我猜想只要她这宝贝的本人的安全不受损害，她对于那种残忍还有一种内心的赞赏哩！是啊，那种可怜的，奴性的，下流的母狗——纯粹的白痴——竟还梦想我能爱她岂不是荒谬透顶！告诉你的主人，耐莉，说我一辈子也没遇见过像她这样的一个下贱东西。她甚至都玷辱了林惇的名声，我试验她能忍受的能力，而她总还是含羞地谄媚地爬回来，由于实在想不出新的办法，我有时候都动了慈悲心肠哩！但是，也告诉他，请他放宽他那一副傲然的手足之情的心肠吧。我是严格遵守法律限制的。直到眼前这段时期，我一直避免给她最轻微的借口要求离开；不仅如此，谁要是分开我们，她也不会感谢的。如果她愿走，她可以走；她在我跟前所引起的我的厌恶已经超过我折磨她时所得到的满足了。”

“希刺克厉夫先生，”我说，“这是一个疯子说的话；你的妻子很可能是以为你疯了；为了这个缘故，她才跟你待到如今，可现在你说她可以走，她一定会利用你这个允许的。太太，你总不至于这么给迷住了，还自愿跟他住下去吧？”

“小心，艾伦！”伊莎贝拉回答，她的眼睛闪着怒火；从这对眼睛的表情看来，无疑的，她的配偶企图使她恨他，已经完全成功了。“他所说的话，你一个字也不要信。他是一个撒谎的恶魔！一个怪物，不是人！以前他也跟我说过我可以离开；我也试过，我可不敢试了！可就是，艾伦，答应我不要把他那无耻的话向我哥哥或凯瑟琳吐露一个字。不论他怎么装假，他只是希望把埃德加惹得拚命：他说他娶我是有意地跟他夺权；他得不到——我会先死的！我只希望，我祈求，他会忘记他那狰狞的谨慎，而把我杀掉！我所能想象到的唯一欢乐就是死去，要不就看他死！”

“好啦——现在够了！”希刺克厉夫说，“耐莉，你要是被传上法庭，可要记住她的话！好好瞧瞧那张脸吧：她已经快要达到配得上我的地步了。不，现在你是不适宜做你自己的保护人了，伊莎贝拉；我，既是你的合法保护人，一定要把你放在我的监护下，不论这义务是怎样的倒胃口。上楼去，我有话要跟丁艾伦私下说。不是这条路：我对你说上楼！对啦，这才是上楼的路啦，孩子！"

他抓住她，把她推到屋外；边走回头边咕噜着：

"我没有怜悯！我没有怜悯！虫子越扭动，我越想挤出它们的内脏！这是一种精神上的出牙；它越是痛，我就越要使劲磨。"

"你懂得怜悯这个字是什么意思吗？"我说，赶快戴上帽子。"你生平就没有感到过一丝怜悯吗？"

"放下帽子！"他插嘴，看出来我要走开。"你还不能走。现在走过来，耐莉，我一定要说服你或者强迫你帮我实现我这要见凯瑟琳的决心，而且不要耽搁了。我发誓我不想害人：我并不想引起任何乱子，也不想激怒或侮辱林惇先生；我只想听听她亲自告诉我她怎么样，她为什么生病；问问她我能做些什么对她有用的事。昨天夜里我在田庄花园里待了六个钟头，今夜我还要去；每天每夜我都要到那儿去，直到我能找到机会进去。如果埃德加·林惇遇见我，我将毫不犹豫地一拳打倒他，在我待在那儿的时候保证给他足够的时间休息。如果他的仆人们顽抗，我就要用这些手枪把他们吓走。可是，如果可以不必碰到他们或他们的主人，不是更好些吗？而你可以很容易地做到的。我到时，先让你知道，然后等她一个人的时候，你就可以让我进去不被人看见，而且守着，一直等我离开，你的良心也会十分平静：你可以防止闯出祸来。"

我抗议不肯在我东家的家里做那不忠的人：而且，我竭力劝说他为了自己的满足而破坏林惇夫人的平静是残酷而自私的。"最平常的事情都能使她痛苦地震动，"我说，"她已经神经过敏，我敢说她禁不住这意外。不要坚持吧，先生！不然我就不得不把你的计划告诉我的主人；他就要采取手段保护他的房屋和里面住的人的安全，以防止任何这类无理的闯入！"

"若是如此，我就要采取手段来保护你，女人！"希刺克厉夫叫起来，"你在明天早晨以前不能离开呼啸山庄。说凯瑟琳看见了我就受不住，那是胡扯；我也并不想吓她；你先要让她有个准备——问她我可不可以来。你说她从来没提过我的名字，也没有人向她提到我。既是在那个家里我是一个禁止谈论的题目,她能跟谁提到我呢?她以为你们全是她丈夫的密探。啊,我一点也不怀疑,她在你们中间就等于在地狱里!我从她的沉默以及任何其他事中,都可以猜到她感到什么。你说她经常不安宁,露出焦躁的神气:这难道是平静的证据吗?你说她的心绪紊乱,她处在那种可怕的孤独中,不这样又能怎么样呢?而那个没有精神的,卑鄙的东西还出于责任和仁爱来伺候她!出于怜悯和善心罢了!他与其想象他能在他那浮浅的照料中使她恢复精力,还不如说正像把一棵橡树种在一个花盆里!我们马上决定吧:你是要住在这儿,让我去同林惇和他的仆人们打一仗后去看凯瑟琳呢?还是你要做我的朋友,像从前一样,按照我请求的去做?决定吧!如果你还坚持你那顽固不化的本性,我是没有理由再耽搁一分钟了!”

唉,洛克乌德先生,我申辩,抱怨,明白地拒绝他五十次;可是到末了他还是逼得我同意了。我答应把他的一封信带给我的女主人;如果她肯,下一次林惇不在家的时候,我一定让他知道那时他可以来,让他能够进来:我不会在那儿,我的同事们也统统走开。

这是对呢?还是不对呢?恐怕这是不对的,虽然只好这样。我觉得我依从了,可以免去另一场乱子;我也认为,这也许可以在凯瑟琳的心病上创造一个有利的转机:后来我又记起埃德加先生严厉责骂我搬弄是非;我反复肯定说那次背信告密的事,如果该受这样粗暴的名称的话,也该是最后一次了,我借这个肯定来消除我对于这事所感到的一切不安。虽然如此,我在回家的旅途上比我来时更悲哀些;在我能说服自己把信交到林惇夫人的手中之前,我是有着许多忧惧的。

可是肯尼兹来啦;我要下去,告诉他你好多了。我的故事,照我们的说法,是够受的而且还可以再消磨一个早晨哩。

够受,而且凄惨!这个好女人下楼接医生时,我这样想着:其实并不是我想听来解闷的那类故事。可是没关系!我要从丁太太的苦药草里吸取有益的药品。第一,我要小心那潜藏在凯瑟琳·希刺克厉夫的亮眼睛里的魔力。如果我对那个年轻人倾心,我一定会陷入不可思议的烦恼,那个女儿正是她母亲的再版啊!

第15章

又过了一个星期——我更接近了健康和春天！我现在已经听完了我的邻人的全部历史，因为这位管家可以从比较重要的工作中腾出空闲常来坐坐。我要用她自己的话继续讲下去，只是压缩一点。总的说，她是一个说故事的能手，我可不认为我能把她的风格改得更好。

晚上，(她说)：就是我去山庄的那天晚上，我知道希刺克厉夫先生又在附近，就像是我看到了他；我不出去，因为我还把他的信搁在口袋里，而且不愿再被吓唬或被揶揄了。我决定现在不交这信，一直等到我主人到什么地方去后再说，因为我拿不准凯瑟琳收到这信后会怎么样。结果是，这信过了三天才到她的手里。第四天是星期日，等到全家都去教堂后，我就把信带到她屋里。还有一个男仆留下来同我看家。我们经常在做礼拜时把门锁住，可是那天天气是这么温暖宜人，我就把门都大开，而且，我既然知道谁会来，为了履行我的诺言，我就告诉我的同伴说女主人非常想吃橘子，他得跑到村里去买几个，明天再付钱。他走了，我就上了楼。

林惇夫人穿着一件宽大的白衣服，和往常一样，坐在一个敞开着窗子的凹处，肩上披着一条薄薄的肩巾。她那厚厚的长发在她初病时曾剪去一点，现在她简单地梳梳，听其自然地披在她的鬓角和颈子上。正如我告诉过希刺克厉夫的一样，她的外表是改变了；但当她是宁静的时候，在这种变化中仿佛具有非凡的美。她眼里的亮光已经变成一种梦幻的、忧郁的温柔；她的眼睛不再给人这种印象：她是在望着她四周的东西；而是显现出总是在凝视着远方，遥远的地方——你可以说是望着世外。还有她脸上的苍白——她恢复之后，那种憔悴的面貌是消失了——还有从她心境中所产生的特别表情，虽然很凄惨地暗示了原因，却使她格外令人爱怜；这些现象——对于我，我知道，对于别的看见她的人都必然认为——足以反驳那些说是正在康复的明证，却标明她是注定要凋谢了。

一本书摆在她面前的窗台上，打开着，简直令人感觉不到的风间或掀动着书页。我相信是林惇放在那儿的：因为她从来不想读书，或干任何事，他得花上许多钟头来引她注意那些以前曾使她愉快的事物。她明白他的目的，在她心情较好时，就温和地听他摆布；只是时不时地压下一声疲倦的叹息，表示这些是没有用的，到最后就用最悲惨的微笑和亲吻来制止他。在其他时候，她就突然转身，用手掩着脸，或者甚至愤怒地把他推开；然后他就小心翼翼地让她自己待着，因为他确信自己是无能为力的了。

吉默吞的钟还在响着；山谷里那涨满了的水溪传来的潺潺流水声非常悦耳。这美妙的声音代替了现在还没有到来的夏日树叶飒飒声，等到树上生了果子，这声音就湮没了田庄附近的那种音乐。在呼啸山庄附近，在风雪或雨季之后的平静日子里，这小溪总是这样响着的。在凯瑟琳倾听时，那就是，如果她是在想着或倾听着的话；她所想的就是呼啸山庄！可是她有着我以前提到过的那种茫然的、捉摸不到的神气，这表明她的耳朵或眼睛简直不能辨识任何外界的东西。

"有你一封信，林惇夫人，"我说，轻轻把信塞进她摆在膝上的一只手里。"你得马上看它，因为等着回信呢。我把封漆打开好吗？""好吧，"她回答，没改变她的目光的方向。我打开它——信很短。"现在，"我接着说，"看吧。"她缩回她的手，任这信掉到地上。我又把它放在她的怀里，站着等她乐意朝下面看看的时候；可是她总是不动，终于我说——

"要我念吗，太太？是从希刺克厉夫先生那儿来的。"

她一惊，露出一种因回忆而苦恼的神色，竭力使自己镇定下来。她拿起信，仿佛是在阅读；当她看到签名的地方，她叹息着；但我还是发现她并没有领会到里面的意思，因为我急着要听她的回信，她却只指着署名，带着悲哀的、疑问的热切神情盯着我。

"唉，他想见见你，"我说，心想她需要一个人给她解释，"这时候他在花园里，急想知道我将给他带去什么样的回信呢。"

在我说话的时候,我看见躺在下面向阳的草地上的一只大狗竖起了耳朵,仿佛正要吠叫,然后耳朵又向后平下去,它摇摇尾巴算是宣布有人来了,而且它不把这个人当作陌生人看待。林惇夫人向前探身,上气不接下气地倾听着。过了一分钟,有脚步声穿过大厅;这开着门的房子对于希刺克厉夫是太诱惑了,他不能不走进来:大概他以为我有意不履行诺言,就决定随心所欲地大胆行事了。凯瑟琳带着紧张的热切神情,盯着她卧房的门口。他并没有马上发现应该走进哪间屋子:她示意要我接他进来,可是我还没走到门口,他已经找到了,而且大步走到她身边,把她搂在自己怀里了。

有五分钟左右,他没说话,也没放松他的拥抱,在这段时间我敢说他给予的吻比他有生以来所给的还多:但是先吻他的是我的女主人,我看得清清楚楚,他由于真正的悲痛,简直不能直瞅她的脸!他一看见她,就跟我同样地确信,她是没有最后复原的希望了——她命中注定,一定要死了。

"啊,凯蒂!啊,我的命!我怎么受得了啊?"这是他说出的第一句话,那声调并不想掩饰他的绝望。现在他这么热切地盯着她,他的凝视是这么热烈,我想他会流泪的。但是那对眼睛却燃烧着极度的痛苦:并没化作泪水。

"现在还要怎么样呢?"凯瑟琳说,向后仰着,以突然阴沉下来的脸色回答他的凝视:她的性子不过是她那时常变动的精神状态的风信标而已。"你和埃德加把我的心都弄碎了,希刺克厉夫!你们都为那件事来向我哀告,好像你们才是该被怜悯的人!我不会怜悯你的,我才不。你已经害了我——而且,我想,还因此心满意足吧。你多强壮呀!我死后你还打算活多少年啊?"

希刺克厉夫本来是用一条腿跪下来搂着她的。他想站起来,可是她抓着他的头发,又把他按下去。

"但愿我能抓住你不放,"她辛酸地接着说,"一直到我们两个都死掉!我不应该管你受什么苦。我才不管你的痛苦哩。你为什么不该受苦呢?我可在受呀!你会忘掉我吗?等我埋在土里的时候,你会快乐吗?二十年后你会不会说,'那是凯瑟琳·恩萧的坟。很久以前我爱过她,而且为了失去她而难过;可是这都过去了。那以后我又爱过好多人:我的孩子对于我可比她要亲多了;而且,到了死的时候,我不会因为我要去她那儿就高兴:我会很难过，因为我得离开他们了！'你会不会这么说呢，希刺克厉夫？"

"不要把我折磨得跟你自己一样地发疯吧。"他叫，扭开他的头，咬着牙。

在一个冷静的旁观者看来，这两个人形成了一幅奇异而可怕的图画。凯瑟琳很有理由认为天堂对于她就是流放之地，除非她的精神也随同她的肉体一起抛开。在她现在的面容上，那白白的双颊，没有血色的唇，以及闪烁的眼睛都显出一种狂野的要复仇的心情；在她的握紧的手指中间还留有她刚才抓住的一把头发。至于她的同伴，他一只手撑住自己，一只手握着她的胳膊；他对她那种温存，对于她当时的健康状况是很不适合的。在他松手时，我看见在那没有血色的皮肤上留下了四条清清楚楚的紫痕。

"你是不是被鬼缠住了，"他凶暴地追问着，"在你要死的时候还这样跟我说话？你想没想到所有这些话都要烙在我的记忆里，而且在你丢下我之后，将要永远更深地啮食着我？你明知道你说的我害死你的话是说谎；而且，凯瑟琳，你知道我只要活着就不会忘掉你！当你得到安息的时候，我却要在地狱的折磨里受煎熬，这还不够使你那狠毒的自私心得到满足吗？"

"我不会得到安息的。"凯瑟琳哀哭着，感到她身体的衰弱，因为在这场过度的激动下，她的心猛烈地、不规则地跳动着，甚至跳得能觉察出来。她说不出话来，直到这阵激动过去，才又接着说，稍微温和一些了。

"我并不愿意你受的苦比我受的还大，希刺克厉夫。我只愿我们永远不分离：如果我有一句话使你今后难过，想想我在地下也感到一样的难过，看在我自己的分上，饶恕我吧！过来，再跪下去！你一生从来没有伤害过我。是啊，如果你生了气，那今后你想起你的气愤就要比想起我那些粗暴的话更难受！你不肯再过来吗？来呀！"

希刺克厉夫走到她椅子背后，向前探身，却让她看不见他那因激动而变得发青的脸。她回过头望他；他不许她看；他突然转身，走到炉边，站在那儿，沉默着，背对着我们。林惇夫人的目光疑惑不解地跟着他：每一个动作在她心里都唤起一种新的感情。在一阵沉默和长久的凝视之后，她又讲话了；带着愤慨的失望声调对我说——

"啊，你瞧，耐莉，他都不肯暂时发发慈悲好让我躲开坟墓。我就是这样被人爱啊！好吧，没关系。那不是我的希刺克厉夫。我还是要爱我那个；我带着他:他是在我灵魂里。而且,”她沉思地又说,“使我最厌烦的到底还是这个破碎的牢狱,我不愿意被关在这儿了。我多想躲避到那个愉快的世界里,永远在那儿:不是泪眼模糊地看到它,不是在痛楚的心境中渴望着它;可是真的跟它在一起,在它里面。耐莉,你以为你比我好些,幸运些;完全健康有力:你为我难过——不久这就要改变了。我要为你们难过。我将要无可比拟地超越你们,在你们所有的人之上。我奇怪他不肯挨近我?”她自言自语地往下说,“我以为他是愿意的。希刺克厉夫,亲爱的！现在你不该沉着脸。到我这儿来呀,希刺克厉夫。”

她异常激动地站起身来,身子靠着椅子的扶手。听了那真挚的乞求,他转身向她,神色是完全不顾一切了。他睁大着双眼,含着泪水,终于猛地向她一闪,胸口激动地起伏着。他们各自站住一刹那,然后我简直没看清他们是怎么合在一起的,只见凯瑟琳向前一跃,他就把她擒住了,他们拥抱得紧紧的,我想我的女主人绝不会被活着放开了:事实上,据我看,她仿佛立刻就不省人事了。他投身到最近处的椅子上,我赶忙走上前看看她是不是昏迷了,他就对我咬牙切齿,像个疯狗似的吐着白沫,带着贪婪的嫉妒神色把她抱紧。我简直不觉得我是在陪着一个跟我同类的动物:看来即使我跟他说话,他也不会懂;因此我只好非常惶惑地站开,也不吭声。

凯瑟琳动弹了一下,这才使我立刻放了心:她伸出手搂住他的脖子,他抱住她,她把脸紧贴着他的脸;他回报给她无数疯狂的爱抚,又狂乱地说——

“你现在才使我明白你曾经多么残酷——残酷又虚伪。你过去为什么瞧不起我呢？你为什么欺骗你自己的心呢,凯蒂？我没有一句安慰的话。这是你应得的。你害死了你自己。是的,你可以亲吻我,哭,又逼出我的吻和眼泪:我的吻和眼泪要摧残你——要诅咒你。你爱过我——那么你有什么权利离开我呢？有什么权利——回答我——对林惇存那种可怜的幻想？因为悲惨、耻辱和死亡,以及上帝或撒旦[1]所能给的一切打击和痛苦都不能把我们分开,而你,却出于你自己的心意,这样做了。我没有弄碎你的心——是你弄碎了的;而在弄碎它的时候,你把我的心也弄碎了。因为我是

① 撒旦——魔鬼。

强壮的，对于我就格外苦。我还要活吗？那将是什么样的生活，当你——啊，上帝！你愿意带着你的灵魂留在坟墓里吗？”

“别管我吧，别管我吧，”凯瑟琳抽泣着。“如果我曾经做错了，我就要为此而死去的。够啦！你也丢弃过我的，可我并不要责备你！我饶恕你。饶恕我吧！”

“看看这对眼睛，摸摸这双消瘦的手，要饶恕是很难的，”他回答，“再亲亲我吧；别让我看见你的眼睛！我饶恕你对我做过的事。我爱害了我的人——可是害了你的人呢？我又怎么能够饶恕他？”

他们沉默着——脸紧贴着，用彼此的眼泪在冲洗着。至少，我猜是双方都在哭泣；在这样一个不同寻常的场合中，就连希刺克厉夫仿佛也能哭泣了。

同时我越来越心焦；因为下午过去得很快，我支使出去的人已经完成使命回来了，而且我从照在山谷的夕阳也能分辨出吉默吞教堂门外已有一大堆人涌出了。

“做完礼拜了，”我宣布。“我的主人要在半个钟头内到家啦。”

希刺克厉夫哼出一声咒骂，把凯瑟琳抱得更紧，她一动也不动。

不久我看见一群仆人走过大路，向厨房那边走去。林惇先生在后面不远；他自己开了大门，慢慢溜达过来，大概是要享受这风和日丽、宛如夏日的下午。

“现在他到这儿来了，”我大叫，“看在老天爷的分上，快下去吧！你在前面楼梯上不会遇到什么人的。快点吧，在树林里待着，等他进来你再走。”

“我一定得走了，凯蒂，”希刺克厉夫说，想从他的伴侣的胳臂中挣脱出来。“可是如果我还活着，在你睡觉以前，我还要来看你的。我不会离开你的窗户五码之外的。”

“你绝不能走！”她回答，尽她的全力紧紧地抓住他。“我告诉你，你不要走。”

“只走开一个钟头。”他热诚地恳求着。

“一分钟也不行。”她回答。

“我非走不可——林惇马上就要来了。”这受惊的闯入者坚持着。

他想站起来，要松开她的手指——但她紧紧搂住，喘着气：在她脸上现出疯狂的决心。

“不!”她尖叫,“啊,别,别走。这是最后一次了！埃德加不会伤害我们的。希刺克厉夫,我要死啦！我要死啦!”

“该死的混蛋！他来了,”希刺克厉夫喊道,倒在他的椅子上。“别吵,我亲爱的！别吵,别吵,凯瑟琳！我不走了。如果他就这么拿枪崩了我,我也会在嘴唇上带着祝福咽气的。”

他们又紧紧地搂在一起。我听见我主人上楼了——我的脑门上直冒冷汗;我吓坏了。

“你就听她的胡话吗?”我激动地说,“她不知道她在说什么。就因为她神志丧失,不能自主,你要毁了她吗？起来！你马上就可以挣脱的。这是你所做过的最恶毒的事。我们——主人,女主人,仆人——可都给毁啦!”

我绞着手,大叫;林惇先生一听声音,加快了脚步,在我的震动之中,我衷心喜欢地看见凯瑟琳的胳臂松落下来,她的头也垂下来了。

“她是昏迷了,或是死了,”我想,“这样还好些。与其活着成为周围人的负担,成为不幸的制造者,那还不如让她死了的好。”

埃德加冲向这位不速之客,脸色因惊愕与愤怒而发白。他打算怎么样,我也不知道;可是,另一个人把那看来已没有生命的东西往他怀里一放,立刻停止了所有的示威行动。

“瞧吧!”他说,“除非你是一个恶魔,不然就去救救她吧——然后你再跟我说话!”

他走到客厅里坐下来。林惇先生召唤我去,费了好大劲,用了好多方法,我们才使她醒过来;可是她完全精神错乱了;她叹息,呻吟,谁也不认识。埃德加一心为她焦急,也忘了她那可恨的朋友。我可没有忘。我找了个最早的机会劝他离开:肯定说凯瑟琳已经好些了,他明天早晨可以听我告诉他她这一夜过得怎么样。

“我不会拒绝出这个门,”他回答,“可是我要待在花园里:耐莉,记着明天你要遵守诺言。我将在那些落叶松下面,记住！不然我还要来,不管林惇在不在家。”

他急急地向卧房的半开的门里投去一瞥,证实了我所说的是真实的,这不吉利的人才离开了这所房子。

第16章

那天夜里十二点钟左右，你在呼啸山庄看见的那个凯瑟琳出生了：一个瘦小的才怀了七个月的婴儿；过了两个钟头，母亲就死了，神志根本没有完全恢复，不知道希刺克厉夫离去，也认不得埃德加。埃德加因他这个损失而引起的心烦意乱说起来可太痛苦了；从日后的影响看得出他这场悲痛有多么深。据我看，还加上一件很大的烦恼，就是他没有一个继承人。在我瞅着这个孱弱的孤儿时，我哀叹着这件事；我心里骂着老林惇，因为他（这也不过是由于天生的偏爱而已）把他的财产传给他自己的女儿，而不给他儿子的女儿。那可真是一个不受欢迎的婴儿，可怜的东西！在她才生下来的头几个钟头里，她都会哭死，也没一个人稍微过问一下。后来我们补偿了这个疏忽！但是她刚出世时所遭遇的无依无靠和她的最后结局说不定将是一样的。

第二天——外面晴和爽朗——清晨悄悄地透过这寂静的屋子的窗帘，一道悦目而柔和的光亮映照在卧榻和睡在上面的人的身上。埃德加·林惇的头靠在枕上，他的眼睛闭着。他那年轻漂亮的面貌几乎跟他旁边的人的姿容一样，如同死去一般，也差不多一样地纹丝不动：可是他的脸是极端悲痛之后的安静，而她的确是真正的宁静。她的容貌是柔和的，眼睑闭着，嘴唇带着微笑的表情；天上的天使也不能比她看来更为美丽。我也被她安眠中的无限恬静所感染：当我凝视着这神圣的安息者那无忧无虑的面貌时，我的心境从来没有比这时更神圣。我不自觉地模仿她在几小时前说出的话：

“无可比拟地超越我们，而且在我们所有的人之上！无论是她还在人间,或者是现在已在天堂,她的灵魂如今都是与上帝同在了!”

我不知道这是不是我的特性,但是,当我守灵时,如果没有发狂的或绝望的哀悼者跟我分担守灵的义务,我是很少有不快乐的时候的。我看见一种无论人间或地狱都不能破坏的安息,我感到今后有一种无止境、无阴影的信心——他们所进入的永恒——在那儿,生命无限延续,爱情无限和谐,欢乐无限充溢。在那时候,我注意到当林惇先生如此痛惜凯瑟琳的美满的超脱时,甚至在他那样的一种爱情里也存有多少自私成分!的确,有人可以怀疑,在她度过了任性的、急躁的一生后,到末了她配不配得到和平的安息之处。遇上冷静回想的时候,人家是可以怀疑;可是,在她的灵前,却不能。

它保持着它自己的宁静,仿佛对以前和它同住的人也给了同等宁静的诺言。

先生,你相信这样的人在另一个世界里是快乐的吗?我多想知道。

我拒绝回答丁太太的问题,这问题使我觉得有点邪道。她接下去说:

追述凯瑟琳·林惇的一生历程,恐怕我们都没权利认为她是快乐的;但是我们就把她交给她的造物者吧。

主人看来是睡着了。

日出不久,我就大胆离开这屋子,偷偷出去吸一下清新的空气。仆人们以为我是去摆脱我那因长久守夜而产生的困倦;其实,我主要的动机是想见到希刺克厉夫。如果他整夜都待在落叶松的树林中,他就听不到田庄里的骚动;除非,也许他会听到送信人到吉默吞去的马蹄疾驰声。如果他走近些,他大概会从灯火闪来闪去,以及外面那些门的开开关关,发觉里面出事了。我想去找他,可是又怕去找他。我觉得一定得告诉他这个可怕的消息,我渴望快点熬过去,可是我又不知道该怎么说。

他在那儿——在果树园里至少有几码远,靠着一棵老杨树,他没戴帽子,他的头发被那聚在含苞欲放的枝头上的露水淋得湿漉漉的,而且还在他周围淅沥淅沥地滴着。他就是照那个样子站了很久,因为我看见有一对鸫离他还不到三尺,跳过来跳过去,忙着筑它们的巢,把就在附近的他当作不过是块木头而已。我一走过去,它们飞开了,他抬起眼睛,说话了:

“她死了!”他说,“我没等你告诉就知道了 。把手绢收起来——别在我跟前一把鼻涕一把泪的。你们都该死！她才不要你们的眼泪哩！”

我哭，是为她，也为他；我们有时候会怜悯那些对自己或对别人都没有一点怜悯感觉的人。我乍一看到他的脸，就看出来他已经知道这场灾祸了；我忽然愚蠢地想到看来他的心是镇定下来了，而且他还正在祈祷，因为他的嘴唇在颤动着，他的目光凝视着地上。

“是的，她死了！”我回答，压抑住我的抽泣，擦干我的脸。“我希望，是上天堂了；如果我们接受应得的警告；改邪归正，我们每个人都可以去那里和她相遇。”

“那么她也接受了应得的警告吗？”希刺克厉夫问，试图讥笑一下。“她是像个圣徒似的死去吗？来，告诉我这事的真实情况。到底——？”

他努力想说出那个名字，可是说不出；他闭紧嘴，跟他内心的苦痛进行沉默的斗争，同时又以毫不畏缩的凶狠的目光蔑视我的同情。

“她是怎么死的？”

终于，他又开口了——虽然他很坚强，却也想在他背后找个靠一靠的地方；因为，在这场斗争之后，他不由自主地浑身颤抖着，连他的手指尖也在抖。

“可怜的人！”我想，“你也有跟别人一样的心和神经呀！你为什么一定要把这些隐藏起来呢？你的骄傲蒙蔽不了上帝！你使得上帝来绞扭你的心和神经，一直到他迫使你发出屈服的呼喊为止。”

“像羔羊一样地安静！”我高声回答，“她叹口气，欠伸一下，像一个孩子醒过来，随后又沉入睡眠；五分钟后我觉得她心里微微跳动一下，就再也不跳了！”

“还有——她就没有提起过我吗？”他显得犹豫不决地问着，好像是唯恐对他所提的这个问题的答复，将会引出一些他不忍听到的细节。

“她的知觉根本没有恢复过；从你离开她那时候起，她就谁也不认得了！”我说，“她脸上带着甜蜜的微笑躺着；她最后的思念回到愉快的儿时去了。她的生命是在一个温柔的梦里终止的——愿她在另一个世界里也平和地醒来！”

“愿她在苦痛中醒来！”他带着可怕的激动喊着，跺着脚，由于一阵无法控制的激情发作而呻吟起来。“唉，她到死都是一个撒谎的人呀！她在哪儿？不在那里——不在天堂——没有毁灭——在哪儿？啊！你说过不管我的痛苦！我只要做一个祷告——我要重复地说，直到我的舌头僵硬——凯瑟琳·恩萧，只要在我还活着的时候；愿你也不得安息！你说我害了你——那么，缠着我吧！被害的人是缠着他的凶手的。我相信——我知道鬼魂是在人世间漫游的。那就永远跟着我——采取任何形式——把我逼疯吧！只要别把我撇在这个深渊里，这儿我找不到你！啊，上帝！真是没法说呀！没有我的生命，我不能活下去！没有我的灵魂，我不能活下去啊！”

他把头朝着那多节疤的树干撞；抬起眼睛，吼叫着，不像一个人，却像一头野兽被刀和矛刺得快死了。

我看见树皮上有好几块血迹，他的手和前额都沾满了血；大概我亲眼所见的景象在夜里已经重复做过几次了。这很难引起我的同情——这使我胆战心惊；但我还是不愿就这么离开他。然而，他刚刚清醒过来，发现我望着他，就吼叫着命令我走开，我服从了。我可没有那个本事使他安静下来，或者能给他以慰藉！

林惇夫人的安葬定于她死后那个星期五举行。

在出殡之前，她的灵柩还没合上，撒着鲜花香叶，停放在大厅里。林惇日日夜夜在那儿守着，成了一个不眠的保卫者；还有——这是除了我以外谁都不知道的一件事情——希刺克厉夫夜夜在外面度过，至少，也是个同样不眠的客人。

我没有跟他联系：可我晓得如果他能够，他是想进来的；到了星期四，天黑后不久，当我的主人迫于极度的疲劳，去休息一两个钟头的时候，我就打开一扇窗户；我被他的坚韧不拔感动了，便给他一个机会，让他对他的偶像的褪色的面貌做一个最后的告别。他没有错过这个机会，谨慎而且迅速；谨慎得一点声音都没有，免得让人知道他来了。的确，要不是死人脸上的盖布有点乱，而且我看见地板上有一绺淡色的头发，我都不会发现他来过了。那头发是用一根银线扎着的，仔细一看，我断定是从凯瑟琳脖子上挂着的一只小金盒里拿出来的。希刺克厉夫把这小装饰品打开了，把里面的东西扔出来，装进他自己的一绺黑发。我把这两绺头发拧成一股，一起都放进去了。

恩萧先生当然被邀请来参加他妹妹的遗体下葬仪式；他没有任何推脱

的话，可他始终没来。因此，除了她丈夫之外，送殡的全是佃户和仆人，伊莎贝拉没有得到邀请。

村里人都很奇怪，凯瑟琳的安葬地点不是在礼拜堂里林惇家族的已刻了字的石碑下面，也不在外面她自己家人的坟墓旁边，却是埋在墓园一角的青草坡上。在那儿，墙是这么矮，以致那些带花的灌木丛和覆盆子之类都从旷野那边爬过来，泥煤土丘几乎要把它埋没了。如今她的丈夫也葬在同一个地点，他们坟上各竖立一块简单的石碑，它们的脚下也各有一块平平的灰石，作为坟墓的标志。

第17章

那个星期五是一个月以来最后一个晴朗的日子。到了晚上，天气变了，南来的风变成了东北风，先是带来了雨，跟着就是霜和雪。第二天早上，人都难以想象三个星期以来一直是夏天天气：樱草和番红花躲藏在积雪下面，百灵鸟沉默了，幼树的嫩芽也被打得发黑。那个早晨就这么凄凉、寒冷、阴郁地慢慢挨过去！我的主人待在他屋子里不出来；我就占据了这个寂寞的客厅，把它改换成一间育儿室：我就在那儿坐着，把个哇哇哭的娃儿搁在我膝盖上，摇来摇去，同时瞅着那仍然刮着的雪片在那没下窗帘的窗户外面堆积着，这时门开了，有人进来，又喘又笑！当时我的怒气远甚于我的惊讶。我以为是个女仆，就喊：

"好啦！你怎么敢在这儿调皮；林惇先生若是听见你闹，他会说什么呀？"

"原谅我！"一个熟悉的声音回答，"可我知道埃德加还没起来，我又管不住自己。"说话的人说着就走向炉火跟前，喘息着，手按着腰部。

"我从呼啸山庄一路跑来的！"停了一会，她接着说，"有时简直是死。我数不清跌了多少次。啊，我浑身都痛！别慌！等我能解释的时候我会解释的！先做做好事出去吩咐马车把我送到吉默吞去，再叫用人在我的衣橱里找出几件衣服来吧。"

闯入者是希刺克厉夫夫人。她那情形也实在叫人笑不出来：她的头发披在肩上，给雪和雨淋得直滴水；她穿的是她平常做姑娘时穿的衣服，对她的年龄比对她的身份还适合些；短袖的露胸上衣，头上和脖子上什么也没戴。上衣是薄绸的，透湿地贴在她身上，保护她的脚的只是薄薄的拖鞋；此外，一只耳朵下面还有一道深的伤痕，只因为天冷，才止住了过多的流血，一张被抓过、打过的白白的脸，一个累得都难以支持的身躯，你可以想象，等我定下心来仔细看她时，并没有减去多少我最初的惊恐。

"我亲爱的小姐，"我叫道，"我哪儿也不去，什么也不听，除非你把衣服一件件都换下来，穿上干的；你今晚当然不能去吉默吞，所以也不需要吩咐马车。"

"我当然得去，"她说，"不论走路，还是坐车，可是我也不反对把自己穿得体面些——而且啊，现在瞧瞧血怎么顺着我的脖子流吧！火一烤，可痛得火辣辣的了。"

她坚持要我先完成她的指示，然后才许我碰她，直到我叫马夫准备好了，又叫一个女仆把一些必需的衣服收拾停当之后，我才得到她的允许给她裹伤，帮她换衣服。

"现在，艾伦，"她说，这时我的工作已完毕，她坐在炉边一张安乐椅上，拿着一杯茶，"你坐在我对面，把可怜的凯瑟琳的小孩搁在一边：我不喜欢看她！你可不要因为我进来时做出这样蠢相，就以为我一点也不心痛凯瑟琳，我也哭过了，哭得很伤心——是的，比任何有理由哭的人都哭得厉害些。我们是没有和解就分开了的，你记得吧，我不能饶恕我自己。可是，尽管这样，我还是不打算同情他——那个畜生！啊，递给我火钳！这是我身边最后一样他的东西了！"她从中指上脱下那只金戒指，丢在地板上。"我要打碎它！"她接着说，带着孩子气的泄愤敲着，"我还要烧掉它！"她拾起这个搞坏了的东西往煤里一扔。"哪！他要是叫我回去，他得再买一个。他可能来找我，好惹惹埃德加。我不敢待在这儿，免得他存坏心眼，况且，埃德加也不和气，不是吗？我不要求他帮助，也不要给他带来更多的烦恼。逼得我躲到这儿来；不过，要不是我听说他没待在这儿，我还不得不待在厨房，洗洗脸，暖和暖和，叫你把我要的东西拿来，再离开，到任何一个我那可诅咒的恶魔化身所找不到的地方去！啊，他是这么光火！若是他捉到我呀！可惜恩萧在力气上不是他的对手；如果辛德雷能够做到，我不看到他全被捣烂，我才不会跑掉呢！"

"好啦，别说得这么快吧，小姐！"我打断她说，"你会把我给你扎脸的手绢弄松,那伤口又要流血了。喝点茶,缓口气,别笑啦:在这个房子里,在你这样的情况,笑是很不合适的!"

"这倒是不可否认的实话,"她回答,"听听那孩子吧!她一直没完没了地哭——把她抱开,让我有一个钟头听不见她哭吧;我不会待多久的。"

我拉拉铃,把她交给一个仆人照应,然后我盘问她是什么事逼她在这么一种狼狈境况中逃出呼啸山庄,而且,既然她拒绝留下来和我在一起,那她又打算到哪儿去。

"我应该,我也愿意留下来,"她回答,"也好陪陪埃德加;照料一下孩子,一举两得,而且因为田庄才是我真正的家。可是我告诉你他不准我!你以为他就能眼看我发胖,快乐起来——能想到我们过得很平静,而不打算来破坏我们的舒适吗?现在,使我感到满足的是,我确实知道他憎恨我,而且恨到了这种程度:一听到我,或者看见我,他就十分烦恼,我注意到,当我走到他跟前时,他脸上的肌肉不由自主地扭成憎恨的表情;这几分是由于他知道我有充分的理由憎恨他,几分是出于原来就有的反感。这就足以使我相信,假如我设法逃走,他也不会走遍全英格兰来追我的;因此我一定得走开,我已经不再有我最初那种甘愿被他杀死的欲望了;我宁可他自杀!他很有效地熄灭了我的爱情,所以我很安心。我还记得我曾如何爱过他;也能模模糊糊地想象我还会爱他,如果——不,不,即使他宠爱过我,那魔鬼的天性总会暴露出来的。凯瑟琳完全了解他,却又有一种怪癖,那么一往情深地重视他。怪物!但愿他从人间、从我的记忆里一笔勾销!"

"别说啦,别说啦!他还是个人啊,"我说,"要慈悲些;还有比他更糟的人哪!"

"他不是人,"她反驳,"我没有向他要求慈悲的权利。我把我的心交给他,他却拿过去捏死了,又丢回给我。人们是用他们的心来感觉的,艾伦;既然是他毁了我的,我就无力同情他了;而且,虽然他从今以后会一直呻吟到他死的那天,为凯瑟琳哭出血来,我也不会同情他,不,真的,真的,我才不哩!"说到这儿,伊莎贝拉开始哭起来;可是,立刻抹掉她睫毛上的泪水,又开始说,"你问我,什么事把我逼得终于逃跑吗?我是被迫做出这个打算的,因为我已经把他的愤怒扇得比他的恶毒还要高一点了。用烧红的钳子拔神经总比敲打脑袋需要更多的冷静。他被我搞得已经丢开了他所自夸的那种恶魔般的谨慎,而要进行暴力杀害了。我一想到能够激怒他,就体验到一种快感;这快感唤醒了我保全自己的本能,所以我就公然逃跑了;如果我再落在他的手里,那他肯定会狠狠地报复我的。”

“昨天,你知道,恩萧先生本该来送殡的。他还特意让自己保持清醒——相当清醒;不像往常那样到六点钟才疯疯癫癫地上床,十二点才醉醺醺地起来。后来,他起来了,不过情绪低沉得像要自杀似的,不适于到教堂,就跟不适于跳舞一样;他哪儿也没去,坐在火边,把一大杯一大杯的烧酒或白兰地直吞下去。

“希刺克厉夫——我一提这个名字就哆嗦!他从上星期日到今天就像是这家里的一个陌生人。是天使养活他,还是地狱里他的同类养活他,我也说不上来;可是他有近一个星期没跟我们一起吃饭了。天亮他才回家,就上楼到他的卧房里;把他自己锁在里头——倒像是会有人想要去陪他似的!他就在那儿待着,像个美以美会教徒似的祈祷着,不过他所祈求的神明只是无知觉的灰尘而已;而上帝,在他提及的时候,是很古怪地跟他自己的黑种父亲混在一起!做完了这些珍贵的祷告——经常拖延到他的嗓子嘶哑,喉头哽住才算完——他就又走掉了;总是径直到田庄来!我奇怪埃德加不找个警察,把他关起来!至于我,虽然我为凯瑟琳难过,却不能不把这一段从受侮辱的压迫中解脱出来的时间当作一个假期哩。

“我恢复了精力,可以去听约瑟夫的没完没了的说教而不哭泣了,而且也可以不像以前那样跟惊恐的小偷似的蹑手蹑脚地在屋里走动。你可不要以为不管约瑟夫说什么,我都会哭;可是他和哈里顿真是极为讨厌的同伴。我宁可跟辛德雷坐着,听他那可怕的言语,也比跟这个‘小主人’和他那可靠的助手,那个糟老头子,在一起好!希刺克厉夫在家的时候,我往往不得不到厨房找伴,不然就要在那些潮湿而没人住的卧房里挨饿;他不在家时,就像这个星期的情形,我就在大厅的炉火一角摆了一张桌子和一把椅子,也不管恩萧先生在搞什么,他也不干涉我的安排。如果没人惹他,他比往常可安静多了;更阴沉些,沮丧些,火气少些。约瑟夫肯定说他相信他换了一个人:说是上帝触动他的心,他就得救了,‘像受过火的锻炼一样’。我也看出这种好转的征象,很觉诧异;可那与我也无关。

“昨天晚上,我坐在我的角落里读些旧书,一直读到十二点。外面大雪纷飞，我的思潮不断地转到墓园和那新修的坟上，那时上楼去好像很凄惨！我的眼睛刚刚敢从我面前的书页上抬起来，那幅忧郁的景象立刻侵占了书本上的位置。辛德雷坐在对面，手托着头；或者也在冥想着同一件事。他已经不再喝酒了，到了比失去理性还糟的地步，两三个钟头他都不动，也不说话。屋里屋外什么声音都没有，只有呜咽着的风时不时地摇撼着窗户，煤块的轻轻爆裂声，以及间或剪着长长的烛心时的烛花剪刀声；哈里顿和约瑟夫大概都上床睡着了，周围是那么凄凉，太凄凉了！我一面看书，一面叹息着，因为看来好像世界上所有的欢乐都消失了，永远不会再恢复了。

"终于这场阴惨惨的沉寂被厨房门闩的响声打破了：希刺克厉夫守夜回来了，比平时早一点；我猜，是由于这场突来的风雪的缘故。那个门是闩住的，我们听见他绕到另一个门口要走进来。我站起来，自己也觉得嘴上带着一种压抑不住的表情，这引起了我那向门瞪视着的同伴转过头来望着我。

"'我要让他在外面待五分钟，'他叫着，'你不会反对吧？'

"'不会，为了我你可以让他整夜待在外面，'我回答，'就这样办！把钥匙插在钥匙洞里，拉上门闩。'

"恩萧在他的客人还没有走到门口以前就做完了这件事；然后他过来，把他的椅子搬到我桌子对面，靠在椅上，他眼里射出燃烧着的愤恨，也想从我眼里寻求同情。既然他看上去并且自己也感觉到像个刺客，他就不能肯定是否能从我的眼里找到同情；但是他发现这也足以是鼓励他开腔了。

"'你和我，'他说，'都有一大笔债要跟外面那个人算！如果我们都不是胆小鬼，我们可以联合起来清算。你难道跟你哥哥一样软弱吗？你是愿意忍受到底，一点也不想报仇吗？'

"'我现在是忍不下去了，'我回答，'我喜欢一种不会牵累到我自己的报复，但是阴谋和暴力是两头尖的矛，它们也能刺伤使用它们的人，比刺伤它们的敌人还会重些。'

"'以阴谋和暴力对付阴谋和暴力是公平的报答！'辛德雷叫道，'希刺克厉夫夫人，我不请你做别的，就坐着别动别响。现在告诉我，你能不能？我担保你亲眼看这恶魔的生命结束，会得到和我所得到的同等的愉快；他会害死你的，除非你先下手；他也会毁了我。该死的恶棍！他敲门敲得好像他已经是这儿的主人了！答应我别吭声，在钟响之前——还差三分钟到一

点——你就是个自由的女人了！’

“他从他胸前取出我在信里跟你描述过的武器，正想吹蜡烛。但是我把蜡烛夺过来，抓住他的胳臂。

“‘我不能不吭气！’我说，‘你千万别碰他。就让门关着，不出声好了！’

“‘不！我已经下了决心，而且对着上帝发誓，我非实行不可！’这个绝望的东西喊着。‘不管你自己怎么样，我要给你做件好事，而且也为哈里顿主持公道！你用不着费心维护我，凯瑟琳已经死去了。没有一个活着的人会惋惜我，或是为我羞愧，即使我这时割断我的喉咙——是到了结束的时候了！’

“我还不如跟只熊搏斗，或是跟疯子论理还好些。我唯一的方法就是跑到窗前，警告那个他所策划的牺牲者，当心等待着他的命运。

“‘今天夜里你最好在别的地方安身吧！’我叫着，简直是一种胜利的腔调。‘如果你坚持要进来，恩萧先生打算拿枪崩你。’

“‘你最好把门开开，你这——’他回答，用某种文雅的名字称呼我，我不屑再重复了。

“‘我不管这闲事，’我反唇相讥。‘进来挨枪崩吧，如果你愿意的话。我是已经尽到我的责任了。’

“说完，我就关上窗户，回到炉边我的位置上；能供我使用的虚伪可太少了，没法为那威胁着他的危险装出焦急的样子。恩萧激怒地咒骂我，肯定说我还在爱那个流氓，因为我所表现出那种卑贱的态度，他就用各色各样的称呼咒骂我，而我，在我的心里（良心从来没有责备过我）却在想，如果希刺克厉夫使他脱离苦难，对于他那是何等福气啊！而如果他把希刺克厉夫送到他应去的地方，对于我又是何等福气啊！在我坐着这么思索时，希刺克厉夫一拳把我背后的一扇窗户打下来了，他那黑黑的脸阴森森地向里面望着。窗子栏杆太密了，他的肩膀挤不进来。我微笑着，为自己想象出来的安全颇感得意。他的头发和衣服都被雪下白了，他那锋利的蛮族的牙齿，因为寒冷和愤怒而龇露着，在黑暗中闪闪发光。

“‘伊莎贝拉，让我进来，不然我可要让你后悔。’他就像约瑟夫所说的‘狞笑’着。

“‘我不能做杀人的事，’我回答。‘辛德雷先生拿着一把刀和实弹手枪

站在那儿守着呢。’

“‘让我从厨房门进来。’他说。

“‘辛德雷会赶在我前面先到的，’我回答，‘你的爱情敢情这么可怜，竟受不了一场大雪！夏天月亮照着的时候，你还让我们安安稳稳地睡觉，可是冬天的大风一刮回来，你就非要找安身的地方不可了！希刺克厉夫，如果我是你，我就直挺挺地躺在她的坟上，像条忠实的狗一样地死去。现在当然不值得再在这个世界上过下去啦！是吧？你已经很清楚地给我这个印象，凯瑟琳是你生命里全部的欢乐：我不能想象你失去她之后怎么还想活下去。’

“‘他在那儿，是吧？’我的同伴大叫，冲向窗前。‘如果我能伸得出我的胳臂，我就能揍他！’

“我恐怕，艾伦，你会以为我真是很恶毒的；可是你不了解全部事实，所以不要下判断。即或是谋害他的性命的企图，我也无论怎样不会去帮忙或教唆的。我但愿他死掉，我必须如此；因此当他扑到恩萧的武器上，把它从他手里夺过去时，我非常非常失望！而且想到我那嘲弄的话所要引起的后果，都吓瘫了。

“枪响了，那把刀弹回去，正切着枪主的手腕。希刺克厉夫使劲向回一拉，把肉割开一条长口子，又把那直滴血的武器塞到他的口袋里。然后他拾起一块石头，敲落两扇窗户之间的窗框，跳进来了。他的敌手已经由于过度的疼痛，又由于从一条动脉或是一条大血管里涌出了大量的鲜血，而倒下来失去知觉了。那个恶棍踢他，踩他，不断地把他的头往石板地上撞，同时一只手还抓住我，防止我去叫约瑟夫来。他使出超人的自制力克制自己，才没有送他的命，可是他终于喘不过气来，罢手了，又把那显然已无生气的身体拖到高背椅子旁边。在那儿他把恩萧的外衣袖子撕下来，用兽性的粗鲁态度把伤处裹起来，在进行包扎时，他又唾又诅咒，就跟刚才踢他时那样带劲。我既得到了自由，就赶忙去找那些老仆人，他好容易一点点地领会了我那慌里慌张的叙述的意思，赶紧下楼，在他两步并一步地下楼时，大口喘着。

“‘现在，怎么办呀？现在，怎么办呀？’

“‘有办法，’希刺克厉夫吼着，‘你的主人疯了；如果他再活一个月，我就要把他送到疯人院去。你们到底干吗把我关在外面，你这没牙的狗？不要在那儿嘟嘟囔囔的，来，我可不要看护他。把那摊东西擦掉，小心你的蜡

烛的火星——那比混合白兰地还多!’

“‘敢情你把他谋害啦?’约瑟夫大叫,吓得手举起来,眼睛往上翻。‘我可从来没见过这种情景呀,愿主——’

“希刺克厉夫推他一下,正好把他推得跪下来,跪在那摊血中间,又扔给他一条毛巾,可是他并不动手擦干,却交叉双手,开始祈祷了。他那古怪的措辞把我引得大笑起来了。我正处在天不怕地不怕的心境中;事实上,我就像有些犯人在绞架底下所表现得那样不顾一切了。

“‘啊,我忘记你了,’这个暴君说,‘你应该做这件事,跪下去。你和他串通一气反对我,是吧,毒蛇?那,那才是你该做的事儿呢!’

“他摇撼我,直摇得我的牙齿咔嗒咔嗒地响,又把我猛推到约瑟夫身边,约瑟夫镇定地念他的祈祷词,然后站起来,发誓说他要马上动身到田庄去。林惇先生是个裁判官,就是他死了五十个妻子,他也得过问这件事。他的决心这么大,以致希刺克厉夫认为还是有必要逼我把所发生的事扼要地重述一遍;在我勉强地回答他的问题,说出这事的经过时,他逼近我,满腔怒火。费了很大的劲,特别是我那些硬挤出来的回答,才满足了这老头子,使他知道希刺克厉夫不是首先发动进攻的人;无论如何,恩萧先生不久就使他相信还是活着的;约瑟夫赶紧让他喝一杯酒,酒一下肚,他的主人立刻能动弹而且恢复知觉了。希刺克厉夫明知道他的对手对于昏迷时所受的待遇全然不知,就说他发酒疯;又说不要再看见他凶恶的举动,只劝他上床睡去。他给了这个得体的劝告之后,就离开我们,这使我很开心;而辛德雷直挺挺地躺在炉边。我也走开回到自己屋里。想到我竟这么容易地逃掉,自己也感到惊奇。

“今天早上,我下楼时,大概还有半个钟点就到中午了。恩萧先生坐在炉火旁,病得很重;那个恶魔的化身,差不多一样地憔悴、惨白,身子倚着烟囱。两个人看来都不想吃东西,一直等到桌上的东西都冷了,我才开始自己吃起来。没有什么可以拦住我吃个痛快,时不时地朝我那两个沉默的同伴溜一眼,觉得很舒服,因为我的良心很平静,便体验出某种满足与优越感。等我吃完了,我就大胆擅自走近炉火旁,绕过恩萧的椅子,跪在他旁边的角落里烤火。

“希刺克厉夫没有向我这边瞅一眼,我就抬头盯着,而且几乎很沉着地研究着他的面貌,仿佛他的脸已经变成石头了。他的前额,我曾认为很有丈夫气概,现在我感到它变得十分恶毒,笼罩着一层浓云;他那露出怪物的凶光的眼睛由于缺乏睡眠都快熄灭了,也许还由于哭泣,因为睫毛是湿的;他的嘴唇失去了那凶恶的讥嘲神情,却被一种难以名状的悲哀的表情封住了。如果这是别人,我看到这样悲伤,都会掩面不忍一睹了。现在是他,我就很满足;侮辱一个倒下来的敌人固然看来有点卑鄙,可我不能失去这个猛刺一下的机会;他软弱的时候正是我能尝到冤冤相报的愉快滋味的唯一时机。"

"呸,呸,小姐!"我打断她说,"人家还会以为你一辈子没打开过《圣经》呢。如果上帝使你的敌人苦恼,当然你就应该知足了。除了上帝施加于他的折磨,再加上你的,那就显得卑劣和狂妄了。"

"一般情况我可以这样,艾伦。"她接着说,"可是除非我也下手,不然,不管希刺克厉夫遭到多大的不幸,我都不会满足。如果我引起他痛苦,而且他也知道我是这痛苦的原因,我倒情愿他少受点苦。啊,我对他的仇可太大了。只有一个情况,可以使我有希望饶恕他。那就是,要是我能以眼还眼,以牙还牙,每回他拧痛我,我也要扭伤他,让他也受受我的罪。既然是他先伤害我的,就叫他先求饶;然后——到那时候呀,艾伦,我也许可以向你表现出一点宽宏大量来。但我是根本报不了仇的,因此我就不能饶恕他。辛德雷要点水喝,我递给他一杯水,问他怎么样了?

"'不像我所希望的那么严重,'他回答,'可是除了我的胳臂,我浑身上下都酸痛得好像我跟一大队小鬼打过仗似的。'

"'是的,一点也不奇怪,'我接口说,'凯瑟琳经常夸口说她护着你,使你的身体不受伤害:她的意思是说有些人因为怕惹她不高兴,就不会来伤害你。幸亏死人不会真的从坟里站起来,不然,昨天夜里,她会亲眼看见一种惹她讨厌的情景呢!你的胸部和肩膀没有被打坏割伤吧?'

"'我也说不出来,'他回答,'可你这话是什么意思呢?难道我倒下来时,他还敢打我吗?'

"'他踩你,踢你,把你往地上撞,'我小声说,'他的嘴流着口水,想用牙咬碎你;因为他只有一半是人:怕还没有一半呢。'

"恩萧先生和我一样,也抬头望望我们共同的敌人的脸,这个敌人正沉浸在他的悲痛里,对他四周的任何东西仿佛都毫无知觉:他越站得久,透过他脸上的那阴郁的思想也表露得更为明显。

"'啊,只要上帝在我最后的苦痛时给我力量把他掐死,我就会欢欢喜喜地下地狱的。'这急躁的人呻吟着,扭动着想站起来,又绝望地倒回椅子上,明白自己是不宜再斗争下去了。

"'不,他害死你们中的一个已经够了,'我高声说,'在田庄,人人都知道要不是因为希刺克厉夫先生,你妹妹如今还会活着的。到底,被他爱还不如被他恨。我一回忆我们过去曾经多快乐——在他来之前,凯瑟琳曾经多么快乐——我真要诅咒如今的日子。'

"大概希刺克厉夫比较注意这话的真实性,而不大注意说话的人的口气。我看见他的注意力被唤醒了,因为他的眼泪顺着睫毛直淌,在哽咽的叹息中抽泣着,我死盯着他,轻蔑地大笑,那阴云密布的地狱之窗(他的眼睛)冲我闪了一下;无论如何,那平时看上去像个恶魔的人竟如此惨淡消沉,所以我冒昧地又发出了一声嘲笑。

"'起来,走开,别在我跟前。'这个悲哀的人说。

"至少,我猜他说出了这几个字,虽然他的声音是难以听清的。

"'我请你原谅,'我回答,'可是我也爱凯瑟琳,而她哥哥需要人伺候,为了她的缘故我就得补这个缺。如今,她死了,我看见辛德雷就如同看见她一样:辛德雷的眼睛要不是你曾想挖出来,搞成这样又黑又红,倒是跟她的一模一样;而且她的——'

"'起来,可恶的呆子,别等我踩死你!'他叫着,移动了一下,使得我也移动了一下。

"'可是啊,'我继续说,一面准备逃跑,'如果可怜的凯瑟琳真的信任你,承受了希刺克厉夫夫人这个可笑的、卑贱的、堕落的头衔,她不久也会落到这步田地!她才不会安静地忍受你那可恶的作风;她一定会发泄她的厌恶和憎恨的。'

"高背椅子的椅背和恩萧本人把我和他隔开了;因此他也不想走到我面前;只从桌上抓把餐刀往我头上猛掷过来。刀子正掷在我的耳朵下面,把我正在说的一句话打断了;可是,我拔出了刀,蹿到门口,又说了一句;这句话我希望比他的飞镖还刺得深些。我最后一眼是看见他猛冲过来,被他的房主拦腰一抱,挡住了;两个人紧抱着倒在炉边。我跑过厨房时,叫约瑟夫赶快到他主人那儿去;我撞倒了哈里顿,他正在门口的一张椅背上吊起一窠小狗;我就像一个灵魂从涤罪所中逃出来似的,连跑带跳,飞也似的顺着陡路下来;然后避开弯路,直穿过旷野,滚下岸坡,涉过沼泽:事实上我是慌里慌张地向着田庄的灯台的光亮直奔。我宁可注定永久住在地狱里,也不肯再在呼啸山庄的屋顶下住一夜了。"

伊莎贝拉停一下,喝了口茶。然后她站起来,叫我给她戴上帽子,披上我给她拿来的一条大披巾。我恳求她再停留一个钟头,可她根本不听,她蹬上一张椅子,亲亲埃德加和凯瑟琳的肖像,对我也施以类似的礼仪,就带着凡尼上了马车;这狗又找到了它的女主人,欢喜得直叫。她走了,从来也没有再到这一带来过,但是等到事情稍安定些以后,她和我的主人就建立了正常的通信联系,我相信她的新居是在南方,靠近伦敦;她逃走后没有几个月,就在那儿生了一个儿子,取名林悖,而且从一开始,她就报告说他是一个多病的任性的东西。

有一天希刺克厉夫在村子里遇到我,就盘问我她住在哪里。我拒绝告诉他。他说那也没什么关系,只要她当心不到她哥哥这儿来:既然他得养活她,她就不该跟埃德加在一起。虽然我没说出来,他却从别的仆人口中发现了她的住处以及那个孩子的存在。可他还是没去妨害她;我猜想,为了这份宽宏大量,她也许要谢谢他的反感呢。当他看见我时,他常常打听这个婴儿;一听说他的名字,他就苦笑着说:

"他们愿意我也恨他,是吧?"

"我认为他们不愿意你知道关于这孩子的任何事情。"我回答。

"可我一定要得到他,"他说,"等我需要他的时候。他们等着瞧吧!"

幸亏他的母亲在那时候到来之前就死了;那是在凯瑟琳死后十三年左右,林悖是十二岁,也许还略略大一点。

伊莎贝拉突然到来的那天,我没有机会跟我主人说。他回避谈天,而且他的心情不适于讨论任何事情。当我好容易使他听我说话时,我看出他妹妹离开了她丈夫这回事使他很高兴;他对她丈夫憎恶到极点,其深度是他那柔和的天性几乎不能容许的。他的反感是如此痛切而敏锐,以致任何他可能看到或听到希刺克厉夫的地方他决不涉足。悲痛,加上那种反感,把他化为一个道地的隐士,他辞去裁判官的职务,甚至教堂也不去,避免一切机会到村里去，在他的花园之内过着一种完全与世隔绝的生活；只是有时到旷野上独自散散步，去他妻子坟前望望，改变一下生活方式，这还多半在晚间或清早没有游人的时候。但是他太善良了，不会长久地完全不快乐的。他也不祈求凯瑟琳的魂牵梦萦。时间会使人听天由命的，而且带来了一种比日常的欢乐还甜蜜的忧郁。他以热烈、温柔的爱情，以及她将到更好的世界的热望，来回忆她；他毫不怀疑她是到那更好的世界去了。

而且，在尘世间还有他能得到慰藉和施以情感之处。我说过，有几天他好像并不关心那死去的人留下的小后代，然而这种冷淡就如四月里的雪融化得那么快，在这小东西还不会说出一个字，或是歪歪倒倒走一步之前，她已经盘踞了林惇的心。孩子名叫凯瑟琳；可他从来不叫她全名，正如他也从来不用简名叫那头一个凯瑟琳；这大概是因为希刺克厉夫有这样叫她的习惯。这个小东西却总是叫作凯蒂：对他说来这跟她母亲既有区别又有联系，而他对她的宠爱，一大半与其说是由于她是自己的骨肉，还不如说是由于她和凯瑟琳的关系的缘故。

我总是拿他和辛德雷·恩萧相比，我想来想去也难以满意地解释出为什么他们在相似的情况下，行为却如此相反。他们都当过多情的丈夫，都疼自己的孩子；我不明白为什么好好坏坏，他们就没走上一条路。但是，我心里想，辛德雷无疑是个比较有理智的人，却表现得更糟更弱。当他的船触礁时，船长放弃了他的职守，而全体船员，不但不试着挽救这条船，却张皇失措，乱作一团，使得他们这条不幸的船毫无获救的希望，相反，林惇倒显出一个忠诚而虔敬的灵魂所具有的真正的勇气，他信赖上帝，而上帝也安慰了他。这一个在希望中，而另一个在绝望中；各自选择了自己的命运，并且自然各得其所。可是你是不会想听我的说教吧，洛克乌德先生，你会跟我一样地判断这一切的。至少，你会认为你自己可以下判断的，那就行了。

恩萧的死是在预料之中的，这是紧跟在他妹妹的逝世后，这中间还不到六个月。我们住在田庄这边，从来没人过来告诉我们关于恩萧临死前的情况，哪怕是简单的几句话。我所知道的一切都是去帮忙料理后事时才听说的。是肯尼兹过来向我的主人报告这件事的。

“喂，耐莉，”他说，有一天早晨他骑马走进院子，来得太早，不能不使我吃惊，心想一定是报告坏消息来的。“现在该轮到你我去奔丧了。你想想这回是谁不辞而别啦?”

“谁?”我慌张地问。

“怎么,猜呀!”他回嘴,下了马,把他的马缰吊在门边的钩上。“把你的围裙角捏起来吧:我断定你一定用得着。”

“该不是希刺克厉夫先生吧?”我叫出来。

“什么!你会为他掉眼泪吗?”医生说,“不,希刺克厉夫是个结实的年轻人:今天他气色好得很哪,我刚才还看见他来着。自从他失去他那位夫人后,他很快又发胖啦。”

“那么,是谁呢,肯尼兹先生?”我焦急地又问。

“辛德雷·恩萧!你的老朋友辛德雷,”他回答,“也是说我坏话的朋友:不过他骂了我这么久,也未免太过分了。瞧,我说我们会有眼泪吧。可是高兴点吧!他死得很有性格:酩酊大醉。可怜的孩子!我也很难过。一个人总不能不惋惜一个老伙伴呀,尽管他有着人们想象不出的坏行为,而且也对我使过一些流氓手段,好像他才二十七岁吧;也正是你的年龄;谁会想到你们是同年生的呢?”

我承认这个打击比林惇夫人之死所给的震动还大些;往日的联想在我心里久久不能消逝;我坐在门廊里,哭得像在哭自己亲人似的,要肯尼兹先生另找个仆人引他去见人。我自己禁不住在思忖着,“他可曾受到公平的待遇?”不论我在干什么事,这个疑问总使我烦恼。它是那样执拗地纠缠着我,以致我决定请假到呼啸山庄去,帮着料理后事。林惇先生很不愿意答应,可是我说起死者无亲无故的情况而娓娓动听地请求着;我又提到我的旧主人又是我的共乳兄弟,有权要我去为他效劳,正如有权要他自己办事一样。此外,我又提醒林惇先生,那个孩子哈里顿是他的妻子的内侄,既然他没有更近的亲人,他就该做他的保护人;他应该,而且必须去追询遗产的下落,并且照料与他内兄有关的事情。他在当时是不便过问这类事的,但他吩咐我跟他的律师说去;终于他准许我去了。他的律师也曾是恩萧的律师,我到村里去了,并且请他一起去。他摇摇头,劝我别惹希刺克厉夫;可以肯定,一旦真相大白,那就会发现哈里顿同乞丐是差不了多少的。

“他的父亲是负债死去的,”他说,“全部财产都抵押了,现在这位合法继承人的唯一机会,就是应该让他在债权人心里引起一点好感,这样他还可以对他客气些。”

当我到达山庄时，我解释说我来看看一切是不是都搞得还像样；带着极度悲哀的神情出现的约瑟夫对于我的到来表示满意。希刺克厉夫先生说他看不出来这地方有什么事需要我，可是如果我愿意的话，也可以留下来，安排出殡的事。

“正确地讲，”他说，“那个傻瓜的尸首应该埋在十字路口，不用任何一种仪式。昨天下午我碰巧离开他十分钟，就在那会儿，他关上大厅的两扇门，不要我进去，他就整夜喝酒，故意大醉而死，我们今天早上是打开房门进去的，因为我们听见他哼得像匹马似的；他就在那儿，躺在高背椅子上：即使咒骂他，剥掉他的头皮，也弄不醒他。我派人去请肯尼兹，他来了，可是那时候这个畜生已经变成死尸了，他已经死了，冷了，而且僵硬了；因此你得承认再拨弄他也是没用了。”

老仆人证实了这段叙述，可是咕噜着：

“我倒巴不得他去请医生哩！我伺候主人当然比他好点——我走时，他还没死，一点死的样子也没有！”

我坚持要把丧礼办得体面点。希刺克厉夫先生说在这方面可以由我做主，只是，他要我记住办这场丧事的钱是从他口袋里掏出来的。他保持一种严酷的、漠不关心的态度，既无欢乐的表示，也没有悲哀的神色，如果有什么的话，那只有在顺利完成一件艰难工作时，所具有的感到一种满足的冷酷表情。的确，我有一次看见在他的神色里有着近乎狂喜的样子：那正是在人们把灵柩抬出屋子的时候。他还有那份虚伪去装个吊丧者：在跟着哈里顿出去之前，他把这不幸的孩子举起来放在桌上，带着特别的兴趣咕噜着，“现在，我的好孩子，你是我的了！我们要看看用同样的风吹扭它，这棵树会不会像另外一棵树长得那样弯曲！”那个天真无邪的东西挺喜欢这段话：他玩着希刺克厉夫的胡子，抚摩着他的脸，可是我猜出这话的意思，便尖刻地说，“那孩子一定得跟我回画眉田庄去，先生。在这世界上，这孩子和你丝毫不相干。”

“林惇是这么说的吗？”他质问。

“当然——他叫我来领他的。”我回答。

“好吧，”这个恶棍说，“现在我们不要争辩这件事吧，可是我很想自己带个小孩子；所以通知你主人说，如果他打算带走他，我就得要我自己的孩子补这个缺。我才不会一声不吭地让哈里顿走，可我是一定要那一个回来！记住告诉他吧。”

这个暗示已够使我束手无策了。我回去后，把这话的内容重说了一遍，埃德加·林惇本来就没多大兴趣，就从此不再提及要去干涉了。就算他有意，我想他也不会成功。

客人如今是呼啸山庄的主人了，他掌握不可动摇的所有权，而且向律师证明——律师又转过来向林惇先生证明——恩萧已经抵押了他所有的每一码土地，换成现款，满足了他的赌博狂；而他，希刺克厉夫，是承受抵押的人。于是，哈里顿原该是附近一带的第一流绅士，却落到完全靠他父亲的多年仇人来养活的地步。他在他自己的家里倒像个仆人一样，还被剥夺了领取工钱的权利；他是翻不了身了，这是由于他的无亲无故，而且自己还根本不知道他在受人欺侮了。

第18章

那悲惨时期以后的十二年是我一生中最快乐的时期，丁太太接着说下去。在那些年里我最大的烦恼也只是我们小姐生些无所谓的小毛病，这是她和所有的孩子，无论贫富，都得经历的。其余的时候呢，她在落地六个月之后，就像一棵落叶松似的长大起来，而且在林惇夫人墓上的野草第二次开花以前，她就以她自己的方式走路和说话了。她是把阳光带到一所凄凉的房子里的最讨人喜欢的小东西——脸是真正的美，有着恩萧家的漂亮的黑眼睛，却又有林惇家的细白皮肤、秀气的相貌和黄色的鬈发。她的兴致总是很高，可并不粗鲁，配上一颗在感情上过度敏感和活跃的心。那种对人极亲热的态度使我想起了她的母亲；可是她并不像她；因为她能像鸽子一样的温顺驯良，而且她有柔和的声音和深思的表情。她的愤怒从来不是狂暴的；她的爱也从来不是炽烈的，而是深沉、温柔的。可是必须承认她也有缺点来衬托她的优点。莽撞的性子是一个；还有倔强的意志，这是被娇惯的孩子们一定有的，不论他们脾气好坏。要是一个仆人碰巧惹她生气了，她总是说，“我要告诉爸爸！”要是他责备了她，就是瞅她一下吧，你会以为那是件令人的心碎的事哩：我不相信谁会对她粗声粗气。他完全由自己来教育她，以此作为一种乐事。幸亏好奇心和聪慧使她成为一个好学生，她学得又快又热心，这也给他的教学添了光彩。

她长到十三岁，也没有独自出过庄园一次。林惇先生偶尔也会带她到外面走一英里来路；可是他不把她交给别人。在她耳中吉默吞是一个虚幻的名字；除了她自己的家之外，礼拜堂是她走近或进去过的唯一建筑物。呼啸山庄和希刺克厉夫先生对她来说，是不存在的；她是一个道地的隐居者；而且，她显然也已很知足了。有时候从她的育儿室的窗子向外眺望乡间时，的确，她也会注意的：

“艾伦，我还要多久才能走到那些山顶上去呢？不知道山那边是什么——是海吗？”

“不，凯蒂小姐，”我就回答说，“那还是山，就跟这些一样。”

“当你站在那些金色的石头底下的时候，它们是什么样的呢？”有一次她问。

盘尼斯吞岩的陡坡特别引起了她的注意；尤其是当落日照在岩石上和最高峰，而其余的整个风景都藏在阴影中的时候。我就解释说那些只是一大堆石头，石头缝里的土都不够养活一棵矮树的。

“为什么在这儿黄昏过后很久，那些石头还挺亮呢？”她追问着。

“因为它们那里比我们这儿高多了，”我回答，“你不能往那儿爬上去，那儿太高太陡了。在冬天那儿总是比我们这里先下霜；盛夏时，在东北面那个黑洞里我还发现过雪哩！”

“啊，你已经去过啦！”她高兴得叫起来，“那么等我成了大人的时候我也可以去啦。艾伦，爸爸去过没有？”

“爸爸会告诉你，小姐，”我急忙回答，“说那地方是不值得跑去玩的。你和他溜达的那片旷野要比那儿好得多，而且画眉园林是世界上最好的地方。”

“画眉园林我知道，可那些地方我还不知道哩，”她自言自语地说，“我要是从那个最高峰的边上向四周望望，我一定会很高兴的——我的小马敏妮总会有一天带我去的。”

有个女仆提起了仙人洞，这大大地打动了她的心，就想实现这个打算，她硬要林惇先生答应这件事，他答应她稍微长大点时可以去一趟。而凯瑟琳小姐是用月份来计算她的年龄的，“现在，我去盘尼斯吞岩够不够大啦？”这是常挂在她嘴边的问话。到那边的路曲折蜿蜒，紧靠呼啸山庄。埃德加不想经过那里，所以她常常得到的这个回答是，“还不行，宝贝儿，还不行。”

我说过希刺克厉夫夫人在离开她的丈夫以后还活了十二年左右。她一家都是体质脆弱的人：她和埃德加都缺乏你在这一带地方常可以见到的健康的血色。她最后得的是什么病,我不大清楚,我猜想他们是因同样的病而死去的,即一种热病,病起时发展缓慢,可是无法医治,而在最后很快地耗尽了生命。她写信告诉她哥哥说她病了四个月,会可能有什么样的结果,并且恳求他如果可能的话,到她那儿去;因为她有许多事需要处理,而且她希望和他诀别,并把林惇安全地交到他手里。她的希望是把林惇交给他,就像他从前和她在一起一样;她自己也情愿相信,这孩子的父亲根本不想担起抚养和教育他的义务。我的主人毫不犹豫地答应了她的请求。为了一般的事他是不情愿离家的,这次他却飞快地去了;他把凯瑟琳交给我,要我特别照应,反复嘱咐着,说他不在家,就是有我陪着,也不能让她游荡到园林外面去:至于她没有人陪着就出门,那他连想都没想过。

他走了有三个星期。头一两天我所负责照顾的小家伙坐在书房的一个角落里,难过得既不读书也不玩,在那样安静的情况中她并没给我添什么麻烦。可是跟着就是一阵烦躁的厌倦;而且我忙了,也太老了,不能跑上跑下的逗着她玩,我就想出一个办法让她自己娱乐。我总是叫她出去走走——有时走路,有时骑匹小马。等她回来的时候,我就做一个耐心的听众,随着她的性子叙述那一切真实的和想象的冒险。

正是盛夏季节;她是那样地喜欢自己游荡,经常是在吃罢早饭到吃茶这段时间想法在外面流连;到晚上就讲她的荒诞离奇的故事。我并不怕她越出界外,因为大门总是锁住的,而且我以为就是门大开着的话,她也不敢一个人贸然而去。不幸,我把信任放错了地方。有一天早晨八点钟的时候,凯瑟琳找我来了,说这天她作为一个阿拉伯商人,要带着她的旅队过沙漠;我得给她充分的食粮,为她自己和牲口用:就是一匹马和三只骆驼,那三只骆驼是以一只大猎狗和一对小猎狗来代表。我搞了一大堆好吃的,都扔到马鞍边上挂着的一只篮子里;她像个仙女似的快活得跳起来,她的宽边帽子和面纱遮着七月的太阳,她嘲笑着我要她谨慎小心:不要骑得太快和还要早些回来的劝告,就欢快地大笑着骑了马飞奔而去了。这顽皮的东西到吃茶时还没露面。不过其中有一个旅行者,就是那只大猎狗,那只喜欢舒服的老狗,倒回来了;可是不论是凯瑟琳、小马,或是那两只小猎狗都没有一点影子,我赶紧派人顺着这条路寻,那条路找,最后我自己去找她。在庄园边上有个工人在一块林地四周筑篱笆。我问他瞧见我们小姐没有?

“我是在早上看见她的，”他回答着，“她要我给她砍一根榛木枝，后来她就骑着她的小马跳过那边矮篱，跑得没影了。”

你可以猜想到我听了这个消息时的感觉如何。我马上想到她一定动身到盘尼斯吞岩去了。“她会遇上什么啊？”我突然喊叫起来，冲过那个人正在修补的一个裂口，直往大路跑去。我好像是去下赌注似的走着，走了一英里又一英里，后来转一个弯，我望见了那山庄；可是不论远近我都瞧不见凯瑟琳。山岩距离希刺克厉夫的住处一英里半，离田庄倒有四英里，所以我开始担心我到那儿之前，夜晚就要降临了。

“要是她在那边攀登岩石时滑了下来呢，”我想着，“要是跌死了，或者跌断了骨头呢？”我的悬念真是很痛苦的；当我慌慌忙忙地经过农舍时，看到那最凶猛的猎狗查理正在窗子下面卧着，它的头肿了，耳朵流着血，我这才开始放心。我跑到房子门前，拼命敲门要进去。我所认识的从前住在吉默吞的一个女人来开门了：自从恩萧死后她就是那儿的女仆。

“啊，”她说，“你是来找你的小姐吧！别害怕。她在这儿很平安；我很高兴原来不是主人回来。”

“那么他不在家了，是不是？”我喘息着说，因为走得快，又太惊慌，使我上气不接下气。

“不在家，不在家。”她回答，“他和约瑟夫都出去了。我想这一个多钟头还不会回来的。进来歇一会儿吧。”

我进去了，看见我的迷途的羔羊坐在火炉边，坐在她母亲小时候的一把椅子上摇来摇去。她的帽子挂在墙上，她显得十分自在，对哈里顿边笑边谈，兴致要多好有多好。哈里顿——现在已经是一个十八岁的强壮的大孩子——他带着极大的好奇和惊愕的神情瞪着她看；她口若悬河，滔滔不绝地又说又问，他所能领会的却是微乎其微。

“好呀，小姐！”我叫着，装出一副愤怒的面容来掩饰自己的兴奋。“在爸爸回来之前，这可是你最后一次骑马了。我再也不能相信你，放你跨出门口了，你这淘气的、淘气的姑娘！”

“啊哈，艾伦！”她欢欢喜喜地叫着，跳起来跑到我身边。“今天晚上我可有个好听的故事给你讲哩——你到底找到我啦。你这辈子来过这里吗？”

“戴上帽子，马上回家，”我说，“我为你非常非常难过，凯蒂小姐：你犯了极大的错误。噘嘴和哭都没有用，那也补不上我吃的苦，就为找你，我跑遍了这乡间。想想林惇先生怎么嘱咐我把你关在家里来着，可你就这么溜啦！这表明你是一个狡猾的小狐狸，没有人会再信任你啦！”

“我做了什么啦？”她啜泣起来，又马上忍住了。“爸爸并没嘱咐我什么——他不会骂我的，艾伦——他从来不像你这样发脾气！”

“是了，得了！”我又说，“我来系好帽带。现在，我们都别闹别扭啦。啊，多羞呀，你都十三岁啦，还这样像个小毛孩似的！”

这句话是因为她把帽子推开，退到烟囱那边，使我抓不到她，这才叫出来的。

“别，”那女仆说，“丁太太，对这个漂亮的小姑娘别这么凶吧。是我们叫她停下来的。她想骑马向前去，又怕你不放心。可是哈里顿提议陪她去，我想他应该的。山上的路是很荒凉的。”

在这段谈话中间，哈里顿就这么双手插在口袋里站着，窘得说不出话来；不过看样子好像他并不愿意我闯进来似的。

“我还得等多久呢？”我接着说，不顾那个女人的干涉。“十分钟内就要天黑了。小马呢，凯蒂小姐，‘凤凰’呢？你再不快点，我都要丢下你啦。随你的便吧。”

“小马在院子里，”她回答，“‘凤凰’关在那边。它被咬了——查理也是。我本来要告诉你这是怎么回事的；可是你发脾气，不配听。”

我拿起她的帽子，走上前想再给她戴上；可是她看出来那房子里的人都站在她那边，她开始在屋子里乱跑起来；我一追她，她就像个耗子似的在家具上面跳过，上上下下地跑着，弄得我这样追逐她都显得滑稽了。哈里顿和那个女人都大笑起来，她也跟他们笑，变得更无礼了；直到我极为愤怒地大叫：

“好吧，凯蒂小姐，要是你知道这是谁的房子，你就会巴望着出去啦。”

“那是你父亲的，不是吗？”她转身向哈里顿说。

“不是。”他回答，眼睛瞅着地，脸臊得通红。

他受不了她紧盯着他的目光，虽然那双眼睛活像他的。

“那么，谁的——你主人的吗？”她问。

他的脸更红了，情绪全然不同了，低声咒骂一句，便转过身去。

"他的主人是谁?"这烦人的姑娘又问我,"他说,'我们的房子'和'我们家人',我还以为他是房主的儿子哩。而他又一直没叫我小姐;他应该这样做的,如果他是个仆人,他是不是应该?"

哈里顿听了这一套孩子气的话,脸像阴云一般黑。我悄悄地摇摇我的质问者,总算使她准备走了。

"现在,把我的马牵来吧,"她对她的不认识的亲戚说,像是她在田庄时对一个马夫说话似的。"你可以跟我一道去。我想看看沼泽地里'猎妖者'在那里出现,还要听听你说的'小仙'。可要快点,怎么啦?我说,把我的马牵来。"

"在我还没做你的仆人之前,我可要先看你下地狱!"那个男孩子吼起来。

"你要看我什么?"凯瑟琳莫名其妙地问道。

"下地狱——你这无礼的妖精!"他回答。

"好啦,凯瑟琳小姐!你瞧你已经找到个好伴啦,"我插嘴说,"对一个小姐用这样的好话!求你别跟他争辩吧。来,让我们自己找敏妮去,走吧。"

"可是,艾伦,"她喊着,瞪着眼,惊愕不已,"他怎么敢这样跟我说话呢!我叫他做事他不就得做吗?你这坏东西,我要把你说的话都告诉爸爸——好啦!"

看来哈里顿对于这威吓并不感觉什么;于是她气得眼泪都涌到眼睛里来了。"你把马牵来。"她又转身对那女仆大叫,"马上把我的狗也放出来!"

"和气些,小姐,"那女仆回答,"你有礼貌些也没有什么损失。虽然那位哈里顿先生不是主人的儿子,他可是你的表哥哩;而且我也不是雇来伺候你的。"

"他,我的表哥!"凯瑟琳叫着,讥嘲地大笑一声。

"是的,的确是。"斥责她的人回答。

"啊,艾伦!别让他们说这些话,"她接着说,极为苦恼。"爸爸到伦敦接我表弟去了,我的表弟是一个上等人的儿子。那个我的——"她停住了,大声哭起来;想到和这样的一个粗人有亲戚关系,大为沮丧。

"别吭气啦,别吭气啦!"我低声说,"人可以有好多表亲,各种各样的表亲,凯瑟琳小姐,也不见得就怎么糟糕;要是他们不合适或者坏的话就不和他们在一起好了。”

“他不是——他不是我的表哥，艾伦！”她接着说，想了想，又添了新的悲哀，便投到我的怀里想逃避那个念头。

我听见她和那女仆互相泄露了消息，十分心烦；我毫不怀疑前者传出的林惇即将到来的消息一定要报告到希刺克厉夫先生那里去的；我同样相信凯瑟琳等她父亲回来后第一个念头，就是要他解释那女仆所说的关于她和那个粗野的亲戚的关系。哈里顿已经从他那被误认为仆人的憎恶感觉中恢复过来，似乎已经被她的悲哀所动；他把小马牵到门前后，为了向她表示和解，又把一只很好的弯腿小猎狗从窠里拿出来，放在她的手里，让她安静些，因为他并无恶意。她不再哀哭，用一种惧怕的眼光打量他，跟着又重新哭起来。

看见她对这可怜的孩子那么不能相容，我简直忍不住要笑；这孩子是一个身材匀称的健壮青年，面貌也挺好看，魁伟而健康，只是穿的衣服是宜于在田里干活和在旷野里追逐兔子和打猎之类的普通衣服。然而我想仍然能够在他的相貌中看出他有一颗比他父亲所具有的品质好得多的心。好东西埋没在一片荒草中，当然野草蔓生以后，就盖过了它们的不被重视的成长；但是，尽管如此，既已证明是一块肥沃的土地，在其他有利的情况下，它就会有丰富的收成。我相信希刺克厉夫先生在肉体上不曾虐待过他；多亏他有无所畏惧的天性，而那样的天性是不会诱使人家对他施以压迫的；根据希刺克厉夫判断，他没有那种引起虐待狂的怯懦的敏感。希刺克厉夫把他的恶意用到要把他培养成一个粗野的人，从来没人教他念书或写字；凡是不骚扰他主人的任何坏习惯就从来没有被斥责过；从来没有人领他向美德走一步，或者从来没有一句斥责恶行的教诲。据我所听到的，他之所以变坏，约瑟夫出力不少，出于一种狭隘的偏爱，约瑟夫在他还是小孩的时候就捧他，娇惯他，因为他是这古老家庭的主人。以前他就一向习惯于责骂小时候的凯瑟琳、恩萧与希刺克厉夫，吵得老主人失去耐心，数说他所谓的他们的“可怕的行为”，逼得老主人借酒浇愁，现在他又把哈里顿的错误的责任完全放在夺取他的家产的人的肩上。若是这孩子骂粗话，他也不纠正他：无论他做出什么应该加以责备的事，他也不管。显然，看着他坏到顶点，约瑟夫就感到挺满足：他承认这孩子是毁了；他的灵魂必遭沉沦；但是他又想到这得由希刺克厉夫负责。哈里顿的冤仇必报;这么一想不禁感到极大的安慰。约瑟夫给他注入了一种对于姓氏门第的骄傲;如果他有胆量的话,他就要培养他和现在山庄的新主人之间的仇恨了;但是他对于新主人的害怕已近于迷信;他只好把对于新主人的感觉仅在低声讽刺和偷偷诅咒中表现出来。我不能假装很熟悉那些日子里呼啸山庄中的日常生活方式:我只是听说;因为我见到的很少。村里人都断言希刺克厉夫很"吝啬",而且对于他的佃户,是一个残酷无情的地主;但是房子里边却因女性的安排而恢复了从前的舒适。辛德雷时代常有的骚乱情形如今在屋内是不再扮演的了。主人过去是阴郁得无法和任何人来往的;不论是好人或坏人;他现在仍然如此。

看我扯到哪儿去了。凯蒂小姐不要那猎狗,那作为求和的礼物,她要她自己的狗,"查理"和"凤凰"。它们一跛一跛地垂着头来了;我们就出发回家,一个个垂头丧气。我不能从我小姐口中盘问出她是怎么消磨这一天的;我猜想,她这一番历程的目标是盘尼斯吞岩;她一路平安地到达农舍的门前,哈里顿恰巧出来,后面跟着几只狗,它们就袭击了她的行列,在它们的主人能把它们分开之前,一定是打了一场出色的仗,就这样他们互相介绍,结识了。凯瑟琳告诉哈里顿她是谁,她要到哪儿去;并且请他指给她走哪条路:最后诱惑他陪她去。他把仙人洞的秘密以及二十个其他的怪诞地方全揭开了。但是,我已经失宠,没法听她把她所看见的有趣的东西描述一番。无论如何,我可以猜测出来她的向导曾得过她的欢心,这一直维持到她把他叫作仆人,伤了他的感情;而希刺克厉夫的管家又说他是她的表兄,也伤了她的感情。然后他对她所使用的语言又刺痛了她的心;在田庄,每一个人总是叫她"爱","宝贝儿","皇后","天使",现在她却被一个陌生人如此骇人地侮辱了!她不能理解这个;我费了好大劲才使她答应她不告到她父亲那儿去。我解释他是多么讨厌山庄那边的全家!他要知道了她去过那里,他又将多么难过;可是我再三申说的一件事,就是如果她说出我忽视了他的命令,他也许会愤怒得非让我走不可;凯蒂受不了那种设想:她誓守诺言,为了我的缘故而保守秘密。毕竟,她是一个可爱的小姑娘。

第19章

一封带黑边的信宣布了我的主人的归期。伊莎贝拉死了，他写信来叫我给他的女儿穿上丧服，并且为他年轻的外甥腾出一个房间以及做好其他准备。凯瑟琳一想到要欢迎她父亲回来，就欣喜若狂；而且胡思乱想、极为乐观地猜想她那“真正的”表弟的无数优点。预期他们到达的那个晚上来临了。从一清早起，她就忙着吩咐她自己的琐细事情；现在又穿上她新的黑衣服——可怜的东西！她姑姑的死并没有使她感到明确的悲哀——她时不时地缠住我，硬要我陪她穿过庄园去接他们。

“林惇比我才小六个月，”她喋喋不休地说着，这时候我们在树荫下悠闲地踱过那凹凸不平的草地。“有他做伴一起玩可叫人多高兴啊！伊莎贝拉姑姑给过爸爸一绺他的美丽的头发；比我的头发颜色还浅——更淡黄些，而且也相当细。我已经把它小心地藏在一个小玻璃盒子里了；我常想：要是看见有那种头发的人会是一件多么快乐的事啊。啊，我真高兴——爸爸，亲爱的，亲爱的爸爸！来呀，艾伦，我们跑吧！来呀，快跑！”

她跑着，又转回来，又跑起来，在我的稳重的脚步到达大门以前，她已经跑过好多次，然后她就坐在小径旁边的草地上，试着耐心地等着；但那是不可能的：她连一分钟也不能安定下来。

“他们要多久才来呀！”她叫着，“啊，我看见大路上有点尘土啦——他们来啦！不！他们什么时候到这儿呀？我们不能走一点路吗——半英里，艾伦，就走半英里！说可以吧！就走到转弯地方那丛桦树那儿！”

我坚决拒绝。最后她的悬念结束了；已经看得见长途马车辘辘而来。

凯瑟琳一看见她父亲的脸从车窗中向外望，便尖叫一声，伸出她的双臂。他下了车，几乎和她一样的热切；一段相当长的时候，他们除了他们自己以外根本没想到别人。在他们互相拥抱的时候，我偷看了林惇一下。他在车中一个角落睡着，用一件暖和的、镶皮边的外套裹着，好像是过冬似的。一个苍白的、娇滴滴的、柔弱的男孩子，简直可以当我主人的小弟弟：两个人是这么相像：可是在他的相貌上有一种病态的乖僻，那是埃德加·林惇从来没有的。林惇先生瞧见我在望着；他握过手之后，就叫我把车门关上，不要惊扰他，因为这趟旅行已经使他很疲惫了。凯蒂想多看一眼，但是她父亲喊她过来，我在前面忙着招呼仆人，他们就一块走到花园里去了。

"现在，乖，"林惇先生对他的女儿说，他们正停在门前台阶前面，"你的表弟不像你这么健壮，也不像你这么开心，而且，记住，他才失去他的母亲没有多久；因此，别希望他马上就会跟你又玩又跑的。而且也别老是说话惹他烦：至少今天晚上让他安静一下，可以吗？"

"可以，可以，爸爸，"凯瑟琳回答，"可是我真想看看他；他还没有向外望一下子呢！"

马车停了下来，睡着的人被唤醒了，被他舅舅抱出车外。

"这是你的表姐凯蒂·林惇，"他说，把他们的小手放在一起。"她已经很喜欢你了；你今天晚上可别哭得让她难过。现在要极力高兴起来；旅行已经结束了，你没有什么事要做就歇着，爱怎么就怎么吧。"

"那就让我上床睡觉，"那个男孩子回答，避开凯瑟琳的招呼，退缩着；又用他的手指抹掉开始流出的眼泪。

"得了，得了，是个好孩子嘛，"我低声说着，把他带进去了。"你把她也要惹哭啦——瞧瞧她为了你多么难过呀！"

我不知道是不是为他难过，可是他的表姐跟他一样地哭丧着脸，回到她父亲身边。三个人都进去，上楼到书房里，茶已经摆好在那里了。我就把林惇的帽子和斗篷都脱去，把他安置在桌旁一把椅子上，可是他刚坐定就又哭起来。我的主人问他怎么回事。

"我不能坐在椅子上。"那孩子抽泣着。

"那么，到沙发上去吧，艾伦会给你端茶去的。"他的舅舅耐心地回答。我相信，一路上，他已被他所照顾的、这个易怒的、麻烦人的孩子搞得够受的了。林惇慢慢地拖着脚步走过去，躺下来。凯蒂搬来一个脚凳，拿着自己的茶杯，走到他身边去。起初她沉默地坐在那里；可是没有过很久，她已经决定把她的小表弟当作一个宠儿，她也满心希望他是这样一个宠儿；她就开始抚摩他的鬈发，亲他的脸，用她的小茶碟给他端茶，像对待一个婴孩似的。这很讨他喜欢，因为他本来不比婴孩高明多少；他擦干了他的眼睛，现出淡淡的一笑。

“啊，他会过得很好的，”主人注视他们一会之后对我说，“会过得很好的，只要我们能留住他，艾伦。有个跟他同年龄的孩子做伴，不久就会给他灌输新的精神，而且他要是愿意有力气，也就会得到它的。”

“唉，要是我们能留住他！”我暗自沉思着，一阵痛苦的疑惧涌进我心头，那是很少有希望的。后来，我又想，那个虚弱的东西生活在呼啸山庄，在他的父亲和哈里顿中间，怎么过法呢？他们将是什么样的游伴和教师呢！我们的疑虑马上就成为事实——甚至比我所意料的还来得早些。喝完了茶后，我刚把孩子们带上楼去，看着林惇睡着了——他不准我离开他，一直要等到他睡着——我下了楼，正站在大厅里的桌子旁边，给埃德加先生点上一支到寝室去的蜡烛，这时一个女仆从厨房里走出来，告诉我希刺克厉夫的仆人约瑟夫在门口，要跟主人说话。

“我先问问他要干吗，”我惊慌失措地说，“这时来打扰人很不是时候，他们才经过长途旅行回到家来。我想主人不能见他。”

我说这些话的当儿，约瑟夫已经走过厨房，在大厅里出现了。他穿着他过礼拜日的衣服，绷着他那张伪善透顶的、阴沉的脸，一只手拿着帽子，一只手拿着手杖，他开始在垫子上擦他的皮鞋。

“晚上好，约瑟夫，”我冷冷地说，“你今天晚上来有什么事？”

“我一定要跟林惇少爷说话。”他回答，轻蔑地挥一下手，叫我别管。

“林惇先生要睡了，除非你有特别的事要说，不然我担保他现在不会听的，”我接着说。“你最好先坐在那边，把你的使命告诉我。”

“哪一间是他的屋子？”那个家伙追问着，打量着那一排关着的房门。

我明白他是根本不理睬我的想法，因此我很勉强地走到书房，给这个不合时宜的来访者给予通报，劝主人让他走，明天再说。林惇先生没有来得及授予我这样做的权利，因为约瑟夫紧跟着我来了，而且，冲进了这屋子，稳稳地站在桌子那边，用两只拳头握住他的手杖顶，开始提高了嗓门讲话，好像是预测到要遭驳斥似的。

“希刺克厉夫叫我来要他的孩子，不带他走，我就不回去。”

埃德加·林惇沉默了一下；一种极度悲哀的表情笼罩了他的脸：为这孩子打算，他只会可怜他；可是，回想起伊莎贝拉的那些希望和恐惧，对于她儿子的热望，以及托孤时的嘱咐，再一想到竟要把他交出去，他难过极了，心中苦苦思索着怎么避免。无计可施：如果显出留住他的愿望，那反而会使索取人要得更坚决。没有别的办法，只能放弃他。然而，他不打算把他从睡梦中唤醒。

“告诉希刺克厉夫先生，”他平静地回答，“他的儿子明天就去呼啸山庄。现在他已经上床了，并且已累得不能再走这么远的路。你也可以告诉他，林惇的母亲希望他由我来照管；在目前，他的健康情况是很使人担心的。”

“不成！”约瑟夫说，用他的棍子在地板上砰地一戳，装出一种威风凛凛的神气。“不成！没用。希刺克厉夫根本不管那个母亲，也不管你；可是他要他的孩子；我一定得带他走——现在你明白了吧！”

“你今晚不能带走！”林惇坚决地回答，“马上下楼去，把我说的话讲给你主人听，艾伦，把他带下楼去。去——”

他把这愤怒的老头子的膀子一提，就把他拉出门外去，随手关上了门。

“很好！”约瑟夫大叫，这时他慢慢地走出去。“明天他自己来，看你敢不敢把他推出去！”

第20章

为了避免这威吓实现的危险，林惇先生派我早早地送这孩子回家，让他骑着凯瑟琳的小马去。他说——“既然我们现在不能对于他的命运有所影响，无论是好或坏，你就千万别对我女儿说他去哪里了，今后她不能同他有什么联系，最好别让她知道他就在邻近；不然她就安不下心来，急着去呼啸山庄。你就告诉她说他的父亲忽然差人来接他，他就只好离开我们走了。”

五点钟时，好容易才把林惇从床上唤起来，一听说他还得准备再上路，大吃一惊；但是我告诉他得跟他的父亲希刺克厉夫先生住些时候，并说他父亲多么想看他，不愿再延迟这种见面的快乐，都等不及他恢复旅途的疲劳，这样才把事情缓和下来。

“我的父亲！”他叫起来，莫名其妙地纳闷着，“妈妈从来没有告诉过我说我有一个父亲。他住在哪儿？我情愿跟舅舅住在一起。”

“他住在离山庄不远的地方，”我回答，“就在那些小山那边，不算怎么远，等你身体好些，你可以散步到这儿来。你应该欢欢喜喜地回家去见他。你一定得试着爱他，像对母亲一样，那么他也就会爱你了。”

“可是为什么我以前没听说过他呢？”林惇问道，“为什么妈妈不跟他住在一起，像别人家一样？”

“他有事情得留在北方。”我回答，“而你母亲的健康情况需要她住在南方。”

“可为什么妈妈没跟我说起他来呢？”这孩子固执地问下去。“她常常谈起舅舅，我老早就知道爱他了。我怎么去爱爸爸呢？我不认识他。”

“啊,所有的孩子们都爱他们的父母。”我说,“也许你母亲以为她要是常跟你提起他,你或者会想跟他住在一起哩。我们赶快去吧。在这样美丽的早晨,早早骑马出去比多睡一个钟头可好多了。”

“昨天我看见的那个小姑娘是不是跟我们一同去?”他问。

“现在不去。”我回答。

“舅舅呢?”他又问。

“不去,我要陪你去那儿的。”我说。

林惇又倒在他的枕头上,沉思起来。

“没有舅舅我就不去。”他终于叫喊起来了,“我闹不清你到底打算把我带到哪儿去。”

我企图说服他,说他如果表现出不愿意见他父亲,那是没规矩的行为;他仍然执拗地反抗我,不许我给他穿衣服,我只好叫主人来帮忙哄他起床。我许下了好多渺茫的保证,说他去不多久一定能回来的,说埃德加先生和凯蒂会去看他的,还有其他的诺言,毫无根据,都是我一时瞎编出来的,而且一路上我还时不时地重复着这些诺言。终于,这可怜的小东西出发了。过了一会,那纯洁的、带着青草香味的空气,那灿烂的阳光,以及敏妮的轻轻的缓步使他的沮丧神气缓和下来了。他开始带着较大的兴趣盘问他的新家的情形,家里住些什么人。

“呼啸山庄是不是一个跟画眉田庄一样好玩的地方?”他问,同时转过头向山谷中望了最后一眼,从那里有一片轻雾升起,在蓝色天空的边缘上形成了一朵白云。

“它不是像这样隐在树荫里。”我回答,“而且也没这么大,但是你四面可以看得到美丽的乡村景色;那空气对你的健康也比较适宜——比较新鲜干燥。也许你起初会觉得那所房子又旧又黑;虽然那是一所很漂亮的房子,在这附近是数一数二的了。而且你还可以在旷野里好好地溜达溜达。哈里顿·恩萧——就是凯蒂小姐另一个表哥,也就是你的表哥——他会带你到一切最可爱的地点看看;好天气时,你还可以带本书,把绿色的山谷当作你的书房,而且,有时候,你舅舅还可以和你一块散步,他是常常出来在山中散步的。”

“我父亲什么样?”他问,“他是不是跟舅舅一样的年轻漂亮?”

“他也是那么年轻，”我说，“可是他有黑头发和黑眼睛，而且看上去比较严厉些，也高大一些。也许一开始你觉得他不怎么和气仁慈，因为这不是他的作风；可是，你得记住，还是要跟他坦白和亲切；他就会很自然地比任何舅舅还要更喜欢你，因为你是他自己的孩子啊。”

“黑头发，黑眼睛！”林惇沉思着。“我想象不出来。那么我长得不像他啦，是吗？”

“不太像，”我回答，同时心里想着：一点也不像，抱憾地望望我的同伴的白皙的容貌和纤瘦的骨骼，还有他那大而无神的眼睛——他母亲的眼睛，只是，有一种病态的焦躁会偶然地点亮这对眼睛，它们一点也没有她那种闪烁神采的痕迹。

“他从来没有去看过妈妈和我，这多奇怪！”他咕噜着。“他看见过我没有？要是他看见过，那一定还在我是婴孩的时候。关于他，我一件事也记不得了！”

“啊，林惇少爷。”我说，“三百英里是很长的距离；而十年对于一个成年人和对于你却是不一样长短的。没准希刺克厉夫年年夏天打算去，可是从来没有找到适当的机会；现在又太晚了。关于这件事不要老问他使他心烦吧：那会使他不安的，没有一点好处。”

这孩子后来一路上就只顾想他自己的心思，直到我停在住宅花园的大门前。我细看他脸上现出什么印象。他一本正经地仔细观看着那刻花的正面房屋与矮檐的格子窗，那蔓生的醋栗丛和弯曲的枞树，然后摇摇头；他自己完全不喜欢他这新居的外表。但是他还懂得先不忙抱怨：也许里面好些，还可以弥补一下。在他下马之前，我走去开门。那时正是六点半；全家刚用过早餐；仆人正在收拾和擦桌子。约瑟夫站在他主人的椅子旁边，正在讲着关于一匹跛马的事；哈里顿正预备到干草地里去。

“好啊，耐莉！”希刺克厉夫看到我时便说，“我还恐怕自己得下山取那属于我的东西呢。你把他带来啦，是吧？让我们看看我们能把他造就成什么样的人才。”

他站起来，大步走到门口，哈里顿和约瑟夫跟着，好奇地张大着嘴。可怜的林惇害怕地对这三个人的脸溜了一眼。

“一定的，”约瑟夫严肃地细看一番，说，“他跟你调换啦，主人，这是他的女娃!”

希刺克厉夫盯着他的儿子,盯得他儿子慌张打战,他发出一声嘲弄的笑声。

“上帝,一个多么漂亮的人儿!一个多么可爱的、娇媚的东西!”他叫着。“他们不是用蜗牛和酸牛奶养活他的吧,耐莉?该死!可那是比我所期望的还要糟——鬼才晓得我自己过去有没有血色呢!”

我叫那颤抖着的、迷惑的孩子下马进来。他还不能完全理解他父亲的话里的意思,或者以为不是指他说的:实在,他还不大相信这个令人生畏的、讥笑着的陌生人就是他的父亲。但是他越来越哆嗦着紧贴着我;而在希刺克厉夫坐下来,叫他“过来”时,他把脸伏在我的肩膀上哭起来。

“得!”希刺克厉夫说,伸出一只手来,粗野地把他拉到他两膝中间,然后扳起他的下巴使他的头抬起来。“别胡闹!我们并不要伤害您,林惇,这是不是您的名字?您可真是您母亲的孩子,完全是!在您身体里我的成分可在哪儿啦,吱吱叫的小鸡?”

他把那孩子的小帽摘下来,把他的厚厚的淡黄的鬈发向后推推,摸摸他的瘦胳臂和他的小手指头;在他这样检查的时候,林惇停止了哭泣,抬起他的蓝色的大眼睛也审视着这位检查者。

“你认识我吗?”希刺克厉夫问道,他已经检查过这孩子的四肢全是一样的脆弱。

“不!”林惇说,带着一种茫然的恐惧注视着他。

“我敢说你总听说过我吧?”

“没有。”他又回答。

“没有!这是你母亲的耻辱,从来不引起你对我的孝心!那么,我告诉你吧,你是我的儿子;你母亲是一个极坏的贱人,竟让你不知道你有个什么样的父亲。现在,不要畏缩,不要脸红!不过倒也可以看出你的血总算不是白色的。做个好孩子,我也要为你尽力。耐莉,如果你累了,你可以坐下来;如果不的话,就回家去。我猜你会把你听见的、看见的全报告给田庄那个废物;而这个东西在你还流连不去时是不会安定下来的。”

“好吧,”我回答,“我希望你会对这孩子慈爱,希刺克厉夫先生,不然你就留不住他,而他是你在这个广阔的世界里所知道的唯一的亲人了——记住吧。”

“我会对他非常慈爱的，你用不着害怕，”他说，大笑着。“可就是用不着别人对他慈爱；我一心要独占他的感情。而且，现在就开始我的慈爱，约瑟夫，给这孩子拿点早餐来。哈里顿，你这地狱里的呆子，干你的活去。是的，耐儿，”他等他们都走了又说，“我的儿子是你们这里未来的主人，而且在我能确定他可以做继承人之前，我不应该愿意他死掉。此外，他是我的，我愿意胜利地看见我的后代很堂皇地做他们的产业的主人，我的孩子用工钱雇他们的孩子种他们父亲的土地。就是这唯一的动机才使我能容忍这个小狗仔：对他本身，我可瞧不起他，而且为了他所引起的回忆而憎恨他！但是有那个动机就足够了；他跟我在一起是同样的安全，而且也会招呼得和你的主人招呼他自己的孩子一样的仔细。我在楼上有间屋子，已经为他收拾得很漂亮；我还从二十英里路外，请了一位教师，一星期来三次，他想学什么，就教他什么。我还命令哈里顿要服从他，事实上我安排了一切，想在他心上培养优越感与绅士气质，要他在那些和他在一起的人们之上。但我很遗憾：他不配人家这样操心，如果我还希望在这世界上有什么幸福的话，那就是发现他是一个值得我骄傲的东西，但这白脸、呜呜哭着的东西却使我十分失望！”

他说话的时候约瑟夫端着一盆牛奶粥回来了，并且把它放在林惇面前：林惇带着厌恶的神色搅着这盆不可口的粥，肯定说他吃不下去。我看见那个老仆人跟他主人一样，也轻视这孩子；虽然他被迫把这种情绪留在心里，因为希刺克厉夫很明显地要他的下人们尊敬他。

“吃不下去？”他重复着说，瞅着林惇的脸，又压低了声音咕噜着，怕人家听见。“可是哈里顿少爷在小时候从来不吃别的东西，我想他能吃的东西你也能吃吧！”

“我不吃！”林惇执拗地回答着，“把它拿走。”

约瑟夫愤怒地把食物急急抢去，把它送到我们跟前。

“这吃的有什么不好？”他问，把盘子向希刺克厉夫鼻子底下一推。

“有什么不好？”他说。

“对啊！”约瑟夫回答，“你这讲究的孩子说他吃不下去。可我看挺好，他母亲就这样——我们种粮食，给她做面包，她倒嫌我们脏哩。”

“不要对我提起他母亲,”主人生气地说,“就给他拿点他能吃的东西算了。耐莉,他平常吃什么?”

我建议煮牛奶或茶,管家奉命去准备了。嗯,我想他父亲的自私倒使他日子还好过些呢。他看到林惇娇弱的体质,有必要对他宽厚些。我要报告埃德加先生,说希刺克厉夫的脾气有什么样的转变,借以安慰他。我已经没有理由再留下来,就溜出去了,这时候林惇正在怯懦地抗拒着一条看羊狗的友好表示。但是他十分警觉,骗不了他:我一关上门,就听见一声叫喊,和一连串反复的狂喊:“别离开我,我不要在这儿!我不要在这儿!”

跟着,门闩抬起来又落下了:他们不许他出来。我骑上敏妮,叫它快跑;于是我这短促的保护责任就此告终。

第21章

那一天我们对小凯蒂可煞费苦心。她兴高采烈地起床，热望着陪她的表弟，一听到他已离去的消息，紧跟着又是眼泪又是叹气，使埃德加先生不得不亲自去安慰她，肯定他不久一定会回来；可是，他又加上一句，“如果我能把他弄回来的话”。而那是全无希望的。这个诺言很难使她平静下来；但是时间却更有力；虽然有时候她还问她父亲说林惇什么时候回来，但在她真的再看见他之前，他的容貌已在她的记忆里变得很模糊，以致见面时也不认识了。

当我有事到吉默吞去时，偶然遇到呼啸山庄的管家，我总是要问问小少爷过得怎么样；因为他和凯瑟琳本人一样的与世隔绝，从来没人看见。我从她那里得悉他身体还很衰弱，是个很难相处的人。她说希刺克厉夫先生好像越来越不喜欢他了，不过他还努力不流露这种感情。他一听见他的声音就起反感，和他在一间屋子里多坐几分钟就受不了。他们很少交谈。林惇在一间他们所谓客厅的小屋子里念书，消磨他的晚上，要么就是一整天躺在床上；因为他经常地咳嗽，受凉，疼痛，害各种不舒服的病。

“我从来没有见过这么一个没精神的人，”那女人又说，“也没有见过一个这么保养自己的人。要是我在晚上把窗子稍微关迟了一点，他就一定要闹个没完。啊！吸一口夜晚的空气，就简直是要害了他！他在仲夏时分也一定要生个火；约瑟夫的烟斗也是毒药；而且他一定总要有糖果细点，总要有牛奶，永远是牛奶——也从来不管别人在冬天多受苦；而他就坐在那儿，裹着他的皮大氅坐在火炉边他的椅子上。炉台上摆着些面包、水，或别的能一点点吸着吃的饮料;如果哈里顿出于怜悯来陪他玩——哈里顿天性并不坏,虽然他是粗野的——结果准是这一个骂骂咧咧的,那一个号啕大哭而散伙。我相信如果他不是主人的儿子的话,主人将会看着恩萧把他打扁还会高兴;而且我相信如果主人知道他在怎样看护自己,哪怕只知道一半,也会把他赶出门的。可是主人不会有干这种事的可能:他从来不到客厅,而且林惇在这房子内任何地方一碰见他,主人就马上叫他上楼去。"

从这一段叙述,我推想小希刺克厉夫已经完全没人同情,变得自私而讨人嫌了,如果他不是本来如此的话;我对他的兴趣自然而然地也减退了,不过我为他的命运仍然感到悲哀,而且还存个愿望,他要是留下来跟我们住就好了。

埃德加先生鼓励我打听消息,我猜想他很想念他,并且愿意冒着风险去看看他。有一次还叫我问问管家林惇到不到村里来?她说他来过两次,骑着马,陪着他的父亲;而这两次之后总有三四天他都装作相当疲倦的样子。如果我记得不错的话,那个管家在他来到两年之后就离去了;我不认识的另一个接替了她;她如今还在那里。

和从前一样,大家愉快地在田庄里度着光阴,直到凯蒂小姐长到十六岁。她生日的那天,我们从来不露出任何欢乐的表示,因为这天也是我那已故的女主人的逝世纪念日。她的父亲在那天总是自己一个人整天待在图书室里;而且在黄昏时还要溜达到吉默吞教堂墓地那边去,逗留在那里常常到半夜以后。所以凯瑟琳总是想法自己玩。

三月二十日是一个美丽的春日,当她父亲休息时,我的小姐走下楼来,穿戴好打算出去,而且说她要和我在旷野边上走走。林惇先生已经答应她了,只要我们不走得太远,而且在一个钟头内回来。

"那么赶快,艾伦!"她叫着,"我知道我要去哪儿;我要到有一群松鸡的地方去:看看它们搭好窝没有。"

"那可很远哪,"我回答,"它们不在旷野边上繁殖的。"

"不,不会的,"她说,"我跟爸爸曾经去过,很近呢。"

我戴上帽子出发,不再想这事了。她在我前面跳着,又回到我身旁,然后又跑掉了,活像个小猎狗;起初我觉得挺有意思,听着远远近近百灵鸟歌唱着,享受着那甜蜜的、温暖的阳光,瞧着她,我的宝贝,我的欢乐,她那金黄色的鬈发披散在后面，放光的脸儿像朵盛开的野玫瑰那样温柔和纯洁，眼睛散发着无忧无虑的快乐的光辉。真是个幸福的小东西，在那些日子里，她也是个天使。可惜她是不会知足的。

"好啦，"我说，"你的松鸡呢，凯蒂小姐？我们应该看到了：田庄的篱笆现在离我们已经很远啦。"

"啊，再走上一点点——只走一点点，艾伦，"她不断地回答，"爬上那座小山，过那个斜坡，你一到了那边，我就可以叫鸟出现。"

可是有这么多小山和斜坡要爬、要过，终于我开始感到累了，就告诉她我们必须打住往回走。我对她大声喊着，因为她已经走在我前面很远了。也许她没听见，也许就是不理，因为她还是往前走，我无奈只得跟随着她。最后，她钻进了一个山谷；在我再看见她以前，她已经离呼啸山庄比离她自己的家还要近二英里路哩；我瞅见两个人把她抓住了，我深信有一个就是希刺克厉夫先生本人。

凯蒂被抓是因为做了偷盗的事，或者至少是搜寻松鸡的窝。山庄是希刺克厉夫的土地，他在斥责着这个偷猎者。

"我没拿什么，也没找到什么，"她说，摊开她的双手证明自己的话，那时我已经向他们走去。"我并不是想来拿什么的，可是爸爸告诉我这儿有很多，我只想看看那些蛋。"

希刺克厉夫带着恶意的微笑溜我一眼，表明他已经认识了对方，因此，也表明他起了歹心，便问："你爸爸是谁？"

"画眉田庄的林惇先生，"她回答，"我想你不认识我，不然就不会对我那样说话了。"

"那么你以为你爸爸很被人看得起，很受尊敬的吗？"他讽刺地说。

"你是什么人？"凯瑟琳问道，好奇地盯着这说话的人。"那个人我是见过的。他是你的儿子吗？"

她指着哈里顿，这就是另一个人，他长了两岁什么也没改，就是粗壮些，更有力气些：他跟从前一样拙笨和粗鲁。

"凯蒂小姐，"我插嘴说，"我们出来不止一个钟头啦，现在快到三个钟头了，我们真得回家了。"

"不，那个人不是我的儿子，"希刺克厉夫回答，把我推开。"可是我有一个，你从前也看见过他，虽然你的保姆这么忙着走，我想你和她最好歇一会儿。你愿不愿意转过这长着常青灌木的山头，散步到我家里去呢？你休息一下，还可以早些回到家，而且你会受到款待。"

我低声对凯瑟琳说无论如何她决不能同意这个提议：那是完全不能考虑的。

"为什么？"她大声问着，"我已经跑累啦，地上又有露水；我不能坐在这儿呀。让我们去吧，艾伦。而且，他还说我见过他的儿子哩。我想他搞错了；可是我猜出他住在哪里；在我从盘尼斯吞岩来时去过的那个农舍。是不是？"

"是的。来吧，耐莉，不要多说话——进来看看我们，对于她将是件喜事哩。哈里顿，陪这姑娘往前走吧。耐莉，你跟我一道走。"

"不，她不能到这样的地方去。"我叫着，想挣脱被他抓住的胳臂：可是她已经差不多走到门前的石阶了，很快地跑着绕过屋檐。她那被指定陪她的伴侣并没装出护送她的样子：他畏怯地走向路边，溜掉了。

"希刺克厉夫先生，那是很不对的，"我接着说，"你知道你是不怀好意的。她就要在那里看见林惇，等我们一回去，什么都要说出来，我会受到责备的。"

"我要她看看林惇，"他回答，"这几天他看来还好一点；他并不是常常适宜于被人看见的。等会我们可以劝她把这次拜访保密。这有什么害处呢？"

"害处是，如果她父亲发觉我竟允许她到你家来，就会恨我的；我相信你鼓励她这样做是有恶毒的打算的。"我回答。

"我的打算是极老实的。我可以全都告诉你，"他说，"就是要这两个表亲相爱而结婚。我对你的主人是做得很慷慨的！他这年轻的小闺女并没有什么指望，要是她能促成我的愿望，她就跟林惇一同做了继承人，马上就有了依靠。"

"如果林惇死了呢，"我回答，"他的命是保不住的，那么凯瑟琳就会成为继承人的。"

"不，她不会，"他说，"在遗嘱里并没有如此保证的条文：他的财产就要归我；但是为了避免争执起见，我愿意他们结合，而且也下决心促成这个。"

"我也下决心使她再也不会和我到你的住宅来。"我回嘴说,这时我们已经走到大门口。凯蒂小姐在那儿等着我们过来。

希刺克厉夫叫我别吭气,他走到我们前面,连忙去开门。我的小姐看了他好几眼,仿佛她在拿不定主意怎么对待他,可是现在当他的眼光与她相遇时,他微笑,并且柔声对她说话;我居然糊涂到以为他对她母亲的记忆也许会使他消除伤害她的愿望哩。林惇站在炉边。他才出去到田野散步过,因为他的小帽还戴着,正在叫约瑟夫给他拿双干净鞋来。就他的年龄来说,他已经长高了,还差几个月要满十六岁了。他的相貌挺好看,眼睛和气色也比我所记得的有精神些,虽然那仅仅是从有益健康的空气与和煦的阳光中借来的暂时的光辉。

"看,那是谁?"希刺克厉夫转身问凯蒂,"你说得出来吗?"

"你的儿子?"她疑惑地把他们两个人轮流打量一番,然后说。

"是啊,是啊,"他回答,"难道这是你第一次看见他吗?想想吧!啊!你记性太坏。林惇,你不记得你的表姐啦,你总是跟我们闹着要见她的啊?"

"什么,林惇!"凯蒂叫起来,为意外地听见这名字而兴高采烈起来。"那就是小林惇吗?他比我还高啦!你是林惇吗?"

这年轻人走向前来,承认他就是。她狂热地吻他。他们彼此凝视着,看到时光在彼此的外表上所造成的变化而惊奇。凯瑟琳已经长得够高了;她的身材又丰满又苗条,像钢丝一样地有弹性,整个容貌由于健康而精神焕发。林惇的神气和动作都很不活泼,他的外形也非常瘦弱;但是他的风度带着一种文雅,缓和了这些缺点,使他还不讨人厌。在和他互相交换多种形式的喜爱的表示之后,他的表姐走到希刺克厉夫先生跟前,他正留在门口,一面注意屋里的人,一面注意外面的事;这就是说,假装看外面,实际上只是注意屋里。

"那么,你是我的姑夫啦!"她叫着,走上前向他行礼。"我本来就觉着挺喜欢你,虽然开始你对我不友好。你干吗不带林惇到田庄来呢?这些年住这么近,从来不来看看我们,可真古怪;你干吗这样呢?"

"在你出生以前,我去得太勤了;"他回答,"唉——倒霉!你要是还有多余的吻,就都送给林惇吧——给我可是白糟蹋。"

"淘气的艾伦!"凯瑟琳叫着,然后又以她那过分热情的拥抱突然向我进攻。“坏艾伦！想不让我进来。还是将来我还要天天早上散步来这儿呢，可以吗，姑夫？有时候还带爸爸来。你喜欢不喜欢看见我们呢？”

“当然，”姑夫回答，现出一副难以压制的狞笑，这是由于他对这两位要来的客人的恶感所引起的。“可是等等，”他转身又对小姐说，“既然我想到了这点，还是告诉你为好。林惇先生对我有成见。我们吵过一次，吵得非常凶，你要是跟他说起你到过这儿，他就会根本禁止你来，因此你一定不要提这事，除非你今后并不在乎要看你表弟：要是你愿意，你可以来，可你决不能说出来。”

“你们为什么吵的？”凯瑟琳问，垂头丧气透了。

“他认为我太穷，不配娶他的妹妹，”希刺克厉夫回答，“我终于得到了她，这使他感到很难过。他的自尊心受到损伤，他永远也不能宽恕这件事。”

“那是不对的！”小姐说，“我迟早总会就这样对他说的。可是林惇和我并没有参加你们的争吵啊。那么我就不来了；他去田庄好啦。”

“对我来说是太远了，”他的表弟咕噜着，“要走四英里路可要把我累死了。不，来吧，凯瑟琳小姐，随时到这儿来吧——不要每天早晨来，一星期来一两次好了。”

父亲朝他儿子轻蔑地溜了一眼。

“耐莉，恐怕我要白费劲了，”他小声对我说，“凯瑟琳小姐（这呆子是这样称呼她的）会发现他的价值，就把他丢开了。要是哈里顿的话——别看哈里顿已全被贬低，我一天倒有二十回羡慕他呢！这孩子如果是别人我都会爱他了。不过我想他是得不到她的爱情的。我要使哈里顿反对那个不中用的东西，除非他赶快发奋振作起来。算算他很难活到十八岁。啊，该死的窝囊废！他在全神贯注地擦他的脚，连望都不望她一下——林惇！”

“啊，父亲，”那孩子答应着。

“附近没有什么地方你可以领你表姐去看看吗？甚至连个兔子或者鼬鼠的窠都不去瞧瞧吗？在你换鞋之前先把她带到花园里玩，还可以到马厩去看看你的马。”

“你不是情愿坐在这儿吗？”林惇用一种表示不想动的声调问凯瑟琳。

“我不知道。”她回答，渴望地向门口瞧了一眼，显然盼望着活动活动。

他还坐着，向火炉那边更挨近些。希刺克厉夫站起来，走到厨房去，又从那儿走到院子叫哈里顿。哈里顿答应了,两个人立刻又进来了。那个年轻人刚洗完了澡,这可以从他脸上的光彩和他的湿头发看得出来。

“啊,我要问你啦,姑夫,”凯瑟琳喊着,记起了那管家的话,“那不是我的表哥吧,他是吗?”

“是的,”他回答,“你母亲的侄子。你不喜欢他吗?”

凯瑟琳神情很古怪。

“他不是一个漂亮的小伙子吗?”他接着说。

这个没礼貌的小东西踮起了脚尖,对着希刺克厉夫的耳朵小声说了一句话。他大笑起来,哈里顿的脸沉下来;我想他对猜疑到的轻蔑是很敏感的,而且显然对他的卑微有一个模糊的概念。但是他的主人或保护人却把他的怒气赶走了,叫着:

“你要成为我们的宝贝啦,哈里顿!她说你是一个——是什么?好吧,反正是奉承人的话。喏,你陪她到田庄转转去。记住,举止要像个绅士!不要用任何坏字眼;在这位小姐不望着你的时候,你别死盯着她,当她望你时,你就准备闪开你的脸;你说话的时候,要慢,而且要把你的手从口袋里掏出来。走吧,尽力好好地招待她吧。”

他注视着这一对从窗前走过。恩萧让他的脸完全避开了他的同伴。他仿佛以一个陌生人而又是一个艺术家的兴趣在那儿研究着那熟悉的风景,凯瑟琳偷偷地看了他一眼,并没有表现出一点爱慕的神情。然后就把她的注意力转移到一些可以取乐的事情上面去了,并且欢欢喜喜地轻步向前走去,唱着曲子以弥补没话可谈。

“我把他的舌头捆住了,”希刺克厉夫观察着。“他会始终不敢说一个字!耐莉!你记得我在他那年纪的时候吧?——不,还比他小些。我也是这样笨相么:像约瑟夫所谓的这样‘莫名其妙’吗?”

“更糟,”我回答,“因为你比他更阴沉些。”

“我对他有兴趣,”他接着说,大声地说出他的想法。“他满足了我的心愿。如果他天生是个呆子;我就连一半乐趣也享受不到。可是他不是呆子;我能够同情他所有的感受,因为我自己也感受过。比如说,我准确地知道他现在感受到什么痛苦;虽然那不过是他所要受的痛苦的开始。他永远也不能从他那粗野无知中解脱出来。我把他抓得比他那无赖父亲管我还紧些,而且贬得更低些;因为他以他的野蛮而自负。我教他嘲笑一切兽性以外的东西,认为这些是愚蠢和软弱的。你不认为辛德雷要是能看见他的儿子的话,会感到骄傲吗?差不多会像我为我自己的儿子感到骄傲一样。可是有这个区别:一个是金子却当铺地的石头用了,另一个是锡擦亮了来仿制银器。我的儿子没有什么价值。可是我有本事使这类的草包尽量振作起来。他的儿子有头等的天赋,却荒废了,变得比没用还糟。我没有什么可惋惜的;他可会有很多,但是,除了我,谁也不曾留意到。最妙的是,哈里顿非常喜欢我,你可以承认在这一点上我胜过了辛德雷。如果这个死去的流氓能从坟墓里站起来谴责我对他的子嗣的虐待,我倒会开心地看到这个所说的子嗣把他打回去,为了他竟敢辱骂他在这世界上唯一的朋友而大为愤慨哩!"

希刺克厉夫一想到这里就咯咯地发出一种魔鬼似的笑声。我没有理他,因为我看出来他也不期待我回答。同时,我们的年轻同伴,他坐得离我们太远,听不见我们说什么,开始表示出不安的征象来了,大概是后悔不该为了怕受点累就拒绝和凯瑟琳一起玩。他的父亲注意到他那不安的眼光总往窗子那边溜,手犹豫不决地向帽子那边伸。

"起来,你这懒孩子!"他叫着,现出假装出来的热心。"追他们去,他们正在那角上,在蜜蜂巢那边。"

林惇振作起精神,离开了炉火。窗子开着,当他走出去时,我听见凯蒂正问她那个不善交际的侍从,门上刻的是什么?哈里顿抬头呆望着,抓抓他的头活像个傻瓜。

"是些鬼字,"他回答,"我认不出。"

"认不出?"凯瑟琳叫起来,"我能念:那是英文。可是我想知道干吗刻在那儿。"

林惇吃吃地笑了:他第一次显出开心的神色。

"他不认识字,"他对他的表姐说,"你能相信会有这样的大笨蛋存在吗?"

"他一直就这样吗?"凯蒂小姐严肃地问道,"或者他头脑简单——不对吗?我问过他两次话了,而每一次他都做出这种傻相,我还以为他不懂得我的话呢。我担保我也不大懂得他!"

林惇又大笑起来，嘲弄地瞟着哈里顿；哈里顿在那会儿看来一定是还不大明白怎么回事。

“没有别的缘故，只是懒惰；是吧，恩萧？”他说，“我的表姐猜想你是个白痴哩。这下可让你尝到你嘲笑的所谓‘啃书本’所得的后果了。凯瑟琳，你注意到他那可怕的约克郡的口音没有？”

“哼，那有什么鬼用处？”哈里顿咕噜着，对他平时的同伴回嘴就方便多了。他还想再说下去，可是这两个年轻人忽然一齐大笑起来：我的轻浮的小姐很高兴地发现她可以把他的奇怪的话当作笑料了。

“那句话加个‘鬼’字有什么用呢？”林惇嗤笑着。“爸爸叫你不要说任何坏字眼，而你不说一个坏字眼就开不了口。努力像个绅士吧，现在试试看！”

“要不是因为您更像个女的，而不大像个男的的话，我马上就想把您打倒啦，我会的；可怜的瘦板条！”这大怒的乡下人回骂着，退却了，当时他的脸由于愤怒和羞耻烧得通红：因为他意识到被侮辱了，可又窘得不知道该怎么怨恨才是。

希刺克厉夫和我一样，也听见了这番话，他看见他走开就微笑了；可是马上又用特别嫌恶的眼光向这轻薄的一对瞅了一眼，他们还待在门口瞎扯着；这个男孩子一讨论到哈里顿的错误和缺点，并且叙述他的怪举动和趣闻时，他的精神可就来了；而这小姑娘也爱听他的无礼刻薄的话，并不想想这些话中所表现的恶意。我可是开始不喜欢林惇了，憎恶的程度比以前的怜悯程度还要重些，也开始多少原谅他父亲这样看不起他了。

我们一直待到下午：我不能把凯瑟琳早点拉走；但是幸亏我的主人没有离开过他的屋子，一直不知道我们久久不回。在我们走回来的时候，我真想谈谈我们刚离开的这些人的性格，以此来开导开导我所照顾的人；可是她已经有了成见，反倒说我对他们有偏见了。

“啊哈，”她叫着，“你是站在爸爸这边的，艾伦。我知道你是有偏心的。不然你就不会骗我这么多年，说林惇住得离这儿很远。我真是非常生气，可我又是这么高兴，就发不出脾气来！但是你不许再说我姑夫；他是我的姑夫。记住，而且我还要骂爸爸，因为跟他吵过架。”

她就这样滔滔不绝地说着，到后来我只好放弃了使她觉悟到她的错误的努力。那天晚上她没有说起这次拜访，因为她没有看见林惇先生。第二天就都说出来了，使我懊恼之至；可我还不十分难过：我以为指导和警戒的担子由他担负比由我担负会有效多了。可是他懦弱得竟说不出如他所愿的令人满意的理由，好让她和山庄那个家绝交，凯瑟琳对于每一件压制她骄纵的意志的事却要有充分的理由才肯听从约束。

"爸爸，"她叫着，在请过早安之后，"猜猜我昨天在旷野上散步时看见了谁。啊，爸爸，你吃惊啦！现在你可知道你做得不对啦，是吧？我看见——可是听着，你要听听我怎么识破了你；还有艾伦，她跟你联盟，在我倒一直希望林惇回来，可又总是失望的时候还假装出可怜我的样子。"

她把她的出游和结果如实地说了；我的主人，虽然不止一次地向我投来谴责的眼光，却一语不发，直等她说完。然后他把她拉到跟前，问她知不知道他为什么把林惇住在邻近的事瞒住她！难道她以为那只是不让她去享受那毫无害处的快乐吗？

"那是因为你不喜欢希刺克厉夫先生。"她回答。

"那么你相信我关心我自己甚于关心你啦，凯蒂？"他说，"不，那不是因为我不喜欢希刺克厉夫先生，而是因为希刺克厉夫先生不喜欢我；他是一个最凶恶的人，喜欢陷害和毁掉他所恨的人，只要这些人给了他一点点机会。我知道你若跟你表弟来往，就不能不和他接触；我也知道他为了我的缘故就会痛恨你，所以就是为了你自己好，没有别的，我才提防着让你不再看见林惇。我原想等你长大点的时候再跟你解释这件事的，我懊悔我把它拖延下来了。"

"可是希刺克厉夫先生挺诚恳的，爸爸。"凯瑟琳说。一点也没有被说服。"而且他并不反对我们见面；他说什么时候我高兴，我就可以去他家，就是要我绝对不能告诉你，因为你跟他吵过，不能饶恕他娶了伊莎贝拉姑姑。你真的不肯。你才是该受责备的人哩；他是愿意让我们做朋友的，至少是林惇和我；而你就不。"

我的主人看出来她不相信他所说的关于她姑夫的狠毒的话，便把希刺克厉夫对伊沙贝拉的行为，以及呼啸山庄如何变成他的产业，都草草地说了个梗概。他不能将这事说得太多；因为即使他说了一点点，却仍然感到自林惇夫人死后所占据在他心上的那种对过去的仇人的恐怖与痛恨之感。'要不是因为他,她也许还会活着!'这是他经常有的痛苦的念头;在他眼中,希刺克厉夫就仿佛是一个杀人犯。凯蒂小姐——完全没接触过任何罪恶的行径,只有她自己因暴躁脾气或轻率而引起的不听话,误解,或发发脾气而已。而总是当天犯了,当天就会改过——因此对于人的心灵深处能够盘算和隐藏报复心达好多年,而且一心要实现他的计划却毫无悔恨之念,这点使凯瑟琳大为惊奇。这种对人性的新看法,仿佛给她很深的印象,并且使她震动——直到现在为止,这看法一向是在她所有的学习与思考范围之外的——因此埃德加先生认为没有必要再谈这题目了。他只是又说了一句:

"今后你就会知道,亲爱的,为什么我希望你躲开他的房子和他的家了;现在你去做你往常的事,照旧去玩吧,别再想这些了!"

凯瑟琳亲了亲她父亲,安静地坐下来读她的功课,跟平常一样,读了两小时。然后她陪他到园林走走,一整天和平常一样地过去了。但是到晚上,当她回到她的房间里去休息,我去帮她脱衣服时,我发现她跪在床边哭着。

"啊,羞呀,傻孩子!"我叫着,"要是你有过真正的悲哀,你就会觉得你为了这点小别扭掉眼泪是可耻的了。你从来没有过一点真正的悲痛的影子,凯瑟琳小姐。假定说,主人和我一下子都死了,就剩你自己活在世上:那么你将感到怎么样呢?把现在的情况和这么一种苦恼比较一下,你就该感谢你已经有了朋友,不要再贪多啦。"

"我不是为自己哭,艾伦,"她回答,"是为他。他希望明天再看见我的。可他要失望啦:他要等着我,而我又不会去!"

"无聊!"我说,"你以为他也在想你吗?他不是有哈里顿做伴吗?一百个人里也不会有一个为着失去一个才见过两次——只是两个下午的亲戚而落泪的。林惇可会猜到这究竟是怎么回事,才不会再为你烦恼的。"

"可是我可不可以写个短信告诉他我为什么不能去了呢?"她问,站起来了。"就把我答应借给他的书送去?他的书没我的好,在我告诉他我的书是多有趣的时候,他非常想看看这些呢。我不可以吗,艾伦?"

"不行,真的不行!"我决断地回答,"这样他又要写信给你,那可就永远没完没了啦。不,凯瑟琳小姐,必须完全断绝来往:爸爸这么希望,我就得照这么办。"

"可一张小纸条怎么能——?"她又开口了,做出一脸的恳求相。

“别胡扯啦!”我打断她。“我们不要再谈你的小纸条啦。上床去吧。”

她对我做出非常淘气的表情,淘气得我起先都不想吻她和道晚安了,我极不高兴地用被把她盖好,把她的门关上;但是,半路又后悔了,我轻轻地走回头,瞧!小姐站在桌边,她面前是一张白纸,手里拿一支铅笔,我一进去,她正偷偷地把它藏起来。

“你找不到人给你送去,凯瑟琳,”我说,“就算你写的话,现在我可要熄掉你的蜡烛了。”

我把熄烛帽放在火苗上的时候,手上被打了一下,还听见一声急躁的“别扭东西”!然后我又离开了她,她在一种最坏的、最乖张的心情中上了门闩。信还是写了,而且由村里来的一个送牛奶的人送到目的地去;可是当时我不知道,直到很久以后才知道。几个星期过去了,凯蒂的脾气也平复下来;不过她变得特别喜欢一个人躲在角落里;而且往往在她看书的时候,如果我忽然走近她,她就会一惊,伏在书本上,显然想盖住那书。我看出在书页中有散张的纸边露出来。她还有个诡计,就是一清早就下楼,在厨房里流连不去,好像她正在等着什么东西到来似的,在图书室的一个书橱中,她有一个小抽屉:她常翻腾好半天,走开的时候总特别小心地把抽屉的钥匙带着。

一天,她正在翻这个抽屉时,我看见最近放在里面的玩具和零碎全变成一张张折好的纸张了。我的好奇心和疑惑被激起来了,我决定偷看她那神秘的宝藏。因此,到了夜晚,等她和我的主人都安稳地在楼上时,我就在我这串家用钥匙里搜索着,找出一把可以开抽屉锁的钥匙。一打开抽屉,我就把里面所有的东西都倒在我的围裙里,再带到我自己的屋子里从容地检查着。虽然我早就疑心,可我仍然惊讶地发现原来是一大堆信件——一定是差不多每天一封——从林惇·希刺克厉夫那儿来的:都是她写去的信的回信。早期的信写得拘谨而短;但是渐渐地,这些信发展成内容丰富的情书了,写得很笨拙,这就作者的年龄来说是自然的;可是有不少句子据我想是从一个比较有经验的人那里借来的。有些信使我感到简直古怪,混杂着热情和平淡;以强烈的情感开始,结尾却是矫揉造作的、啰唆的笔调,如一个中学生写给他的一个幻想的、不真实的情人一样。这些能否满足凯蒂,我不知道;可是,在我看来是非常没有价值的废物。翻阅过我认为该翻的一些信件之后,我将这些用手绢包起来,放在一边,重新锁上这个空抽屉。

我的小姐根据她的习惯,老早就下楼,到厨房里去了:我瞅见当某一个小男孩到来的时候,她走到门口,在挤奶的女工朝她的罐子里倒牛奶时,她就把什么东西塞进他的背心口袋里,又从里面扯出什么东西来。我绕到花园里,在那儿等着这送信的使者;他英勇地战斗,以保护他的受委托之物,我们抢得把牛奶都泼翻了;但是我终于成功地抽出来那封信;还威吓他说如果他不径自回家去,即将有严重的后果,我就留在墙根底下阅读凯蒂小姐的爱情作品。这比她表弟的信简洁流利多了:写得很漂亮,也很傻气。我摇摇头,沉思着走进屋里。这一天很潮湿,她不能到花园里溜达解闷;所以早读结束后,她就向抽屉找安慰去了。她父亲坐在桌子那边看书;我呢,故意找点事做,去整理窗帘上几条扯不开的穗子,眼睛死盯着她的动静。任何鸟儿飞回它那先前离开时还充满着啾啾鸣叫的小雏,后来却被抢劫一空的巢里时,所发出的悲鸣与骚动,都比不上那一声简单的"啊!"和她那快乐的脸色因突变而表现出的那种完完全全的绝望的神态。林惇先生抬头望望。

"怎么啦,宝贝儿?碰痛你哪儿啦?"他说。

他的声调和表情使她确信他不是发现宝藏的人。

"不是,爸爸!"她喘息着。"艾伦!艾伦!上楼吧——我病了!"

我服从了她的召唤,陪她出去了。

"啊,艾伦!你把那些拿去啦,"当我们走到屋里,没有别人的时候,她马上就开口了,还跪了下来!"啊,把那些给我吧,我再也不,再也不这样做啦!别告诉爸爸。你没有告诉爸爸吧,艾伦?说你没有,我是太淘气啦,可是我以后再也不这样啦!"

我带着极严肃的神情叫她站起来。

"所以,"我慨叹着,"凯瑟琳小姐,看来你任性得太过分啦,你该为这些害羞!你真的在闲的时候读这么一大堆废物呀:咳,好得可以拿去出版啦,我要是把信摆在主人面前,你以为他有什么想法呢?我还没有给他看,可你用不着幻想我会保守你这荒唐的秘密。羞!一定是你领头写这些愚蠢的东西!我肯定他是不会想到的。"

"我没有!我没有!"凯蒂抽泣着,简直伤心透了。"我一次也没有想到过爱他,直到——"

“爱！”我叫着，尽量用讥嘲的语气吐出这个字来。“爱！有什么人听到过这类事情么！那我也可以对一年来买一次我们谷子的那个磨坊主大谈其爱啦。好一个爱，真是！而你这辈子才看见过林惇两次，加起来还不到四个钟头！喏，这是小孩子的胡说八道。我要把信带到书房里去；我们要看看你父亲对于这种爱说什么。”

她跳起来抢她的宝贝信，可是我把它们高举在头顶上；然后她发出许多狂热的恳求，恳求我烧掉它们——随便怎么处置也比公开它们好。我真是想笑又想骂——因为我估计这完全是女孩子的虚荣心——我终于有几分心软了，便问道——

“如果我同意烧掉它们，你能诚实地答应不再送出或收进一封信，或者一本书（因为我看见你给他送过书），或者一卷头发，或者戒指，或者玩意儿?”

“我们不送玩意儿。”凯瑟琳叫着，她的骄傲征服了她的羞耻。

“那么，什么也不送，我的小姐?”我说。“除非你愿意这样，要不然我就走啦。”

“我答应，艾伦，”她叫着，拉住我的衣服。“啊，把它们丢在火里吧，丢吧，丢吧！”

但是当我用火钳拨开一块地方时，这样的牺牲可真是太痛苦了。她热切地哀求我给她留下一两封。

“一两封，艾伦，为了林惇的缘故留下来吧！”

我解开手绢，开始把它们从手绢角里向外倒，火焰卷上了烟囱。

“我要一封，你这残忍的坏人！”她尖声叫着，伸手到火里，抓出一些烧了一半的纸片，当然她的手指头也因此吃了点亏。

“很好——我也要留点拿给爸爸看看。”我回答着，把剩下的又抖回手绢去，重新转身向门口走。

她把她那些烧焦了的纸片又扔到火里去，向我做手势要我完成这个祭祀。烧完了，我搅搅灰烬，用一铲子煤把这些埋起来，她一声也不吭，怀着十分委屈的心情，退到她自己的屋里，我下楼告诉我主人，小姐的急病差不多已经好了。可是我认为最好让她躺一会。她不肯吃饭；可是在吃茶时她又出现了，面色苍白，眼圈红红的，外表上克制得惊人。

第二天早上我用一张纸条当作回信,上面写着,“请希刺克厉夫少爷不要再写信给林惇小姐,她是不会接受的。”自此以后那个小男孩来时,口袋便是空空的了。

第22章

夏天结束了，已是早秋天气，已经过了秋收季节，但是那年收成晚，我们的田里有些还没有清除完毕。林惇先生和他的女儿常常走到收割者中间去，在搬运最后几捆时，他们都逗留到黄昏，正碰上夜晚的寒冷和潮湿，我的主人患了重感冒。这感冒顽强地滞留在他的肺部，使他整个一冬都待在家里，几乎没有出过一次门。

可怜的凯蒂，她那段小小的风流韵事使她受了惊，事过后，就变得相当闷闷不乐了，她的父亲坚持要她少读点书，多运动些。她再也没法找他做伴了；我以为我有责任尽量弥补这个缺陷，然而我这个代替者也无济于事。因为我只能从我无数的日常工作中挤出两三个小时来跟着她，于是我这陪伴显然没有他那样可人意了。

十月的一个下午，或者是十一月初吧——一个清新欲雨的下午，落在草皮与小径上的潮湿的枯叶簌簌地发出响声，寒冷的蓝天有一半被云遮住了——深灰色的流云从西边迅速地升起，预报着大雨即将来临——我请求我的小姐取消她的散步，因为我看准要下大雨。她不肯，我无可奈何只好穿上一件外套，并且拿了我的伞，陪她溜达到园林深处去：这是碰上她情绪低落时爱走的一条路——当埃德加先生比平时病得厉害些时她一定这样，他自己从来没承认过他的病势加重，可凯蒂和我却可以从他脸上比以前更沉默、忧郁的神色上猜出来。她郁郁不乐地往前走着，现在也不跑不跳了，虽然这冷风满可以引诱她跑跑，而且时不时地我可以从眼角里瞅见她把一只手抬起来，从她脸上揩掉什么。我向四下里呆望着，想办法岔开她的思想。

路的一旁是一条不平坦的高坡,榛树和短小的橡树半露着根,不稳地竖在那里;这土质对于橡树来说是太松了,而强烈的风把有些树都吹得几乎要和地面平行了。在夏天,凯瑟琳小姐喜欢爬上这些树干,坐在离地两丈高的树枝上摇摆;我每一次看见她爬得那么高时,虽然很喜欢看她的活泼,也喜欢她那颗轻松的童心,然而我还是觉得该骂骂她,可是听着我这样骂,她也知道并没有下来的必要。从午饭后到吃茶时,她就躺在她那被微风摇动着的摇篮里,什么事也不做,只唱些古老的歌——我唱的催眠曲——给她自己听;或是看和她一同栖在枝头上的那些鸟喂哺它们的小雏,引它们飞起来;或是闭着眼睛舒舒服服地靠着,一半在思索,一半在做梦,快乐得无法形容。

“瞧,小姐!”我叫道,指着一棵扭曲的树根下面的一个凹洞。“冬天还没有来这里哩。那边有一朵小花,七月里跟紫丁香一起布满在那些草皮台阶的蓝钟花就剩这一朵啦。你要不要爬上去,把它摘下来给爸爸看?”

凯蒂向着这朵在土洞中颤抖着的孤寂的花呆望了很久,最后回答——“不,我不要碰它:它看着很忧郁呢,是不是,艾伦?”

“是的,”我说,“就跟你一样的又瘦又干。你的脸上都没血色了。让我们拉着手跑吧。你这样无精打采,我敢说我要赶得上你了。”

“不,”她又说,继续向前闲荡着,间或停下来,望着一点青苔,或一丛变白的草,或是在棕黄色的成堆的叶子中间散布着鲜艳的橘黄色的菌沉思着,时不时地,她的手总是抬起到她那扭转过去的脸上去。

“凯瑟琳,你干吗哭呀,宝贝儿?”我问,走上前,搂着她的肩膀。“你千万不要因为爸爸受了凉就哭起来;放心吧,那不是什么重病。”

她现在不再抑制她的眼泪,抽泣起来了。

“啊,要变成重病的,”她说,“等到爸爸和你都离开了我,剩我自己一个人的时候,那我怎么办呢?我不能忘记你的话,艾伦;这些话总在我的耳朵里响着。等到爸爸和你都死了,生活将要有怎样的改变,世界将变得多么凄凉啊!”

“没有人能说你会不会死在我们前头,”我回答,“预测不祥是不对的。我们要希望在我们任何人死去之前还有好多好多年要过:主人还年轻,我也还强壮,还不到四十五岁。我母亲活到八十,直到最后还是个活泼的女人。假定林惇先生能活到六十,小姐,那比你活过的年纪还多得多呢。把一个灾难提前二十年来哀悼不是很愚蠢的吗?”

“可是伊莎贝拉姑姑比爸爸还年轻哩。”她说,抬头凝视着,胆怯地盼望能得到更进一步的安慰。

“伊莎贝拉姑姑没有你和我来照应她,”我回答,“她没有主人那样幸福,她也不像他那样生活得有意义。你所需要做的是好好伺候你父亲,让他看见你高兴,尽量避免让他着急,记住,凯蒂!如果你轻狂胡来,竟然对一个但愿他早进坟墓的人的儿子怀着愚蠢的空想的感情,如果他断定你们应该分开,却发现你还在为这事烦恼的话,那我可不骗你,你是会气死他的。”

“在世上除了爸爸的病,什么事也不会使我烦恼,”我的同伴回答,“和爸爸比起来,别的什么事我都不关心。而且我永远不——永远不——啊,在我还有知觉时,我永远不会做一件事或说一个字使他烦恼。我爱他甚于爱我自己,艾伦;这是我从下面这件事知道的:每天晚上我祈求上帝让我比他晚死;因为我宁可自己不幸,也不愿意他不幸。这就证明我爱他甚于爱我自己。”

“说得好,”我回答,“可是也必须用行为来证明。等他病好之后,记住,不要忘了你在担忧受怕时所下的决心。”

在我们谈话时我们走近了一个通向大路的门;我的小姐因为又走到阳光里而轻松起来,爬上墙,坐在墙头上,想摘点那隐蔽在大道边的野蔷薇树顶上所结的一些猩红的果实。长在树下面一点的果子已经不见了,可是除了从凯蒂现在的位置以外,只有鸟儿才能摸得到那高处的果子。她伸手去扯这些果子时,帽子掉了。由于门是锁住的,她就打算爬下去拾。我叫她小心点,不然她就要跌下去,她很灵敏地无影无踪。然而回来可不是这么容易的事。石头光滑,平整地涂了水泥,而那些蔷薇丛和黑莓的蔓枝也经不起攀登。我像个傻子似的,直等到我听她笑着叫着才明白过来——“艾伦!你得拿钥匙去啦,不然我非得绕道跑到守门人住的地方不可。我从这边爬不上围墙哩!”

“你就在那儿待着,”我回答,“我口袋里带着我那串钥匙。也许我可以想法打开;要不然我就去拿。”

我把所有的大钥匙一个一个地试着的时候,凯瑟琳就在门外跳来跳去的自己玩。我试了最后一个,发现一个也不行,因此,我就又嘱咐她待在那儿。我正想尽快赶回家，这时候有一个走近了的声音把我留住了。那是马蹄的疾走声，凯蒂的蹦蹦跳跳也停了下来。

“那是谁?”我低声说。

“艾伦，希望你能开这个门。”我的同伴焦急地小声回话。

“喂，林惇小姐!”一个深沉的嗓门(骑马人的声音)说，“我很高兴遇见你。别忙进去，因为我要求你解释一下。”

“我不要跟你说话，希刺克厉夫先生，”凯瑟琳回答，“爸爸说你是一个恶毒的人，你恨他也恨我;艾伦也是这么说的。”

“那跟这毫无关系，”希刺克厉夫(正是他)说，“我以为我并不恨我的儿子，我请求你注意的是关于他的事。是的，你有理由脸红。两三个月以前，你不是还有给林惇写信的习惯吗?玩弄爱情，呃?你们两个都该挨顿鞭子抽!特别是你，年纪大些，结果还是你比他无情。我收着你的信，如果你对我有任何无礼的行为，我就把这些信寄给你父亲。我猜你是闹着玩的，玩腻了就丢开啦，是不是?好呀，你把林惇和这样的消遣一起丢入了‘绝望的深渊’啦。而他却是诚心诚意地爱上了，真的。就跟我现在活着一样的真实，他为了你都快死啦，因为你的三心二意而心碎啦:我这不是在打比方，是实际上如此。尽管哈里顿已讥笑了他六个星期了，我又采用了更严重的措施，企图把他的痴情吓走，但他还是一天比一天糟;到不了夏天，他就要入土啦，除非你能挽救他!”

“你怎么能对这可怜的孩子这么明目张胆地撒谎?”我从里面喊着，“请你骑马走吧!你怎么能故意编造出这么卑鄙的谎话?凯蒂小姐，我要用石头把这锁敲下来啦:你可别听那下流的瞎话。你自己也会想到一个人为爱上一个陌生人而死去是不可能的。”

“我还不知道有偷听的人哩，”这被发觉了的流氓咕噜着，“尊贵的丁太太，我喜欢你，可是我不喜欢你的两面三刀，”他又大声说。“你怎么能这样明目张胆地说谎，肯定我恨这个‘可怜的孩子’?而且造出离奇的故事吓唬她不敢上我的门?凯瑟琳·林惇(就是这名字都使我感到温暖)，我的好姑娘，今后这一个礼拜我都不在家;去瞧瞧我是不是说实话吧:去吧，那才是乖宝贝儿!只要想象你父亲处在我的地位，林惇处在你的地位;那么想想当你的父亲他亲自来请求你的爱人来的时候，而你的爱人竟不肯走一步来安慰你,那你将如何看待你这薄情的爱人呢。可不要出于纯粹的愚蠢,陷入那样的错误中去吧。我以救世主起誓,他要进坟墓了,除了你,没有别人能救他!"

锁打开了,我冲出去。

"我发誓林惇快死了,"希刺克厉夫重复着,无情地望着我。"悲哀和失望催他早死。耐莉,如果你不让她去,你自己可以走去看看。而我要到下个礼拜这个时候才回来;我想你主人他自己也不见得会反对林惇小姐去看她的表弟吧。"

"进来吧。"我说,拉着凯蒂的胳臂,一半强拉她进来;因为她还逗留着,以烦恼的目光望着这说话人的脸,那脸色太严肃,没法显示出他内在的阴险。

他把他的马拉近前来,弯下腰,又说——

"凯瑟琳小姐,我要向你承认我对林惇简直没有什么耐心啦,哈里顿和约瑟夫的忍耐心比我还少。我承认他是和一群粗暴的人在一起。他渴望着和善,还有爱情;从你嘴里说出一句和气的话就会是他最好的良药。别管丁太太那些残酷的警告,宽宏大量些,想法去看看他吧。他日日夜夜地梦着你,而且没法相信你并不恨他,因为你既不写信,又不去看他。"

我关上了门,推过一个石头来把门顶住,因为锁已被敲开。我撑开我的伞,把我保护的人拉在伞底下,雨开始穿过那悲叹着的树枝间降了下来,警告我们不能再耽搁了。在我们往家跑时,急急匆匆地,也顾不上谈论刚才遇见希刺克厉夫的事。可是我本能地看透了凯瑟琳的心如今已布满了双重的暗云。她的脸是这么悲哀,都不像她的脸了;她显然以为她所听到的话,字字句句是千真万确的。

在我们进来之前,主人已经休息去了。凯蒂悄悄地到他房里去看看他,他已经睡着了。她回来,要我陪她在书房里坐着。我们一块吃茶;这以后她躺在地毯上,叫我不要说话,因为她累了,我拿了一本书,假装在看。等到她以为我是专心看书时,她就开始了她那无声的抽泣。当时,那仿佛是她最喜爱的解闷法。我让她自我享受了一阵,然后就去规劝她了:对于希刺克厉夫所说的关于他儿子的一切我尽情地嘲笑了一番,好像我肯定她也会赞同的。唉!我却没有本事把他的话所产生的效果取消;而那正是他的打算。

“你也许对，艾伦，”她回答，“可是在我知道真相以前我就永远不会安心的。我必须告诉林惇，我不写信不是我的错，我要让他知道我是不会变心的。”

对于她那样痴心的轻信，愤怒和抗议又有什么用呢？那天晚上我们不欢而散；可第二天我又在执拗的年轻女主人的小马旁边，朝着呼啸山庄的路走着。我不忍看着她难受，不忍看着她那苍白的哭泣的脸和忧郁的眼睛：我屈服了，怀着微弱的希望，只求林惇能够以他对我们的接待来证明希刺克厉夫的故事是杜撰的。

第23章

夜雨引来了一个雾气蒙蒙的早晨——下着霜，又飘着细雨——临时的小溪横穿过我们的小径——从高地上潺潺而下。我的脚全湿了；我心境不好，无精打采，这种情绪恰好适于做这类最不愉快的事。我们从厨房过道进去，到达了农舍，先确定一下希刺克厉夫先生究竟是否真的不在家：因为我对于他自己肯定的话是不大相信的。

约瑟夫仿佛是独自坐在一种极乐世界里，在一炉熊熊燃烧的火边；他旁边的桌子上有一杯麦酒，里面竖着大块的烤麦饼；他嘴里衔着他那黑而短的烟斗。凯瑟琳跑到炉边取暖。我就问主人在不在家？我问的话很久没有得到回答，我以为这老人已经有点聋了，就更大声地又说一遍。

“没——有！”他咆哮着，这声音还不如说是从他鼻子里叫出来的。“没——有！你从哪儿来，就滚回哪儿去。”

“约瑟夫！”从里屋传来的一个抱怨的声音跟我同时叫起来。“我要叫你几次呀？现在只剩一点红灰烬啦。约瑟夫！马上来。”

他挺带劲地喷烟，对着炉栅呆望着，表明他根本听不见这个请求。管家和哈里顿都看不见影儿；大概一个有事出去了，另一个忙他的事儿。我们听出是林惇的声音，便进去了。

“啊，我希望你死在阁楼上，活活饿死！”这孩子说，听见我们走进来，误以为是他那怠慢的听差来了呢。

他一看出他的错误就停住了，他的表姐向他奔去。

“是你吗，林惇小姐？”他说，从他靠着的大椅子扶手上抬起头来。

“别——别亲我；弄得我喘不过气来了。天呀！爸爸说你会来的，”他继续说，在凯瑟琳拥抱以后稍稍定下心来；这时她站在旁边，显出很后悔的样子。“请你关上门，可以吗？你们把门开着啦；那些——那些可恶的东西不肯给火添煤。这么冷！”

我搅动一下那些余烬，自己去取了一煤斗的煤。病人抱怨着煤灰飘满他一身；可是他咳嗽没完，看来像是在发烧生病，所以我也没有斥责他的脾气。

“喂，林惇，”等他皱着的眉头展开时，凯瑟琳喃喃地说，“你喜欢看见我吗？我对你能做点什么呢？”

“你为什么以前不来呢？”他问，“你应该来的，不必写信。写这些长信把我烦死啦。我宁可跟你谈谈。现在我可连谈话也受不了，什么事都做不成。不知道齐拉上哪儿去了！你能不能（望着我）到厨房里去看一下？”

我刚才为他忙这忙那的，却并没有听到他一声谢；我也就不愿再在他的命令下跑来跑去，我回答说——

“除了约瑟夫，没有人在那儿。”

“我要喝水，”他烦恼地叫着，转过身去。“自从爸爸一走，齐拉就常常荡到吉默吞去，真倒霉！我不得不下来到这儿待着——他们总是故意听不见我在楼上叫。”

“你父亲照顾你周到吗，希刺克厉夫少爷？”我问，看出凯瑟琳的友好的表示遭受了挫折。

“照顾？至少他叫他们照顾得太过分了，”他叫喊，“那些坏蛋！你知道吗，林惇小姐，那个野蛮的哈里顿还笑我哩！我恨他！实在的，我恨他们所有的人：尽是些讨厌的家伙。”

凯蒂开始找水；她在食橱里发现一瓶水，就倒满一大杯，端过来。他吩咐她从桌子上一个瓶子里倒出一匙子酒来加上；喝下一点后，他显得平静些了，说她很和气。

“你喜欢看见我吗？”她重复她以前的问话，很高兴地看出他脸上稍稍有一点微笑的神气了。

“是的，我喜欢，听见像你讲话的这种声音是怪新鲜的事！”他回答，“可是我苦恼过，因为你不肯来。爸爸赌咒说是由于我的缘故，他骂我是一个可怜的、阴阳怪气的、不值一文的东西，又说你瞧不起我；还说如果他处在我的地位，这时他就会比你父亲更像是田庄的主人了。可你不是瞧不起我吧，是吗，小姐——？”

“我愿意你叫我凯瑟琳，或是凯蒂，”我的小姐打断他的话。“瞧不起你？不！除了爸爸和艾伦，我爱你超过爱任何活着的人。不过，我不爱希刺克厉夫先生；等他回来，我就不敢来了。他要走开好多天吗？”

“没有好多天，”林惇回答，“可是自从猎季开始，他常常到旷野去；当他不在的时候你可以陪我一两个钟头，答应我你一定要来。我想我一定不会跟你发脾气，你是不会惹我生气的，而且你总是想帮助我的，不是吗？”

“是的，”凯瑟琳说，抚着他的柔软的长发。“只要我能得到爸爸的允许，我就把我一半的时间全用来陪你。漂亮的林惇！我但愿你是我的弟弟。”

“那你就会喜欢我像喜欢你父亲一样了吗？”他说，比刚才愉快些了。“可是爸爸说，如果你是我的妻子，他就会爱我甚于爱他、爱全世界，所以我宁愿你是我的妻子。”

“不，我永远不会爱任何人甚于爱爸爸，”她严肃地回嘴。“有时候人们恨他们的妻子，可是不恨他们的兄弟姊妹，如果你是弟弟，你就可以跟我们住在一起，爸爸就会跟喜欢我一样的喜欢你。”

林惇否认人们会恨他们的妻子；可是凯蒂肯定他们会这样，并且，一时聪明，举出他自己的父亲对她姑姑的反感为例。我想止住她那毫不思索的饶舌，但止不住她，她把她所知道的全倒出来了。希刺克厉夫少爷大为恼火，硬说她的叙述全是假的。

“爸爸告诉我的，爸爸不说假话。”她唐突地说。

“我的爸爸看不起你爸爸，”林惇大叫，“他骂他是一个鬼鬼祟祟的呆子。”

“你爸爸是一个恶毒的人，”凯瑟琳反骂起来，“你竟敢重复他所说的话，这是非常可恶的。他一定是很恶毒，才会使伊莎贝拉姑姑离开了他。”

“她并不是离开他，”那男孩子说，“你不要反驳我。”

“她是。”我的小姐嚷道。

“好，我也告诉你点事吧！”林惇说，“你的母亲恨你的父亲，怎么样吧。”

“啊!”凯瑟琳大叫,愤怒得说不下去了。

“而且她爱我的父亲。”他又说。

“你这说谎的小家伙！我现在恨你啦!”她喘息着,她的脸因为激动变得通红。

“她是的！她是的!”林惇叫着。陷到他的椅子里头,他的头往后仰靠着来欣赏站在他背后的那个辩论家的激动神气。

“住嘴,希刺克厉夫少爷?”我说,“我猜那也是你父亲编出来的故事。”

“不是:你住嘴!”他回答,“她是的,她是的,凯瑟琳！她是的,她是的!”

凯蒂管不住自己了,把林惇的椅子猛然一推,这一下使他倒在一只扶手上。他立刻来了一阵窒息的咳嗽,很快地结束了他的胜利。他咳得这么久,连我都吓住了。至于他表姐呢,拚命大哭,为她所惹的祸吓坏了;虽然她并没说什么。我扶着他,直等到他咳嗽咳够了。然后他把我推开,默默地垂下了头。凯瑟琳也止住了她的悲泣,坐在对面的椅子上,庄严地望着火。

“你现在觉得怎么样,希刺克厉夫少爷?”等了十分钟,我问道。

“我但愿她也尝尝我所受的滋味,”他回答,“可恶的、残忍的东西！哈里顿从来没有碰过我;他从来没有打过我。今天我才好一点,就——”他的声音消失在呜咽中了。

“我并没有打你呀!”凯蒂咕噜着,咬住她的嘴唇,以防感情再一次爆发。

他又叹息又哼哼,就像是一个在忍受着极大苦痛的人。他哼了有一刻钟之久;显然是故意让他表姐难过,因为他每次一听到她发出哽咽的抽泣,他就在他的抑扬顿挫声调中重新添点痛苦与悲哀。

“我很抱歉我伤了你,林惇,”她终于说了,给折磨得受不住了。“可是那样轻轻一推,我就不会受伤,我也没想到你会。你伤得不厉害吧,是吗,林惇?别让我回家去还想着我伤害了你。理睬我吧！跟我说话呀。”

“我不能跟你说话,”他咕噜着,“你把我弄伤了,我会整夜醒着,咳得喘不过气来。要是你有这病,你就可以懂得这滋味啦;可是我在受罪的时候,你只顾舒舒服服地睡觉,没有一个人在我身边。我倒想要是你度过那些可怕的长夜,你会觉得怎么样!”他因为怜悯自己,开始大哭起来。

“既然你有度过可怕的长夜的习惯,”我说,“那就不是小姐破坏了你的安宁啦;她要是不来,你也还是这样。无论如何,她不会再来打搅你啦;也许我们离开了你,你就会安静些了。"

"我一定得走吗?"凯瑟琳忧愁地俯下身对着他问道。"你愿意我走吗?林惇?"

"你不能改变你所做的事,"他急躁地回答,躲着她,"除非你把事情改变得更糟,把我气得发烧。"

"好吧,那么,我一定得走啦,"她又重复说。

"至少,让我一个人待在这儿,"他说,"跟你谈话,我受不了。"

她踌躇不去,我好说歹说地劝她走,她就是不听。可是既然他不抬头,也不说话,她终于向门口走去,我也跟着。我们被一声尖叫召回来了。林惇从他的椅子上滑到炉前石板上,躺在那里扭来扭去,就像一个任性的死缠人的孩子在撒赖,故意要尽可能地做出悲哀和受折磨的样子。他的举动使我看透他的性格,立刻看出要迁就他,那才傻哩。我的同伴可不这样想:她恐怖地跑回去,跪下来,又叫,又安慰又哀求,直到他没了劲,安静了下来,绝不是因为看她难过而懊悔的。

"我来把他抱到高背长靠椅上,"我说,"他爱怎么滚就怎么滚。我们不能停下来守着他。我希望你满意了,凯蒂小姐,因为你不是能对他有益的人;他的健康情况也不是由于对你的依恋而搞成这样的。现在,好了,让他在那儿吧!走吧,等到他一知道没有人理睬他的胡闹,他也就安安静静地躺着了。"

她把一个靠垫枕在他的头下,给他一点水喝。他拒绝喝水,又在靠垫上不舒服地翻来覆去,好像那是块石头或是块木头似的。她试着把它放得更舒服些。

"我可不要那个,"他说,"不够高。"

凯瑟琳又拿来一个靠垫加在上面。

"太高啦。"这个惹人厌的东西咕噜着。

"那么我该怎么弄呢?"她绝望地问道。

他靠在她身上,因为她半跪在长椅旁,他就把她的肩膀当作一种倚靠了。

"不,那不成,"我说,"你枕着靠垫就可以知足了,希刺克厉夫少爷。小姐已经在你身上浪费太多的时间啦:我们连五分钟也不能多待了。”

“不,不,我们能!”凯蒂回答,“现在他好了,能忍着点啦。他在开始想到,如果我认为是我的来访才使他病重的话,那我今晚肯定会比他过得还要难受。那么我也就不敢再来了。说实话吧,林惇,要是我弄痛了你,我就不能来啦。”

“你一定要来,来医治我,”他回答,“你应该来,因为你弄痛了我:你知道你把我弄痛得很厉害!你进来时我并没有像现在这样病得厉害——是吧?”

“可是你又哭又闹把你自己弄病了的——可不是我,”他的表姐说,“无论如何,现在我们要做朋友了。而且你需要我:你有时也愿意看见我,是真的么?”

“我已经告诉了你我愿意,”他不耐烦地回答说,“坐在长椅子上,让我靠着你的膝。妈妈总是那样的,整个整个下午都那样。静静地坐着,别说话:可要是你能唱歌也可以唱个歌;或者你可以说一首又长又好又有趣的歌谣——你答应过教我的;或者讲个故事。不过,我情愿来首歌谣!开始吧。”

凯瑟琳背诵她所能记住的最长的一首。这件事使他俩都很愉快。林惇又要再来一个,完了又再来一个,丝毫不顾我拚命反对;这样他们一直搞到钟打了十二点,我们听见哈里顿在院子里,他回来吃中饭了。

“明天,凯瑟琳,明天你来吗?”小希刺克厉夫问,在她勉强站起来时拉着她的衣服。

“不,”我回答,“后天也不。”她可显然给了一个不同的答复,因为在她俯身向他耳语时,他的前额就开朗了起来。

“你明天不能来,记住,小姐!”当我们走出这所房子时,我就说,“你不是做梦吧,是不是?”

她微笑。

“啊,我要特别小心,”我继续说,“我要把那把锁修好,你就没路溜走啦。”

“我能爬墙,”她笑着说,“田庄不是监牢,艾伦,你也不是我的看守。再说,我快十七岁啦,我是一个女人。我担保如果林惇有我去照应他,他的身体会很快好起来。我比他大,你知道,也聪明点,孩子气少些,不是吗?稍微来点甜言蜜语,他就会听我的了。当他好好的时候,他是个漂亮的小宝贝哩。如果他是我家里人,我要把他当个宝贝。我们永远不吵架,等我们彼此熟悉了,我们还会吵吗?你不喜欢他吗,艾伦?”

“喜欢他!”我大叫,“一个勉强挣扎到十几岁的,脾气坏透的小病人。幸亏,如希刺克厉夫所料,他是活不到二十岁的。真的,我怀疑他还能不能看见春天。无论什么时候他死了,对他的家庭都算不得是个损失。对我们来说,总算运气好,因为他父亲把他带走了:对待他越和气,他就越麻烦,越自私。我很高兴你没有要他做你丈夫的机会,凯瑟琳小姐。”

我的同伴听着这段话时,变得很严肃。这样不经意地谈到他的死,伤了她的感情。

“他比我小,”沉思半晌之后,她答道,“他应该活得很长,他要——他一定得活得跟我一样长久。现在他和才到北方来时一样强壮,这点我敢肯定。他只是受了一点凉,就跟爸爸一样,你说爸爸会好起来的,那他为什么不能呢?”

“好啦,好啦,”我叫着,“反正我们用不着给自己找麻烦;你听着,小姐——记住,我说话可是算数的——如果你打算再去呼啸山庄,有我陪着也好,没有我陪着也好,我就告诉林惇先生;除非他准许,不然你和你表弟的亲密关系绝不能再恢复。”

“已经恢复了。”凯蒂执拗地咕噜着。

“那么就一定不能继续。”我说。

“我们走着瞧吧。”这是她的回答,她就骑马疾驰而去,丢下我在后面辛辛苦苦地赶着。

我们都在午饭之前到了家;我的主人还以为我们是在花园里溜达哩,因此没要我们解释不在家的原因。我一进门,就赶忙换掉我那湿透了的鞋袜;可是在山庄坐了这么久可惹出了祸。第二天早上我起不来了,有三个星期之久,我不能执行我的职务:这个灾难是那时期以前从未经历过的,而且感谢上帝,自那以后也没有过。

我的小女主人表现得如天使一般,来伺候我,在我寂寞时来使我愉快。这种禁闭使我的情绪很低沉。对于一个忙碌好动的人,真感到无聊极了。可是和人家相比,我简直没什么理由可抱怨的。凯瑟琳一离开林惇先生的屋子,就出现在我的床边。她一天的时间全分给我们两个人了;没有一分钟是玩掉的:吃饭、读书和游戏她都不放在心上,真是位难得的、讨人喜的看护。在她这么爱她的父亲时,还能这么关心我,她必然是有颗热情的心。我说过她一天的时间全分给我们两个人了;但是主人休息得很早,我通常在六点钟以后也不需要什么,如此晚上就是她自己的了。可怜的东西!我从来没想到在吃茶以后她去做什么了。虽然时不时地、当她进来望望我、跟我道声晚安时,我看见她的脸上有一种鲜艳的色彩,她的纤细的手指略微泛红。但我没想到这颜色是因为冒着严寒骑马过旷野而来,却以为是因为在书房烤火的缘故哩。

第24章

到了三个礼拜的末尾，我已能够走出我的屋子，在这所房子里随便走动了。我第一次在晚间坐起来的时候，请凯瑟琳念书给我听，因为我的眼睛还不济事。我们是在书房里，主人已经睡觉去了：她答应了，我猜想，她可不大愿意；我以为我看的这类书不对她的劲，我叫她随便挑本她读熟的书。她挑了一本她喜欢的，一口气念下去，念了一个钟头左右；然后就老问我："艾伦，你不累吗？现在你躺下来不是更好一些吗？你要生病啦，这么晚还不睡，艾伦。"

"不，不，亲爱的，我不累。"我不停地回答着。

当她明白劝不动我时，又试换一种方法，就是有意显出她对正在干的事儿不感兴趣，就变成打打呵欠，伸伸懒腰，以及——

"艾伦，我累了。"

"那么别念啦，谈谈话吧。"我回答。

那更糟：她又是焦躁又是叹气，总看她的表，一直到八点钟，终于回她的屋子去了，她那抱怨的、怏怏不乐的模样，还不停地揉着眼睛，完全是瞌睡极了的样子。第二天晚上她仿佛更不耐烦；第三天为了避免陪我，她抱怨着头痛，就离开我了。我想她的行为很特别；我独自待了很久，决定去看看她是不是好点了，想叫她来躺在沙发上，省得待在黑洞洞的楼上。楼上哪有凯瑟琳的影儿，楼下也没有。仆人们都肯定说他们没看见她。我在埃德加先生的门前听听：那里面静静的。我回到她的屋里，吹熄了蜡烛，坐在窗前。

月亮照得很亮；一层雪洒在地上，我想她可能是去花园散步，清醒一下头脑去了。我的确发觉了一个人影顺着花园里面的篱笆蹑手蹑脚地前进，但那不是我的小女主人。当那人影走进亮处时，我认出那是一个马夫。他站了相当久，穿过园林望着那条马路；然后敏捷地迈步走去，好像他侦察到了什么似的，立刻又出现了，牵着小姐的马；她就在那儿，才下马，在马旁边走着。这人鬼鬼祟祟地牵着马穿过草地向马厩走去。凯蒂从客厅的窗户那儿进来了，一点声音也没有就溜到我正等着她的地方。她也轻轻地关上门，脱下她那双沾了雪的鞋子，解开她的帽子，并不晓得我在瞅着她，正要脱下她的斗篷，我忽然站起来，出现了。这个意外的事使她愣了一下：她发出一声不清晰的叫声，便站在那里不动了。

"我亲爱的凯瑟琳小姐，"我开始说，她最近的温柔给了我太鲜明的印象，使我不忍破口骂她，"这个时候你骑马到哪儿去啦？你为什么要扯谎骗我呢？你去哪儿啦？说呀！"

"到花园那头去了，"她结结巴巴地说，"我没扯谎。"

"没去别处吗？"我追问。

"没有。"她喃喃地回答。

"啊，凯瑟琳！"我难过地叫道，"你知道你做错了，不然你不会硬跟我说瞎话。这使我很难过。我宁可病三个月，也不愿听你编一套故意捏造的瞎话。"

她向前一扑，忽然大哭，搂着我的脖子。

"啊，艾伦，我多怕你生气呀，"她说，"答应我不生气，你就可以知道实在情况了：我也不愿意瞒着你呢。"

我们坐在窗台上；我向她担保无论她的秘密是什么，我也不会骂她，当然，我也猜到了；所以她就开始说——

"我是去呼啸山庄了，艾伦，自从你病倒了以后，我没有一天不去的；只有在你能出房门以前有三次没去，以后有两次没去。我给麦寇尔一些书和画，叫他每天晚上把敏妮准备好，等用过后把它牵回马厩里：记住，你也千万别骂他。我是六点半到山庄，通常待到八点半，然后再骑马跑回家。我去并不是为了让自己快乐，我常常感到心烦。有时候我也快乐，也许一个星期有一次吧。起初，我预料要说服你答应我对林惇守信用，那一定很费事；因为在我们离开他的时候，我约好了第二天再去看他的；可是第二天你却在楼上躺下了,我就避开了那场麻烦。等到麦寇尔下午把花园门上的锁重新扣上,我拿到了钥匙,就告诉他我的表弟是如何盼望着我去看他,因为他病了,不能到田庄来;还有爸爸又如何反对我去;然后我就跟他商议关于小马的事。他很喜欢看书,他又想到不久就要离开这里去结婚了,因此他就提议,如果我肯从书房里拿出书来借给他,他就听我的吩咐;但是我情愿把我自己的书送给他,这使他更满意了。

"我第二次去时,林惇看来精神挺好;齐拉(那是他们的管家)给我们预备出一间干净的屋子,一炉好火,而且告诉我们,我们爱干什么就干什么,因为约瑟夫参加一个祈祷会去了,哈里顿带着他的狗出去了——我后来听说是到我们林中偷雉鸡的。她给我拿来一点温热的酒和姜饼,而且表现得非常和气;林惇坐在安乐椅上,我坐在壁炉边的小摇椅上,我们谈笑得这么快乐,发现有这么多话要说:我们计划夏天要到哪儿去,要做什么。这里我就不必多重复了,因为你会说这是愚蠢的。

"可是有一次,我们几乎吵起来。他说消磨一个炎热的七月天最令人愉快的办法是从早到晚躺在旷野中间一片草地上,蜜蜂在花丛里梦幻似的嗡嗡叫,头顶上百灵鸟高高地歌唱着,还有那蔚蓝的天空和明亮的太阳,太阳没有云彩遮挡,一个劲儿地照耀着。那就是他所谓的天堂之乐的最完美的想法。而我想坐在一棵簌簌作响的绿树上摇荡,西风吹动,晴朗的白云在头顶上一掠而过;不止有百灵鸟,还有画眉雀、山鸟、红雀和杜鹃在各处婉转啼鸣,遥望旷野裂成许多冷幽幽的峡溪;但近处有茂盛的、长长的青草迎着微风形成波浪的起伏;还有森林和潺潺的流水,而整个世界都已苏醒过来,沉浸在疯狂的欢乐之中。他要一切都处在一种恬静的心醉神迷之中哩;而我要一切在灿烂的欢欣中闪耀飞舞。我说他的天堂是半死不活的;他说我的天堂是发酒疯;我说我在他的天堂里一定要睡着的;他说他在我的天堂里就要喘不过气来,于是他开始变得非常暴躁。最后我们同意一等到适宜的天气就都试一下;然后我们互相亲吻,又成了朋友。

"坐定了有一个钟头之后,我望着那间有着光滑的不铺地毯的地板的大屋子,我想要是我们把桌子挪开,那多好玩;我要林惇叫齐拉进来帮我们,我们可以玩捉迷藏,要她捉我们。你知道你常这样玩的,艾伦。他不肯,说没意思,可是他答应和我玩球。我们在一个碗橱里找到了两个球,那里面有一大堆旧玩具,陀螺、圈、打球板、羽毛球。有一个球写着C,有一个是H,我想要那个C,因为那是代表凯瑟琳,H可能是代表他的姓希刺克厉夫①;可是H球里的糠都漏出来了,林惇不喜欢那个。我老是赢了他,他不高兴了,又咳起来,回到他的椅子上去了。不过,那天晚上,他很容易地恢复了他的好脾气:他听了两三支好听的歌——你的歌,艾伦——听得出神了;当我不得不走开时,他求我第二天晚上再去,我就答应了。敏妮和我飞奔回家,轻快得像阵风一样;我梦见呼啸山庄和我的可爱的宝贝表弟,这些梦一直做到清晨。

"早晨我很难过;是因为你还在生病,也因为我愿意我父亲知道,而且赞成我的出游;但是喝完茶后,正是美丽的月夜;我骑马往前走的时候,我的阴郁心境就消除了,心想:我又将过一个快乐的晚上了;更使我愉快的是那漂亮的林惇也将如此。我飞快地骑马到他们的花园,正要转到后面去,恩萧那个家伙看见我了,拉着我的缰绳,叫我走前门。他拍着敏妮的脖子,说它是头好牲口,看样子好像他想要我跟他说话似的。我只跟他说不要碰我的马,不然它可会踢他。他用土里土气的口音说:'就是踢了也不会受多大伤。'还看看它的腿,微微一笑。我倒想让他试试了;但是他走开去开门了,当他拔起门闩时,抬头望那门上刻着的字,带着一种又窘又得意的傻相说——'凯瑟琳小姐,现在我能念啦。'

"'妙呀,'我嚷道,'让我们听听你念吧——你是变能干啦!'

"他念着这名字,逐字拖长声音——'哈里顿·恩萧。'

"'还有数目字呢?'我鼓励地大声喊着,看出他顿住了。

"'我还念不起来。'他回答。

"'啊,你这呆瓜!'我说,看他念不成就开心地笑起来。

"那个傻子瞪着眼发愣,嘴上挂着痴笑,眉头蹙起,好像不知道他该不该跟我一块笑似的,也不知我的笑是表示亲热,还是轻视——实际上也正是轻视。我解除了他的疑惑,因为我突然恢复了我的尊严,要他走开,我是来看林惇的,不是来看他的。他脸红了——我借着月光看出来的——他的手

---

① 凯瑟琳,原文是Catherine,所以可以用C来代表。希刺克厉夫,原文是Heathcliff,可用H来代表。

从门上垂下来，躲躲闪闪地溜掉了，一种虚荣心被羞辱了的模样。他想象他自己跟林惇一样地有才能哩，我猜想，因为他能念他自己的名字了；可是他大为狼狈，因为我并不这样想。”

“别说啦，凯瑟琳小姐，亲爱的！”我打断她，“我不骂你，可是我不喜欢你那样的作风。如果你还记得哈里顿是你的表哥，和希刺克厉夫少爷是一样的，你就要觉得那样做法是多么不恰当了。至少他渴望和林惇一样地有成就，那是值得称赞的抱负；大概他也不是单单为了炫耀才学习：你以前曾使他因为无知而感到羞耻，这点我不怀疑；他愿意补救而讨你欢心。嘲笑他那还没完成的企图是很不礼貌的。要是你在他的环境中长大，难道你就会比较不粗鲁些？他原来是个和你一样机灵聪明的孩子；我很伤心他现在要受人轻视，只因为那个卑鄙的希刺克厉夫这么不公平地对待他。”

“啊，艾伦，你不会为这事哭起来吧，会吗？”她叫起来，我的真挚使她奇怪。“可是等等，你就可以听见他背诵他的 ABC 是否为了讨我欢喜，要是对这个粗人客气是否值得了。我进去了，林惇正躺在高背长椅上，欠起身来欢迎我。

“‘今晚我病了，凯瑟琳，爱！’他说，‘只好让你一个人说话，我听着。来，坐在我旁边。我准知道你是不会失信的，在你走以前，我还要让你遵守诺言。’

“这时我知道我绝不能逗他，因为他病了，我轻轻地说话，也不发问，而且避免说任何激怒他的话。我给他带来一些我最好的书；他要我拿一本读一点点，我正要读，不料这时恩萧把门冲开，显然是经过一番思索之后起了歹心。他径直走到我们跟前，抓住林惇的胳臂，把他从椅子上拉下来。

“‘到你自己屋里去！’他说，激动得声音几乎听不清了；脸似乎肿胀着；愤恨已极。‘要是她是来看你的，就把她也带去，你不能把我撵出去。你们两个滚！’

“他对我们咒骂着，不容林惇回答，几乎把他扔到厨房里；我也跟着去了，他握紧拳头，好像也想把我打倒似的。当时我有点害怕，我掉了一本书；他把书向我踢过来，把我们关在外面了。我听见炉火旁边一声恶毒的怪笑，转过身来，就瞅见那个可恶的约瑟夫站着，搓着他的瘦骨嶙峋的手，还颤抖着。

“‘我就知道他要赶你们出来！他是好小子！他对劲啦！他知道——唉，他和我一样知道。谁应该是这里的主人——呃、呃、呃！他干得对！呃、呃、呃！’

“‘我们该到哪儿去？’我问表弟，不理会那个老东西的嘲笑。

“林惇脸色苍白，还在哆嗦。那时他可不漂亮啦，艾伦。啊，不，他望着很可怕，因为他的瘦脸和大眼睛都现出一种疯狂无力的愤怒表情。他握住门柄，摇它；里面却闩上了。

“‘要是你不让我进去，我要杀死你——要是你不让我进去，我要杀死你！’他简直是在尖叫，而不是在说话。‘恶魔！恶魔！——我要杀死你——我要杀死你！’

“约瑟夫又发出那嘶哑的笑声来。

“‘喏，那是他父亲！’他叫，‘那是他父亲！我们两边都有点。不要理他，哈里顿，孩子——别害怕——他碰不到你！’

“我抓住林惇的手，想拉开他；可是他叫得这么怕人使我又不敢拉。最后他的叫声被一阵可怕的咳嗽呛住了；血从他的口里涌出来，他就倒在地上了。我跑到院子里，吓坏了；我尽力大声叫齐拉。她很快听到了，她正在谷仓后面的一个棚子里挤牛奶，赶忙丢下活儿跑来，问我叫她干吗？我来不及解释，便把她拉进去，又去找林惇。恩萧已经出来查看他闯下的祸，他正把那可怜的东西抱上楼去。齐拉和我跟着他上了楼；可是他在楼梯上头停下来。说我不能进去，我必须回家。我喊着他害了林惇，我非要进去不可。约瑟夫把门锁上，宣称我‘不必做这些蠢事’，又问我是不是‘跟他一样生来就疯疯癫癫的’。我站在那儿哭，直到管家又出现。她肯定说他马上就会好的，可是那样大吵大闹是不会使他好起来的；她拉着我，几乎是把我拖到屋子里来。

“艾伦，我几乎想把我的头发从头上扯下来了！我哭得我的眼睛都要瞎了，你非常同情的那个恶棍就站在我对面：竟敢时不时地吩咐我‘别吵’，而且否认是他的错；最后由于我断言我要告诉爸爸，而且他一定要被关在牢狱里，还要被吊死。他怕了，自己也开始哭起来，又连忙跑出去掩盖他那怯弱的感情。但是我仍然没有摆脱他。等到最后他们强迫我走开时，我才走出屋子。当我走了还不过几百码时，他忽然从路旁的阴影里出来，拦住敏妮，抓住了我。

"'凯瑟琳小姐,我非常难过,'他开始说,'可那实在太糟——'

"我给他一鞭子,我以为他也许要谋害我呢。他放我走了,吼出一句他那可怕的咒骂,我骑马飞奔回家,吓得魂都要掉啦。

"那天晚上我没跟你道晚安,第二天我也没有去呼啸山庄:我极想去;可是我感到一种莫名其妙的激动,有时候怕听说林惇死了;有时候一想到要遇见哈里顿就要发抖。第三天我鼓起勇气来,至少,我再也受不了这样的心神不定了,我又偷着出去。我是五点钟去的,走去的,心想我可以想办法爬到房子里去,径自上楼到林惇的屋子里,不让人瞅见。可是,那些狗宣告了我的光临。齐拉让我进去,说'这孩子好多了',便把我带进一间干净的铺着地毯的小房间,在那里,使我有说不出的快乐,因为我看见林惇躺在一张小沙发上读着我的书。可是足足有一个钟头他不跟我说话,也不看我。艾伦,他有这么一种怪脾气。使我颇为狼狈的是,等他真的开口的时候,他竟胡说八道,说是我惹起了那场纷扰,不怪哈里顿!我不能回答,除非是发火,我站起来,走出这间屋子。他没料想得到这样的反应,于是在我后面送来一声微弱的'凯瑟琳!'。可是我不转回去,第二天,就是我又在家的第二天,几乎决定不再去看他了。可是就这么上床,起身,永远听不到一点他的消息,多么难受,因此我的决心在还没有正式形成以前已经化为乌有了。以前好像到那儿去是不对的;现在又像是不去才不对了。麦寇尔来问我要不要套上敏妮;我说'要'。当敏妮驮我过山时,我认为自己是在尽一种责任。我不得不经过前面窗子到院子里去,想隐藏我的光临是没有用的。

"'小少爷在屋子里。'齐拉看见我向客厅走去,她就说。我进去了;恩萧也在那儿,可是他马上离开了这房间。林惇坐在那张大扶手椅子上半醒半睡;我走到火炉跟前,用一种严肃的声调,半认真地开腔:

"'你既然不喜欢我,林惇,既然你以为我来是故意伤害你,而且以为我每次都是这样,这就是我们最后一次见面了。让我们告别吧;告诉希刺克厉夫先生你本不愿见我,他不必再编造关于这事情的任何瞎话了。'

"'坐下,把帽子摘下来,凯瑟琳,'他回答,'你比我幸福多了,你应该比我好些。爸爸尽说我的缺点,已经够轻视我的了,很自然地连我对自己都怀疑起来。我怀疑我是不是完全像他时时说我的那样没有出息;我觉得十分不高兴、苦恼，恨每一个人！我是没出息，脾气坏，精神坏，差不多总是这样；你要愿意，你可以说声再见，你就可以摆脱一个麻烦了。可是，凯瑟琳，对我公道一点：相信我要是能像你一样讨人喜、和气、善良，我是愿意的；甚至比和你同样幸福健康还更愿意些。你要相信：你的善良使我更深深地爱你，比起你的爱（如果我配承受你的爱的话）还要深些，虽然我曾经不能，而且也没法不向你暴露我的本性，我很抱歉，而且悔恨；我要抱恨到死！'

"我觉得他说的是实话；我觉得我必须原谅他，而且，虽然过一会他又要吵，我还是一定又要原谅他。我们和解了；可是我们两个人都哭了，把我在那儿的整个时间都哭掉了：不完全是为悲哀；但我的确很难过，因为林惇有那样乖僻的天性。他永远不会让他的朋友们舒服，他自己也永远不会舒服，自从那天夜晚，我总是去他的小客厅；因为他的父亲第二天回来了。

"大概有三次吧，我想，我们过得很快乐，很有希望，就和我们第一天晚上那样；以后的拜访都是凄惨又烦恼的：要么是因为他的自私和怨恨，要么是因为他的病痛；可是我已经学着以极小的反感来忍受他的自私和怨恨，就像我得忍受他的病痛一样。希刺克厉夫故意避开我：我简直难得见到他。上个礼拜天，的确，我去得比平常早些，我听见他残酷地骂可怜的林惇，只为了头天晚上他的行为。我不知道他怎么知道的，除非他偷听。林惇的举止当然是惹人生气的；可是，那不是别人的事，却与我有关，我就进去打断了希刺克厉夫先生的话，而且就这样告诉他。他大笑起来，走开了，说他很喜欢我对这事采取那样的看法，自从那时候起，我就告诉林惇他必须小声诉说他的苦楚。现在，艾伦，你听见所有的事了。我不能不去呼啸山庄，只不过是使两个人受苦；可是，你只要不告诉爸爸，那我去，也碍不着任何人的平静。你不会告诉吧，会吗？要是你告诉他的话，那就太残酷无情了。"

"这一点我明天才决定，凯瑟琳小姐，"我回答，"这需要研究研究；所以我要你休息去，这事我要考虑一番。"

我所谓的考虑，是到我主人面前说出来；从她屋子里出来径直走到他屋子里，把这事和盘托出：只除了她跟她表弟的对话，以及任何提及哈里顿的内容。林惇很惊惶难过，比他愿对我承认的还要多些。早晨，凯瑟琳知道我辜负了她的信赖，也知道了她那秘密的拜访是结束了。她又哭又闹，反抗这道禁令，并且求她父亲可怜可怜林惇，他答应会写信通知林惇，允许他在高兴来的时候可以到田庄来;这是凯瑟琳所得到的唯一的安慰了。不过信上还要说明他不必再希望会在呼啸山庄看见凯瑟琳了。要是他知道他外甥的脾气和健康状况,说不定他会认为就连这点微小的慰藉也不宜给予了。

第25章

“这些事是在去年冬天发生的，先生，”丁太太说，“也不过一年以前。去年冬天，我还没有想到，过了十二个月以后，我会把这些事讲给这家的一位生客解闷！可是，谁晓得你做客还要做多久呢？你太年轻了，不会总是心满意足地待下去，孤零零一个人；我总是想不论什么人见了凯瑟琳·林惇都不会不爱她。你笑啦。可是我一谈到她的时候，你干吗显得这样快活而很感兴趣呢？你干吗要我把她的画像挂在你的壁炉上面？干吗——？”

“别说啦，我的好朋友！”我叫道，“讲到我爱上她，这倒也许是很可能的；可是她肯爱我么？我对于这点太怀疑了，因此我可不敢动心拿我的平静来冒险，再说我的家也不是在这里。我是来自那个熙熙攘攘的世界，我得回到它的怀抱中去。接着往下说吧。凯瑟琳服从她父亲的命令吗？”

“她服从了，”管家继续说，“她对他的爱仍然主宰着她的感情；而且他讲话也不带火气：他是以一个当他所珍爱的人将陷入危境和敌人手中时，所怀有的那种深沉的柔情来跟她讲话的，只要她记住他的赠言，那便是指引她的唯一帮助了。过了几天，他对我说：我愿我的外甥写信来，或是来拜访，艾伦。对我说实话，你认为他如何：他是不是变得好一点，或者在他长成人的时候，会不会有变好的希望？”

“他很娇，先生，”我回答，“而且不像可以长大成人；可是有一点我可以说，他不像他的父亲；如果凯瑟琳小姐不幸嫁给他，他不会不听她的指挥的：除非她极端愚蠢地纵容他。可是，主人，你将有很多时间和他熟识起来，看看他配不配得上她：要四年多他才成年呢。”

埃德加叹息着；走到窗前，向外望着吉默吞教堂。那是一个有雾的下午，但是二月的太阳还在淡淡地照着，我们还可以分辨出墓园里的两棵枞树，以及那些零零落落的墓碑。

“我常常祈求，”他一半是自言自语地说，“祈求要来的就快来吧；现在我开始畏缩了，而且害怕了。我曾经这样想，与其回忆那时我走下山谷做新郎的情景，还不如预想要不了几个月，或者，很可能几个星期之后我被人抬起来，放进那荒凉的土坑，将更为甜蜜！艾伦，我和我的小凯蒂在一起曾经非常快乐，我们一起度过了多少个冬夜和夏日，她是我身边的一个活生生的希望。可是我也曾同样的快乐，在那些墓碑中间，在那古老的教堂下面，我自己冥想着：在那些漫长的六月的晚上，躺在她母亲绿茵的青冢上，盼望着——渴求着那个时候我也能躺在下面。我能为凯蒂做什么呢？我必须怎样才能对她尽了义务呢？我一点也不在乎林惇是希刺克厉夫的儿子；也不在乎他要把她从我身边拿走，只要他能为她失去了我而能安慰她。我不在乎希刺克厉夫达到了他的目的，因夺去了我最后的幸福而扬扬得意！但是如果林惇没出息——只是他父亲的一个软弱工具——我就不能把她丢在他手里，虽然扑灭她的热情是残忍的，可我却一定不让步，在我活着的时候就让她难过，在我死后让她孤独好了。亲爱的，我宁可在我死以前把她交给上帝，把她埋葬在土里。”

“就像现在这样，把她交给上帝好了，先生。”我回答，“如果这是天意我们不得不失去你——但愿上帝禁止这事——我要终生做她的朋友和顾问。凯瑟琳小姐是一个好姑娘：我并不担心她会有意做错事；凡是尽责任的人最后总是有好报的。”

接近春天了；但是我的主人并没有康复，虽然他又开始恢复同他女儿在田地里的散步。以她那没有经验的眼光来看，能出外散步就是痊愈的象征；而且他的面颊常常发红，眼睛发亮；她完全相信他是复原了。

在她十七岁生日那天，他没有去墓园，那天下着雨，我就说：

“今天晚上你一定不出去了吧，先生？”

他回答：“不出去了，我想我要推迟一下了。”

他又再次写信给林惇，向他表示很愿意见他；如果那个病人能见人的话，我毫不怀疑他父亲一定会允许他来的。但在当时的情况下，他是不能来的，便遵嘱回了一封信，暗示着希刺克厉夫先生不许他到田庄来；但他舅舅的亲切的关怀使他愉快，他希望他有时在散步时会遇到他，以便当面请求他不要让他的表姐和他如此长期地断绝来往。

他的信上这部分写得很简单，大概是他自己的话。希刺克厉夫知道，他为了要凯瑟琳做伴是能够娓娓动听地央求的。

“我不要求她来这里，”他说，“可是我就永远不见她了么，只因为我父亲不许我去她家，而您又不许她到我家来？请带她偶尔骑马到山冈这边来吧；让我们当着您面说几句话！我们并没做什么事该受这种隔离；您也并没有生我的气：您没有理由不喜欢我，您自己也承认。亲爱的舅舅！明天给我一封和气的信吧，叫我在您愿意的任何地点见见你们，除了在画眉田庄。我相信见一次面会使您相信我父亲的性格并不是我的性格：他肯定说我更像是您的外甥而不像是他的儿子；虽然我有些过失使我配不上凯瑟琳，可是她已经原谅了，为了她的缘故，您也该原谅吧。您问起我的健康——那是好些了。可是当我总是与一切希望割断，注定了孤寂，或者同那些永不曾、也永不会喜欢我的人们在一起，我怎么能够快活而健康起来呢？”

埃德加虽然同情那孩子，却不能答应他的请求；因为他不能陪凯瑟琳去。他说，到了夏天，也许他们可以相见；同时，他愿他有空来信，并且尽力在信上给他劝告和安慰；因为他很明白他在家中难处的地位。林惇顺从了；如果他不受拘束，他大概会使他的信中充满了抱怨和悲叹，结果就会把一切搞糟：但是他的父亲监视他很严；当然我主人送去的信每一行都非给他看不可；所以他只好不写他特有的个人痛苦和悲伤，而这是他的思想里最先想到的题目，他却只表达了硬把他与他的朋友和爱人分离之苦；他还向林惇先生慢慢暗示必须早些允许见面，不然他会担心林惇先生是故意用空话来搪塞他了。

凯蒂在家里是个有力的同盟者；他们内外呼应终于说动了我主人的心，在我的保护之下，在靠近田庄的旷野上，同意他们每星期左右在一起骑马或散步一次：因为到了六月他发现他还是在衰弱下去。虽然他每年拨出他的进项的一部分作为我小姐的财产，可是他自然也希望她能够保留她祖先的房屋——或至少短期内能回去住；而他想到唯一的指望就在于让她和他的继承人结合；他没想到这个继承人和他自己差不多一样迅速地衰弱下去；任何人也没想到，我相信：没有医生去过山庄，也没有人看见过希刺克厉夫少爷而到我们中间来报告他的情况。在我这方面，我开始猜想我的预测是错了，当他提起到旷野骑马和散步，而且仿佛如此真挚的要达到他的目的时，他一定是真的复原了。我不能想象做父亲的对待快死的儿子会像我后来知道的希刺克厉夫那样暴虐地、恶毒地对待他，他一想到他那贪婪无情的计划马上就会受死亡的威胁而遭到失败，他的努力就更加迫切了。

第26章

当埃德加勉强答应了他们的恳求时，盛夏差不多过了，凯瑟琳和我头一回骑马出发去见她的表弟。那是一个郁闷酷热的日子，没有阳光，天上却阴霾不雨；我们相见的地点约定在十字路口的指路碑那儿。然而，我们到达那里时，一个奉命做带信人的小牧童告诉我们说："林惇少爷就在山庄这边；要是你们肯再走一点路，他将很感激你们。"

"那么林惇少爷已经忘了他舅舅的第一道禁令了。"我说，"他叫我们只能在田庄上，而我们马上就要越界了。"

"那么等我们到达他那儿时就掉转马头吧，"我的同伴回答，"我们再往家里走。"

可是当我们到达他那里时，已经离他家门口不到四分之一英里了，我们发现他没有带马；我们只好下马，让马去吃草。他躺在草地上，等我们来，而且一直等到我们离他只有几码远时他才站起来，看到他走路这么没劲，脸色又是这么苍白，我立刻嚷起来——"怎么，希刺克厉夫少爷，今天早上你不适宜出来散步哩。你的气色多不好呀！"

凯瑟琳又难过又惊惶地打量着他：她那到了嘴边的欢呼变成一声惊叫；他们久别重逢的庆贺变成了一句焦急的问话：他是否比往常病得更重呢：

"不——好一点——好一点！"他喘着，颤抖着，握住她的手，仿佛他需要它的扶持似的，当时他的大蓝眼睛怯懦地向她望着；两眼的下陷使那往日所具有的无精打采的样子变成憔悴的狂野表情了。

"可是你是病得重些了，"他的表姐坚持说，"比我上次看见你时重些；

你瘦啦,而且——"

"我累了,"他急忙打断她,"走路太热了,我们在这儿歇歇吧。早上,我常常不舒服——爸爸说我长得很快呢。"

凯瑟琳很不满意地坐下来,他在她身旁半躺着。

"这有点像你的天堂了,"她说,尽力愉快起来。"你还记得我们同意按照每人认为最愉快的地点与方式来消磨两天么?这可接近你的理想了,只是有云;可是这草是这样的轻柔松软:那比阳光还好哩。下星期,要是你能够的话,我们就骑马到田庄的园林里来试试我的方式。"

看来林惇不记得她说过的事了;显然,要他无论谈什么话他都很费劲。他对于她所提起的一些话头都不感兴趣,想使她快乐他也同样无能为力,这些都是如此明显,她也不能掩盖她的失望了。他整个的人和态度已经有了一种说不出的变化。原先那种暴性子,本来还可以被爱抚软化成娇气,现在却变成冷淡无情了;小孩子为了要人安慰而麻烦人的那种任性少了一些,添上的却是一个确实有病的人那种对自己坏脾气的专注,抗拒安慰,并且准备把别人真诚的欢乐当作一种侮辱。凯瑟琳看出来了,和我一样地看出来了,他认为我们陪他,是一种惩罚,而不是一种喜悦;她立刻毫不犹豫地建议就此分手。出乎意料,那个建议却把林惇从他的昏沉中唤醒,使他堕入一种激动的奇怪状态。他害怕地向山庄溜了一眼,求她至少再逗留半个钟头。

"可是我想,"凯蒂说,"你在家比坐在这里舒服多了;今天我也不能用我的故事、歌儿和聊天来给你解闷了;在这六个月里,你变得比我聪明多啦;现在你对于我的消遣已经觉得不大有趣了,要不,如果我能给你解闷,我是愿意留下来的。"

"留下来,歇歇吧,"他回答,"凯瑟琳,别认为、也别说我很不舒服;是这闷热的天气使我兴味索然;而且在你来以前我走来走去,对我来说,是走得太多了。告诉舅舅我还健康,好吗?"

"我要告诉他是你这么说的,林惇。我不能肯定你是健康的。"我的小姐说,不懂他怎么那样执拗地一味说些明明不符合事实的话。

"而且下星期四再到这里来,"他接着说,避开她的困惑的凝视。"代我谢谢他允许你来——向他致谢——十分感谢,凯瑟琳。还有——还有,要是你真的遇见了我父亲,他要向你问起我的话,别让他猜想我是非常笨嘴拙舌的。别做出难过丧气的样子,像你现在这样——他会生气的。"

"我才不在乎他生气哩。"凯蒂想到他会生她的气,就叫道。

"可是我在乎,"她的表弟说,战栗着。"别惹他责怪我,凯瑟琳,因为他是很严厉的。"

"他待你很凶吗,希刺克厉夫少爷?"我问,"他可是已经开始厌倦放任纵容,从消极的恨转成积极的恨了吗?"

林惇望望我,却没有回答:她在他旁边又坐了十分钟,这十分钟内他的头昏昏欲睡地垂在胸前,什么也不说,只发出由于疲乏或痛苦所产生的压抑的呻吟,凯瑟琳开始寻找覆盆子解闷了,把她所找到的分给我一点:她没有给他,因为她看出再来注意他反而使他烦恼。

"现在有半个钟头了吧,艾伦?"最后,她在我耳旁小声说。"我不懂我们干吗非待在这里不可。他睡着了,爸爸也该盼我们回去了。"

"那么,我们绝不能丢下他睡着,"我回答,"等他醒过来吧,要忍耐。你本来非常热心出来,可是你对可怜的林惇的思念很快地消散啦!"

"他为什么愿意见我呢?"凯瑟琳回答,"像他从前那种别扭脾气,我还比较喜欢他些,总比他现在的古怪心情好。那正像是他被迫来完成一个任务似的——这次见面——唯恐他父亲会骂他。可是我来,可不是为了给希刺克厉夫先生凑趣的;不管他有什么理由命令林惇来受这个罪。虽然我很高兴他的健康情况好些了,但他变得如此不愉快,而且对我也不亲热,使我很难过。"

"那么你以为他的健康情况是好些吗?"我说。

"是的,"她回答,"你得知道他可是很会夸张他所受的苦痛的。他不像他叫我告诉爸爸的那样好多了,可是他真是好些了。"

"在这点上你和我看法不同,"我说,"我猜想他是糟多了。"

这时林惇从迷糊中惊醒过来,问我们可有人喊过他的名字。

"没有,"凯瑟琳说,"除非你是在做梦。我不能想象你怎么早上在外面也要瞌睡。"

"我觉得听见我父亲的声音了,"他喘息着,溜了一眼我们上面的森严的山顶。"你们准知道刚才没人说话吗?"

"没错儿,"他表姐回答,"只有艾伦和我在争论你的健康情况。林惇,你是真的比我们在冬天分手时强壮些吗？如果是的话，我相信有一点却没有加强——你对于我的重视：说吧，——你是不是？”

“是的，是的，我是强壮些！”在他回答的时候，眼泪涌出来了。他仍然被那想象的声音所左右，他的目光上上下下地找着那发出声音的人。凯蒂站起来。“今天我们该分手了，”她说，“我不瞒你，我对于我们的见面非常失望，不过除了对你，我不会跟别人说的：可也不是因为我怕希刺克厉夫先生。”

“嘘，”林惇喃喃地说，“看在上帝面上，别吭气！他来啦。”他抓住凯瑟琳的胳臂，想留住她；可是一听这个宣告，她连忙挣脱，向敏妮呼啸一声，它像条狗一样的应声来了。

“下星期四我到这儿来，”她喊，跳上了马鞍。“再见。艾伦！”

于是我们就离开了他，他却还不大清楚我们走开了，因为他正全神贯注在期待他父亲的到来。

我们没到家之前，凯瑟琳的不快已经缓解成为一种怜悯与抱憾的迷惑的感情，大部分还掺和着对林惇身体与处境的真实情况所感到的隐隐约约的、不安的怀疑，我也有同感，虽然我劝她不要说得太过火，因为第二次的出游或者可以使我们更好地判断一下。我主人要我们报告出去的情形，他外甥的致谢当然转达了，凯蒂小姐把其余的事都轻描淡写地带过：对于他的追问，我也没说什么，因为我简直不知道该隐瞒什么和说出来什么。

第27章

七天很快地过去了，埃德加·林惇的病情每一天都在急剧发展。前几个月已经使他垮下来，如今更是一小时一小时地在恶化。我们还想瞒住凯瑟琳；但她的机灵可是骗不过她自己；她暗自揣度着，深思着那可怕的可能性，而那可能性已渐渐地成熟为必然性了。当星期四又来了的时候，她没有心情提起她骑马的事，我向她提起，并且得到了允许陪她到户外去：因为图书室（她父亲每天只能待一会，他只能坐极短的时间）和他的卧房，已经变成他的全部世界了。她愿意每时每刻都俯身在他枕旁，或是坐在他身旁。她的脸由于守护和悲哀变得苍白了，我主人希望她走开，他以为这样会使她快乐地改换一下环境和同伴，在他死后她就不至于孤苦伶仃了，他用这希望来安慰自己。

他有一个执着的想法，这是我从他好几次谈话中猜到的，就是，他的外甥既然长得像他，他的心地一定也像他，因为林惇的信很少或根本没有表示过他的缺陷。而我，由于可以原谅的软弱，克制着自己不去纠正这个错误，我自问：在他生命的最后时刻，对这种消息他既无力也无机会来扭转，反而使他心烦意乱，那让他知道又有什么好处呢。

我们把我们的出游延迟到下午；八月里一个难得的美好的下午：山上吹来的每一股气息都是如此洋溢着生命，仿佛无论谁吸进了它，即使是气息奄奄的人，也会复活起来。凯瑟琳的脸恰像那风景一样——阴影与阳光交替着飞掠而过；但阴影停留的时间长些，阳光则比较短暂，她那颗可怜的小小的心甚至为了偶然忘记忧虑还责备着自己呢。

我们看见林惇还在他上次选择的地方守着。我的小女主人下了马，告诉我，她决定只待一会工夫，我最好就骑在马上牵着她的小马，但我不同意：我不能冒险有一分钟看不见我的被监护者；所以我们一同爬下草地的斜坡。希刺克厉夫少爷这一次带着较大的兴奋接待我们：然而不是兴高采烈的兴奋，也不是欢乐的兴奋；倒更像是害怕。

“来晚了！”他说，说得短促吃力。“你父亲不是病得很重吧？我以为你不来了呢。”

“为什么你不坦白直说呢？”凯瑟琳叫着，把她的问好吞下去没说。“为什么你不能直截了当地说你不需要我呢？真特别，林惇，第二次你硬要我到这儿来，显然只是让我们彼此受罪，此外毫无理由！”

林惇战栗着，半是乞求半是羞愧地瞅她一眼；但是他的表姐没有这份耐心忍受这种暧昧的态度。

“我父亲是病得很重，”她说，“为什么要叫我离开他的床边呢？你既然愿意我不守诺言，为什么不派人送信叫我免了算啦？来！我要一个解释：我完全没有游戏瞎聊的心思：现在我也不能再给你的装腔作势凑趣了！”

“我的装腔作势！”他喃喃着，“那是什么呢？看在上帝面上，凯瑟琳，别这么生气！随你怎么看不起我好了；我是个没出息的怯弱的可怜虫：嘲笑我是嘲笑不够的，但是我太不配让你生气啦。恨我父亲吧，就蔑视我吧。”

“无聊！”凯瑟琳激动得大叫，“糊涂的傻瓜，瞧呀，他在哆嗦，好像我真要碰他似的！你用不着要求蔑视，林惇：你随时都可以叫任何人自然而然地瞧不起你。滚开！我要回家了：简直是滑稽，把你从壁炉边拖出来，装作——我们要装作什么呢？放掉我的衣服！如果我为了你的哭和你这非常害怕的神气来怜悯你，你也应该拒绝这怜悯。艾伦，告诉他这种行为多不体面。起来，可别把你自己贬成一个下贱的爬虫——可别！”

林惇泪下如注，带着一种痛苦的表情，将他那软弱无力的身子扑在地上：他仿佛由于一种剧烈的恐怖而惊恐万状。

“啊，”他抽泣着，“我受不了啦！凯瑟琳，凯瑟琳，而且我还是一个背信弃义的人，我不敢告诉你！可你要是离开我，我就要给杀死啦！亲爱的凯瑟琳，我的命在你手里：你说过你爱我的，你要是真爱，也不会对你不利的。那你不要走吧？仁慈的，甜蜜的好凯瑟琳！也许你会答应的——他要我死也要跟你在一起啊！”

我的小姐，眼看他苦痛很深，弯腰去扶他。旧有的宽容的温情压倒她的烦恼，她完全被感动而且吓住了。

“答应什么！”她问，“答应留下来吗？告诉我你这一番奇怪的话的意思，我就留下来。你自相矛盾，而且把我也搞糊涂了！镇静下来坦率些，立刻说出来你心上所有的重担。你不会伤害我的，林惇，你会吗？要是你能制止的话，你不会让任何敌人伤害我吧！我可以相信你自己是一个胆小的人，可总不会是一个怯懦地出卖你的最好的朋友的人吧。”

“可是我的父亲吓唬我，”那孩子喘着气，握紧他的瘦手指头，“我怕他——我怕他！我不敢说呀！”

“啊！好吧！”凯瑟琳说，带着讥讽的怜悯，“保守你的秘密吧，我可不是懦夫。拯救你自己吧；我可不怕！”

她的宽宏大量惹起他的眼泪；他发狂地哭着，吻她那扶着他的手，却还不能鼓起勇气说出来。我正在思考这个秘密将是什么，我都决定了绝不让凯瑟琳为了使他或任何别人受益而自己受罪，这是本着我的好心好意；这时我听见了在石南林中一阵簌簌的响声，我抬起头来看，看见希刺克厉夫正在走下山庄，快要走近我们了。他瞅都不瞅我所陪着的这两个人，虽然他们离得很近，近得足以使他听见林惇的哭泣；但是他装出那种几乎是诚恳的声音。不对别人，只对我招呼着，那种诚恳使我不能不怀疑，他说：

“看到你们离我家这么近是一种安慰哩，耐莉。你们在田庄过得好吗？说给我们听听。”他放低了声音又说，“传说埃德加·林惇垂危了，或者他们把他的病情夸大了吧？”

“不，我的主人是快死了，”我回答，“是真的。这对于我们所有的人是件悲哀事情，对于他倒是福气哩！”

“他还能拖多久，你以为？”他问。

“我不知道。”我说。

“因为，”他接着说，望着那两个年轻人，他们在他的注意下都呆着了——林惇仿佛是不敢动弹，也不敢抬头，凯瑟琳为了他的缘故，也不能动——“因为那边那个孩子好像决定要使我为难；我巴不得他的舅舅快一点，在他之前死去！喂；这小畜生一直在玩把戏吗？对于他的鼻涕眼泪的把戏,我是已经给过他一点教训了。他跟林惇小姐在一起时,总还活泼吧?”

“活泼?不——他表现出极大的痛苦哩,”我回答,“瞧着他,我得说,他不该陪他的心上人在山上闲逛,他应该在医生照料下,躺在床上。”

“一两天,他就要躺下来啦,”希刺克厉夫咕噜着。“可是先要——起来,林惇!起来!”他吆喝着。“不要在那边地上趴着:起来,立刻起来!”

林惇又在一阵无能为力的恐惧中伏在地上,我想这是由于他父亲瞅了他一眼的缘故:没有别的可以产生这种屈辱。他好几次努力想服从,可是他的仅有的可怜体力暂时是消失了,他呻吟了一声又倒下去。希刺克厉夫走向前,把他提起来,靠在一个隆起的草堆上。

“现在,”他带着压制住的凶狠说,“我要生气了;如果你不能振作你那点元气——你这该死的!马上起来!”

“我就起来,父亲,”他喘息着。“只是,别管我,要不我要晕倒啦。我保证我已经照你的愿望做了。凯瑟琳会告诉你,我——我——本来很开心的。啊,在我这儿待着,凯瑟琳,把你的手给我。”

“拉住我的手,”他父亲说,“站起来。好了——她会把她的胳臂伸给你,那就对啦,望着她吧。林惇小姐,你会想象我就是激起这种恐怖的恶魔本身吧,做做好事,请陪他回家吧,可以吗?我一碰他,他就发抖。”

“林惇,亲爱的!”凯瑟琳低声说,“我不能去呼啸山庄……爸爸禁止我去……他不会伤害你的。你干吗这么害怕呢?”

“我永远不能再进那个房子啦,”他回答,“我不和你一块进去,就不能再进去啦!”

“住口!”他的父亲喊。“凯瑟琳由于出于孝心而有所顾虑,这我们应当尊重。耐莉,把他带进去吧,我要听从你的关于请医生的劝告,决不耽搁了。”

“那你可以带他去啊,”我回答,“可是我必须跟我的小姐在一起;照料你的儿子不是我的事。”

“你是很顽固的,”希刺克厉夫说:“我知道的:但这是你在逼我把这婴儿掐痛,让他尖声大叫,不让他打动了你的慈悲心。那么,来吧,我的英雄。你愿意回去吗,由我来护送?”

他再次走近,做出像要抓住那个脆弱的东西的样子;但是林惇向后缩着，粘住他的表姐不放，现出一种疯狂的死乞白赖的神气，简直不容人拒绝。无论我怎样不赞成，我却不能阻止她：实在，她自己又怎么能拒绝他呢？是什么东西使他充满了恐惧，我们没法看出来，但是他就在那儿，无力地在他掌握中，仿佛再加上任何一点威吓，就能把他吓成白痴。我们到达了门口：凯瑟琳走进去，我站在那儿等着她把病人引到椅子上，希望她马上就出来；这时希刺克厉夫先生，把我向前一推，叫道："我的房子并没有遭瘟疫，耐莉；今天我还想款待客人哩；坐下来，让我去关门。"

他关上门，又锁上。我大吃一惊。

"在你们回家以前可以喝点茶，"他又说，"只有我自己一个人。哈里顿到里斯河边放牛去了，齐拉和约瑟夫出去玩了；虽然我习惯于一个人，我还情愿有几个有趣的同伴，要是我能得到的话。林惇小姐，坐在他旁边吧。我把我所有的送给你：这份礼物简直是不值得接受的；但是我没有别的可以献出来啦。我意思是指林惇。你瞪眼干吗！真古怪，对于任何像是怕我的东西，我就会起一种多么野蛮的感觉！如果我生在法律不怎么严格，风尚比较不大文雅的地方，我一定要把这两位来个慢慢的活体解剖，作为晚上的娱乐。"

他倒吸一口气，捶着桌子，对着自己诅咒着："我可以对着地狱起誓，我恨他们。"

"我不怕你！"凯瑟琳大叫，她受不了他所说的后半段话。她走近他；她的黑眼睛闪烁着激情与决心。"把钥匙给我：我要！"她说，"我就是饿死，我也不会在这里吃喝。"

希刺克厉夫把摆在桌子上的钥匙拿在手里。他抬头看，她的勇敢反倒使他感到惊奇；或者，可能从她的声音和眼光使他想起把这些继承给她的那个人。她抓住钥匙，几乎从他那松开的手指中夺出来了，但是她的动作使他回到了现实；他很快地恢复过来。

"现在，凯瑟琳·林惇，"他说，"站开，不然我就把你打倒；那会使丁太太发疯的。"

不顾这个警告，她又抓住他那握紧的拳头和拳头里的东西。"我们一定要走！"她重复说，使出她最大的力量想让这钢铁般的肌肉松开；发现她的指甲没有效果，她便用她的牙齿使劲咬。希刺克厉夫望了我一眼，这一眼使我一下子不能干预。凯瑟琳太注意他的手指以至于忽视了他的脸了。他忽然张开手指，抛弃这引起争执的东西；但是，在她还没有拿到以前，他用这松开的手抓住她，把她拉到他面前跪下来，用另一只手对着她的头脸一阵暴雨似的狠打，要是她能够倒下来的话，只消打一下就足够达到他威胁的目的了。

看到这穷凶极恶的狂暴，我愤怒地冲到他跟前。"你这坏蛋！"我开始大叫，"你这坏蛋！"他当胸一拳使我住嘴了：我很胖，一下子就喘不过气来：加上那一击和愤怒，我昏沉沉地蹒跚倒退，觉得就要闷死，或者血管爆裂。

这一场大闹两分钟就完了；凯瑟琳被放开了，两只手放在她的鬓骨上，神气正像是她还不能准确知道她的耳朵还在上面没有。她像一根芦苇似的哆嗦着，可怜的东西，完全惊慌失措地靠在桌边。

"你瞧，我知道怎么惩罚孩子们，"这个无赖汉凶恶地说，这时他弯腰去拾掉在地板上的钥匙，"现在，按照我告诉过你的，到林惇那儿；哭个痛快吧！我将是你父亲了，明天——一两天之内你就将只有这一个父亲了——你还有的是罪要受呢。你能受得住，你不是个草包，如果我再在你眼睛里瞅见这样一种鬼神气，你就要每天尝一次！"

凯蒂没有到林惇那边去，却跑到我跟前，跪下来，将她滚烫的脸靠着我的膝，大声地哭起来。她的表弟缩到躺椅的一角，静得像个耗子，我敢说他是在私下庆贺这场惩罚降在别人头上而不是在他头上。希刺克厉夫看我们都吓呆了，就站起来，很利索地自己去沏茶。茶杯和碟子都摆好了。他倒了茶，给我一杯。

"把你的脾气冲洗掉，"他说，"帮帮忙，给你自己的淘气宝贝和我自己的孩子，倒杯茶吧。虽然是我预备的，可没有下毒。我要出去找你们的马去。"

他一走开，我们头一个念头就是在什么地方打出一条出路。我们试试厨房的门，但那是在外面闩起的：我们望望窗子——它们都太窄了，甚至凯蒂的小个儿也钻不过。

"林惇少爷，"我叫着，眼看我们是正式被监禁了，"你知道你的凶恶的父亲想做什么，你要告诉我们，不然我就打你的耳光，就像他打你的表姐一样。"

"是的，林惇，你一定得告诉我们，"凯瑟琳说，"为了你的缘故，我才来；

如果你不肯的话,那太忘恩负义了。"

"给我点茶,我渴啦,然后我就告诉你,"他回答,"丁太太,走开,我不喜欢你站在我跟前。瞧,凯瑟琳,你把你的眼泪掉在我的茶杯里了,我不喝那杯,再给我倒一杯。"

凯瑟琳把另一杯推给他,揩揩她的脸。我对于这个小可怜虫的坦然态度极感厌恶,他已不再为他自己恐怖了。他一走进呼啸山庄,他在旷野上所表现的痛苦就全消失;所以我猜想他一定是受了一场暴怒的惩罚的威胁,要是他不能把我们诱到那里的话;那事既已成功,他眼下就没有什么恐惧了。

"爸爸要我们结婚,"他啜了一点茶后,接着说,"他知道你爸爸不会准我们现在结婚的;如果我们等着,他又怕我死掉,所以我们早上就结婚,你得在这儿住一夜,如果你照他所愿望的做了,第二天你就可以回家,还带我跟你一起去。"

"带你跟她一起去,可怜的三心二意的人!"我叫起来,"你结婚?那么这个人是疯了!要不就是他以为我们是傻子,大家都是。你以为那个美丽的小姐,那个健康热诚的姑娘会把她自己拴在一个像你这样快死的小猴子身边吗?就不说林惇小姐吧,你居然妄想任何人会要你作丈夫么?你用你那怯懦的哭哭啼啼的把戏骗我们到这儿来,你简直该挨鞭子抽;而且——现在,别现出这种呆相啦!我倒想狠狠地摇撼你,就因为你的可鄙的奸诈,和你那低能的奇想。"

我真的轻轻摇撼了他一下,但是这就引起了咳嗽,他又来呻吟和哭泣那老一套,凯瑟琳责备了我。

"住一夜?不!"她说,慢慢地望望四周。"艾伦,我要烧掉那个门,我反正要出去。"

她马上就要开始实行她的威胁,但是林惇又为了他所珍爱的自身而惊慌了。他用他的两个瘦胳臂抱住她,抽泣着:

"你不愿意要我,救我了吗?不让我去田庄了吗?啊,亲爱的凯瑟琳!你千万别走开,别甩下我。你一定要服从我父亲,你一定要啊!"

"我必须服从我自己的父亲,"她回答,"要让他摆脱这个残酷的悬念。一整夜!他会怎么想呢?他已经要难受了。我一定要打一条路出去,或是绕一条路出去。别响!你没有危险——可要是你妨碍我——林惇,我爱爸爸甚于爱你!”

对希刺克厉夫先生的愤怒所感到的致命的恐怖使他又恢复了他那懦夫的辩才。凯瑟琳几乎是精神错乱了:但她仍然坚持着一定要回家,而且这回轮到她来恳求了,劝他克制他那自私的苦恼。

他们正在这样纠缠不清,我们的狱卒又进来了。

“你们的马都走掉了,”他说,“而且——嘿,林惇! 又哭哭啼啼啦? 她对你怎么啦? 来,来——算啦,上床去吧。一两个月之内,我的孩子,你就能够用一只强有力的手来报复她现在的暴虐了。你是为纯洁的爱情而憔悴的,不是吗? 不是为世上别的东西:她会要你的! 那么,上床去吧! 今晚齐拉不会在这儿;你得自己脱衣服。嘘! 别作声啦! 你一进你自己的屋子,我也不会走近你了,你也用不着害怕啦。凑巧,你这回总算办得不错。其余的事我来办好了。”

他说了这些话,就开开门让他儿子走过去,后者出去的神气正像一只摇尾乞怜的小狗,唯恐那开门的人打算恶意挤他一下似的。门又锁上了。希刺克厉夫走近火炉前,我的女主人和我都默默地站在那里。凯瑟琳抬头望望,本能地将她的手举起放到她脸上:有他在邻近,疼痛的感觉又复苏了。任何别人都不能够以严厉来对待这孩子气的举动,可是他对她皱眉而且咕噜着:

“啊! 你不怕我? 你的勇敢装得不坏:不过你仿佛害怕得很呢!”

“现在我是怕了,”她回答,“因为,要是我待在这里,爸爸会难过的:让他难过我又怎么受得了呢——在他——在他——希刺克厉夫先生,让我回家吧! 我答应嫁给林惇:爸爸会愿意我嫁给他的,而且我爱他。你干吗愿意强迫我做我自己本来愿意做的事呢?”

“看他怎么敢强迫你!”我叫,“国有国法,感谢上帝! 有法律;虽然我们住在一个偏僻的地方。即使他是我自己的儿子,我也要告他;这是即使是连牧师也不能宽赦的重罪!”

“住口!”那恶徒说,“你嚷嚷个鬼! 我不要你说话。林惇小姐,我想到你父亲会难过,我非常开心;我将满意得睡不着觉。你告诉我会出这样的事,那正是再好没有的理由让你非在我家里待二十四个钟头不可了。至于你答应嫁给林惇,我会叫你守信用的;因为你不照办,就休想离开这儿。”

“那么叫艾伦去让爸爸知道我平安吧！”凯瑟琳叫着，苦苦地哀哭着。“或者现在就娶我。可怜的爸爸，艾伦，他会认为我们走失了。我们怎么办呢？”

“他才不会！他会以为你伺候他烦了，就跑开玩一下去啦，”希刺克厉夫回答，“你不能否认你是违背了他的禁令，自动走进我的房子来的。在你这样的年纪，你热望一些娱乐也是相当自然的；自然，看护一个病人，而那个病人只不过是你父亲，你也会厌倦的。凯瑟琳，当你的生命开始的时候，他的最快乐的日子就结束了。我敢说，他诅咒你，因为你走进这个世界（至少，我诅咒）；如果在他走出世界时也诅咒你，那正好。我愿和他一起诅咒。我不爱你！我怎么能呢？哭去吧。据我所料，哭将成为你今后的主要消遣了；除非林惇弥补了其他的损失：你那有远虑的家长仿佛幻想他可以弥补。他的劝告和安慰的信使我大大开心。在他最后一封信上，他劝我的宝贝要关心他的宝贝；而且当他得到她时，要对她温和。关心同温和——那是父亲的慈爱。但是林惇却要把他整个的关心同温和用在自己身上哩。林惇很能扮演小暴君。他会折磨死随便多少猫，只要把它们的牙齿拔掉了，爪子削掉了。我向你担保，等你再回家的时候，你就能够编造一些关于他的温和的种种美妙故事告诉他舅舅了。”

“你说得对！”我说，“你儿子的性格你解释得对。显出了他和你本人的相像处，那么，我想，凯蒂小姐在她接受这毒蛇之前可要三思啦！”

“现在我才不大在乎说说他那可爱的品质哩，”他回答，“因为要么她必得接受他，要么就做一个囚犯，而且还有你陪着，直到你的主人死去。我能把你们都留下来，相当严密的，就在此地。如果你怀疑，鼓励她撤回她的话，你就可以有个判断的机会了！”

“我不要撤回我的话，”凯瑟琳说，“如果我结完婚可以去画眉田庄，我要在这个钟头之内就跟他结婚，希刺克厉夫先生，你是一个残忍的人，可你不是一个恶魔；你不会仅仅出于恶意，就不可挽回地毁掉我所有的幸福吧。如果爸爸以为我是故意离开他的，如果在我回去之前他死了，我怎么活得下去呢？我不再哭了：可我要跪在这儿，跪在你跟前；我不要起来，我的眼睛也要看着你的脸，直等到你也回头看我一眼！不，别转过去！看吧！你不会看见什么惹你生气的。我不恨你。你打我我也不气。姑父，你一生从来没有爱过任何人吗？从来没有吗？啊！你一定要看我一下。我是这么惨啊，你不能不难过，不能不怜悯我呀。”

“拿开你那蜥蜴般的手指；走开，不然我要踢你了！”希刺克厉夫大叫，野蛮地推开她。“我宁可被一条蛇缠紧。你怎么能梦想来谄媚我？我恨极了你！”

他耸耸肩：他自己真的哆嗦了一下，好像他憎恶得不寒而栗；并且把他的椅子向后推；这时我站起来，张开口，要来一顿大骂。但是我第一句才说了一半就被一条威吓堵回去了。他说我再说一个字就把我一个人关到一间屋里去。天快黑了——我们听到花园门口有人声。我们的主人立刻赶出去了：他还有他的机智，我们可没有了。经过两三分钟的谈话，他又一个人回来了。

“我以为是你的表哥哈里顿，”我对凯瑟琳说，“我但愿他来！他也许站在我们这边，谁知道呢？”

“是从田庄派来的三个仆人找你们的，”希刺克厉夫说，听见了我的话。“你本来应该开扇窗子向外喊叫的：但是我可以发誓那个小丫头心里挺高兴你没有叫，她高兴被留下来，我肯定。”

我们知道失掉了机会，就控制不住发泄我们的悲哀了；他就让我们哭到九点钟。然后他叫我们上楼，穿过厨房，到齐拉的卧房里去；我低声叫我的同伴服从：或者我们可以设法从那边窗子出去，或者到一间阁楼里，从天窗出去呢。但是，窗子像楼下一样的窄，而阁楼也无从到达，因为我们和以前一样被锁在里面了。我们都没有躺下来：凯瑟琳就在窗前待着，焦急地守候着早晨到来；我不断地劝她休息一下，我所能得到的唯一的回答就是一声深沉的叹息。我自己坐在一张摇椅上，摇来摇去，心里严厉地斥责我许多次的失职；我当时想到我的主人们的所有不幸都是由这些而来。我现在明白，实际上不是这回事；但是在那个凄惨的夜里，在我的想象中，确是如此；我还以为希刺克厉夫比我的罪过还轻些。

七点钟他来了，问林惇小姐起来没有。她马上跑到门口，回答着，“起来了。”“那么，到这儿来，”他说，开开门，把她拉出去。我站起来跟着，可是他又锁上了。我要求放我。

“忍耐吧，”他回答，“我一会就派人把你的早点送来。”

我捶着门板，愤怒地摇着门闩；凯瑟琳问干吗还要关我？他回说，我还得再忍一个钟头，他们走了。我忍了两三个钟头；最后，我听见脚步声：不是希刺克厉夫的。

“我给你送吃的来了，”一个声音说，“开门！”

我热心地服从，看见了哈里顿，带着够我吃一整天的食物。

“拿去。”他又说，把盘子塞到我手里。

“等一分钟。”我开始说。

“不！”他叫，退出去了，我为了要留住他而苦苦哀求他，他却不理。

我就在那里被关了一整天，又一整夜；又一天，又一夜。我一共待了五夜四天，看不见人，除了每天早上看见哈里顿一次；而他是一个狱卒的典型：乖戾，不吭一声，对于打动他的正义感或同情心的各种企图完全装聋。

第28章

第五天早晨，或者不如说是下午，听见了一个不同的脚步声——比较轻而短促;这一次,这个人走进屋子里来了,那是齐拉,披着她的绯红色的围巾,头上戴一顶黑丝帽,胳臂上挎个柳条篮子。

“呃,啊呀！丁太太!”她叫,“好呀,在吉默吞有人谈论着你们啦。我从来没想到你会陷在黑马沼里,还有小姐跟你在一起,后来主人告诉我已经找到你们了,他让你们住在这儿了！怎么！你们一定是爬上一个岛了吧？你们在山洞里多久？是主人救了你吗,丁太太？可你不怎么瘦——你没有怎么受罪吧,是吗?”

“你主人是个真正的无赖汉!”我回答,“可是他要负责任的。他用不着编瞎话:总要真相大白的!”

“你是什么意思?”齐拉问,“那不是他编的话:村里人都那么说——都说你们在沼地里迷失了;当我进来时,我就问起恩萧——‘呃,哈里顿先生,自从我走后有怪事发生啦。那个漂亮的小姑娘怪可惜的,还有丁耐莉也完了。’他瞪起眼来了。我以为他还没有听到,所以我就把这流言告诉他。主人听着,他自己微笑着还说:‘即使她们先前掉在沼地里,她们现在可是出来啦,齐拉。丁耐莉这会儿就住在你房间里,你上楼时可以叫她快走吧;钥匙在这里。泥水进了她的头,她精神错乱地要往家里跑;可是我留住了她,等她神志清醒过来。如果她能走,你叫她马上去田庄吧,给我捎个信去,说她的小姐跟着就来,可以赶得上送殡。’”

“埃德加先生没死吧?”我喘息着。“啊,齐拉,齐拉!”

“没有，没有；你坐下吧，我的好太太，”她回答，“你还是病着呢。他没死。肯尼兹医生认为他还可以活一天。我在路上遇见他时问过了的。”

我没有坐下来，我抓起我的帽子，赶忙下楼，因为路是自由开放了。一进大厅，我四下里望着想找个人告诉我关于凯瑟琳的消息。这地方充满了阳光，门大开着；可是眼前就看不见一个人。我正犹豫着不知是马上走好呢，还是回转去找我的女主人，忽然一声轻微的咳嗽把我的注意力引到炉边。林惇躺在躺椅上，一个人待着，吮一根棒糖，以冷漠无情的眼光望着我的动作。“凯瑟琳小姐在哪儿？”我严厉地问他，以为我既然正好撞见他一个人待在那儿，就可以吓唬他好给点情报。他却像个呆子似的继续吮糖。

“她走了吗？”我说。

“没有，”他回答，“她在楼上。她走不了；我们不让她走。”

“你们不让她走，小白痴！”我叫着，“马上带我到她屋里去，不然我要让你叫出声来。”

“要是你打算到那里去，爸爸还要让你叫出声来哩，”他回答，“他说我不必温和地对待凯瑟琳。她是我的妻子，她要离开我就是可耻的。他说她恨我并且愿意我死，她好得到我的钱；可是她拿不到：她回不了家！她永远不会！——她可以哭呀，生病呀，随她的便！”

他又继续吮着糖，闭着眼，好像想睡了。

“希刺克厉夫少爷，”我又开始说，“你忘了去年冬天凯瑟琳对你的所有的恩情了吗？那时候你肯定说你爱她，那时候她给你带书来，给你唱歌，而且有多少次冒着风雪来看你？有一天晚上她不能来，她就哭，唯恐你会失望；那时候你觉得她比你好几百倍：现在你却相信你父亲告诉你的谎话了，虽然你明知他憎恨你们两个人，你却和他联合在一起反对她。可真是好样儿的感恩报德，是不是？”

林惇的嘴角撇下来，他把棒糖从嘴里抽出来。

“她到呼啸山庄来是因为她恨你吗？”我接着说，“你自己想想吧；至于你的钱，她甚至还不知道你会有什么钱。而你说她病了；可你还丢下她一个人，在一个陌生人家的楼上！你也受过这样被人忽视的滋味呀，你能怜悯你自己的痛苦；她也怜悯你的痛苦；可是你就不能怜悯她的痛苦！我都掉眼泪了，希刺克厉夫少爷，你瞧——我，一个年纪比较大点的女人，而且不过是个仆人——你呢,在假装出那么多温情,而且几乎有了爱她的理由之后,却把每一滴眼泪存下来为你自己用,还挺安逸地躺在那里。啊,你是个没良心的,自私的孩子!”

“我不能跟她待在一起,”他烦躁地回答,“我又不愿意一个人守在那里。她哭得我受不了。虽然我说我要叫我父亲啦,她也还是没完没了。我真叫过他一次,他吓唬她,要是她还不安静下来,他就要勒死她;可是他一离开那屋,她又哭开了,虽然我烦得大叫因为我睡不着,她还是整夜的哭哭啼啼。”

“希刺克厉夫先生出去了吗?”我看出来这个下贱的东西没有力量来同情他表姐的心灵上所受到的折磨,便盘问着。

“他在院子里,”他回答,“跟肯尼兹医生说话哩;医生说舅舅终于真的要死了。我很高兴,因为我要继承他,做田庄的主人了。凯瑟琳一说起那儿总把它当作是她的房子。那不是她的!那是我的。爸爸说她所有的每一样东西都是我的。她所有的好书是我的,她说如果我肯拿给她我们房子的钥匙,放她出去,她情愿把那些书给我,还有她那些漂亮的鸟,还有她的小马敏妮;但是我告诉她,她并没有东西可给,那些全是,全是我的。后来她就哭啦;又从她脖子上拿下一张小相片,说我可以拿那个;那是两张放在一个金盒子里的相片,一面是她母亲,另一面是她父亲,都是在他们年轻的时候照的。那是昨天发生的事。我说那也是我的,想从她手里夺过来。那个可恶的东西不让我拿:她把我推开,把我弄痛了。我就大叫——那使她害怕了——她听见爸爸来了,她拉断铰链,打开盒子,把她母亲的相片给我;那一张她打算藏起来,可是爸爸问怎么回事,我就说出来了。他把我得到的相片拿去了,又叫她把她的给我;她拒绝了,他就——他就把她打倒在地,从项链上把那盒子扯下来,用他的脚踏烂。”

“你喜欢看她挨打吗?”我问,有意鼓励他说话。

“我闭上眼睛,”他回答,“我看见我父亲打狗或打马,我都闭上眼睛,他打得真狠。但是一开头我是挺喜欢的——她既推我,就活该受罪。可是等到爸爸走了,她叫我到窗子前面,给我看她的口腔被牙齿撞破了,她满口是血;然后她把相片的碎片都收集起来,走开了,脸对着墙坐着,从此她就再也没跟我说过话:我有时候以为她是痛得不能说话。我不愿意这样想!可是她不停地哭,真是个顽劣的家伙;而且她看来是这么苍白,疯疯癫癫的样子,我都怕她啦。"

"要是你愿意的话,你能拿到钥匙吧?"我说。

"能,只要我在楼上,"他回答,"可是我现在不能走上楼。"

"在哪间屋子?"我问。

"啊,"他叫,"我才不会告诉你在哪儿。那是我们的秘密。没有人知道,哈里顿或齐拉也不知道。啊呀!你把我搞累了——走开,走开!"他把脸转过去,靠在他的胳臂上,又闭上了双眼。

我考虑最好不用看到希刺克厉夫先生就走,再从田庄带人来救我的小姐。一到家,我的伙伴们看见我,都是惊喜非常的,他们一听到他们的小女主人平安,有两三个人就要赶忙到埃德加先生的房门口前大声呼喊这个消息;但我愿自己通报。才几天的工夫,我发现他变得多么厉害呀!他带着悲哀的,听天由命的神气躺着等死。他看来很年轻:虽然他实际年龄是三十九岁。至少,人家会把他当作年轻十岁看。他想着凯瑟琳,因为他在喃喃地叫着她的名字。我摸着他的手说:

"凯瑟琳就来了,亲爱的主人!"我低声说,"她活着,而且挺好;就要来了;我希望,今天晚上。"

这消息引起的最初效果使我颤抖起来:他撑起半身,热切地向这屋子四下望着,跟着就晕过去了。等他恢复过来,我就把我们的被迫进门,以及在山庄的被扣留都说了。我说希刺克厉夫强迫我进去;那是不大真实的。我尽可能少说反对林惇的话;我也没把他父亲的禽兽行为全描述出来——我的用意是,只要我能够,就不想在他那已经溢满的苦杯中再增添苦味了。

他推测他的敌人目的之一就是取得他私人的财产以及田地,好给他的儿子;或者宁可说给他自己;但使我主人疑惑不解的是他为什么不能等自己死后再动手,而不知道他外甥将要差不多和他一同离开人世了。无论如何,他觉得他的遗嘱最好改一下:不必把凯瑟琳的财产由她自己支配了,他决定把这财产交到委托人手里,供她生前使用,如果她有孩子,在她死后给她孩子用。依靠这方法,即使林惇死了,财产也不会落到希刺克厉夫先生手里了。

我接受了他的吩咐后,就派一个人去请律师,又派了四个人,配备了可用的武器，去把我的小姐从她的狱卒那儿要回来。两批人都耽搁得很晚才回来。单人出去的仆人先回来。他说当他到律师格林先生家的时候，格林先生不在家，他不得不等了两个钟头，律师才回来。然后格林先生告诉他说他在村里有点小事要办；但他在早晨以前一定可以赶到画眉田庄。那四个人也没陪着小姐回来。他们捎回口信说凯瑟琳病了——病得离不开她的屋了，希刺克厉夫不许他们去见她，我痛痛快快骂这些笨家伙一顿，因为他们听信了那套瞎话，我不把这话传给主人，决定天亮带一群人上山庄去，认真地大闹一番，除非他们把被监禁的人稳稳地交到我们手里。她父亲一定要见到她，我发誓，又发誓，如果那个魔鬼想阻止这个，即使让他死在他自己的门阶前也成！

幸好，我省去了这趟出行和麻烦。我在三点钟下楼去拿一罐水，正在提着水罐走过大厅时，这时前门一阵猛敲使我吓一跳。“啊，那是格林，”我说，镇定着自己——“就是格林。”我仍然向前走，打算叫别人来开门；可是门又敲起来：声音不大，仍然很急促。我把水罐放在栏杆上，连忙自己开门让他进来。中秋的满月在外面照得很亮。那不是律师。我自己的可爱的小女主人跳过来搂着我的脖子哭泣着：“艾伦，艾伦！爸爸还活着吧？”

“是的，”我叫着，“是的，我的天使，他还活着，谢谢上帝，你平平安安地又跟我们在一起啦！”

她已经喘不过气来，却想跑上楼到林惇先生的屋子里去；但是我强迫她坐在椅子上，叫她喝点水，又洗洗她那苍白的脸，用我的围裙把她的脸擦得微微泛红。然后我说我必须先去说一声她来了，又求她对林惇先生说，她和小希刺克厉夫在一起会很幸福的。她愣住了，可是马上就明白我为什么劝她说假话，她向我保证她不会诉苦的。

我不忍待在那儿看他们见面。我在卧房门外站了一刻钟，简直不敢走近床前。但是，一切都很安宁：凯瑟琳的绝望如同她父亲的欢乐一样不露声色，表面上，她镇静地扶着他；他抬起他那像是因狂喜而张大的眼睛盯住她的脸。

他死得有福气，洛克乌德先生，他是这样死的：他亲亲她的脸，低声说：“我去她那儿了；你，宝贝孩子，将来也要到我们那儿去的！”就再也没动，也没说话；但那狂喜的明亮的凝视一直延续着，直到他的脉搏不知不觉地停止，他的灵魂离开了。没有人能注意到他去世的准确时刻，那是完全没有一点挣扎就死去了。

也许凯瑟琳把她的眼泪耗尽了，也许悲哀太沉重，以致哭不出来，她就这么眼中无泪地坐在那里直到日出：她坐到中午，还要待在那儿对着灵床呆想，但是我坚持要她走开，休息一下。好的是我把她劝开了，因为午饭时律师来了，他已经到过呼啸山庄，取得了如何处理的指示。他把自己卖给希刺克厉夫先生了：这就是他在我主人召唤以后迟迟不来的缘故，幸亏，在他女儿来到之后，他就根本没有想到过那些尘世间的种种事务。

格林先生自行负起责任安排一切事情以及安排这地方的每一个人。他把所有的仆人，除了我，都辞退了。他还要执行他的委托权，坚持埃德加·林惇不能葬在他妻子旁边，却要葬在教堂里，跟他的家族在一起。无论如何，遗嘱阻止那样行事，我也高声抗议，反对任何违反遗嘱指示的行为。丧事匆匆地办完了。凯瑟琳，如今的林惇·希刺克厉夫夫人，被准许住在田庄，直到她父亲起灵为止。

她告诉我说她的痛苦终于刺激了林惇，他冒险放走了她。她听见我派去的人在门口争论，她听出了希刺克厉夫的回答中的意思。那使她不顾死活了。林惇在我走后就被搬到楼上小客厅里去，他被吓得趁他父亲还没有再上楼，就拿到了钥匙。他很机灵地把门开开锁又重新上了锁，可没把它关严；当他该上床时，他要求跟哈里顿睡，他的请求这一回算是被批准了。凯瑟琳在天亮前偷偷出去。她不敢开门，生怕那些狗要引起骚扰；她到那些空的房间，检查那里的窗子；很幸运，她走到她母亲的房间，她从那里的窗台上很容易出来了，利用靠近的枞树，溜到地上。她的同谋者，尽管想出了他那怯懦的策略，为了这件逃脱的事还是吃了苦头。

第29章

丧事办完后的那天晚上，我的小姐和我坐在书房里；一会儿哀伤地思索着我们的损失——我们中间有一个是绝望地思索着，一会儿又对那暗淡的未来加以推测。

我们刚刚一致认为对凯瑟琳说来，最好的命运就是答应她继续在田庄住下去；至少是在林惇活着的时候；也准许他来和她在一起，而我还是做管家。那仿佛是简直不敢希望的太有利的安排了；可我还是希望着，而且一想到可以保留我的家，我的职务，还有，最重要的是，我可爱的年轻的女主人，我就开始高兴起来；不料，这时候一个仆人——被遣散却还未离去的一个——急急忙忙地冲进来说"那个魔鬼希刺克厉夫"正在穿过院子走来；他要不要当他面就把门闩上？

即使我们真气得吩咐他闩门，也来不及了。他不顾礼貌，没有敲门，或通报他的姓名：他是主人，利用了做主人的特权，径直走进来，没说一个字。向我们报告的人的声音把他引到书房来；他进来了，做个手势，叫他出去，关上了门。

这间屋子就是十八年前他作为客人被引进来的那间：同样的月亮从窗外照进来；外面是同样的一片秋景。我们还没有点蜡烛，但是整个房间看得清清楚楚，甚至墙上的肖像：林惇夫人漂亮的头像，和她丈夫文雅的头像。希刺克厉夫走到炉边。时间也没有把他这个人改变多少。还是这个人：他那发黑的脸稍稍发黄些，也宁静些，他的身躯，或者重'一两呃'①，除此之

---

① 呃——重量名，常用来表示体重，等于十四磅，在实用上因物而异。

外,并没有其他的不同。凯瑟琳一看见他就站起来想冲出去。

“站住!”他说,抓住她的胳臂。“不要再跑掉啦!你要去哪儿?我是来把你带回家去的;我希望你做个孝顺的儿媳妇,不要再鼓励我的儿子不听话了。当我发现他参与了这件事时,我不知道该怎么罚他才好,他是这么一个蜘蛛网,一抓就要使他灭亡;可是等你瞧见他的样子就知道他已经得到他应得的报应了!有天晚上,就是前天,我把他带下楼来,就把他放在椅子上,这以后再也没碰过他。我叫哈里顿出去,屋里就是我们俩。过两个钟头,我叫约瑟夫再把他带上楼去;自此以后我一在他跟前就像一个摆脱不了的鬼似的缠住他的神经;即使我不在他旁边,我猜想他也常常看得见我。哈里顿说他在夜里常一连几个钟头的醒着,大叫,叫你去保护他,免得受我的害;不管你喜欢不喜欢你那宝贝的伴侣,你一定得去:现在他归你管了;我把对他的一切兴趣全让给你。”

“为什么不让凯瑟琳留在这儿,”我恳求着,“也叫林惇少爷到她这儿来吧,既是你恨他们俩,他们不在,你也不会想念的;他们只能使你的硬心肠每天烦恼罢了。”

“我要为田庄找一个房客,”他回答,“而且我当然要我的孩子们在我身边。此外,那个丫头既有面包吃,就得做事。我不打算在林惇去世后使她养尊处优、无所事事。现在,赶快预备好吧,不要逼我来强迫你。”

“我要去的,”凯瑟琳说,“林惇是我在这世界上所能爱的一切了。虽然你已经努力使他让我厌恶,也使我让他厌恶,可是你不能使我们互相仇恨。当我在旁边的时候,我不怕你伤害他,我也不怕你吓唬我!”

“你是一个夸口的勇士,”希刺克厉夫回答,“可是我还不至于因为喜欢你而去伤害他;你要受尽折磨,能有多久就受多久。不是我使他让你厌恶——是他自己的好性子使你厌恶。他对于你的遗弃和这后果是怨恨透啦;对于你这种高尚的爱情不要期待感谢吧。我听见他很生动地对齐拉描绘着他要是跟我一样强壮,他就要如何如何了;他已经有了这种心思,他的软弱正促使他的机灵更敏锐地去寻找一种代替力气的东西。”

“我知道他的天性坏,”凯瑟琳说,“他是你的儿子。可是我高兴我天性比较好,可以原谅他;我知道他爱我,因此我也爱他。希刺克厉夫先生,你没有一个人爱你;你无论把我们搞得多惨,我们一想到你的残忍是从你更大的悲哀中产生出来的,我们还是等于报了仇了。你是悲惨的,你不是么？寂寞,像魔鬼似的,而且也像魔鬼似的嫉妒心重吧？没有人爱你——你死了,没有人哭你！我可不愿意像你这样!”

凯瑟琳带着一种凄凉的胜利口气说着话。她仿佛决心进入她的未来家庭的精神中去,从她敌人的悲哀中汲取愉快。

“要是你站在那儿再多一分钟的话,你马上就要因为你这样神气而难过啦。”她的公公说,“滚,妖精,收拾你的东西去!”

她轻蔑地退开了。等她走掉,我就开始要求齐拉在山庄的位置,请求把我的让给她;但是他根本不答应。他叫我别说话;然后,他头一回让自己瞅瞅这房间,而且望了望那些肖像。仔细看了林惇夫人的肖像之后,他说:“我要把它带回家去。不是因为我需要它,可——”他猛然转身向着壁炉,带着一种,我找不出更好的字眼来说,只好说这算是一种微笑吧,他接着说:“我要告诉你我昨天做什么来着！我找到了给林惇掘坟的教堂司事,就叫他把她的棺盖上的土拨开,我打开了那棺木。我当时一度想我将来也要埋在那儿;我又看见了她的脸——还是她的模样！——他费了很大的劲才赶开我;可是他说如果吹了风那就会起变化,所以我就把棺木的一边敲松,又盖上了土;不是靠林惇那边,滚他的！我愿把他用铅焊住。我贿赂了那掘坟的人等我埋在那儿时,把它抽掉,把我的尸首也扒出来;我要这样搞法:等到林惇到我们这儿来,他就分不清哪个是哪个了!”

“你是非常恶毒的,希刺克厉夫先生!”我叫起来,“你扰及死者就不害臊吗?”

“我没有扰及任何人,耐莉,”他回答,“我给我自己一点安宁而已。如今我将要舒服多了;等我到那儿的时候你也能使我在地下躺得住了。扰及了她吗,不！她扰了我日日夜夜,十八年以来——不断地——毫无怜悯地——一直到昨夜;昨夜我平静了,我梦见我靠着那长眠者睡我最后的一觉,我的心停止了跳动,我的脸冰冷地偎着她的脸。”

“要是她已经化入泥土,或是更糟;那你还会梦见什么呢?”我说。

“梦见和她一同化掉,而且还会更快乐些!”他回答,“你以为我害怕那样的变化吗？我掀起棺盖时,我原等待着会有这么一个变化;但是我很高兴它还没有开始,那要等到我和它一同变化。而且,除非我脑子里清清楚楚地印下了她那冷若冰霜的面貌的印象，否则那种奇异的感觉是很难消除的。开始得很古怪。你知道她在死后我发狂了；每天每天我永远在祈求她的灵魂回到我这儿来！我很相信鬼魂，我相信它们能够，而且的确是生存在我们中间！她下葬的那天，下了雪。晚上我到墓园那儿去。风刮得阴冷如冬——四周是一片凄凉。我不怕她那个混蛋丈夫这么晚会荡到这幽谷中来；也没有别人会有事到那边去。我是单独一个人，而且我知道就这两码厚的松土是我们之间唯一的障碍，我对我自己说——'我要把她再抱在我的怀里！如果她是冰冷的，我就认为是北风吹得我冷；如果她不动，那她是睡觉。'我从工具房拿到一把铲子，开始用我的全力去掘——挖到棺木了；我用我的手来搞；钉子四周的木头开始咯吱地响着；我马上就要得到我的目的物了，那时我仿佛听到上面有人叹气，就在坟边，而且俯身向下。'如果我能掀开这个，'我咕噜着，'我愿他们用土把我们俩都埋起来！'我就更拚命地掀。在我耳边，又有一声叹息。我好像觉得那叹息的暖气代替了那夹着雨雪的风。我知道身边并没有血肉之躯的活物；但是，正如人们感到在黑暗中有什么活人走近来，可又并不能辨别是什么一样，我也那么确切地感到凯蒂在那儿：不是在我脚下，而是在地上。一种突然的轻松愉快的感觉从我心里涌出来，流过四肢。我放弃了我那悲痛的工作，马上获得了慰藉：说不出来的慰藉。她和我同在，在我又填平墓穴时，她逗留着，并且又领我回家。你要想笑，你尽管笑；可是我确信我在那儿看见了她。我确信她跟我在一起，我不能不跟她说话。到了山庄，我急切地冲到门前。门锁了；我记得，那个可诅咒的恩萧和我的妻子不让我进去。我记得我停下来，把他踢得喘不过气来，然后就赶忙上楼，到我的屋子和她的屋子里。我急躁地向四周望——我觉得她在我身边——我几乎看得见她，可是我看不见！我当时急得要冒出血来，出于苦苦的渴望——出于狂热的祈求只要看她一眼！我一眼也看不到。正如她生前一样像魔鬼似的捉弄我！而且，自此以后，或多或少，我就总是被那种不可容忍的折磨所捉弄！地狱呀！我的神经总是这么紧张；要是我的神经不像羊肠线的话，那早就松弛到林悖那样衰弱的地步了。当我同哈里顿坐在屋里的时候，仿佛我一走出去就会遇见她；当我在旷野散步的时候，仿佛我一回去就会遇见她。当我从家里出来时，我忙着回去；我肯定！她一定是在山庄的什么地方，而当我在她的屋子里睡觉时——我又非出来不可。我躺不住;因为我刚闭上眼,她要么就是在窗外,要么就溜进窗格,要么走进屋里来,要么甚至将她可爱的头靠在我的枕上,像她小时候那样。而我必须睁开眼睛看看。因此我在一夜间睁眼闭眼一百次——永远是失望!它折磨我!我常常大声呻吟,以至于那个老流氓约瑟夫一定以为是我的良心在我身体里面捣鬼。现在,既然我看见了她,我平静了——稍微平静了一点。那是一种奇怪的杀人方法:不是一寸寸地,而是像头发丝那样的一丝丝地割,十八年来就用幽灵样的希望来引诱我!"

希刺克厉夫停下来,擦擦他的额头;他的头发粘在上面,全被汗浸湿了。他的眼睛盯住壁炉的红红的余烬,眉毛并没皱起,却扬得高高地挨近鬓骨,减少了他脸上的阴沉神色,但有一种特别的烦恼样子,还有对待一件全神贯注的事情时那种内心紧张的痛苦表情。他只是一半对着我说话,我一直不开腔。我不喜欢听他说话!过了一刻,他又恢复了对那肖像的冥想,他把它取下来,把它靠在沙发上,以便更好地注视,正在这么专心看着的时候,凯瑟琳进来了,宣布她准备好了,就等她的小马装鞍了。

"明天送过来吧,"希刺克厉夫对我说;然后转身向她,又说:"你可以不用你的小马:今晚天气不坏,而且你在呼啸山庄也用不着小马;不论你做什么样的旅行,你自己的脚可以伺候你。来吧。"

"再见,艾伦!"我亲爱的小女主人低声说。当她亲我时,她的嘴唇像冰似的。"来看我,艾伦,别忘了。"

"当心你不要做这种事,丁太太!"她的新父亲说,"我要跟你说话时,我一定会到这儿来。我可不要你偷偷到我家去!"

他做个手势叫她走在他前面;她回头望了一眼,使我心如刀割,她服从了。我在窗前望着他们顺着花园走去。希刺克厉夫把凯瑟琳的胳臂夹在他的胳臂里;虽然她起初显然是反对这样做;他跨开大步把她带到小路上,那边的树木把他们遮住不见了。

第30章

我曾去过山庄一次，但是自从她离去以后我就没有看到过她；当我去问候她时，约瑟夫用手把着门，不许我进去。他说林惇夫人“完蛋啦”，主人不在家。齐拉告诉过我他们过日子的一些情况，不然我简直不知道谁死了，谁活着。她认为凯瑟琳太傲慢，她也不喜欢她，我从她的话里猜得出来。我的小姐初去时曾要她帮点忙；可是希刺克厉夫叫她只管自己的事，让他儿媳妇自己照料自己；齐拉本是一个心窄的、自私自利的女人，就挺愿意地服从了。凯瑟琳对于这种怠慢表示出了孩子气的恼怒；用轻蔑来相报，如此就把我这个通风报信的人也列入她的敌人之列，记下了仇，好像她做了天大的对不起她的事似的。大约六星期以前，就在你来之前不久，我曾和齐拉长谈，那天我们在旷野上遇见了；以下就是她告诉我的。

“林惇夫人所做的第一件事，”她说，“在她一到山庄时，就是跑上楼，连对我和约瑟夫都没打个招呼，说声晚上好；她把自己关在林惇的屋子里，一直待到早上。后来，在主人和恩萧吃早餐时，她到大厅里来，全身哆嗦地问道可不可以请个医生来？她的表弟病得很重。”

“‘我们知道！’希刺克厉夫回答，‘可是他的生命一文不值，我也不要在他身上再花一个铜子儿啦！’

“‘可我不知道怎么办，’她说，‘要是没人帮帮我，他就要死了！’

“‘走出这间屋子，’主人叫道，‘永远别让我再听见关于他的一个字。这儿没有人关心他怎么样。你要是关心，就去做看护吧。要是你不，就把他锁在里面，离开他。’

“然后她开始来缠我，我说我对这烦人的东西已经够累了；我们个个都有自己的事，她的事就是伺候林惇：是希刺克厉夫叫我把那份工作交给她的。

“他们怎么过的，我也说不出来，我猜想他总是发脾气，而且日夜地哭号，她难得有点休息；从她那发白的脸和迷迷瞪瞪的眼睛可以猜得出，她有时到厨房里来，样子很狼狈，好像是想求人帮忙，但是我可不打算违背主人：我从来不敢违背他，丁太太，虽然我也觉得不请肯尼兹大夫来不对，可那跟我没关系，也不必由我来劝或者抱怨；我一向不愿多管闲事。有一两回，我们都上床睡了，我偶尔又开开我的屋门，就看见她坐在楼梯顶上哭；我就马上关上门，生怕我被感动得去干预。那时我的确可怜她；可你知道，我还是不愿意丢掉我的饭碗呀。

“最后，一天夜里她鼓足勇气来到我的屋子，她说的话把我都吓糊涂了。‘告诉希刺克厉夫先生他的儿子要死了——这次我确定他是要死了。马上起来，告诉他。’

“说完这话，她又不见了。我又躺了一刻钟，一边静听，一边发抖。没有动静——这所房子没声音。

“‘她搞错了，’我自言自语。‘他病好啦。我用不着打扰他们。’我就瞌睡起来。可是我的睡眠第二次被尖锐的铃声打断了——这是我们唯一的铃，特意给林惇装置的；主人叫我去看看怎么回事，叫我通知他们他不要再听见那个声音。

“我传达了凯瑟琳的话。他自言自语地咒骂着，几分钟后他拿着一根点着的蜡烛出来，向他们的屋子走去。我也跟着。希刺克厉夫夫人坐在床边，手抱着膝。她公公走上前，用烛光照照林惇的脸，望望他，又摸摸他；然后他转身向她。

“‘现在——凯瑟琳，’他说，‘你觉得怎么样？’

“她不吭声。

“‘你觉得怎么样，凯瑟琳？’他又说。

“‘他是平安了，我是自由了，’她回答，‘我应该觉得好过——可是，’她接着说，带着一种她无法隐藏的悲苦，‘你们丢下我一个人跟死亡挣扎这么久，我感到的和看见的只有死亡！我觉得就像死了一样！’

"她看上去也像是死了似的！我给她一点酒。哈里顿和约瑟夫被铃声和脚步声吵醒了，在外面听见我们说话，现在进来了。我相信约瑟夫挺高兴这个孩子去世；哈里顿仿佛有点不安：不过他盯住凯瑟琳比想念林惇的时间还多些。但是主人叫他再睡去：我们不要他帮忙。然后他叫约瑟夫把遗体搬到他房间去，也叫我回屋，留下希刺克厉夫夫人一个人。

"早上，他叫我去对她说务必要下楼吃早餐：她已经脱了衣服，好像要睡觉了，说她不舒服；对于这个我简直不奇怪。我告诉了希刺克厉夫先生，他答道：'好吧，由她去，到出殡后再说；常常去看看她需要什么给她拿去；等她见好些就告诉我。'"

据齐拉说，凯蒂在楼上待了两个星期；齐拉一天去看她两次，本想对她好些，可是尽管齐拉打算对她友好一些，却被她傲慢而且干脆地拒绝了。

希刺克厉夫上楼去过一次，给她看林惇的遗嘱。他把他所有的以及曾经是她的动产全遗赠给他父亲：这可怜的东西是在他舅舅去世，凯瑟琳离开一个星期的那段时期受到威胁，或是诱骗，写成那份遗嘱的。至于田地，由于他未成年，他不过问。无论如何 ，希刺克厉夫先生也根据他妻子的权利，以及他的权利把它拿过来了；我想是合法的；毕竟，凯瑟琳无钱无势，是不能干预他的产权的。

"始终没有人走近她的房门，"齐拉说，"除了那一次。只有我，也没有人问过她。她第一次下楼到大厅里来是在一个星期日的下午。在我给她送饭的时候，她喊叫说她再待在这冷地方可受不了啦；我告诉她说主人要去画眉田庄了，恩萧和我用不着拦住她下楼；她一听见希刺克厉夫的马奔驰而去，她就出现了，穿着黑衣服，她的黄鬈发梳在耳后，朴素得像个教友派教徒：她没法把它梳通。

"约瑟夫和我经常在星期日到礼拜堂去。"（你知道，现在教堂没有牧师了，丁太太解释着；他们把吉默吞的美以美会或是浸礼会的地方，我说不出是哪一个，叫作礼拜堂。）"约瑟夫已经走了，"她接着说，"但是我想我还是留在家里合适些。年轻人有个年纪大的守着总要好多了；哈里顿，虽然非常羞怯，却不是品行端正的榜样。我让他知道他表妹大概要和我们一道坐着，她总是守安息日的；所以当她待在那儿的时候，他最好别搞他的枪，也别做屋里的零碎事。他听到这消息就脸红了，还看看他的手和衣服。一下工夫鲸油和枪弹药全收起来了。我看他有意要陪她；我根据他的做法猜想，他想使自己体面些；所以，我笑起来，主人在旁我是不敢笑的，我说要是他愿意，我可以帮他忙，而且嘲笑他的慌张。他又不高兴了，开始咒骂起来。

“现在，丁太太，”齐拉接着说，看出我对她的态度不以为然，“你也许以为你的小姐太好，哈里顿先生配不上；也许你是对的，可是我承认我很想把她的傲气压一下。现在她所有的学问和她的文雅对她又有什么用呢？她和你或我一样的贫穷：更穷，我敢说，你是在攒钱，我也在那条路上尽我的小小努力。”

哈里顿允许齐拉帮他忙，她把他奉承得性子变温和了，所以，当凯瑟琳进来时，据那管家说，他把她以前的侮蔑也忘了一半，努力使自己彬彬有礼。

“夫人走进来了，”她说，“跟个冰柱似的，冷冰冰的，又像个公主似的高不可攀。我起身把我坐的扶手椅让给她。不，她翘起鼻子对待我的殷勤。恩萧也站起来了，请她坐在高背椅上，坐在炉火旁边：他说她一定是饿了。

“‘我饿了一个多月了。’她回答，尽力轻蔑地念那个‘饿’字。

“她自己搬了张椅子，摆在离我们两个都相当远的地方。等到她坐暖和了，她开始向四周望着，发现柜子上有些书；她马上站起来，想够到它，可是它太高了。她的表哥望着她试了一会，最后鼓起勇气去帮她；她兜起她的衣服，他一本一本拿下来装满了一兜。

“这对于那个男孩子已是一大进步了。她没有谢他；可是他觉得很感激，因为她接受了他的帮助，在她翻看这些书时，他还大胆地站在后面，甚至还弯身指点引起他的兴趣的书中某些古老的插画；他也没有因她把书页从他手指中猛地一扯的那种无礼态度而受到挫折：他挺乐意地走开些；望着她，而不去看书。她继续看书，或者找些什么可看的。他的注意力渐渐集中在研究她那又厚又亮的卷发上：他看不见她的脸，她也看不见他。也许，他自己也不清楚他做了什么，只是像个孩子被一根蜡烛所吸引一样，终于他从死盯着，后来却开始碰它了，他伸出他的手摸摸一绺鬈发，轻轻的，仿佛那是一只鸟儿。就像他在她的脖子上捅进一把小刀似的，她猛然转过身来。

“‘马上滚开！你怎么敢碰我？你待在这儿干吗？’她以一种厌恶的声调大叫，‘我受不了你！要是你走近我，我又要上楼了。’

“哈里顿先生向后退，显得要多蠢就有多蠢；他很安静地坐在长椅上，她继续翻她的书，又过了半个钟头；最后，恩萧走过来，跟我小声说：

"'你能请她念给我们听吗，齐拉？我都闲腻了；我真喜欢——我会喜欢听她念的！别说我要求她，就说你自己请她念。'

"'哈里顿先生想让你给我们念一下，太太，'我马上说，'他会很高兴——他会非常感激的。'

"她皱起眉头，抬起头来，回答说：

"'哈里顿先生，还有你们这一帮人，请放明白点：我拒绝你们所表示的一切假仁假义！我看不起你们，对你们任何一个人我都没话可说！当我宁愿舍了命想听到一个温和的字眼，甚至想看看你们中间一个人的脸的时候，你们都躲开了。可是我并不要对你们诉苦！我是被寒冷赶到这儿来的；不是来给你们开心或是跟你们做伴的。'

"'我做了什么错事啦？'恩萧开口了。'干吗怪我呢？'

"'啊！你是个例外，'希刺克厉夫夫人回答，'我从来也不在乎你关不关心我。'

"'但是我不止一次提过，也请求过，'他说，被她的无礼激怒了，'我求过希刺克厉夫先生让我代你守夜——'

"'住口吧！我宁可走出门外，或者去任何地方，也比听你那讨厌的声音在我耳边响好！'我的夫人说。

"哈里顿咕噜着说，在他看来，她还是下地狱去的好！他拿下他的枪，不再约束自己不干他的礼拜天的事了。现在他说话了，挺随便；她立刻看出还是回去守着她的孤寂合适些：但已开始下霜了，她虽然骄傲，也被迫渐渐地和我们接近了。无论如何，我也当心不愿再让她讥讽我对她的好意。打那以后，我和她一样板着脸，在我们中间没有爱她的或喜欢她的人，她也不配有；因为，谁对她说一个字，她就缩起来，对任何人都不尊敬。甚至她对主人也会开火，并且也不怕他打她；她越挨打，她就变得越狠毒。"

起初，听了齐拉这一段话，我就决定离开我的住所，找间茅舍，叫凯瑟琳跟我一块住：可是要希刺克厉夫先生答应，就像要他给哈里顿一所单独住的房子一样；在目前我看不出补救方法来，除非她再嫁，而筹划这件事我又无能为力。

丁太太的故事就这样结束了。尽管有医生的预言，我还是很快地恢复了体力;虽然这不过是元月的第二个星期,可是我打算一两天内骑马到呼啸山庄,去通知我的房东我将在伦敦住上半年,而且,若是他愿意的话,他可以在十月后另找房客来住。我可是无论如何也不要再在这里过一个冬天的了。

第31章

昨天晴朗,恬静而寒冷。我照我原来的打算到山庄去了:我的管家求我代她捎个短信给她的小姐,我没有拒绝,因为这个可尊敬的女人并不觉得她的请求有什么奇怪。前门开着,可是像我上次拜访一样,那专为提防外人的栅门是拴住的;我敲了门,把恩萧从花圃中引出来了;他解开了门链,我走进去。这个家伙作为一个乡下人是够漂亮的。这次我特别注意他,可是显然他却一点也不会利用他的优点。

我问希刺克厉夫先生是否在家?他回答说,不在;但他在吃饭时会在家的。那时是十一点钟了,我就宣称我打算进去等他;他听了就立刻丢下他的工具,陪我进去,并不是代表主人,而是执行看家狗的职务而已。

我们一同进去;凯瑟琳在那儿,正在预备蔬菜为午饭时吃,这样她也算是在出力了;她比我第一次见她时显得更阴郁些也更没精神。她简直没抬眼睛看我,像以前一样的不顾一般形式的礼貌,始终没稍微点下头来回答我的鞠躬和问候早安。

"她看来并不怎么讨人喜欢。"我想,"不像丁太太想使我相信的那样。她是个美人,的确,但不是个天使。"

恩萧执拗地叫她将蔬菜搬到厨房去。"你自己搬吧。"她说,她一弄完就把那些一推;而且在窗前的一张凳子上坐下来,在那儿她用她怀中的萝卜皮开始刻些鸟兽形。我走近她,假装想看看花园景致,而且,依我看来,很灵巧地把丁太太的短笺丢在她的膝盖上了,并没让哈里顿注意到——可是她大声问:"那是什么?"而冷笑着把它丢开了。

“你的老朋友，田庄管家，写来的信。”我回答，对于她揭穿我的好心的行为颇感烦恼，生怕她把这当作是我自己的信了。她听了这话本可以高兴地拾起它来，可是哈里顿胜过了她。他抓到手，塞在他的背心口袋里，说希刺克厉夫先生得先看看。于是，凯瑟琳默默地转过脸去，而且偷偷地掏出她的手绢，擦着她的眼睛；她的表哥，在为压下他的软心肠挣扎了一番之后，又把信抽出来，十分不客气地丢在她旁边的地板上。凯瑟琳拿到了，热切地读着；然后，她时而清楚时而糊涂地问我几句关于她从前的家的情况；并且呆望着那些小山，喃喃自语着：

“我多想骑着敏妮到那儿去！我多想爬上去！啊！我厌倦了——我给关起来啦，哈里顿！”她将她那漂亮的头仰靠在窗台上，一半是打呵欠，一半是叹息，沉入一种茫然的悲哀状态；不管，也不知道我们是否注意她。

“希刺克厉夫夫人，”我默坐了一会之后说，“你还不知道我是你的一个熟人吧？我对你很感亲切，我认为你不肯过来跟我说话是奇怪的。我的管家从不嫌烦的说起你，还称赞你；如果我回去没有带回一点关于你或是你给她的消息，只说你收到了她的信，而且没说什么，她将要非常失望的！”

她看来好像对这段话很惊讶，就问：

“艾伦喜欢你吗？”

“是的，很喜欢。”我毫不踌躇地回答。

“你一定要告诉她。”她接着说，“我想回她信，可是我没有写字用的东西：连一本可以撕下一张纸的书都没有。”

“没有书！”我叫着，“假如我有发问自由的话，你在这儿没有书怎么还过得下去的？虽然我有个很大的书房，我在田庄还往往很闷；要把我的书拿走，我就要拼命啦！”

“当我有书的时候，我总是看书，”凯瑟琳说，“而希刺克厉夫从来不看书；所以他就起了念头把我的书毁掉。好几个星期我没有看到一本书了。只有一次，我翻翻约瑟夫藏的宗教书，把他惹得大怒；还有一次，哈里顿，我在你屋里看到一堆秘密藏起来的书——有些拉丁文和希腊文，还有些故事和诗歌：全是老朋友。诗歌是我带来的——你把它们收起来，像喜鹊收集钥匙似的，只是爱偷而已——它们对你并没用；不然就是你恶意把它们藏起来，既然你不能享受，就叫别人也休想。或者是你出于嫉妒，给希刺克厉夫先生出主意把我的珍藏抢去吧？但是大多数的书写在我的脑子里，而且刻在我的心里，你就没法把那些从我这儿夺走！”

当他的表妹宣布了他私下收集文学书时，恩萧的脸通红，结结巴巴地，恼怒地否认对他的指控。

“哈里顿先生热望着增长他的知识。”我说，为他解围。“他不是嫉妒你的学识，而是想与你的学识竞争。① 几年内他会成为一个有才智的学者的。”

“同时他却要我变成一个呆瓜。”凯瑟琳回答，“是的，我听他自己试着拼音朗读，他搞出多少错来呀！但愿你再念一遍猎歌，像昨天念的那样：那是太可笑了。我听见你念的，我听见你翻字典查生字，然后咒骂着，因为你读不懂那些解释！”

这个年轻人显然觉得太糟了，他先是因为愚昧无知而被人人嘲笑，而后为了努力改掉它却又被人嘲笑。我也有类似的看法；我记起丁太太所说的关于他最初曾打算冲破他从小养成的蒙昧的逸事，我就说：

“可是，希刺克厉夫夫人，我们每人都有个开始，每个人都在门槛上跌跌爬爬。要是我们的老师只会嘲弄而不帮助我们，我们还要跌跌爬爬哩。”

“啊。”她回答，“我并不愿意限制他的成就：可是，他没有权利来把我的东西占为己有，而且用他那些讨厌的错误和不正确的读音使我觉得可笑！这些书，包括散文和诗，都由于一些别的联想，因此对于我是神圣不可侵犯的；我极不愿意这些书在他的口里被败坏亵渎！况且，他恰恰从所有的书中，选些我最爱背诵的几篇，好像是故意捣乱似的。”

哈里顿的胸膛默默地起伏了一下：他是在一种严重的屈辱与愤怒的感觉下苦斗，要压制下去是不容易的事。我站起来，出于一种想解除他的困窘的高尚念头，便站在门口，浏览外面的风景。他随着我的榜样，也离开了这间屋子；但是马上又出现了，手中捧着半打的书，他将它们扔到凯瑟琳的怀里，叫着：“拿去！我永远再不要听，不要念，也再不要想到它们啦！”

“我现在也不要了，”她回答，“我看见这些书就会联想到你，我就恨

① 原文是故意用这两个字，因为“嫉妒”是用“envious”，“竞争”是用“emulous”（见贤思齐之意），这里用来求其音近。

它们。”

她打开一本显然常常被翻阅的书，用一个初学者的拖长的声调念了一段，然后大笑，把书丢开。“听着。”她挑衅地说，开始用同样的腔调念一节古歌谣。

但是他的自爱使他不会再忍受更多的折磨了。我听见了，而且也不是完全不赞成，一种用手来制止她那傲慢的舌头的方法。这个小坏蛋尽力去伤害她表哥的感情，这感情虽然未经陶冶，却很敏感，体罚是他唯一向加害者清算和报复的方法。哈里顿随后就把这些书收集起来全扔到火里。我从他脸上看出来是怎样的痛苦心情，才能使他在愤怒中献上这个祭品。我猜想，在这些书焚化时，他回味着它们所给过他的欢乐，以及他从这些书中预感到一种得胜的和无止尽的欢乐的感觉。我想我也猜到了是什么在鼓励他秘密研读。他原是满足于日常劳作与粗野的牲口一样的享受的，直到凯瑟琳来到他的生活道路上才改变。因她的轻蔑而感到的羞耻，又希望得到她的赞许，这就是他力求上进的最初动机了，而他那上进的努力，既不能保护他避开轻蔑，也不能使他得到赞许，却产生了恰恰相反的结果。

“是的，那就是像你这样的一个畜生，从那些书里所能得到的一切益处！”凯瑟琳叫着，吮着她那受伤的嘴唇，用愤怒的眼睛瞅着这场火灾。

“现在你最好住嘴吧！”他凶猛地回答。

他的激动使他说不下去了。他急忙走到大门口，我让开路让他走过去。但是在他迈过门阶之前，希刺克厉夫先生走上砌道正碰见他，便抓着他的肩膀问：“这会儿干吗去，我的孩子？”

“没什么，没什么。”他说，便挣脱身子，独自去咀嚼他的悲哀和愤怒了。

希刺克厉夫在他背后凝视着他，叹了口气。

“要是我妨碍了我自己，那才古怪哩，”他咕噜着，不知道我在他背后，“但是当我在他的脸上寻找他父亲时，却一天天找到了她！见鬼！哈里顿怎么这样像她？我简直不能看他。”

他眼睛看着地面，郁郁不乐地走进去。他脸上有一种不安的、焦虑的表情，这是我以前从来没有看过的；他本人也望着消瘦些。他的儿媳妇，从窗里一看见他，马上就逃到厨房去了，所以只剩下我一个人。

“我很高兴看见你又出门了，洛克乌德先生，”他说，回答我的招呼。

"一部分是出于自私的动机:我不以为我能弥补你在这荒凉地方的损失。我不止一次地纳闷奇怪,是什么缘故让你到这儿来的。"

"恐怕是一种无聊的奇想,先生,"这是我的回答,"不然就是一种无聊的奇想又要诱使我走开。下星期我要到伦敦去,我必须预先通知你,我在我约定的租期十二个月以后,无意再保留画眉田庄了。我相信我不会再在那儿住下去了。"

"啊,真的;你已经不乐意流放在尘世之外了,是吧?"他说,"可是如果你来是请求停付你所不再住的地方的租金的话,你这趟旅行是白费的:我在催讨任何人该付给我的费用的时候是从来不讲情面的。"

"我来不是请求停付什么的,"我叫起来,大为恼火了。"如果你愿意的话我现在就跟你算。"我从口袋中取出记事簿。

"不,不,"他冷淡地回答,"如果你回不来,你要留下足够的钱来补偿你欠下的债。我不忙。坐下来,跟我们一块吃午饭吧;一个保险不再来访的客人经常是被欢迎的。凯瑟琳!开饭来,你在哪儿?"

凯瑟琳又出现了,端着一盘刀叉。

"你可以跟约瑟夫一块吃饭,"希刺克厉夫暗地小声说,"在厨房待着,等他走了再出来。"

她很敏捷地服从他的指示:也许她没有想违法犯规的心思。生活在蠢人和厌世者中间,她即使遇见较好的一类人,大概也不能欣赏了。

在我的一边坐的是希刺克厉夫先生,冷酷而阴沉,另一边是哈里顿,一声也不吭,我吃了一顿多少有点不愉快的饭,就早早地辞去了。我本想从后门走,以便最后看凯瑟琳一眼,还可以惹惹那老约瑟夫;可是哈里顿奉命牵了我的马来,而我的主人自己陪我到门口,因此我未能如愿。

"这家人的生活多闷人哪!"我骑着马在大路上走的时候想着。"如果林惇·希刺克厉夫夫人和我恋爱起来,正如她的好保姆所期望的,而且一块搬到城里的热闹环境中去,那对于她将是实现了一种比神话还更浪漫的事情了!"

第32章

一八〇二年。这年九月我被北方一个朋友邀请去遨游他的原野，在我去他住处的旅途中，不料想来到了离吉默吞不到十五英里的地方。路旁一家客栈的马夫正提着一桶水来饮我的马，这时有一车才收割的极绿的燕麦经过，他就说：“你们从吉默吞来的吧，哪！他们总是在别人收获了三个星期以后才收割。”

“吉默吞？”我再三念着——我在那地方的居留已经变得模糊，像梦一样了。“啊！我知道了。那里离这儿有多远？”

“过了山大概有十四英里吧，路不好走。”他回答。

一种突如其来的冲动使我忽然想去画眉田庄，那时还不到中午，我想我不妨在自己的屋子里过夜，反正和在旅店里过夜是一样的。此外，我可以很方便地腾出一天工夫同我的房东处理事务，这样就省得我自己再来一趟了。休息了一会，我叫我的仆人去打听到林里的路，于是，旅途的跋涉使我们的牲口劳累不堪，我们在三个钟头左右就到了。

我把仆人留在那儿，独自沿着山谷走去。那灰色的教堂显得更灰色，那孤寂的墓园也更孤寂。我看出来有一只泽地羊在啮着坟上的矮草。那是甜蜜的，温暖的天气——对于旅行是太暖些；但是这种热并不阻碍我享受这上上下下的悦人美景：如果我在快到八月时看见这样的美景，我担保它会引诱我在这寂静环境中消磨一个月。那些被众山环绕的溪谷，以及草原上那些峻峭光秃的坡坡坎坎——冬天没有什么比它们更为荒凉，夏天却没有什么比它们更为神奇美妙。

我在日落之前到达了田庄，就敲门等候准许进去；但是我可以从厨房烟囱里弯弯曲曲冒出的一圈细细的蓝色烟，判断出来家里人已经搬到后屋了，而且他们没听见我。我骑马到院子里。在走廊下面，一个九岁或十岁的女孩子坐着编织东西，一个老妇人靠在台阶上，悠悠地抽着烟斗。

“丁太太在里面吗？”我问那妇人。

“丁太太？没有！”她回答，“她不住在这儿；她上山庄去啦。”

“那么，你是管家吧？”我又说。

“是啊，我管这个家。”她回答。

“好，我是主人洛克乌德先生。我不知道有没有房间让我住进去？我想住一夜。”

“主人！”她惊叫，“喂，谁知道你要来呀？你应该捎个话来。这儿没有块地方干干净净，现在可没有！”

她丢下烟斗匆忙忙地进去了；女孩子跟着，我也进去了。立刻就看出她的报告是真实的，此外，我这不受欢迎的来临几乎把她搞昏了，我吩咐她镇静些。我愿出去溜达一下；同时她得把起坐间清理出一个角落让我吃饭。清理出一个卧房可以睡觉。不用扫地掸灰，只需要一炉好火和干被单。她仿佛很愿意尽力，尽管她把炉帚当作火钳给戳进炉栅里去了，而且错用了她的好几个其他用具，但是我走开了，相信她会尽力预备好一个憩息地方等我回来。呼啸山庄是我计划出游的目的地。我刚离开了院子，但又一个想法又使我回头了。

“山庄上的人都好吧？”我问那妇人。

“凡我知道的都好！”她回答，端着一盆热炭渣离去。

我原想问问丁太太为什么丢弃了田庄，但是在这样一个紧要关头来耽搁她是不可能的，所以我就转身走了，悠闲地散步去了，后面是落日残照，前面是正在升起的月亮的淡淡的光辉—— 一个渐渐消退，另一个渐渐亮起来——这时我离开了园林，攀登上通往希刺克厉夫住所的石砌的支路。在我望得见那里之前，西边只剩下白天的一点失去光彩的琥珀色的光辉了；但是我还可以借着那明媚的月亮看到小路上每一颗石子与每一片草叶。我没有从大门外爬上去，也没有敲门，门顺手而开。我认为这是一种改善。我的鼻孔又帮助我发现了另一件事，从那些亲切的果树林中飘散在空气里有一种紫罗兰和香罗兰的香味。

门窗都敞开着;但是,正如在产煤地区的通常情况一样,一炉烧得红红的好火把壁炉照得亮亮的:由这一眼望去所得的舒适之感也使那过多的热气成为能够忍受的了。但是呼啸山庄的房子是这么大,以致屋里的人有的是空地方来躲开那热力;因此屋子里的人都在一个窗口不远的地方。在我进来之前,我可以看见他们,也可以听见他们说话,我便望着听着。这是被一种好奇心与嫉妒的混合感觉所驱使,当我在那儿流连的时候,那种混合感觉还滋长着。

"相——反的!"一个如银铃般的甜甜的声音说。"这是第三次了,你这傻瓜!我不再告诉你了。记住,不然我就要扯你的头发!"

"好,相反的,"另一个回答,是深沉而柔和的声调。"现在,亲亲我,因为我记得这么好。"

"不,先把它正确地念过一遍,不要有一个错。"

那说话的男人开始读了。他是一个年轻人,穿得很体面,坐在一张桌子旁,在他面前有一本书。他的漂亮的面貌因愉快而焕发光彩,他的眼睛总是不安定地从书页上溜到他肩头上的一只白白的小手上,但是一旦被那人发现他这种不专心的样子,就让这只手在他脸上很灵敏地拍一下。有这小手的人站在后面;在她俯身指导他读书时,她的轻柔发光的鬈发有时和他的棕色头发混在一起了;而她的脸——幸亏他看不见她的脸,不然他绝不会这么安稳。我看得见;我怨恨地咬着我的嘴唇,因为我已经丢掉了大有可为的机会,现在却只好傻瞪着那迷人的美人了。

课上完了——学生可没再犯大错,可是学生要求奖励,得了至少五个吻,他又慷慨地回敬一番。然后他们走到门口,从他们的谈话里我断定他们大概要出去,在旷野上散步。我猜想如果我这不幸的人在他的附近出现,哈里顿·恩萧就是口里不说,心里也诅咒我到第十八层地狱里去。我觉得我自己非常自卑而且不祥,便偷偷地想转到厨房去躲着。那边也是进出无阻,我的老朋友丁耐莉坐在门口,一边做针线,一边唱歌。她的歌声常常被里面的讥笑和放肆的粗野的话所干扰,那声音是很不合音乐节拍的。

"老天在上,我宁可我耳朵里从早到晚听咒骂,也不要听你瞎叫唤!"厨房里的人说,这是回答耐莉的一句我听不清的话。"真是尽人皆知的丢脸呀，弄得我不能打开圣书，可你把荣耀归于撒旦，和这世上所产生的一切罪恶！啊，现在你是个没出息的，她又是一个，可怜的孩子要给你们俩闹迷糊啦。可怜的孩子！”他又说，加上一声呻吟，“他中魔啦，我拿得准他是。啊，主啊，审判他们，因为我们这些统治者既没有王法，也没有公道！”

“不！我想，不然我们还得坐着受火刑，”唱歌的人反唇相讥，“可别吵了，老头，像个基督徒似的念你的《圣经》吧，决不要管我。这是，安妮仙子的婚礼——一个快乐的调子——跳舞时可用。”

丁太太刚要再开口唱，我走了上前；她立刻就认出我来，她跳起来，叫着——“好啊，天保佑你，洛克乌德先生！你怎么会想起这样就回来了？画眉田庄的所有东西都收拾起来了。你应该先给我们通知的！”

“我在那边安排好了，为了我暂时住一下，”我回答。“明天我又要走了。你怎么搬到这儿来了，丁太太？告诉我吧。”

“在你去伦敦不久，齐拉辞去了工作，希刺克厉夫先生要我来这儿住下，一直等到你回来。可是，请进来啊！今天晚上你从吉默吞走来的吗？”

“从田庄来，”我回答，“乘这时候她们给我收拾住处，我要跟你的主人把我的事结束，因为我认为不会再有另一个忙中偷闲的机会了。”

“什么事，先生？”耐莉说，把我领进大厅。“他这时出去了。一时不会回来。”

“关于房租的事。”我回答。

“啊，那么你一定得跟希刺克厉夫夫人接洽了，”她说，“或者还不如跟我说。她还没有学会管理她的事情呢，我替她办，没有别人啦。”

我现出惊讶的神色。

“啊，我看你还没有听说希刺克厉夫去世吧。”她接着说。

“希刺克厉夫死啦！”我叫道，大吃一惊。“多久了？”

“三个月了，可是坐下吧，帽子给我，我要告诉你这一切。等一下，你还没有吃过什么吧，吃过了吗？”

“我什么都不要；我已吩咐家里预备晚饭了。你也坐下来吧。我绝没想到他的去世！让我听听怎么回事。你说他们一时还不会回来——是指那两个年轻人吗？”

“不会回来的——我每天晚上不得不责备他们深更半夜还散步。可是他们不在乎。至少你得喝杯我们的陈年老酒吧;这会对你好的;你看来是疲倦了。”

我还没来得及拒绝,她赶忙去取了。我听见约瑟夫在问:“在她这样年纪的人,还有人追求不是件了不得的丑事吗?而且,还从主人的地窖里拿酒出来!他还瞅着,待着不动,可真该害臊。”

她没有停下来回嘴,一下子又进来了,带着一个大银杯,我以相当的热忱称赞了那酒。这以后她就提供给我关于希刺克厉夫的历史的续篇。如她所解释的,他有一个“古怪”的结局。

你离开我们还不到两个星期,我就被召到呼啸山庄来了,她说,为了凯瑟琳的缘故,我欢欢喜喜地服从了。第一眼见到她使我难过又震惊。自从我们分别以后,她变得这么厉害。希刺克厉夫先生并没有解释他为什么又改变主意要我来这儿;他只告诉我说他要我来,他不愿再看见凯瑟琳了:我必须把小客厅作为我的起坐间,而且让她跟我在一起。如果他每天不得不看见她一两次,那就已经够了。她仿佛对这样安排很高兴;我一步步地偷偷搬运来一大堆书,以及她在田庄喜欢玩的其他东西;我自己也妄自以为我们可以相当舒服地过下去了。这种妄想并没有维持很久。凯瑟琳,起初满足了,不久就变得暴躁不安。一件事是她是被禁止走出花园之外的,春天来了,却把她关闭在狭小的范围内,这是使她十分冒火的;另外就是我由于管理家务,也不得不常常离开她,而她就抱怨寂寞,她宁可跟约瑟夫在厨房里拌嘴,也不愿意独自一人安安静静地坐着。我并不在乎他们的争吵;可是,当主人要一个人在大厅的时候,哈里顿也往往不得不到厨房去!虽然开始时要么就是他一来她就离开,要么就是她安静地帮我做事,决不跟他说话或打招呼——虽然他也总是尽可能沉默寡言——可是没多久,她就改变她的作风了,变得不能让他清静了:议论他;批评他的笨相和懒散;对他怎么能忍受他所过的生活表示她的惊奇——他怎么能整整一晚上坐着死盯着炉火,打着瞌睡。

“他就像条狗,不是吗?艾伦?”她有一次说,“或者是一匹套车的马吧!他干他的活,吃他的饭,还有睡觉,永远如此!他的思想一定是多么空虚乏味!你从来没有做过梦么,哈里顿?你要是做过,是梦见什么呢?可是你不会跟我说话。”

然后她望望他,但他既不开口,也不再望她。

“也许现在他在做梦,”她继续说,“他扭动他的肩膀,像约诺女神①在扭动她的肩膀似的。问问他,艾伦。”

“要是你不规矩点,哈里顿先生要请主人叫你上楼了!”我说。他不只是扭动他的肩膀,还握紧他的拳头,大有动武之势。

“我知道当我在厨房的时候,哈里顿干吗永远不说话。”又一次,她叫着。“他怕我会笑他。艾伦,你认为是不是?有一回他开始自学读书,我笑了,他就烧了书,走开了。他不是个傻子吗?”

“那你是不是淘气呢?”我说,“你回答我这话。”

“也许我是吧,”她接着说,“可是我没料想到他这么呆气。哈里顿,如果我给你一本书,你现在肯要吗?我来试试!”

她把她正在阅读的一本书放在他的手上。他甩开了,咕噜着,要是她纠缠不休,他就要扭断她的脖子。

“好吧,我就放在这儿,”她说,“放在抽屉里,我要上床睡觉去了。”

然后她小声叫我看着他动不动它,就走开了。可是他不肯走近来;所以我在第二天告诉了她,这使她大失所望。我看出她对他那执拗的抑郁和怠惰感到难受;她的良心责备她不该把他吓得放弃改变自己:这件事她做得生效了。

但是她的机灵已在设法治疗这个伤痕,在我熨衣服,或干其他的不便在小客厅里做的那类固定的工作时,她就带来一些挺有意思的书,大声念给我听。当哈里顿在那儿时,她经常念到一个有趣的部分就停住,却敞开书走了:她反复这样做;可是他固执得像头骡子;而且,他并不上她的钩,而在阴雨时他就和约瑟夫一道抽烟;他们像自动玩具一样的坐着,在火炉旁一人坐一边,幸好年纪大的耳聋,听不懂她那套他所谓的胡说八道,年轻的则表示他不听。天气好的晚上,后者就出去打猎,凯瑟琳又打呵欠又叹气,逗我跟她说话,我一开始说,她又跑到庭院或花园里去了;而且,作为一个最后的消遣手法,就哭开了,说她活腻了——她的生命是白费了的。

希刺克厉夫先生,变得越来越不喜欢跟人来往,已经差不多把恩萧从他

① 约诺——Juno,罗马神话中之天后,主妇女婚姻及生产的女神。

的房间里赶出来了。由于三月初出了个事故，恩萧有几天不得不待在厨房里。当他独自在山上的时候，他的枪走火了；碎片伤了他的胳膊，在他能够到家之前已经流了好多血。结果是，他被迫在炉火边静养，一直到恢复为止。有他在，凯瑟琳倒觉得挺合适：无论如何，那使她更恨她楼上的房间了，她逼着我在楼下找事做，好和我做伴。

在复活节之后的星期一，约瑟夫赶着几头牛羊到吉默吞市场去了。下午我在厨房忙着整理被单。恩萧坐在炉边角落里，和往常一样的阴沉。我的小女主人在玻璃窗上画图来消遣时光，有时哼两句歌，有时低声喊叫，或者向她那个一个劲地抽烟，呆望着炉栅的表哥投送烦恼和不耐烦的眼光。当我对她说不要再挡我的亮时，她就挪到炉边上去了。我也没大注意她在干什么，可是，不一会，我就听她开始说话了：

"我发现，要是你对我不这么烦躁，不这么粗野的话，哈里顿，我要——我很喜欢——我现在愿意你做我的表哥。"

哈里顿没理她。

"哈里顿，哈里顿，哈里顿！你听见了吗？"她继续说。

"去你的！"他带着不妥协的粗暴吼着。

"让我拿开那烟斗。"她说，小心地伸出她的手，把它从他的口中抽出来。

在他想夺回来以前，烟斗已经折断，扔在火里了。他对她咒骂着，又抓起另一只。

"停停，"她叫，"你非先听我说不可；在那些烟冲我脸上飘的时候，我没法说话。"

"见你的鬼！"他凶狠地大叫，"别跟我捣乱！"

"不，"她坚持着，"我偏不：我不知道怎么样才能使你跟我说话，而你又下决心不肯理解我的意思。我说你笨的时候，我并没有什么用意，并没有瞧不起你的意思。来吧，你要理我呀，哈里顿，你是我的表哥，你要承认我呀。"

"我和你和你那臭架子，还有你那套戏弄人的鬼把戏都没什么关系！"他回答，"我宁可连身体带灵魂都下地狱，也不再看你一眼。滚出门去，现在，马上就滚！"

凯瑟琳皱眉了，退到窗前的座位上，咬着她的嘴唇，试着哼起怪调儿来掩盖越来越想哭的趋势。

“你该跟你表妹和好，哈里顿先生，”我插嘴说，“既然她已后悔她的无礼了。那会对你有很多好处的，有她做伴，会使你变成另一个人的。”

“做伴？”他叫着，“在她恨我，认为我还不配给她擦皮鞋的时候和她做伴！不，就是让我当皇帝我也不要再为求她的好意而受嘲笑了。”

“不是我恨你，是你恨我呀！”凯蒂哭着，不能再掩盖她的烦恼了。“你就像希刺克厉夫先生那样恨我，而且恨得还厉害些。”

“你是一个该死的撒谎的人，”恩萧开始说，“那么，为什么有一百次都是因为我向着你，才惹他生气呢？而且，在你嘲笑我，看不起我的时候——继续欺侮我吧，我就要到那边去，说你把我从厨房里赶出来的！”

“我不知道你向着我呀，”她回答，擦干她的眼睛，“那时候我难过，对每一个人都有气；可现在我谢谢你，求你饶恕我：此外我还能怎么样呢？”

她又回到炉边，坦率地伸出她的手。他的脸阴沉发怒像雷电交加的乌云，坚决地握紧拳头，眼盯着地面。

凯瑟琳本能地，一定是料想到那是顽固的倔强，而不是由于讨厌才促成这种执拗的举止；犹豫了一阵之后，她俯身在他脸上轻轻地亲了一下。这个小淘气以为我没看见她，又退回去，坐在窗前老位子上，假装极端庄的。我不以为然地摇摇头，于是她脸红了，小声说——

“那么！我该怎么办呢，艾伦？他不肯握手，他也不肯瞧我：我必须用个法子向他表示我喜欢他——我愿意和他做朋友呀。”

我不知道是不是这一吻打动了哈里顿，有几分钟，他很当心不让他的脸被人看见，等到他抬起脸时，他却迷瞪地不知朝哪边望才好。

凯瑟琳忙着用白纸把一本漂亮的书整整齐齐地包起来，用一条缎带扎起来，写着送交“哈里顿·恩萧先生”，她要我做她的特使，把这礼物交给指定的接受者。

“告诉他，要是他接受，我就来教他念得正确，”她说，“要是他拒绝它，我就上楼去，而且绝不会再惹他了。”

我拿去了，我的主人热切地监视着我。我把话又说了一遍，哈里顿不肯把手指松开，因此我就把书放在他的膝盖上。他也不把它打掉。我又回去干我的事。凯瑟琳用胳膊抱着她的头伏在桌上，直等到她听到撕包书纸的沙沙声音;然后她偷偷地走过去,静静地坐在她表哥身边。他直抖,脸发红;他所有的莽撞无礼和他所有的执拗的粗暴全离弃了他。起初他都不能鼓起勇气来吐出一个字回答她那询问的表情,和她那喃喃的恳求。

“说你饶恕我,哈里顿,说吧。你只要说出那一个字来就会使我快乐的。”

他喃喃地,听不清他说什么。

“那你愿意做我的朋友了吗?”凯瑟琳又问。

“不,你以后天天都会因我而觉得羞耻的,”他回答,“你越了解我,你就越觉得可羞;我可受不了。”

“那么,你不肯做我的朋友吗?”她说,微笑得像蜜那么甜,又凑近些。

再往下谈了些什么,我就听不到了,但是,再抬头望时,我却看见两张如此容光焕发的脸俯在那已被接受的书本上,我深信和约已经双方同意;敌人从今以后成了盟友了。

他们研究的那本书尽是珍贵的插图,那些图画和他们所在的位置魔力都不小,使他们直到约瑟夫回家时还坐着不动。他,这可怜的人,一看见凯瑟琳和哈里顿坐在一条凳子上,把她的手搭在他的肩上,完全给吓呆了。对于他所宠爱的哈里顿能容忍她来接近,他简直不明白是怎么回事:这对他刺激太深了,使他那天夜晚对这事都说不出一句话来。直到他严肃地把《圣经》在桌上打开,从他口袋里掏出了一天的交易所得的脏钞票摊在《圣经》上,他深深地叹几口气,这才泄露了他的情感。最后他把哈里顿从他的椅子上叫过来。

“把这给主人送去,孩子,”他说,“就待在那儿。我要到我自己屋里去。这屋子对我们不大合适;我们可以溜出去另找个地方。”

“来,凯瑟琳,”我说,“我们也得‘溜出去’了。我熨完衣服了,你准备走吗?”

“还不到八点钟呢!”她回答,不情愿地站起来。“哈里顿,我把这本书放在炉架上,我明天再拿点来。”

“不管你留下什么书,我都要拿到大厅去,”约瑟夫说,“你要是再找到,那才是怪事哩;所以,随你的便!”

凯蒂威吓他说要拿他的藏书来赔她的书;她在走过哈里顿身边时,微笑着，唱着，上了楼。我敢说，自从她来到这所房子以后，从来没有这样轻松过；或者除她最初来拜访林惇的那几趟。

亲密的关系就是这样开始很快地发展着；虽然也遇到过暂时中断。恩萧不是靠一个愿望就能文质彬彬起来的，我的小姐也不是一个哲人，不是一个忍耐的模范；可他们的心都向着同一个目的——一个是爱着，而且想着尊重对方，另一个是爱着而且想着被尊重——他们都极力要最后达到这一点。

你瞧，洛克乌德先生，要赢得希刺克厉夫夫人的心是挺容易的。可是现在，我高兴你没有做过尝试。我所有的愿望中最高的就是这两个人的结合。在他们结婚那天，我将不羡慕任何人了；在英国将没有一个比我更快乐的女人了。

第33章

那个星期一之后，恩萧仍然不能去做他的日常工作，因此就逗留在屋里，我很快地发觉要像以前那样担任照顾我身边的小姐之责，是行不通的了。她比我先下楼，并且跑到花园里去，她曾看见过她表哥在那儿干些轻便活；当我去叫他们来吃早点的时候，我看见她已经说服他在醋栗和草莓的树丛里清出一大片空地。他们正一起忙着栽下从田庄移来的植物。

在短短的半小时之内竟完成这样的大破坏把我吓坏了；这些黑醋栗树是约瑟夫的宝贝，她偏偏在这些树当中选了布置她的花圃的地方。

“好呀！这种事只要一被发觉，”我叫，“那可全要给主人发现了。你们这样自由处理花园有什么借口呢？事到临头，我们可要有场热闹了：没有才怪呢，哈里顿先生，我不懂你怎么这样糊涂，竟听她的吩咐胡闹！”

“我忘记这是约瑟夫的了，”恩萧回答，有点吓呆了，“可是我要告诉他是我搞的。”

我们总是和希刺克厉夫先生一道吃饭的。我代替女主人，做倒茶切肉的事。所以在饭桌上是缺不了我的。凯瑟琳通常坐在我旁边，但是今天她却偷偷地靠近哈里顿些；我立刻看出她在友谊上比以前在敌对关系上还更不慎重。

“现在，你可记住别跟你表哥多说话，也别太注意他，”这就是在我们进屋时我低声的指示。“那一定会把希刺克厉夫先生惹烦了的，他就会跟你们俩发火的。”

“我才不会呢。”她回答。

过了一分钟,她侧身挨近他,并且在他的粥盆里插些樱草。

他不敢在那儿跟她说话——他简直不敢望她;可她仍逗他,弄得他有两次差点笑出来。我皱皱眉,然后她向主人溜了一眼,主人心里正在想着别的事,没注意到和他在一起的人,这是从他的脸上看得出来的;她一下子严肃起来,十分认真严肃地端详着他。这以后她转过脸来,又开始她的胡闹;终于,哈里顿发出一声压制的笑声。希刺克厉夫一惊;他的眼睛很快地把我们的脸扫视一遍。凯瑟琳以她习惯的神经质的却又是轻蔑的表情回望他,这是他最憎厌的。

“幸亏我够不到你,”他叫,“你中了什么魔了,总是不停地用那对凶眼睛瞪我?垂下眼皮!不要再提醒我还有你存在。我还以为我已经治好你的笑了。”

“是我。”哈里顿喃喃地说。

“你说什么?”主人问。

哈里顿望着他的盘子,没有再重复这话,希刺克厉夫先生看他一下,然后沉默地继续吃他的早餐,想他那被打断了的心思。我们都快吃完了,这两个年轻人也谨慎地挪开一点,所以我料想那当儿不会再有什么乱子。这时约瑟夫却在门口出现了,他那哆嗦的嘴唇和冒火的眼睛显出他已经发现他那宝贝的树丛受到劫掠了。他在检查那地方以前一定是看见过凯蒂和她表哥在那儿的,因为这时他的下巴动得像牛在反刍一样,而且把他的话说得很难听懂,他开始说:

“给我工钱,我非走不可;我本打算就死在我伺候了六十年的地方;我心想我已经把我的书和我所有的零碎搬到阁楼上去,把厨房让给他们;就为的是图个安静,撂下我自己的炉边本来很难,可我想我也办得到,可是,她把我的花园也给拿去啦,凭良心呀!老爷,我可受不了啦,你可以随便受屈——我可不惯;一个老头儿可不能一下子习惯这些个新麻烦。我宁可拿个锄头到马路上去混饭吃!”

“喂,喂,呆子!”希刺克厉夫打断他说,“说干脆点!你怨什么?你要是和耐莉吵架,我可不管,她尽可以把你丢到煤洞里去,我才不管呢。”

“没有耐莉的事!”约瑟夫回答,“我不会为了耐莉走掉——她现在也挺糟糕。谢谢老天爷!她可不能偷走任何人的魂!她从来也没有怎么漂亮过，谁要瞧她都只能眨眼睛。那是你那调皮的、无礼的皇后，用她那胆大的眼睛和她那一贯任性的办法迷住了我们的孩子——直到——不！简直伤透了我的心啦！他全忘了我为他做过的事，和我对他的照顾，竟在花园里拔去了一整排最好的黑醋栗树！”说到这里，他放声悲泣；他所感到的委屈，加上恩萧的忘恩负义及其处境危险的感觉使他连一点男子汉气概都没了。

“这呆子是喝醉了吗？”希刺克厉夫先生问，“哈里顿，他是不是在跟你找碴？”

“我拔掉两三棵树，”那年轻人回答，“可是我是要把它们栽上的。”

“你为什么要拔掉它们呢？”主人说。

凯瑟琳聪明地插了嘴。

“我们想在那里种点花。”她喊着，“就怪我一个人吧，因为是我要他拔的。”

“哪个鬼允许你动那地方一根树枝的？”她的公公问。十分惊讶。“又是谁叫你去服从她呢？”他又转过身对哈里顿说。

后者无言可对；他的表妹回答——

“你不该吝惜几码地给我美化一下，你已经占有了我所有的土地！”

“你的土地，你这傲慢的贱人！你从来没有什么土地！”希刺克厉夫说。

“还有我的钱。”她接着说，回瞪他，同时啃着她早餐吃剩的一片面包皮。

“住口——”他叫，“吃完了，滚开！”

“还有哈里顿的土地和他的钱。”那胡闹的东西紧跟着说，“现在哈里顿和我是朋友啦，我要把你的事都告诉他！”

主人仿佛愣了一下。他变得苍白了，站起来，一直望着她，带着一种不共戴天的憎恨的表情。

“如果你打我，哈里顿就要打你，”她说，“所以你还是坐下来吧。”

“如果哈里顿不能把你撵出这间屋子，我要把他打到地狱里去，”希刺克厉夫大发雷霆。“该死的妖精！你竟找借口挑动他来反对我？让她滚！你听见了吗？把她扔到厨房里去！丁艾伦，要是你再让我看见她，我就要杀死她！”

哈里顿低声下气地想劝她走开。

“把她拖走!”他狂野地大叫,“你还要待在这儿谈天吗?”他走近来执行他自己的命令。

“他不会服从你的,恶毒的人,再也不会啦!”凯瑟琳说,“不久他将要像我一样地痛恨你。”

“嘘!嘘!”那年轻人责备地喃喃着,“我不要听你这样对他说话。算了吧。”

“可你总不会让他打我吧。”她叫。

“算了,别说啦!”他急切地低声说。

太迟了。希刺克厉夫已经抓住了她。

“现在,你走开!”他对恩萧说,“该诅咒的妖精!这回她把我惹得受不了啦,我要让她永远后悔!”

他揪住她的头发。哈里顿企图把她的鬈发从他手中放开,求他饶她这一回。希刺克厉夫的黑眼睛冒出火光来。他仿佛打算把凯瑟琳撕得粉碎;我刚刚鼓起勇气去冒险解救,忽然间他的手指松开了;他的手从她头上移到她肩膀上,注意地凝视着她的脸。然后他用手捂着他的眼睛,站了一会,显然是要镇定他自己,又重新转过脸来对着凯瑟琳,勉强平静地说——“你必须学着别让我大发脾气,不然总有一天我真的会把你杀死的!跟丁太太去吧,跟她待在一起,把你傲慢的话都说给她听吧。至于哈里顿·恩萧,如果我看见他听你的,我就要赶走他,让他自己在外边混饭吃!你的爱情将使他成为一个流浪汉和一个乞丐。耐莉,把她带走;躲开我,你们所有的人!躲开我!”

我把我的小姐带了出去。她能逃掉使她高兴得很,也不想反抗了;那一个也跟着出来,希刺克厉夫先生自己一直待到吃午饭的时候。我已经劝凯瑟琳在楼上吃饭,可是,他一看见她的空座位,就叫我去找她。他没对我们任何人说话,吃得很少,以后就径直出去,表示他在晚上以前是不会回来的。

这两个新朋友在他不在时就占据了大厅;在那儿我听见哈里顿严肃地阻止他的表妹揭露她公公对他父亲的行为。他说他不愿意忍受诽谤希刺克厉夫一个字;即使他是魔鬼,那也无所谓,他还是站在他一边的;他宁可像往常那样地让她骂自己一顿,也不会对希刺克厉夫先生挑衅,凯瑟琳对这番话有点烦恼;可是他却有办法使她闭嘴,他问凯瑟琳要是他也说她父亲的坏话,她是否会喜欢呢?这样她才理解到恩萧是把主人的名誉看得和他自己的一样;他们之间的关系不是理智能打断的——是锁链,用习惯铸成的,拆开它未免残忍。从那时起她表现出好心肠来,对于希刺克厉夫避免说抱怨和反对的话;也对我承认她很抱歉,因为她曾尝试在他和哈里顿之间煽起不和来。的确,我相信她这以后一直没有当着哈里顿的面吐出一个字来反对她的暴君。

这场轻微的不和过去后,他们又亲密起来,并且在他们又是学生又是老师的各种工作上忙得不可开交。等我做完我的事,进去和他们坐在一起;我望着他们,觉得定心和安慰,而使我竟然没有注意时间是怎么过去的。你知道,他们俩多少有几分都像是我的孩子:我对于其中的一个早就很得意;而现在,我敢说,另一个也会使我同样满意的。他那诚实的、温和的、懂事的天性很快地摆脱了自小沾染的愚昧与堕落的困境;凯瑟琳的真挚的称赞对于他的勤勉成为一种鼓舞。他头脑中思想开朗也使他的面貌添了光彩,在神色上加上了气魄和高贵,我都难以想象这个人就是在凯瑟琳到山岩探险以后,我发现我的小姐已到了呼啸山庄的那天所见到的那同一个人。在我赞赏着他们,他们还在用功的当儿,暮色渐深了,主人随着也回来了。他相当出乎我们意料地来到我们跟前,是从前门进来的,我们还没来得及抬头望他,他已经完全看到我们三个人了。嗯,我想没有比当时的情景更为愉快,或者是更为无害的了;要责骂他们将是一个奇耻大辱,红红的炉火照在他们两人的漂亮的头上,显出他们那由于孩子气的热烈兴趣而朝气蓬勃的脸。因为,虽然他二十三岁,她十八岁,但他们都还有很多新鲜事物要去感受与学习,两人都没有体验过或是表示过冷静清醒的成熟情感。

他们一起抬起眼睛望望希刺克厉夫先生。也许你从来没有注意过他们的眼睛十分相像,都是凯瑟琳·恩萧的眼睛。现在的凯瑟琳没有别的地方像她,除了宽额和有点拱起的翘鼻子,这使她显得简直有点高傲,不管她本心是不是要这样。至于哈里顿,那份模样就更进一步相似:这在任何时候都是显著的,这时更特别显著;因为他的感觉正锐敏,他的智力正在觉醒到非常活跃的地步。我猜想这种相像使希刺克厉夫缓和了:他显然很激动地走到炉边;但是在他望望那年轻人时,那激动很快地消失了:或者,我可以说,它变了性质,因为那份激动还是存在的。他从哈里顿的手中拿起那本书,瞅瞅那打开的一页，然后没说一句话就还给他，只做手势叫凯瑟琳走开。她的伴侣在她走后也没有待多久；我也正要走开，但是他叫我仍然坐着别动。

"这是一个很糟糕的结局，是不是？"他对他刚刚目睹的情景沉思了一刻之后说，"对于我所做的那些残暴行为，这不是一个滑稽的结局吗？我用撬杆和锄头来毁灭这两所房子，并且把我自己训练得能像赫库里斯一样的工作，等到一切都准备好，并且是在我权力之中了，我却发现掀起任何一所房子的一片瓦的意志都已经消失了！我旧日的敌人并不曾打败我；现在正是我向他们的代表人报仇的时候：我可以这样做；没有人能阻拦我。可是有什么用呢？我不想打人；我连抬手都嫌麻烦！好像是我苦了一辈子只是要显一下宽宏大量似的。不是这么回事：我已经失掉了欣赏他们毁灭的能力，而我太懒得去做无谓的破坏了。

"耐莉，有一个奇异的变化临近了；目前我正在它的阴影里。我对我的日常生活如此不感兴趣，以至于我都不大记得吃喝的事。刚刚出这间屋子的那两个人，对我来说，是唯一的还保留着清晰的实质形象的东西；那形象使我痛苦，甚至伤心。关于她我不想说什么；我也不愿想，可是我热切地希望她不露面。她的存在只能引起使人发疯的感觉。他给我的感受就不同了；可是如果我能做得不像是有精神病的样子，我就情愿永远不再见他！如果我试试描绘他所唤醒的或是体现的千百种过去的联想和想法，你也许以为我简直有精神失常的倾向吧，"他又说，勉强微笑着，"但是我所告诉你的，你不要说出去；我的心一直是这样的隐蔽着，到末了它却不得不向另外一个人敞开来。

"五分钟以前，哈里顿仿佛是我的青春的一个化身，而不是一个人，他给我许多各种各样的感觉，以至于不可能理性地对待他。

"首先，他和凯瑟琳的惊人的相像竟使他和她联在一起了。你也许以为那最足以引起我的想象力的一点，实际上却是最不足道的；因为对于我来说，哪一样不是和她有联系的呢？哪一样不使我回忆起她来呢：我一低头看这间屋里的地面，就不能不看见她的面貌在石板中间出现！在每一朵云里，每一棵树上——在夜里充满在空中，在白天从每一件东西上都看得见——我是被她的形象围绕着！最平常的男人和女人的脸——连我自己的脸——都像她，都在嘲笑我。整个世界成了一个惊人的纪念品汇集，处处提醒着我她是存在过，而我已失去了她！

“是的，哈里顿的模样是我那不朽的爱情的幻影；也是我想保持我的权力的那些疯狂的努力，我的堕落，我的骄傲，我的幸福，以及我的悲痛的幻影——

“但把这些想法反复说给你听也是发疯；不过这会让你知道为什么，我并不情愿永远孤独，有他陪伴却又毫无益处：简直加重了我所忍受的不断的折磨；这也多少使我不管他和他的表妹以后怎么相处。我不能再注意他们了。”

“可是你所谓的一个变化是什么呢，希刺克厉夫先生？”我说，他的态度把我吓着了；虽然他并不像有精神错乱的危险，也不会死。据我判断，他挺健壮；至于他的理性，从童年起他就喜欢思索一些不可思议的事，尽是古怪的幻想。他也许对他那死去的偶像有点偏执狂；可是在其他方面，他的头脑是跟我一样地健全的。

“在它来到之前，我也不会知道，”他说，“现在我只是隐约地意识到而已。”

“你没有感到生病吧，你病了吗？”我问。

“没有，耐莉，我没有病，”他回答。

“那么你不是怕死吧？”我又追问。

“怕死？不！”他回答，“我对死没有恐惧，也没有预感，也没有巴望着死。我为什么要有呢？有我这结实的体格，有节制的生活方式，和不冒险的工作，我应该，大概也会，留在地面上直等到我头上找不出一根黑发来。可我不能让这种情况继续下去！我得提醒我自己要呼吸——几乎都要提醒我的心跳动！这就是像把一根硬弹簧扳弯似的；只要不是由那个思想指点的行动，即使是最微不足道的行动，也是被迫而做出来的；对于任何活的或死的东西，只要不是和那一个无所不在的思想有联系，我也是被迫而注意的。我只有一个愿望，我整个的身心和能力都渴望着达到那个愿望，渴望了这么久，这么不动摇，以至于我都确信必然可以达到——而且不久——因为这愿望已经毁了我的生存：我已经在那即将实现的预感中消耗殆尽了。我的自白并不能使我轻松；可是这些话可以说明我所表现的情绪，不如此是无法说明的。啊，上帝！这是一个漫长的搏斗；我希望它快过去吧！”

他开始在屋里走来走去，自己咕噜着一些可怕的话，这使我渐渐相信(他说约瑟夫也相信)，良心使他的心变成人间地狱。我非常奇怪这将如何结束。虽然他以前很少显露出这种心境，甚至于神色上也不露出来，但他平常的心情一定就是这样，我是不存怀疑的。他自己也承认了；但是从他一般的外表上看来，没有一个人会猜测到这事实。洛克乌德先生，当你初见他时，你也没想到，就在我说到的这个时期，他也还是和从前一样，只是更喜欢孤寂些，也许在人前话更少些而已。

第34章

那天晚上之后，有好几天，希刺克厉夫先生避免在吃饭时候遇见我们；但是他不愿意正式地承认不想要哈里顿和凯蒂在场。他厌恶自己完全屈从于自己的感情，宁可自己不来；而且在二十四小时内吃一顿饭在他似乎是足够了。

一天夜里，家里人全都睡了，我听见他下楼，出了前门。我没有听见他再进来，到了早上我发现他还是没回来。那时正是在四月里，天气温和宜人，青草被雨水和阳光滋养得要多绿有多绿，靠南墙的两棵矮苹果树正在盛开时节。早饭后，凯瑟琳坚持要我搬出一把椅子带着我的活计，坐在这房子尽头的枞树底下，她又引诱那早已把他的不幸之事丢开的哈里顿给她挖掘并布置她的小花园，这小花园，受了约瑟夫诉苦的影响，已经移到那个角落里去了。我正在尽情享受四周的春天的香气和头顶上那美丽的淡淡的蓝天，这时我的小姐，她原是跑到大门去采集些樱草根围花圃的，只带了一半就回来了，并且告诉我们希刺克厉夫先生进来了。“他还跟我说话来着。”她又说，带着迷惑不解的神情。

“他说什么？”哈里顿问。

“他告诉我尽可能赶快走开，”她回答，“可是他看来和平常的样子太不同了，我就盯了他一会。”

“怎么不同？”他问。

“唉，几乎是兴高采烈，挺开心的。不，几乎没有什么——非常兴奋，急切，而且高高兴兴的！”

“那么是夜间的散步使他开心啦，”我说，做出不介意的神气。其实我和她一样地惊奇，并且很想去证实她所说的事实，因为并不是每天都可以看见主人高兴的神色的。我编造了一个借口走过去了。希刺克厉夫站在门口。他的脸是苍白的，而且他在发抖，可是，确实在他眼里有一种奇异的欢乐的光辉，使他整个面容都改了样。

“你要吃点早餐吗？”我说，“你荡了一整夜，一定饿了！”我想知道他到哪里去了，可是我不愿直接问。

“不，我不饿。”他回答，掉过他的头，说得简直有点轻蔑的样子，好像他猜出我是在想推测他的兴致的缘由。

我觉得很惶惑。我不知道现在是不是奉献忠告的合适机会。

“我认为在门外闲荡，而不去睡觉，是不对的。”我说，“无论怎么样，在这个潮湿的季度里，这是不聪明的。我敢说你一定要受凉，或者发烧：你现在就有点不大对了！”

“我什么都受得了，”他回答，“而且以极大的愉快来承受，只要你让我一个人待着：进去吧，不要打搅我。”

我服从了；在我走过他身边时，我注意到他呼吸快得像只猫一样。

“是的，”我自己想着，“要有场大病了。我想不出他刚刚做了什么事。”

那天中午他坐下来和我们一块吃饭，而且从我手里接过一个堆得满满的盘子，好像他打算补偿先前的绝食似的。

“我没受凉，也没发烧，耐莉。”他说，指的是我早上说的话，“你给我这些吃的，我得领情。”

他拿起他的刀叉，正要开始吃，忽然又转念了。他把刀叉放在桌上，对着窗子热切地望着，然后站起来出去了。我们吃完饭，还看见他在花园里走来走去，恩萧说他得去问问为什么不吃饭：他以为我们一定不知怎么让他难受了。

“喂，他来了吗？”当表哥回转来时，凯瑟琳叫道。

“没有，”他回答道，“可是他不是生气。他的确仿佛很少有这样高兴；倒是我对他说话说了两遍使他不耐烦了，然后他叫我到你这儿来；他奇怪我怎么还要找别人做伴。”

我把他的盘子放在炉栅上热着，过了一两个钟头，他又进来了，这时屋里人都出去了，他并没平静多少：在他黑眉毛下面仍然现出同样不自然的——的确是不自然的——欢乐的表情，还是血色全无，他的牙齿时不时地显示出一种微笑；他浑身发抖，不像是一个人冷得或衰弱得发抖，而是像一根拉紧了的弦在颤动——简直是一种强烈的震颤，而不是发抖了。

我想，我一定要问问这是怎么回事；不然谁该问呢？我就叫道：

"你听说了什么好消息，希刺克厉夫先生？你望着像非常兴奋似的。"

"从哪里会有好消息送来给我呢？"他说，"我是饿得兴奋，好像又吃不下。"

"你的饭就在这儿，"我回答，"你为什么不拿去吃呢？"

"现在我不要，"他急忙喃喃地说，"我要等到吃晚饭的时候，耐莉，就只这一次吧，我求你警告哈里顿和别人都躲开我。我只求没有人来搅我。我愿意自己待在这地方。"

"有什么新的理由要这样隔离呢？"我问，"告诉我你为什么这样古怪，希刺克厉夫先生？你昨天夜里去哪儿啦？我不是出于无聊的好奇来问这话，可是——"

"你是出于非常无聊的好奇来问这话，"他插嘴，大笑一声，"可是，我要答复你的。昨天夜里我是在地狱的门槛上。今天，我望得见我的天堂了。我亲眼看到了，离开我不到三尺！现在你最好走开吧！如果你管住自己，不窥探的话，你不会看到或听到什么使你害怕的事。"

扫过炉台、擦过桌子之后，我走开了，更加惶惑不安了。

那天下午他没再离开屋子，也没人打搅他的孤独，直到八点钟时，虽然我没有被召唤，我以为该给他送去一支蜡烛和他的晚饭了。

他正靠着开着的窗台边，可并没有向外望；他的脸对着屋里的黑暗。炉火已经烧成灰烬；屋子里充满了阴天晚上的潮湿温和的空气；如此静，不只是吉默吞那边流水淙淙可以很清楚地听到，就连它的涟波潺潺，以及它冲过小石子上或穿过那些它不能淹没的大石头中间的汩汩声也听得见。我一看到那阴暗的炉子便发出一声不满意的惊叫，我开始关窗子，一扇一扇地关，直到我来到他靠着的那扇窗子跟前。

"要不要关上这扇？"我问，为的是要唤醒他，因为他一动也不动。

我说话时，烛光闪到他的面容上。啊，洛克乌德先生，我没法说出我一下子看到他时为何大吃一惊！那对深陷的黑眼睛！那种微笑和像死人一般的苍白，在我看来，那不是希刺克厉夫先生，却是一个恶鬼；我吓得拿不住蜡烛，竟歪到墙上，屋里顿时黑了。

“好吧，关上吧，”他用平时的声音回答着，“哪，这纯粹是笨！你为什么把蜡烛横着拿呢？赶快再拿一支来。”

我处于一种吓呆了的状态，匆匆忙忙跑出去，跟约瑟夫说——“主人要你给他拿支蜡烛，再把炉火生起来。”因为那时我自己再也不敢进去了。

约瑟夫在煤斗里装了些煤，进去了，可是他立刻又回来了，另一只手端着晚餐盘子，说是希刺克厉夫先生要上床睡了，今晚不要吃什么了。我们听见他径直上楼；他没有去他平时睡的卧室，却转到有嵌板床的那间：我在前面提到过，那间卧室的窗子是宽得足够让任何人爬进爬出的，这使我忽然想到他打算再一次夜游，而不想让我们生疑。

“他是一个食尸鬼，还是一个吸血鬼呢？”我冥想着。我读过关于这类可怕的化身鬼怪的书。然后我又回想在他幼年时我曾怎样照顾他，守着他长成青年，几乎我这一辈子都是跟着他的，而现在我被这种恐怖之感所压倒是多荒谬的事啊。“可是这个小黑东西，被一个好人庇护着，直到这个好人死去，他是从哪儿来的呢？”在我昏昏睡去的时候，迷信在咕哝着。我开始半醒半梦地想象他的父母该是怎样的人，这些想象使我自己很疲劳；而且，重回到我醒时的冥想，我把他充满悲惨遭遇的一生又追溯了一遍，最后，又想到他的去世和下葬，关于这一点，我只能记得，是为他墓碑上的刻字的事情特别烦恼，还去和看坟的人商议；因为他既没有姓，我们又说不出他的年龄，就只好刻上一个“希刺克厉夫”。这梦应验了；我们就这样做的。如果你去墓园，你可以在他的墓碑上读到只有那个字，以及他的死期。

黎明使我恢复了常态。我才能瞅得见就起来了，到花园里去，想弄明白他窗下有没有足迹。没有。“他在家里，”我想，“今天他一定完全好了。”

我给全家预备早餐，这是我通常的惯例，可是告诉哈里顿和凯瑟琳不要等主人下来就先吃他们的早餐，因为他睡得迟。他们愿意在户外树下吃，我就给他们安排了一张小桌子。

我再进来时，发现希刺克厉夫先生已在楼下了。他和约瑟夫正在谈着关于田地里的事情，他对于所讨论的事都给了清楚精确的指示，但是他说话很急促,总是不停地掉过头去,而且仍然有着同样兴奋的表情,甚至比原来更厉害些。当约瑟夫离开这间屋子时,他便坐在他平时坐的地方,我便把一杯咖啡放在他面前。他把杯子拿近些,然后把胳臂靠在桌子上,向对面墙上望着。据我猜想,是看一块固定的部分,用那闪烁不安的眼睛上上下下地看,而且带着这么强烈的兴趣,以至于他有半分钟都没喘气。

"好啦,"我叫,把面包推到他手边,"趁热吃点、喝点吧。等了快一个钟头了。"

他没理会我,可是他在微笑着。我宁可看他咬牙也不愿看这样的笑。

"希刺克厉夫先生!主人!"我叫,"看在上帝的面上,不要这么瞪着眼,好像是你看见了鬼似的。"

"看在上帝面上,不要这么大声叫。"他回答,"看看四周,告诉我,是不是只有我们俩在这儿?"

"当然,"这是我的回答,"当然只有我们俩。"

可是我还是身不由己地服从了他,好像是我也没有弄明白似的。他用手一推,在面前这些早餐什物之间清出一块空地方,更自在地向前倾着身子凝视着。

现在,我看出来他不是在望着墙;因为当我细看他时,真像是他在凝视着两码之内的一个什么东西。不论那是什么吧,显然它给予了极端强烈的欢乐与痛苦;至少他脸上那悲痛的,而又狂喜的表情使人有这样的想法。那幻想的东西也不是固定的;他的眼睛不倦地追寻着,甚至在跟我说话的时候,也从来不舍得移去。我提醒他说他很久没吃东西了,可也没用,即使他听了我的劝告而动弹一下去摸摸什么,即使他伸手去拿一块面包,他的手指在还没有摸到的时候就握紧了,而且就摆在桌上,忘记了它的目的。

我坐着,像一个有耐心的典范,想把他那全神贯注的注意力从它那一心一意的冥想中牵引出来;到后来他变烦躁了,站起来,问我为什么不肯让他一个人吃饭?又说下一次我用不着伺候:我可以把东西放下就走。说了这些话,他就离开屋子,慢慢地顺着花园小径走去,出了大门不见了。

时间在焦虑不安中悄悄过去:又是一个晚上来到了。我直到很迟才去睡,可是当我睡下时,我又睡不着。他过了半夜才回来,却没有上床睡觉,而把自己关在楼下屋子里。我谛听着,翻来覆去,终于穿上衣服下了楼。躺在那儿是太烦神了，有一百种没根据的忧虑困扰着我的头脑。

我可以听到希刺克厉夫先生的脚步不安定地在地板上踱着，他常常深深地出一声气，像是呻吟似的，打破了寂静。他也喃喃地吐着几个字；我听得出的只有凯瑟琳的名字，加上几声亲昵的或痛苦的呼喊。他说话时像是面对着一个人；声音低而真挚，是从他的心灵深处绞出来的。我没有勇气径直走进屋里，可是我又很想把他从他的梦幻中岔开，因此就去摆弄厨房里的火，搅动它，开始铲炭渣。这把他引出来了，比我所期望的还来得快些。他立刻开了门，说：

"耐莉，到这儿来——已经是早上了吗？把你的蜡烛带进来。"

"打四点了，"我回答，"你需要带支蜡烛上楼去，你可以在这火上点着一支。"

"不，我不愿意上楼去，"他说，"进来，给我生起炉火，就收拾这间屋子吧。"

"我可得先把这堆煤扇红，才能去取煤。"我回答，搬了一把椅子和一个风箱。

同时，他来回走着，那样子像是快要精神错乱了；他的接连不断的重重的叹气，一声连着一声，十分急促，仿佛没有正常呼吸的余地了。

"等天亮时我要请格林来，"他说，"在我还能想这些事情，能平静地安排的时候，我想问他一些关于法律的事。我还没有写下我的遗嘱；怎样处理我的产业我也不能决定。我愿我能把它从地面上毁灭掉。"

"我可不愿谈这些，希刺克厉夫先生，"我插嘴说，"先把你的遗嘱摆一摆；你还要省下时间来追悔你所做的许多不公道的事哩！我从来没料到你会精神错乱；可是，在目前，它可错乱得叫人奇怪；而且几乎是完全由于你自己的错。照你这三天所过的生活方式，连泰坦[①]也会病倒的。吃点东西，休息一下吧。你只要照照镜子，就知道你多需要这些了。你的两颊陷下去了，你的眼睛充血，像是一个人饿得要死，而且由于失眠都快要瞎啦。"

"我不能吃、不能睡，可不能怪我，"他回答，"我跟你担保这不是有意要这样。只要我一旦能做到的话，我就要又吃又睡。可是你能叫一个在水里

① 泰坦——希腊神话传说中之神，也是太阳的拟人称。意为"巨人"。

挣扎的人在离岸只有一臂之远的时候休息一下吗！我必须先到达，然后我才休息。好吧，不要管格林先生：至于追悔我做的不公道的事，我并没有做过，我也没有追悔的必要。我太快乐了；可是我还不够快乐。我灵魂的喜悦杀死了我的躯体，但是并没有满足它本身。”

“快乐，主人？”我叫，“奇怪的快乐！如果你能听我说而不生气，我可以奉劝你几句使你比较快乐些。”

“是什么？”他问，“说吧。”

“你是知道的，希刺克厉夫先生，”我说，“从你十三岁起，你就过着一种自私的非基督徒的生活；大概在那整个的时期中你手里简直没有拿过一本《圣经》。你一定忘记这圣书的内容了，而你现在也许没工夫去查。可不可以去请个人——任何教会的牧师，那没有什么关系——来解释解释这圣书，告诉你，你在歧途上走多远了；还有，你多不适宜进天堂，除非在你死前来个变化，这样难道会有害吗？”

“我并不生气，反而很感激，耐莉，”他说，“因为你提醒了我关于我所愿望的埋葬方式。要在晚上运到礼拜堂的墓园。如果你们愿意，你和哈里顿可以陪我去：特别要记住，注意教堂司事要遵照我关于两个棺木的指示！不需要牧师来；也不需要对我念叨些什么——我告诉你我快要到达我的天堂了；别人的天堂在我是毫无价值的，我也不稀罕。”

“假如你坚持固执地绝食下去，就那样死了，他们拒绝把你埋葬在礼拜堂范围之内呢？”我说，听到他对神这样漠视大吃一惊。

“那你怎么样呢？”

“他们不会这样做的，”他回答，“万一他们真这样做，你们一定要秘密地把我搬去；如果你们不管，你们就会证明出实际上死者并不是完全灭亡！”

他一听到家里别人在走动了，就退避到他的屋里去，我也呼吸得自在些了。但是在下午，当约瑟夫和哈里顿正在干活时，他又来到厨房里，带着狂野的神情，叫我到大厅里来坐着：他要有个人陪他。我拒绝了；明白地告诉他，他那奇怪的谈话和态度让我害怕，我没有那份胆量，也没有那份心意来单独跟他做伴。

“我相信你认为我是个恶魔吧，”他说，带着他凄惨的笑，“像是一个太可怕的东西，不合适在一个体面的家里过下去吧。”然后他转身对凯瑟琳半讥笑地说着。凯瑟琳正好在那里，他一进来，她就躲在我的背后了——“你肯过来吗，小宝贝儿？我不会伤害你的。不！对你我已经把自己变得比魔鬼还坏了。好吧，有一个人不怕陪我！天呀！她是残酷的。啊，该死的！这对于有血有肉的人是太难堪啦——连我都受不了啦！”

他央求不要有人来陪他。黄昏时候他到卧室里去了。一整夜，直到早上我们听见他呻吟自语。哈里顿极想进去；但我叫他去请肯尼兹先生，他应该进去看看他。

等他来时，我请求进去，想试试开开门，我发现门锁上了；希刺克厉夫叫我们滚。他好些了，愿一个人待着；因此医生又走了。

当晚下大雨。可真是，倾盆大雨一直下到天亮。在我清晨绕屋散步时，我看到主人的窗子开着摆来摆去，雨都直接打进去了。我想，他不在床上：这场大雨要把他淋透了。他一定不是起来了就是出去了。但我也不要再胡乱猜测了，我要大胆地进去看看。

我用另一把钥匙开了门，进去之后，我就跑去打开板壁，因为那卧室是空的；我很快地把板壁推开，偷偷一看，希刺克厉夫先生在那儿——仰卧着。他的眼睛那么锐利又凶狠地望着我，我大吃一惊；跟着仿佛他又微笑了。

我不能认为他是死了：可他的脸和喉咙都被雨水冲洗着；床单也在滴水，而他动也不动。窗子来回地撞，擦着放在窗台上的一只手；破皮的地方没有血流出来，我用我的手指一摸，我不能再怀疑了；他死了而且僵了！

我扣上窗子；我把他前额上长长的黑发梳梳；我想合上他的眼睛，因为如果可能的话，我是想在任何别人来看前消灭那种可怕的，像活人似的狂喜的凝视。眼睛合不上；它们像是嘲笑我的企图；他那分开的嘴唇和鲜明的白牙齿也在嘲笑！我又感到一阵胆怯，就大叫约瑟夫。约瑟夫拖拖拉拉地上来，叫了一声，却坚决地拒绝管闲事。

“魔鬼把他的魂抓去啦，”他叫，“还可以把他的尸体拿去，我可不在乎！唉！他是多坏的一个人啊，对死还龇牙咧嘴地笑！”这老罪人也讥嘲地龇牙咧嘴地笑着。

我以为他还打算要围绕着床大跳一阵呢；可是他忽然镇定下来，跪下来，举起他的手，感谢上天使合法的主人与古老的世家又恢复了他们的权利。

这可怕的事件使我昏了头;我不可避免地怀着一种压抑的悲哀回忆起往日。但是可怜的哈里顿,虽是最受委屈的,却也是唯一真正十分难受的人。他整夜坐在尸体旁边,真挚地苦苦悲泣。他握住他的手,吻那张人人都不敢注视的讥讽的、残暴的脸。他以那种从一颗慷慨宽容的心里很自然地流露出来的强烈悲痛来哀悼他,虽然那颗心是像钢一样地顽强。

肯尼兹先生对于主人死于什么病不知该怎样宣布才好。我把他四天没吃东西的事实隐瞒起来了,生怕会引起麻烦来,可我也确信他不是故意绝食;那是他的奇怪的病的结果,不是原因。

我们依着他愿望的那样把他埋葬了,四邻都认为是怪事。恩萧和我、教堂司事和另外六个人一起抬棺木,这便是送殡全体。那六个人在他们把棺木放到坟穴里后就离去了。我们留在那儿看它掩埋好。哈里顿泪流满面,亲自掘着绿草泥铺在那棕色的坟堆上。目前这个坟已像其他坟一样地光滑青绿了——我希望这坟里的人也安睡得同样踏实。但是如果你问起乡里的人们,他们就会手按着《圣经》起誓说他还在走来走去:有些人说见过他在教堂附近,在旷野里,甚至在这所房子里。你会说这是无稽之谈,我也这么说。可是厨房火边的那个老头子肯定说,自从他死后每逢下雨的夜晚,他就看见他们两个从他的卧室窗口向外望——大约一个月之前我也遇见一件怪事。有天晚上我正到田庄去——一个乌黑的晚上,快要有雷雨了——就在山庄转弯的地方,我遇见一个小男孩子,他前面有一只羊和两只羊羔。他哭得很厉害,我以为是羊羔撒野,不听他话。“怎么回事,我的小人儿?”我问。

“希刺克厉夫和一个女人在那边,在山岩底下,”他哭着,“我不敢走过。”

我什么也没看见,可是他和羊都不肯往前走;因此我就叫他从下面那条路绕过去。他也许是在他独自经过旷野时,想起他所听过的他父母和同伴们老是说起那些无稽之谈就幻想出鬼怪来。但现在我也不愿在天黑时出去了,我也不愿一个人留在这阴惨惨的房子里。我没办法。等他们离开这儿搬到田庄去时我就高兴了。

“那么,他们是要到田庄去啦?”我说。

“是的,”丁太太回答,“他们一结过婚就去,是在新年那天。”

“那么谁住在这里呢?”

"哪,约瑟夫照料这房子,也许,再找个小伙子跟他做伴。他们将要住在厨房里,其余的房间都锁起来。"

"鬼可以利用它住下来吧?"我说。

"不,洛克乌德先生,"耐莉摇摇她的头说,"我相信死者是太平了,可没有权利来轻贱他们。"

这时花园的门开了;遨游的人回来了。

"他们什么也不怕,"我咕噜着,从窗口望着他们走过来。"两人在一起,他们可以勇敢地应付撒旦和它所有的军队的。"

他们踏上门阶,停下来对着月亮看最后一眼——或者,更确切地说,借着月光彼此对看着——我不由自主地又想躲开他们。我把一点纪念物按到丁太太手里,不顾她抗议我的莽撞,我就在他们开房门时,从厨房里溜掉了;要不是因为我幸亏在约瑟夫脚前丢下了一块钱,很好听地当了一下,使他认出我是个体面人,他一定会认为他的同伴真的在搞风流韵事哩。

因为我绕路到教堂去而延长了回家的路程。当我走到教堂的墙脚下,我看出,只不过七个月的工夫,它就已经显得益发朽坏了。不止一个窗子没有玻璃,显出黑洞洞来;屋顶右边的瓦片有好几块地方凸出来,等到秋天的风雨一来,就要渐渐地掉光了。

我在靠旷野的斜坡上找那三块墓碑,不久就发现了:中间的一个是灰色的,一半埋在草里;埃德加·林惇的墓碑脚下才被草皮青苔覆盖;希刺克厉夫的却还是光秃秃的。

我在那温和的天空下面,在这三块墓碑前流连!望着飞蛾在石南丛和兰铃花中扑飞,听着柔风在草间吹动,我纳闷有谁能想象得出在那平静的土地下面的长眠者竟会有并不平静的睡眠。

《呼啸山庄》再版后记

我曾在《中国翻译》杂志发表过一篇题为《一枚酸果》的短文(见该刊1986年第1期),文中写道:“回顾四十年翻译生涯,犹如吞下一枚酸果,它已经被我吞下了,我不知道它是甜中带酸,还是酸中带甜,也许它根本就是苦涩的……”其实酸也罢,苦也罢,反正是吞下了。1956年我那本由上海平明出版社出版的《呼啸山庄》译本,经历过种种动荡早已绝版。(平明后被并入新文艺出版社,亦即今上海文艺出版社及上海译文出版社的前身。)到了1979年,江苏人民出版社《译林》编辑部决定重新出版,基本上按原译本重排,当然也经过了我一番修订。1980年7月,我这本在五十年代出版的《呼啸山庄》(平明版)由江苏人民出版社出了第一版,封面也采用了原本的木刻图封面。印数是35万册。

限于当时印刷条件及纸张质量都不够理想,后来因参加在北京举办的全国书展也赶印了极少量的较好的版本,但不久这个不甚理想的第一版也早销售一空。到了1990年8月,已过十年,《译林》从江苏人民出版社分出成立了译林出版社,便决定把《呼啸山庄》再次全部修订出版,封面采用最早译本的封面:木刻“呼啸山庄”老屋全景,我当时也写过一篇短文为再版作后记。同年十二月第二次印刷,封面又经出版社重新设计。自此再也没有希刺克厉夫靠着树身仰天悲泣的绿色版画,也没有那漫天风雪、树木倾斜下面的“呼啸山庄”老屋的灰色的版画呈现在封面上了。

关于这部四十多年前的译作,虽然几经修订,难免还会有这样那样不妥之处,我常想如果能再修订一遍,必然又要推敲再三,也还会找出不满意的字句来的，这当然也是一种乐趣，但毕竟我已步入老年，苦无精力与时间了。

对于我这样水平不高，又不懂文学翻译和创作理论之人，从事翻译也好，创作也好，只求对读者负责，不粗制滥造便问心无愧。正如我在西南联大时，已故老师潘家洵教授说过："拿错误的译本出版是一桩罪过。"我想，译书本是见仁见智之事，不必嘲笑别的译者，摆出老子天下第一的架势。一部世界名著当然可以有好几个译本供读者研究比较，正如潘家洵先生说过："就是一个人把同样的一本书重译一次，或者甚至于几次，也不是完全没有意思的事情。"前译者译时根据个人当时的理解，也可能有误译；后译者固然有原译本可供参考，有时也可作为依据，但也不能图省事，整段整段地照抄下来。

其实把《呼啸山庄》这部名著介绍给我国读者还要回到三四十年代。三十年代末美国好莱坞名片由劳伦斯·奥利佛与梅儿·奥伯朗主演的《魂归离恨天》便是根据这部名著改编的黑白有声片。四十年代抗日战争时期女作家赵清阁女士也曾根据这本书和影片写出话剧，剧名《此恨绵绵》。但真正第一位译出这部名著的还是当时居住在重庆山城郊外北碚，在前国立编译馆工作的梁实秋先生，他给 *Wuthering Heights* 起的《咆哮山庄》这个书名直到如今还在台港沿用。那时我偶然见过此书，我想也许是梁先生从希刺克厉夫的乖戾性格与暴虐行为得到启发，但我总认为这个书名不妥。在书中第一章里已明确指出 W. H. 是希刺克厉夫的居住地，原属于恩萧家族的住宅的名称，我想任何房主是不会愿意用"咆哮"二字称自己的住宅去吓唬来访者的。在我那篇《一枚酸果》中我写道："有一夜，窗外风雨交加，一阵阵疾风呼啸而过，雨点洒落在玻璃窗上，宛如凯瑟琳在窗外哭泣着叫我开窗。我所住的房子外面本来就是一片荒凉的花园，这时我几乎感到我也是在当年约克郡旷野附近的那所古老的房子里。我嘴里不知不觉的念着 Wuthering Heights……苦苦地想着该怎样确切译出它的意义，又能基本上接近它的读音……忽然灵感自天而降，我兴奋地写下了'呼啸山庄'四个大字！"

那时是 1954 年早春二月，如今四十多年过去了，经历了几番风风雨雨，我也就磕磕碰碰地走近生命的边缘，如今已届耄耋之年，却听说外面《呼啸山庄》各种中译本已是比比皆是。能够使广大读者开始重视世界文化遗产，这是好事。世界名著、名画、名曲……浩如烟海,的确是一生享用不尽的财富。在这里我要提到我的已故老师陈嘉教授,他曾对我说:翻译外国文学作品,不但要译笔忠实,文字流畅,还要把原作中的原味译出来。我的已故老师范存忠教授对翻译要求更加严格。他不反对当年严复先生提倡的"信、达、雅",但他反对"旧瓶装新酒",也反对译文欧化,"苦了一般的读者"。他再三强调"翻译不容易","要认真对待把译作做得好些、更好些"。

更想起巴金先生和已经辞世的与我始终缘悭一面、却仰慕已久的汝龙老师,他们曾对我早年的译作——苏联短篇小说集《俄罗斯性格》做过详细的校订,巴金先生曾在一封信中批评我"译得有点草率"。后来在另一封信中又说:"你说要译 W. H.(即《呼啸山庄》书名缩写),我希望你好好地工作,不要马马虎虎地搞一下了事。你要是认真地严肃地工作,我相信你可以搞得好。"

我提到前辈的教导,也是衷心希望所有的有志于文学翻译的同行能够严肃认真地对待这个十分有价值的工作。如今海外竟有将我的译本与我本人的姓名保留,而将书名和译后记中举凡"呼啸山庄"中这"呼啸"二字都改为"咆哮"!又听说国内竟又出了梁实秋先生的译本,却把已故梁先生的"咆哮山庄"改成"呼啸山庄"则是更为滑稽!最近也有一位《呼啸山庄》的译者愤怒地指责别人抄了他的译本,说他的译本"与前译有显著的区别,特别在分段和注解上,包含了较多个人的知识和体会,因此具有鲜明的特点"等等,这当然是类似"高人一等,后来居上"的意思,但我认为他的译本,至少是这个书名又来自何方,在这里也是不好说的。

翻译界侵权盗版行为是比较严重的,希望大家正视这个不良现象。我的看法是对好的作品不必抢译,不要乱译,更不能摘人家树上的桃子据为己有。还是应该严肃认真、埋头苦译;对读者负责,也是对自己负责。短暂一生如能做出一点成绩总是令人欣慰的。五十八年前,老友萧乾曾在我的纪念册上用拉丁文写上 Ars Longa, Vita Brevis(艺术是悠久的,生命是短促的),我愿以此与翻译界同行共勉之!

杨　苡

1997 年 4 月

经典译林

Yilin Classics

书名	单价	书名	单价
癌症楼	78.00 元	艾青诗集	35.00 元
爱的教育	39.00 元	爱丽丝漫游奇境	29.00 元
安娜·卡列尼娜	65.00 元	安徒生童话选集	42.00 元
傲慢与偏见	36.00 元	奥德赛	92.00 元
八十天环游地球	32.00 元	巴黎圣母院	42.00 元
白洋淀纪事	39.00 元	百万英镑	35.00 元
包法利夫人	38.00 元	悲惨世界（上、下）	98.00 元
背影	28.00 元	被侮辱与被损害的人	39.00 元
边城	36.00 元	变色龙：契诃夫中短篇小说集	39.00 元
彼得·潘	35.00 元	变形记 城堡	38.00 元
草叶集：惠特曼诗选	39.00 元	茶馆	32.00 元
茶花女	35.00 元	查拉图斯特拉如是说	38.00 元
沉思录	29.00 元	城南旧事	29.00 元
吹牛大王历险记（插图版）	35.00 元	大卫·科波菲尔（上、下）	79.00 元
当代英雄	45.00 元	稻草人	29.00 元
地心游记	32.00 元	飞鸟集·新月集：泰戈尔诗选	39.00 元
飞向太空港	39.00 元	福尔摩斯探案集	58.00 元
复活	42.00 元	傅雷家书	49.00 元
富兰克林自传	36.00 元	钢铁是怎样炼成的	39.00 元
高老头	39.00 元	格列佛游记	35.00 元

书名	单价	书名	单价
格林童话全集	49.00 元	给青年的十二封信	38.00 元
古希腊悲剧喜剧集（上、下）	118.00 元	海底两万里	38.00 元
海蒂	35.00 元	红楼梦	69.00 元
红与黑	49.00 元	呼兰河传	35.00 元
呼啸山庄	39.00 元	基督山伯爵（上、下）	108.00 元
纪伯伦散文诗经典	42.00 元	寂静的春天	35.00 元
假如给我三天光明	32.00 元	简·爱	39.00 元
金银岛	35.00 元	经典常谈	29.00 元
荆棘鸟	45.00 元	静静的顿河	128.00 元
镜花缘	49.00 元	局外人·鼠疫	38.00 元
菊与刀	35.00 元	克雷洛夫寓言	32.00 元
快乐王子: 王尔德童话全集	32.00 元	宽容	32.00 元
昆虫记	39.00 元	老人与海	32.00 元
理想国	45.00 元	聊斋志异	55.00 元
了不起的盖茨比	38.00 元	列那狐的故事	39.00 元
猎人笔记	38.00 元	林肯传	39.00 元
柳林风声	36.00 元	鲁滨逊漂流记	39.00 元
鲁迅杂文选集	36.00 元	绿野仙踪	32.00 元
绿山墙的安妮	36.00 元	论人类不平等的起源和基础	35.00 元
罗马神话	16.80 元	罗生门	39.00 元
骆驼祥子	32.00 元	美丽新世界	35.00 元
秘密花园	36.00 元	名人传	39.00 元
木偶奇遇记	35.00 元	拿破仑传	49.00 元
呐喊	29.00 元	牛虻	38.00 元

书名	单价	书名	单价
欧·亨利短篇小说选	36.00 元	欧也妮·葛朗台	32.00 元
彷徨	32.00 元	培根随笔全集	38.00 元
飘（上、下）	88.00 元	普希金诗选	42.00 元
骑鹅旅行记	36.00 元	乞力马扎罗的雪	39.80 元
热爱生命·海狼	38.00 元	人间草木：汪曾祺散文精选	49.00 元
伊索寓言：555 则	36.00 元	人性的弱点	39.00 元
人类群星闪耀时	36.00 元	儒林外史	42.00 元
日瓦戈医生	68.00 元	三国演义	59.00 元
三个火枪手	59.00 元	莎士比亚喜剧悲剧集	49.00 元
沙乡年鉴	42.00 元	神秘岛	48.00 元
少年维特的烦恼	28.00 元	十日谈	68.00 元
神曲（共三册）	128.00 元	双城记	45.00 元
世说新语（上、下）	89.00 元	受戒：汪曾祺小说精选	46.00 元
四世同堂（上、下）	78.00 元	水浒传	69.00 元
苔丝	39.00 元	宋词三百首	39.00 元
谈美书简	36.00 元	谈美	35.00 元
汤姆叔叔的小屋	45.00 元	汤姆·索亚历险记	32.00 元
堂吉诃德	78.00 元	唐诗三百首	39.00 元
童年	38.00 元	天方夜谭	42.00 元
瓦尔登湖	36.00 元	童年·在人间·我的大学	49.00 元
乌合之众	35.00 元	我是猫	39.00 元
雾都孤儿	44.00 元	物种起源	42.00 元
西游记	62.00 元	西顿野生动物故事集	38.00 元
悉达多	32.00 元	希腊古典神话	49.00 元

书名	单价	书名	单价
乡土中国	36.00 元	小妇人	45.00 元
小王子	29.00 元	星星离我们有多远	35.00 元
喧哗与骚动	58.00 元	雪国　古都	39.00 元
羊脂球	38.00 元	一个陌生女人的来信	39.00 元
一间自己的房间	36.00 元	一九八四	36.00 元
伊利亚特	82.00 元	尤利西斯	58.00 元
约翰·克利斯朵夫（上、下）	98.00 元	月亮和六便士	45.00 元
战争论	45.00 元	战争与和平（上、下）	108.00 元
朝花夕拾	22.00 元	中国民间故事	39.00 元
子夜	49.00 元	最后一课	36.00 元
罪与罚	66.00 元